눈총도 총이다

눈총도 총이다

김중위 칼럼집

한강문학

칼럼은 시대의 증언이다

정가를 떠난 뒤 얼마동안 나는 젊었을 때의 버릇대로 이런 저런 지면에 잡문을 발표하고 있었다. 그러던 어느 날 대전일보 회장으로 있는 남재두(南在斗) 전 의원이 자기네 신문에도 글 좀 싣게 해 달라는 요청을 전해 왔다. 그렇게 해서 2007년 4월 1일부터 〈김중위의 곧은 소리〉로 시작된 칼럼이 매주 한 편씩 발표되었다. 학교 강의 준비하랴 원고 쓰랴 시간에 쫓기는 생활이 몇 년 계속되었다. 할 수 없이 발표 횟수를 줄이기로 했다. 지금은 두 주(週)에 한 편씩 쓰고 있다.

그러던 어느 날 지방지로서는 가장 유서 깊은 경남일보의 하순봉(河舜鳳) 회장이 자기네 신문에도 칼럼을 써달라는 연락이 와서 매월 〈경일포럼〉으로 내 글이 나가기를 벌써 2년이 경과되고 있다. 그 외에도 헌정회에서 발간하고 있는 〈월간 헌정〉 및 문학지로는 드물게 매월 발행하는 〈문학저널〉과 〈경북신문〉에도 한 편씩의 칼럼을 쓰고 있다. 문학지로서는 흔치않은 철학적 담론이 풍성하게 게재되는 계간지 〈문학과 현실〉에도 일 년에 4번씩 수 년 동안 칼럼을 발표하였다.

〈월간 헌정〉은 한동안 내가 편집위원회 의장으로 있었던 인연이 있고 또 지금도 편집위원으로 있어 어쩌면 나의 집필이 자연스러운 일이겠지만 〈문학 저널〉의 경우에는 그 발행인인 소설가 김창동(金昌東) 선생과는 그저 칼럼 지면을 나에게 할애해 주더니 나를 서인으로 까지 등단을 시켜 주었다.

무슨 인연인지 모를 일이다. 칼럼을 쓰는 일 이외에 아무 도움도 주지 못하고 있는데도 말이다. 고마운 일이다. 〈경북신문〉의 경우에는 발행인이 시조시인 이종기 선생이다. 평소 친분이 없었지만 우연히도 역대 편집장이 모두 수필가들인 것이 인연이 되어 창간 때부터 지금까지 한 달에 한 번씩 칼럼을 써 오고 있다.

이렇게 해서 발표한 칼럼 중에서 몇 편을 골라 한 권의 칼럼집으로 엮기로 했다. 이렇게 책으로 나오게 된 계기도 사뭇 의외의 사정에 의해서였음을 밝히지 않을 수 없다. 〈문학과 현실〉의 발행인인 황의산 선생은 원래 신문기자 출신이다. 나와 그의 만남은 정치인과 기자 즉 취재원과 기자와의 관계로 만났다가 그가 문학지의 발행인이 되자 이제는 발행인과 필자의 관계로 다시 만난 것이다. 체면을 지키지 않아도 될 정도의 연륜과 성품들이라서 자연스럽게 대화중에 얘기를 하다가 스스럼없이 자신이 출판을 해주겠다고 하여 이 책이 세상에 나오게 된 것이다. 그렇게 고마울 수가 없다.

칼럼 집필 과정에서의 에피소드도 없지 않다. 칼럼이 발표되고 나면 충청도의 맹주로 추앙받던 심대평(沈大平) 대표 같은 분들은 그렇게 좋은 글을 왜 중앙지에 발표하지 않느냐고 안타까워하기도 하고 또 특히 《Diplomacy》 발행인인 임덕규(林德圭) 선생 같은 분은 내 글이 발표될 때마다 정치하는 사람들이 이 글을 꼭 읽어야 한다고 강조하면서 흥분하기도 하였다. 또 어떤 이는 내 글을 읽고 만나서 식사라도 한 끼

대접하고 싶다고 해서 대전을 일부러 내려간 적도 있다. 그런가 하면 또 어떤 때는 내 글에 대해 시비를 걸면서 나를 매도하는 경우도 있다. 주로 어설픈 진보좌파들이라 여겨지지만 그런 분들도 읽고 시비를 건다는 것은 그런대로 내 글이 읽혀지고 있다는 뜻이 아닌가 하면서 마음속으로 삭히고 만다. 이런 것들이 모두 변변치는 않지만 그런대로 집필의 보람을 느끼게 해준다.

칼럼은 시간이 지나면 생명력을 잃는 것이 아닌가 하는 생각이 없지 않지만 반드시 그렇다고도 볼 수 없다. 역사적인 기록물로서의 가치를 충분히 지니고 있으니 말이다. 그래서 필자는 칼럼은 시대의 증언이라고 말하고 싶다. 칼럼 한 편은 좁은 공간에서 그 시대의 고뇌를 모두 담고 있기 때문이다. 먼 훗날 어느 누가 역사 에세이를 쓴다고 가정했을 때 더 없는 소재꺼리가 될 수 있지 않을까 한다.

감히 일독을 권하고 싶다.

2013년 11월

김중위(金重緯) 근지(謹識)

제2부 · 한국형 지도자로 적합한가?

제3부 • 눈에는 눈 이에는 이

제4부 • 눈총도 총이다

제5부 · 아! 슬픈 고려인

제1부

별거시 다—
대통령을 하란다

매너리즘 시대의 정치

16세기의 작가 브론치노(Agnolo Bronzino)를 두고 미술 전문가들은 매너리즘(mannerism)의 작가라고 부른다. 그리고 그의 대표작으로는 〈비너스와 큐피드. 시간과 사랑〉이라는 그림을 꼽는다.

그 그림 속을 들여다보면(사진으로 밖에는 본적이 없지만) 작가만이 알 수 있을 뿐인 듯한 온갖 잡다한 인물과 소품들로 꽉 차 있다. 화살을 든 나선형의 몸매 미끈한 나체 여인과 알몸의 어린 소년. 시퍼런 장막을 벗기려는 힘센 노인의 성난 모습과 그 장막이 벗겨 지지 않도록 움켜쥐고 있는 불안한 눈초리를 한 노파의 안타까운 얼굴. 머리를 감싸 안고 절규하는 어떤 남자의 모습. 한 다발의 꽃을 내 던질 듯이 들고 있는 소년과 비늘이 선명하게 보이는 뱀의 등어리와 사자의 다리를 한 채 기형적인 몸짓으로 양쪽 손을 어긋나게 내뻗고 있는 소녀. 남녀 한 쌍의 탈(가면)과 비둘기와 분홍빛 방석과 황금 사과와 술잔.

미술 평론가들은 이 그림이 품고 있는 뜻은 "거짓된 사랑은 언제고 시간이 지나면 그 가면이 벗겨진다는 진리를 말해주고 있다"고 설명한다. 뜬금없이 웬 그림 얘기인가 할런지 모르겠지만 바로 이 그림이 오늘의 우리나라 정국(政局)을 상징해주고 있다고 생각되어서였다.

미술 사학자들이 브론치노와 같은 작가들이 활동했던 시대를 매너리즘 시대라고 부르고 있는 것처럼 우리의 이 시대도 매너리즘의 시대가 아닌가 해서 하는 얘기다.

미술인의 입장에서 보면 미술 사조의 한 경향을 하필이면 그 더러운 정치현상에 빗대 말하느냐고 항의할는지는 몰라도 사실이 그러한 것이야 어떻게 할 것인가?

매너리즘 시대의 작품이란 르네상스 시대의 작품과 같은 고전적인 양식이 아니라 비현실적일 정도로 과장과 왜곡과 부자연스러움과 기묘함이 얽혀 그려진 손재주 중심의 그림을 일컫는다고 한다. 오늘의 우리 정치의 모습이 바로 이런 것이 아니겠는가? 볼록렌즈에 비춰진 인물이나 물체처럼 과장과 왜곡과 부자연스러움과 기묘함으로 일그러진 모습의 기형적인 정치가 판치고 있다고 밖에는 설명할 길이 없기 때문이다.

우리 정치의 고전이라 할 의리나 명분이나 금도(襟度) 내지는 상하의 예절이나 법도 또는 충성이나 동지애라고 하는 단어를 이제는 어디에서도 찾아 볼 수가 없다. 어제의 동지를 하루아침에 버리고 떠나는 배신과, 자신이 몸담았던 정당에 입에 담을 수 없는 욕지거리를 남겨 놓고 떠나는 무뢰와 이(利)가 있으면 언제나 변신을 거듭할 수 있는 재주만이 번득이는 우리 정치의 오늘이 아무리 생각해도 미술사에서 말하는 매너리즘의 시대와 너무나 흡사하다고 할 수 밖에 없다.

브론치노의 그림에서 보이는 잡다한 인물과 소품들도 하나같이 우리의 현실정치를 상징화시키고 있을 뿐이다.

화살을 쥐고 있는 비너스에게 큐피드가 사랑을 호소하는 듯한 모습 역시 노무현 대통령이 김대중 전 대통령의 지지를 호소하고 있는 장면과 너무나 흡사하지 않은가?

오른손이 왼손이 되고 왼손이 오른손으로 바뀌어 있는 기형적인 그림도 좌파와 우파가 정반대의 어깨에 매달려 기만적인 웃음을 흘리고 있는 우리 정치의 모습을 보는 것만 같다. 그림 속에 보이는 탈바가지와 발에 밟혀 있는 비둘기는 우리 정치의 위선과 가면 그리고 깨지고 있는 정치적 안정을 상징해 주고 있는 것으로 느껴질 뿐이다.

어느 경우나 진실이 밝혀지기까지에는 시간이 필요하다. 부론치노의 그림에서 시간의 노인이 진실을 밝히려고 분노한 표정으로 장막을 벗기려 하지만 그에 못지않게 험상궂게 생긴 노파가 절대로 진실을 밝힐 수 없다는 듯이 앙칼진 모습으로 장막을 쥐고 있는 장면 또한 오늘의 검증 정국을 단적으로 말해주고 있는 것이 아니겠는가?

진실은 절대로 창조의 대상일 수가 없다. 창조될 수 있는 것은 오직 거짓밖에는 없는 것이다. 그래서 창조된 거짓을 날조(捏造)라고 한다. 창조된 거짓이 시간의 신 크로노스(Cronos)에 의해 난도질당하기까지 만 이라도 날조가 승리의 노래를 부르는 세상이 될까 두려워서 하는 얘기다.

대전일보 (2007. 06. 19)

반역의 시대인가 망덕忘德의 시대인가

아무리 생각해도 이 시대는 반역의 시대인가 보다.

배은과 망덕과 배신이 교차하면서 세상을 어지럽게 하고 있으니 반역의 시대라 부를 수밖에 없겠다. 엄연히 한국 독도를 자기네 땅이라고 우기기를 줄기차게 하는 일본에서는 국가 영수인 고이즈미 총리가 지금도 가미카제 특공대를 생각하면서 세계 제2차 대전의 전범들의 위패가 있는 야스꾸니 신사인가 하는 데를 해마다 위풍당당하게 참배하고 있다. 그러면서 "나의 이 참배에 대해서는 외국 정부가 관여할 문제가 아니다."라고 도리어 큰소리친다. 한걸음 더 나아가 아시아 외교는 강경파가 해야 한다면서 내각 구성도 주변 국가에 대한 눈치라고는 조금도 개의치 않는 강경 국수주의자나 군국 복고주의자 같은 사람들로 포진을 시켰다.

중국은 엄청난 예산을 투입하여 동북공정(東北工程: 정확하게는 '동북변강의 역사와 현상에 대한 연속 연구 공정)이라는 프로젝트를 만들어 우리나라의 고대사나 고구려 역사를 송두리째 자신의 것으로 하기 위한 음모와 조작을 벌써 수년째 계속하고 있다. 〈조선은 고구려가 아니다〉라고 주장하면서 고구려와 수·당(隋唐)과의 전쟁은 국가와 국가 간의 전쟁이 아니라 중앙 정권과 지방 정권 간의 싸움이라고 까지 주장하고 있는 형편이다.

위에 예로 든 일본과 중국의 이러한 역사에의 역류(逆流)행위를 보면서 이 시대의 지도자들이란 모두가 망덕의 반역자들인가 하는 생각을 하지 않을 수 없다. 역사를 거역하는 일은 결국 역사에 대한 배신이요 반역일 수밖에 없기 때문이다. 일본은 침략국으로서 제2차 세계대전 중에 저지른 죄과(罪科)에 대한 반성과 피해국 국민들에 대한 보상의 차원에서도 끝없는 주변 피해국들에 대해 우호 선린관계를 위한 유화적 태도와 정책을 펼쳐가는 것이 정도일 것이다. 그럼에도 오히려 적반하장(賊反荷杖)격의 행보로 피해국 국민들의 자존심만 건드리고 있으니 과연 그것이 자국에 어떤 이득을 줄 것인가에 대해 묻지 않을 수 없다.

인류의 역사는 어느 경우에도 시간의 나이테와 함께 쌓여가는 것. 어느 누구가 나이테를 지운다고 지워지는 것도 아니요 나이테를 덧붙인다고 덧붙여지는 것도 아니다. 고이즈미가 과거를 부정하면 할수록 과거는 더욱더 생생하게 살아 움직인다는 사실을 왜 자각하지 못하고 있을까? 아울러 중국 또한 어떤 노력으로도 역사의 나이테를 지울 수 없다는 사실을 깨달을 텐데도 어거지로 동북공정인가를 착수하여 역사에 큰 반역의 오점을 남기려는 의도가 무엇인가?

지도자들이 망덕의 길을 가고 있는 것이라고 밖에는 설명이 안 된다. 당장에는 승리하는 것 같아도 결국에는 국제사회에서 불신과 냉대와 소외로 온 국민이 그 피해를 알게 될 것이 분명하다.

이것이 어디 일본이나 중국에만 국한된 일일까?

미국의 상원의원인 힐러리가 우리 한국을 향해 배은망덕한 나라라는 뜻으로 섭섭한 마음을 토로하는 말을 전해 듣고 우리의 본심이야 어떻든 그런 인상을 주게 된 연유는 전적으로 우리나라 지도자에게 그 책임이 있지 않나 싶다.

국무총리라는 사람이 국회에서 국회의원과 토론하는 모습을 보고는 어느 세상에 저런 총리가 있을까 싶어 창피하기가 이를 데 없었다. 오만불손, 안하무인, 신경질, 삿대질, 반말, 막말, 거친 말, 깔보기, 비꼬기, 얕보기, 면박주기, 빈정거리기, 핀잔주기, 모욕주기, 가로채기, 꼬투리 잡기, 헐뜯기, 뒤집어씌우기, 발 빼기, 역신(逆臣)도 이런 역신이 없다.

행정적으로는 자신이 받들어 모시는 대통령과 정치적으로는 자신이 하늘처럼 섬겨야하는 국민들에게 그런 자세로 처신을 하고도 역신이라는 말을 피할 수 있다고 생각하고 있는 것일까? 망덕이 아닐 수 없다.

지도자들의 거침없는 망덕으로 손해 보는 사람들은 결국 국민들이니 일본이나 중국이나 한국의 국민들이 나서서 지도자들이 저지르는 역사의 반역과 망덕을 저지하는 수밖에 없다 할 것이다.

연대(連帶)는 이런 데에 필요한 것이다.

경북신문 (2005. 11. 30)

독도 문제가 어제 오늘의 일인가

독도 문제로 일본이 늘 시끄럽게 하기에 필자는 오기가 나서 15대 국회 때 『독도 등 도서지역 생태계 보호에 관한 법률안』을 입안하여 입법화 시킨 적이 있다. 독도가 우리 땅이라는 사실을 일반 법률로 아예 못 박아 놓자는 속셈에서였다.

그런데 이번에는 일본이 무슨 다케시마(독도의 일본명칭)의 날을 정해 놓고 또 법석이다. 무슨 낌새만 있으면 독도 문제를 들고 나오는 일본이야 원래가 속성이 그러하니 그렇다 치고 독도 문제가 어제 오늘의 일이 아니라 벌써 조선조 개국 초부터 있어온 일인데도 일본의 독도 문제 제기에 대응하는 우리의 방식은 어제 오늘이 늘 비슷하니 이것 참 한심한 노릇이다.

일본은 영문으로 된 지도첩을 바탕으로 전자 지도첩까지 만들어 온 세계에 독도가 자기네 땅이라고 우기면서 선전을 하고 있는데 우리는 아직도 이런 영문 지도첩 하나 안 만들고 있었다니 이거야 말로 조영남이 말한 대로 독도문제를 다루고 있는 전략에서 일본은 한 수 정도가 아니라 몇 수 위라고 해도 할 말이 없을 것 같다.

더구나 일본은 그 영문 지도첩에서 독도와 울릉도 사이에 줄을 긋고 일본 국경이 지나가도록 하였단다. 그리고 일본은 독도가 시마네(島根) 현에 속한 자기네 영토라고 주장한 1905년을 기념해 또다시 100년 만에 그 시마네 현이 다케시마의 날을 정한 것을 보면 일본은 아예 독도가 자기네 땅인 양 기정사실로 몰고 가는 것이 아닌가 하는 생각도 드는 것이다. 이거야 말로 선전포고도 없이 남의 영토를 지도로 문서로 선언으로 소리 없이 침탈한 것으로 밖에는 해석하지 않을 수 없다. 참으로 전율할 일이다. 한글로만 된 지도첩을 가지고 독도가 우리 땅이라고 아무리 소리 높여 주장해 본들 이를 알아들을 수 있는 사람은 우리나라 사람 밖에는 없는 것이 아닌가?

야스쿠니 신사 참배 문제만 해도 그렇다.

일본의 고이즈미 수상의 참배 문제를 놓고 우리끼리만 핏대 올리고 삿대질 하면 무슨 소용이 있나. 보도를 통해 보면 일본 사람들은 우리의 삿대질에 눈 하나 깜작도 안 하는 것 같다. 왜 그럴 수 있는 것인가?

우리가 세계 여론에 호소한 바 없기 때문이다. 야수쿠니 신사 참배가 어떤 의미를 지니고 있는가에 대한 세계인들의 인식과 관심을 불러 일으키는 데에 우리의 노력이 부족하기 때문이다.

만약에 독일의 역대 수상들이 지금처럼 아우슈비츠에 가서 참회의 눈물을 흘리는 것이 아니라 히틀러 기념관을 세우고 그의 초상화 앞에서 매년 추모제를 지낸다면 세계는 이에 대해 어떻게 반응할 것인가를 상상해 보자. 일본 수상이 2차 대전 전범 사당에 참배하는 것이 독일의 그러한 가상적인 사실과 무엇이 다른가를 국제사회에 줄기차게 물어도 일본 수상은 계속해서 당당히 참배할 수 있을까?

모든 국제 관계에 있어서 국제 사회의 여론이나 협력은 무시할 수 없는 힘을 지니고 있는 것임은 말할 필요도 없는 일이다. 역사적으로 일본이 독도를 자기네 것으로 하기 위해 얼마나 엄청난 외교적 노력을 하였는가는 샌프란시스코조약 하나만 보아도 알 수 있는 일이다.

전후 처리를 위해 마주 앉은 미국과 일본은 한국이 되돌려 받아야할 영토로 6차 회의 때까지만 해도 독도가 포함되어 있었으나 7차 회의 때부터 일본의 집요한 로비로 독도를 조약 체결 대상에서 제외시키는 합의를 본 저간의 사실만 보아도 국제적 협력관계가 얼마나 중요한가를 우리는 뼈저리게 느낄 수 있는 것이다.

특히 샌프란시스코회담 당시 이미 영국 정부가 독도는 한국 영토임을 확인시켜 주었음에도 조약에서 빠지게 된 것은 이 조약의 당사자인 미국의 영향력이 얼마나 큰 가도 우리는 충분히 인식해야 할 것이다. 특히 1965년 한일 수교 협상 당시에는 미국이 독도를 한일 공동 소유로 하는 것이 어떻겠느냐는 제안까지 했던 것으로 보도되고 있는 것을 보면 미국은 독도 문제에 있어 일본 편들기 입장에 있는 것으로도 보여 진다.

미국의 이러한 입장을 변화시키는 작업은 미국 말을 잘하는 사람들이 나서서 종횡으로 미국을 한국의 말에 귀 기울이도록 로비하는 것이 대단히 긴요하다고 여겨진다.

그런데 들리는 얘기로는 미국 말 잘 하면서 미국보다 더 친미적인 사람들 때문에 문제라고 하는 사람들이 있으니 장차 이 일을 어찌 할고!

경북신문 (2005. 05. 31)

천하天下는 천하의 것이거늘!

　의사, CEO, 대학교수! 알고 있는 것이라고는 이것뿐인 안철수라는 한 사람의 정치 행각으로 세상이 한 순간 소용돌이 쳤다. 그 파동은 아직도 잦아들지 않은 채 언론의 중심부에서 맴돌고 있다. 알 수 없는 것은 민심이고 흔들리는 것은 여론이다. 예로부터 백성은 물로 비유되었다. 지금의 국민시대에도 이러한 비유는 틀리지 않는다고 보여 진다. 국민이라는 물이 소용돌이치면 물 위에 떠 있는 정권은 흔들거릴 수밖에 없기 때문이다. 그러나 아직 그 정체도 밝혀지지 않은 한 사람이 던진 돌수제비 하나로 정치가 소용돌이친다면 물의 깊이가 얕거나 정권이 허약하다는 얘기로 밖에는 받아 드릴 수 없다. 물의 깊이가 얕다는 뜻은 아직도 우리나라 국민들의 정치적 성숙도가 낮다는 뜻이고 정권이 허약하다는 뜻은 국민적 지지도가 그리 높지 않다는 뜻이다.

　정치적 성숙도의 측면에서 이 문제를 먼저 짚어 보면 어떨까 싶다. 정치적 성숙도는 국민 각 개인의 정치에 대한 참여도는 물론 국가나 사회에 대한 인식도와 불가분의 관계에 있다고 할 것이다. 일반적으로 말하면 국민은 무류적(無謬的) 존재임이 분명하다. 국민이 무슨 잘못이 있을 것이며 무슨 부패가 있을 것인가? 그러나 현실은 그렇게만 보아지지 않는다.

　안철수라는 사람의 정체가 무엇인지도 모르고 여당인 한나라당은 그를 자기네 당으로 영입하려고 노력한 흔적이 있음을 우리는 들어 알고 있다. 그런데 그가 서울시장 출마를 놓고 고민한다는 순간에 이미 그가 내 뱉은 첫마디는 한나라당을 매도하는 것이었다. 역사의 물결을 거스르는 세력은 현 집권 세력이고 이번 서울시 보궐선거를 통해 응징을 당하고 대가를 치러야 할 정당은 한나라당이라고 하였다.

정치권에 발을 들여 놓지도 않은 상태에서 벌써 정치의 한 축을 담당하고 있는 세력에 대한 저주를 퍼붓기 시작한 것이다. 그리고 야당인 민주당에 대해서도 한나라당에 대한 응징의 대가로 혜택을 누릴 자격이 없다고 평가 절하하였다. 그러면서 그는 역사의 흐름에 도움이 될 수 있는 사람으로는 박원순만이 자신의 파트너가 될 수 있을 것처럼 천명하였다.

화두가 대단히 거창하다. 그러나 화두가 거창한 것에 비해서는 그 화두의 내밀한 의미가 무엇인가에 대해서는 아직 한 마디도 해 본 적이 없다. 먼저 알고 싶은 것은 그가 생각하는 역사의 흐름은 어떤 것인가 하는 것이다. 한나라당이 역사의 물결을 거스르고 있다고 말하였기에 하는 말이다. 거스른다는 말은 역류한다는 얘기다. 필자 역시 한나라당을 무슨 큰 애정을 가지고 두둔하고 싶은 생각은 없다. 그러나 한나라당이 정치력의 부족으로 국민으로부터 큰 지지는 받지 못하고 있을는지는 몰라도 역사의 물줄기에 역류한다고는 보지 않는다. 민주당 또한 좌고우면(左顧右眄)으로 그 정체성(正體性)이 때때로 의심스러울 때는 비록 없지가 않지만 집권 경험도 있는 훌륭한 대안(代案)정당이다.

기성을 부정하고 비난함으로써 자신의 입지를 확보해보고자 하는 의도로 이해된다 하더라도 이 경우는 지나치다할 것이다. 자신의 정치적 정향(定向)을 먼저 밝히는 것이 정치를 시작하는 초년생이 취할 바 태도라고 여겨진다. 한 번도 정당 활동을 해 본 적이 없는 백면서생(白面書生)같은 사람이 정치의 첫발을 내 딛기도 전에 기성 정당을 싸잡아 저주 또는 비난하고 나서는 처신은 아무리 생각해도 지식인의 처신이라고 이해하기에는 어려운 행보가 아닌가 싶다.

정치의 본령은 나와 다른 존재와 타협하고 화합하면서 공통의 목표인 국가를 영위하자는 것인데 지금까지 여야가 벌리고 있는 이전투구(泥田鬪狗) 때보다도 더 진한 원색적인 비난을 발판으로 새로운 정치를 시작한다면 그의 장래가 얼마나 희망적일 것인가를 의심하지 않을 수 없다.

서양의 국가들이 대체적으로 삼색기(三色旗)의 국기를 상용하고 있으면서 민주주의와 공화주의를 표방하고 있는 이유를 우리는 알고 있다. 이는 자신과 다른 생각을 하는 사람이나 남녀노소나 빈부 차이를 뛰어 넘어 누구와도 타협하고 화합하면서 한 나라와 사회를 평화롭게 영위해 나가자는 뜻의 표현이다. 이를 초장부터 전면 부정하면서 정치를 시작하겠다고 하니 그것은 정치를 하자는 것이 아니라 혁명을 하자는 얘기 밖에는 되지 않는다. 혁명은 정치의 적이다. 혁명을 꿈꾸는 자라면 민주정치의 반역아인 셈이다. 스스로가 민주정치를 할 자격이 없다고 선언한 것과 다름이 없는 행태라고 밖에는 이해할 수가 없다.

다시 원점으로 돌아가 보자! 그는 분명히 자신은 역사의식을 가진 사람이라고 하면서 현재의 집권 세력에 대해서는 역사의 물결을 거스르는 존재로 또 민주당 역시 그 물결의 대표가 될 수 없는 존재로 인식하면서 매도하였다. 말하자면 자신 이외에는 아무 누구도 역사의 물결을 순조롭게 항진시킬 수 없다는 투였다. 그렇다면 자신이 인식하고 있는 역사의 물결은 어떤 물결일까? 스스로 말한 적이 없으니 그의 행동으로 파악할 수밖에 없다.

한때 그의 멘토인 양 언론의 전면에 나섰던 기성 정치인 중의 한사람인 윤여준에 대해서는 대단히 불쾌한 듯 그와는 확연한 경계선을 그은 다음 그가 멘토라면 김제동이나 김여진 같은 연예인을 포함해서 300명 정도나 된다면서 사정없이 폄하는 모습을 보였다. 그러면서 홀연히 시민운동가라는 박원순이라는 사람에게 시장 출마의 기회를 주어버리고 말았다. 여기서 우리는 역사의 물결을 함께 타고 가야할 사람으로 박원순을 선택하고 김제동을 자신의 멘토로 평가하고 있다는 사실은 무엇을 말하는가를 곰곰 생각해 보아야 할 것이다.

김제동은 방송인이면서 재담꾼이다. 노무현 전 대통령 장례식 노제(路祭)때 사회를 보았고 몇 달 전 그의 추모식에도 참가하였다. 해군 기지 건설을 반대하는 사람들을 격려하기 위해 제주도 강정마을에도 갔다. 그리고 말했다. "이렇게 아름다운 곳에 해군 기지를 건설하는 것은 적이 파괴하기 전에 아군이 선제 파괴하는 것"이라고.

박원순은 세상에 알려진 좌파 시민운동가다. 국가 보안법 폐지를 주장하면서 법원에서 조차 이적 단체로 판결된 단체를 변호하는 데에 여념이 없다. "북한이 주장하는 것과 같은 주장을 한다고 하여 반드시 나쁘다고 말 할 수 없다."라고 주장한다. 그래서 그런 것이었던가? 자신이 주도적으로 창립 발전시킨 참여연대는 천안함 사건이 터지자 북한의 소행이 아니라는 주장을 담은 편지를 유엔 안보리 이사국들에게 보냈다. 북한의 소행이라고 판단하고 있는 정부의 조사에 반기를 들면서 반국가적인 이적 활동을 벌린 것이다. 자신이 만든 가게 수입의 상당액은 좌파 시민단체의 활동자금으로 보내어 지고 우파정치인들을 죽이기 위해 낙선운동을 벌리면서 선거법을 무자비하게 유린한 사람이다.

이 부분에서 우리는 김제동과 박원순의 공통점을 발견할 수 있고 안철수가 지향하는 역사의 물결이 어떤 것인가를 어렴풋이나마 가늠해 볼 수 있다. 한마디로 박원순과 김제동은 대단히 열려 있는 사고를 가지고 있는 듯하지만 그것은 대단히 반(反)대한민국 적이 아닌가 하는 생각이다. 국가란 무엇인가? 이탈리아 통일 운동가인 마치니는 이렇게 말했다. "조국은 땅이 아니다. 조국이란 그 땅 위에 건립된 이념"이라 하였다. 그렇다면 동포란 무엇인가? 유태인들은 이렇게 설명한다. 이스라엘이 아랍과 피 터지는 전쟁을 하고 있을 때 국내외 어디에 있는가를 막론하고 이 전쟁을 가슴 아파하고 있는 사람이 진정으로 유태인이다 라고.

이런 맥락에서 본다면 같은 대한민국이라는 땅 위에 산다고 하여 다 같은 동포가 되는 것은 아니다. 다시 말하면 대한민국 땅 위에 살고 있으면서 국가 인식이 다르고 역사 인식이 다르고 가치 의식이 다르다면 똑같은 국민이라고 할 수가 없다는 얘기다. 대한민국에 살면서 북한을 두둔하고 북한을 지향하고 북한 체제를 옹호하고 대한민국을 지키려는 생각이 없다면 어찌 국가를 함께 할 수 있느냐고 말할 수밖에 없다. 선거법을 마구잡이로 짓밟으면서 선거를 무시한 사람이 어떻게, 바로 그 선거법의 절차에 따른 선거에 입후보 할 수 있는가 하는 점도 문제시 하지 않을 수 없다. 민주주의를 함께 할 수 없기 때문이다. 조국에 대한 충성된 마음이 하나로 통일되어 있을 때에 비로소 하나의 같은 국민이 되는 것이 아니겠는가? 그런데 이들은 과연 어떤 존재인가?

김제동이나 박원순이가 북한을 지향하는지 아닌지는 잘 알 수가 없다. 그러나 최소한 대한민국을 지키려는 데에는 소극적이면서 결과적으로 북한을 이롭게 하는 데에는 적극적이었지 않았나 하는 생각은 떨쳐 버릴 수가 없다. 제주 강정마을에 해군 기지 건설을 반대하는 것으로 보나 국가보안법 폐지를 끈질기게 주장하고 헌법상의 영토조항까지도 문제 삼는 것을 보면 그런 의심이 가지 않을 수 없다. 한국 내의 인권문제는 신랄하게 비판하면서 북한의 인권문제에 대해서는 정보가 없어 잘 모르겠다는 식이라면 어찌 나라를 함께 걱정할 수 있으며 어찌 함께 나라의 어려움을 헤쳐 나갈 수 있는 사람이라고 할 수 있겠는가 하는 점이다. 충성심이 우리와는 다르다는 얘기다. 안철수라는 사람이 인식하고 있는 역사의 물결이 이런 것이라면 필자는 그 역사의 물결에 단호히 거스르는 것이 옳은 길이라고 본다.

필자가 안철수에 대해 또 한 가지 마땅치 않게 여기는 점은 어찌 자신의 국민적 인기 하나만을 믿고 그 토록이나 가볍게 일신의 몸놀림을 할 수 있느냐 하는 점이다. 자신의 출마를 포기하고 박원순에게 후보 기회를 넘겨주는 과정을 보면 세상을 여간 우습게 보는 사람이 아닌 것 같아 쓸쓸하기가 이를 데 없다. 일부 보도는 잘 짜여진 시나리오라고도 하였다. 말하자면 진정성이 없었다는 얘기다.

백두대간을 종단했다고 하면서 수염을 깎지 않은 모습으로 나타난 박원순의 경우나, 처음부터 서울시장에 나가려는 의지도 없이 출마하려는 듯한 몸짓으로 언론을 대한 것이나 박원순을 만나기 위해 미리 그 장소를 물색해 둔 것이나, 만나자 마자 20분도 안 돼 서로가 얼싸안으면서 출마 포기를 선언한 것과 같은 행동은 분명히 국민을 우롱하는 처사였음이 분명하지 않은가 말이다.

정치를 하겠다고 마음먹은 사람이 그 출발부터 기존의 정치 세력에 대한 저주와 국민을 우롱하는 사람을 우리는 지금까지 본적이 없다. 천하는 천하의 것이지 한 두 사람의 잘 짜여진 각본으로 움직여지는 천하가 아니다. 마치 그들 둘만의 나라인 듯이 거들먹거리려서야 누가 그들을 지지해 줄 것인가? 그래서 이회창 전 대표는 "간이 배 밖으로 나왔다."고 말한 것이 아닐까? 앞으로 태어날 수많은 신진들과 기성 정치인들이 이들을 본받을까 두렵다.

월간 헌정 (2011. 10월호)

까치 호랑이

금년은 호랑이 해다. 그러나 단군신화는 우리에게 우리 민족은 곰의 후예라고 말해 주고 있다. 그런데도 우리의 실제 생활에서는 곰에 대한 얘기보다는 호랑이에 대한 얘기가 훨씬 많다. 가장 용맹스러워야 할 군부대의 이름에도 맹호부대는 있어도 백곰부대는 없다. 올림픽의 마스코트도 호돌이일 뿐 곰돌이는 아니다. 뭔가 이상하다. 속담을 보아도 그렇다. '범한테 잡혀가도 정신만 차리면 된다' '하룻강아지 범 무서운 줄 모른다' '산에 가야 범을 잡지' '자는 범 코침치기' '사람은 죽어서 이름을 남기고 호랑이는 죽어서 가죽을 남긴다' '호랑이도 제 말하면 온다' 등등 수도 없이 많다. 그러나 곰과 관련된 속담으로는 '곰 가재 뒤집듯 한다'던가 '미련하기가 곰 같다'든가 하는 정도다.

왜 그런 것일까? 12간지(干支)에서조차 호랑이는 있어도 곰은 없다. 이유는 알 수 없다. 호랑이를 산신령으로 믿었던 시대도 있었고 지금도 어떤 절에 가보면 호랑이 조형물을 만들어 민간 신앙의 대상으로 삼고 있는 것을 보면 우리나라에 곰은 없고 호랑이는 많이 있었기 때문이 아닌가 싶기도 하다.

전래되는 호랑이에 얽힌 얘기로 가장 유명한 것은 역시 연암(燕巖) 박지원의 소설 〈호질(虎叱)〉이 아닐까 싶다.

낮에는 가장 점잖은 도학자인척 하면서 밤에는 젊은 과부 집에 드나드는 사이비 선비에 관한 얘기다. 주인공 이름은 북곽(北郭) 선생! 나이 40에 손수 교주(校註)한 책이 만 권이요 뜻을 부연하여 저술한 책이

1만 5천 권이나 되지만 벼슬을 귀찮게 여기는 선비로 천자도 그를 가상히 여기는 사람이었다. 그러는 그가 어느 날 과부 집에 갔다가 과부의 아들들에게 들키는 바람에 한밤중에 도망을 치기 시작했다. 그러다가 그만 들판에 있는 거름 구덩이에 빠졌다. 말이 거름 구덩이지 실은 똥통이었다. 천신만고 끝에 그 구덩이에서 빠져 나오는 순간 그 선비 앞에는 호랑이가 떡 버티고 있지 않은가?

공교롭게도 그날 밤 사냥감을 구하기 위해 어슬렁거리던 호랑이와 마주치게 된 것이다. 호랑이는 그 선비를 보자마자 "선비 놈이 몹시 구리다"라고 말하면서 선비들의 위선(僞善)에 대해 일장 훈시를 해 대는 것이었다. 선비는 혼비백산하여 해가 동천(東天)에 떠오르는지도 모르고 꿇어 엎드려 자신을 변명하기에 여념이 없었다. 이른 아침에 밭을 갈러 나온 농부가 이 광경을 보고 묻기를 "선생은 무슨 일로 이렇게 이른 새벽에 들에 나오셔서 경배하고 계십니까?(先生何早敬於野)"

"하늘이 높다고들 하니 어찌 감히 그 앞에서 고개를 숙이지 않을 수 있으며 땅이 넓다고 하니 어찌 감히 무릎을 꿇지 않을 수 있겠는가? (吾聞之 謂天盖高 不敢不局 謂地盖厚 不敢不蹐)"

모르기는 하되 연암은 조선 선비의 부도덕성을 질타하면서 동시에 이 말을 들려주고 싶어 위선에 넘치는 중국 선비를 주인공으로 한 이 소설을 썼는지도 모른다. 호랑이와 얽힌 얘기로 재미있는 이야기로는 아무래도 이승만 대통령이 한 얘기를 빼놓을 수 없다.

이 대통령이 평화선을 선포한지 1년이 지난 1953년 1월의 어느 날, 그는 일본에 있는 클라크 유엔군 사령관의 초청을 받고 일본 수상 요시다(吉田茂)와 회담을 하게 되었다. 요시다 수상은 자신들도 모르게 평화선이 선포된 것에 대하여 몹시 감정이 상해 있는데다가 이 대통령의 태도가 거의 안하무인인 것에 불쾌하였던지 이 대통령의 비위를 한번 건드려 보고 싶었던 모양이다.

"한국에는 지금도 호랑이가 많지요?"하고 말을 걸었다. 이승만 대통령은 아직도 일본에 대한 좋지 않은 감정이 남아 있었던지 퉁명스럽게 대답하였다. "뭐요? 호랑이라고요? 아니 임진왜란 때 가토(加藤淸正)가 우리 문화재와 함께 호랑이도 다 잡아 가지 않았소? 이제는 한 마리도 안 남았소!" 통쾌한 일격이었다. 일본의 침략 근성을 거의 직설적으로 꼬집은 것이나 다름없는 것이었다. 요시다 수상은 한국이 아직도 호랑이가 득실대는 오지(奧地)의 나라가 아니냐하는 투로 물었던 것으로 해석하는 이도 있다(박용만).

또 하나 빼놓을 수 없는 예로는 까치 호랑이 얘기다. 까치와 호랑이는 사실은 아무 상관이 없는 관계다. 그런데도 우리네 조상들은 까치와 호랑이를 주제로 그리도 많은 그림을 그렸다. 민화에 관한 얘기다.

민화는 한마디로 말하면 이름 없는 민초들이 그린 그림이다. 과객으로 지방 나들이를 하다가 어느 낯선 집에서 하룻밤을 자고 얻어먹은 것이 고마워 자기 멋대로 아무렇게나 그린 낙관도 없는 그림이다. 벼슬을 하라고 잉어 그림도 그리고 오래 살라고 고양이 그림도 그려 주었다.

그러나 새해가 되면 복을 많이 받으라는 뜻으로 까치 호랑이 그림을 그려주었다. 그리고 이 그림에는 반드시 까치가 앉을 소나무 한그루를 곁들였다. 이유는 간단하다. 음력으로 1월은 인월(寅月) 즉 호랑이 달이고 소나무는 정월을 상징하기 때문이다. 그러기 때문에 까치 호랑이 그림을 세화(歲畵)라고도 한다.

미술 전문가들 설명으로는 중국의 세화에서는 신년희보(新年喜報) 즉 "새해를 맞아 기쁜 소식만 있기를 기원합니다."라는 뜻으로 까치 호랑이가 아니라 까치 표범을 그리는 것이 원칙이라고 한다. 까치는 희(喜)소식을 알리는 길조(吉鳥 · 吉兆)요 표범의 표(豹)자는 보(報)자와 발음이 똑같기 때문이라는 것이다.

그러나 중국에서의 표범이 왜 우리나라에 건너와서는 호랑이로 바꾸었느냐를 시비 걸 일은 아니라고 본다. 우리나라에는 표범이 없다는 이유가 가장 큰 이유가 되겠지만 그것은 그리 중요한 문제는 아니다. 오히려 우리가 눈여겨 보아야할 것은 우리나라의 까치 호랑이 그림은 단순히 신년희보의 뜻으로만 그려진 것이 아니라는 사실에 있다. 까치를 백성으로 호랑이는 무능하고 부패한 관리로 상징화하여 은유적으로 그려진 사례가 많다는 데에 있다. 까치가 나무위에 올라 앉아 호랑이를 내려다보면서 백성의 외침을 알려주면 호랑이는 다소곳이 바보스럽게 그 소리를 듣고 있는 모습의 그림이 바로 까치 호랑이 그림이라는 사실도 우리에게는 여간 교훈적이지 않다.

필자는 음력 정월을 맞아 이 글을 통해 까치 호랑이 그림을 신년희보라는 뜻으로 한 장 그려 헌정회 회원분들께 드리고 또 한 장은 북곽과 같은 위정자(僞政者)들에게 국민의 소리를 겸허하게 받아드리라는 뜻으로 드린다. 낙관도 없이 말이다.

월간 헌정 (2010. 2월호)

별거시 다— 대통령을 하란다

한국 문단 초창기에 김동인(金東仁) 선생은 이런 글을 쓴 적이 있다.〈별거시 다— 소설을 쓰란다〉.

되지도 않은 글을 써서 소설이라고 내놓는 사람이 있는가 하면 남의 글을 베꼈으면서도 자기 글이라고 버젓이 문학지에 발표를 하고 일본 사람 글을 번역해 놓고도 제 것인 양 콧날을 세우고 있는 몰골을 보면서 그렇게 자조적이고도 한탄스러운 글을 쓴 것이다.

이제 대통령선거가 코앞으로 닥쳐오자 그 동안에 대통령하겠다고 나선 어중이떠중이는 많이 줄어들었지만 그래도 후보 경선에 오른 사람은 손가락으로 다 헤일 수 없이 많은 것을 보면서 필자가 하고 싶은 소리가 바로 그 소리다.

〈별거시 다— 대통령을 하란다〉.

언제인가부터 필자는 한 나라를 이끌어 가는 지도자의 자질은 곧 그 나라의 국력의 표시가 아닌가 하는 생각을 하게 되었다. 지도자의 자질 여하에 따라 지도자의 리더십이 달라지고 그 리더십 여하에 따라 국력의 신장과 쇠퇴가 결정된다고 믿게 되어서였다.

그렇다면 어떤 것이 지도자에게 필요한 자질로 거론되어야 하는가를 강의실에서 학생들에게 물어본 적이 있다. 그들이 제기한 자질의 요소는 이런 것이었다. 비전 신념 용기 청렴 정직 겸손 덕성 통찰력 판단력 결단력 설득력 사명감 포용력 추진력 신의 인내 체력 지혜 사랑.

어느 하나도 버릴 것이 없는 자질의 요건임이 분명하다. 그러나 덜컥 겁이 나기 시작했다. 위에서 지적된 자질을 소유한 대권주자(大權走者)가 우리나라에서는 과연 몇 명이나 될까 싶어서였다.

그러나 어쩌면 필자의 성급한 성격이 그러한 실망감을 먼저 내비친 것이 아닌가하는 생각도 없는 것은 아니다. 독일의 괴테조차 세계적 영웅이라고 칭송해 마지않았던 나폴레옹도 처음부터 영웅이 아니었듯이 히틀러의 속셈을 꿰뚫어 보고 세계2차 대전을 승리로 이끈 처칠의 강력한 리더십도 하루아침에 형성된 것이 아니지 않은가 하는 생각이 들어서였다. 덧붙인다면 지도자를 양성할 줄 모르는 우리나라 정치 풍토를 먼저 개선시켜 나가야하지 않겠나 싶은 생각도 없지 않은 터여서 더욱 그러하다.

그러나 아무리 그러하다 하더라도 누구인가를 선택할 수밖에 없는 막다른 길에서 선택한다면 어떤 방법이 있을까? 미국의 어떤 기자는 〈미국 최악의 대통령 10명에 관한 이야기(김형곤 역)〉란 책을 썼다. 이런 지도자를 선택하자는 것이 아니라 이런 지도자를 선택해서는 안 된다는 책이다.

방향감각도 목적의식도 없으면서 독선적이고 미래에 대한 비전하나 제시하지 못하는 사람(카터), 용기도 결단력도 없이 우유부단하면서도 배신을 일삼는 사람(태프트), 인간적인 따뜻함이란 눈곱만큼도 없이 단 한 번의 악수만으로도 모두를 적으로 만드는 사람(헤리슨). 인색하기 짝이 없으면서 철저하게 침묵과 무활동으로 일관한 사람(쿨리지). 대통령직을 사적인 영달로 간주하면서 게으르기 한량없는 사람(그랜트). 걸핏하면 흥분하고 타협을 수치로 알면서 안하무인격인 사람(앤드류 존슨). 능력이란 보잘 것이 없어 사람들이 "원 세상에 어떻게 저런 사람이 미국의 대통령이라니!" 하는 탄식의 소리를 남긴 사람(피어스). 우둔 허약 무능이라는 대명사가 줄곧 따라 다닌 사람(부캐넌). 우연히 대통령이 된 사람으로 백악관에서 수도 없는 섹스 스캔들이나 일으킨 함량 미달의 사람(하딩). 능력이나 지적인 면에서는 뛰어났으나 국민을 무시하면서 노골적으로 사법권을 방해하고 헌법을 유린한 사람(닉슨).

이런 모든 실례들을 집약해보면 결국 국민을 우습게 보는 사람과 함량미달의 사람을 지도자로 선택해서는 안 된다는 얘기다. 대통령 후보 지명과 더불어 자기 부인이 기절할 정도의 함량 미달인 사람(피어스)이 대통령이 되면 어쩌나 하는 생각은 필자에게만 있는 것은 아닐 것이다.

이제부터는 어떤 사람이 지도자가 되어야 하느냐를 따지기 보다는 어떤 사람이 지도자가 되어서는 안 되는가를 따져 투표에 임해야할 것 같다. 이런 사람은 대통령으로 뽑지말자는 캠페인이라도 벌리고 싶은 심정이다.

국가의식과 역사의식이 친북 좌파적으로 편향된 사람
국민을 안하무인(眼下無人)으로 깔보고 함부로 대해온 사람
혼자 잘난 척하면서 누구와도 화합할 줄 모르는 오만 독선적인 사람
국민들 편 가르기를 좋아하면서 말을 함부로 하는 사람
코드 중심의 인사나 지역 중심의 인사로 난맥상을 일으킬 사람
무능하거나 무식하면서 근시안적인 자기 고집만 내세우는 사람
이당 저당 옮겨 다니면서 배신을 일삼아온 사람
용기도 결단력도 비전도 하나 없이 우유부단하고 부패한 사람
걸핏하면 화를 내면서 서류를 집어 던질 만큼 경망스러운 사람
국민을 속이고도 눈 하나 깜짝하지 않을 재승박덕의 위선적인 사람
인간성이 좋지 않으면서 자제력도 발휘하지 못하는 사람

경북신문 (2007. 07. 10)

지리멸렬支離滅裂의 한 해年를 보내며

　지리멸렬! 사전에서는 '체계가 없이 마구 흩어져 갈피를 잡을 수 없음' 등으로 풀이 되고 있다. 필자 나름대로는 매사가 뒤죽박죽이거나 엉망진창인 상태쯤으로 이해하고 있다.

　이 말에는 연원(淵源)이 있다. 장자(莊子)는 어느 날 아무도 상상할 수 없는 불구자 한사람을 만들어 냈다. 장자가 그려 놓은 불구의 상태와는 상관없이 서양화가들이 흔히 표현해 온 그림을 상상하면서 그려 보면 배꼽은 등허리에 박히고 눈은 옆으로 성기는 이마에 팔다리는 아래 위와 좌우가 뒤바뀌어 있는 기괴스러운 모양을 하고 있는 장애자다. 장자는 그의 이름을 소(疏)라 짓고 부르기는 지리 소(支離 疏)라 하였다. "신체가 갈갈이 흩어진 소씨"를 말한다. 여기서 파생된 말이 지리멸렬이 아닌가 싶다.

　지리멸렬을 장황스럽게 설명하는 이유는 지난 일 년을 통 털어 설명할 수 있는 말로는 이 낱말 하나 밖에는 없다고 여겨졌기 때문이다.

　국회부터가 난장판이었다. 법안 하나를 놓고 난투극을 벌리는 것은 이제 예사가 되었다. 사람들 머리 위로 사람들이 날라 다녔다. 우리나라 조폭영화에서 볼 수 있는 집단 패싸움 정도를 넘어 중국 무술영화에서나 볼 수 있는 장풍(掌風)과 하늘을 나는 묘술(妙術)이 난무하였다. 정기 국회가 끝날 때까지 예산안 하나 통과시키지 못하고 막은 내렸다. 국화꽃 한 송이 변변히 피우지 못하고 무서리만 잔뜩 내리게 한 꼴이 되었다.

정부와 여당의 손발이 맞지 않으니 국회가 제대로 기능을 할 수가 없다. 세종시 문제를 다루고 있는 꼴 하나만 보아도 가관이다. 뜨거운 감자가 되어 있는 문제를 풀어 가는 방식도 갈팡질팡이고 대안(代案)이라고 내놓은 정책도 바늘허리에 실감기다. 총리는 변죽만 울리고 대통령은 사과 한마디로 끝난 것처럼 눈치만 살피고 있다. 여당 국회의원들은 문제의 본질에 접근하기 보다는 친이(親李)냐 친박(親朴)이냐로 패가 갈려 자신의 입지만 살려보자는 속셈뿐이다. 배꼽이 등허리에 붙어 있는 꼴이 아니고 무엇이겠는가?

지난여름 쌍용자동차 노조가 벌렸든 시위 현장은 전쟁터를 방불케 하였다. 노조원들이 만든 상상할 수도 없는 무기들이 열을 지었다. 산업현장에서 사용되고 있는 모든 원자재들이 무기를 만드는 자재가 되었다. 볼트와 너트는 총알이 되고 쇠파이프는 총신이 되고 액화 석유가스는 불을 뿜는 화염방사기가 되었다. 두 달씩이나 노사 간에는 대화가 이루어지지 못한 채 원수처럼 싸웠다. 노동운동이 이런 식으로 가서야 앞으로 얻을 것이 무엇이 있겠는가? 잃는 것은 직장이요 얻을 것은 실업밖에 더 있겠는가?

고도의 공공성과 윤리성을 지니고 있어야할 방송이나 언론부문도 난장판이기는 마찬가지였다. 방송의 다큐멘터리는 세트장에서의 조작이고 예능방송은 일본 프로그램의 표절이고 드라마는 불륜과 패륜으로 가득 찬 막장이 판을 친다는 비판의 소리가 높다.

걱정스러운 분야가 한 둘이 아니다.

대통령의 직속기구와 어떤 민간단체에서는 제멋대로의 기준으로 한쪽에서는 1005명을 다른 쪽에서는 4389명을 친일분자라고 발표하거나 사전을 만들었다. 친일분자의 양산(量産)이다. 건국 초기 반민특위에서 발표한 친일 반민족 행위자는 688명이었다. 친일분자의 수가 많아지면 많아질수록 친일 행위자의 수치심은 사라지게 마련이다. 친일분자를 양산하려는 의도가 무엇일까? 반민족 행위에 대한 〈물 타기〉일까? 천추의 한이 될 지리멸렬이다.

애국가가 사라지고 있다는 소리도 들린다.

한동안 세도 부리던 시민단체들 중에는 모든 행사에서 애국가 대신에 주먹을 높이 들고 "님을 향한 행진곡"을 부르는 단체가 있다고 한다. 무슨 민중의례라던가? 대한민국은 타도의 대상이지 애국의 대상이될 수 없기 때문이라는 것이다. 나라가 지리멸렬이다.

법원의 판결에 불만이 있다고 하여 판사들에게 욕지거리를 하거나협박공갈을 하는 사람도 있고 친북 운동가라면 무조건 석방시켜주는판사도 있다. 해보라는 노동운동이나 참교육은 안하고 정치투쟁만 일삼는 사람들이 있는가하면 하라는 정치는 안 하고 밖에서 삿대질만하는 정치인도 있다. 이 모두가 지리멸렬이 아니고 무엇이겠는가?

너무나 부끄러운 지난 한 해다. 새해를 기대해 본다.

경북신문 (2009. 12. 16)

시대의 영웅 루이스 우르수아

　실개천처럼 고불고불 늘어져 있으면서 헤아릴 수 없이 많은 만(灣)으로 인해 들쑥날쑥한 지구상의 가장 험한 뱃길 해협. 그것은 마젤란 해협이다. 그 마젤란에 의해 최초로 세계에 얼굴을 들어낸 칠레! 바로 그 칠레의 황량한 들판 광산에서 사고가 났다. 33명의 광부들이 매몰된 것이다. 아무 누구도 그들의 생사를 알 수가 없었다. 그런데 지난 며칠 동안에 걸쳐 우리는 그들이 70일 만에 땅속에서 살아 돌아오는 장면을 보았다.

　너무나 감동적이고 너무나 감격적이었다. 드라마도 그런 드라마가 없다. 한 사람의 낙오자도 없이 전원이 살아 돌아왔다. 기적이다. 그 기적을 만들어 낸 사람들 가운데에서 우리는 한 이름 없는 광부의 이름을 접한다. 루이스 우르수아(54)라고 불리우는 작업 조장에 관한 얘기다. 언론을 통해 보여준 그의 치밀하고도 담대한 리더십은 이 시대의 영웅을 보는 것 같은 흐뭇함과 경애(敬愛)의 심정으로 놀라움을 금할 수 없었다.

　지하 700미터의 어두운 갱도! 보이는 것이라고는 아무 것도 없다. 죽음에 대한 공포와 가족에 대한 그리움과 절망감밖에는 남아 있지 않았다. 살아 나갈 수 있다는 희망을 말하기도 사치스러운 죽음의 갱도 안에서 그는 뜨거운 열정으로 광부들을 무조건 한품에 끌어안았다. 48시간마다 과자 반 조각, 참치통조림 두 숟가락, 우유 반 컵으로 버텨보자고 했다. 죽음의 그림자를 짐짓 모른척하면서 33명의 광부들을 70여일 동안 조용하게 이끌어 온 그의 리더십은 가히 세기적(世紀的)이고 세계적인 것이라고 하지 않을 수 없다.

이 시대의 영웅의 표상이라 할 것이다. 과거의 영웅 칭호는 정복자에게 붙여졌다. 그러나 현대의 영웅은 분명히 온전히 자신을 버리면서 남의 생명을 살려낸 사람들에게 바쳐져야 할 이름이요 영예요 훈장이어야 한다. 우르수아가 바로 그런 사람이다. 우르수아는 처음부터 모든 다른 광부들이 구조되고 난 다음 맨 나중에 구조되겠다고 자청을 하였다. 이 생각은 영웅에 더하여 의인(義人)의 태도이기도 하였다. 그는 침몰하는 배의 마지막 선장처럼 죽음을 각오하고 마지막 구조 대상이 되겠다고 자청한 것이다. 이런 사람이 의인이 아니고 누가 의인이란 말인가?

필자는 우르수아라는 한 사람을 통해 이 시대의 영웅과 의인은 동시적 존재라는 생각을 다시 한 번 갖게 된다. 천안함 폭침 당시 죽음을 무릅쓰고 동료 군인의 시신 하나라도 더 찾아보겠다고 잠수하다가 죽은 한주호 준위도 이제 와 생각하면 이 시대의 영웅이요 의인임이 분명하였다. 영웅과 의인은 따로 있는 것이 아닌가 보다. 영웅이 의인이요 의인이 곧 영웅인 시대가 바로 우리 시대 아닌가 싶다.

이번 사태를 보면서 필자를 더욱 감격하게 만든 것은 칠레 사람들이 보여준 애국심이었다. 사고 현장에는 광부와 구조대원들이 모두 살아 돌아 나올 때까지 넘쳐 펄럭이는 국기(國旗)와 울려 퍼지는 국가(國歌)로 우리의 월드컵 응원단의 열광적인 도가니를 방불케 하였다. 광부의 가족들은 지하에 있는 광부들의 숫자에 맞춰 칠레 국민의 높은 이상을 상징하는 칠레의 국기 33개를 광산 앞에 꽂아 놓고 있었다. 국기 문양을 한 33개의 풍선도 준비해 놓고 있었다. 구조에 쓰였던 캡슐에도 어김없이 국기는 그려져 있었다.

그리고 구조되는 광부마다 구조 캡슐에서 나오자마자 외치는 첫마디는 언제나 "칠레 만세! 칠레 만세!"였다. 구조대원들이 모든 임무를 끝내고 마지막으로 외친 소리도 "임무완수! 칠레"였다. 어쩌면 그렇게도 한 사람의 예외 없이 약속이라도 한 것처럼 "칠칠칠 레레레"를 외치고 국가를 부를 수 있을까? 그들의 합창소리만 들어보아도 눈물이 날만큼 감격적이지 않을 수가 없다.

"순수한 칠레여, 그대의 푸른 하늘이여/ 잔잔한 실바람이 그대의 곁을 스쳐 가네/ 꽃으로 수놓인 그대 벌판은 에덴동산의 환희를 빼 닮았네/ 눈으로 뒤덮인 그대 웅장한 산맥은 신께서 내려 주신 요새/ 고난 당한자들의 피난처가 되리니/ 고난당한 자들의 피난처가 되리니/~~"

이렇게 보면 영웅과 의인은 애국자와도 겹치는 존재가 아닌가 하는 생각까지 든다. 과거의 우리 독립 운동가들처럼 말이다.

지금 우리 사회에는 태극기에 경례하는 것을 우상숭배라고 주장하는 사람도 있다. 태극기가 있는데도 굳이 정체불명의 한반도 기를 들고 남북을 오가는 사람도 있다. 행사 때 애국가 부르기를 거부하는 사람들도 있다.

그러나 "대~~한민국, 짜작 짝 짝!"소리는 영원할 것이다.

대전일보 (2010. 10. 19)

정치운동은 환경운동이 아니다

시인 황금찬은 이런 시를 읊은 적이 있다. "하늘의 시인은 별이요 지상의 시인은 별이라~" 필자 또한 이 시와 같은 이미지로 이렇게 말하면 어떨까?

은하수는 하늘의 뱃길이요 강은 지상의 뱃길이다. 은하수는 하늘을 밝히는 빛이요 지상의 뱃길은 지구를 살리는 물줄기다. 은하수의 빛줄기로 하늘이 숨 쉬고 지구의 물줄기로 생명체가 생명의 숨을 쉰다. 사람의 체내에 있는 핏줄이 강물이라면 강은 지구의 핏줄이다. 강도 흘러야 하고 피도 흘러야 한다. 바다로 흘러간 강이 다시 강이 되어 나타나듯이 심장으로 흘러간 피도 다시 돌아 나와 인체를 감싸고 흘러야 한다. 한시도 쉼이 없는 순환작용이 있어야 한다. 강은 모든 생명체의 젖줄이요 문명의 발상지다. 4대 인류문명의 발상지도 강이 아니던가?

지구는 모든 생명체의 어머니다. 어떤 생명체도 거부하지 않으면서 보살핀다. 필요하다면 내장까지도 서슴없이 내어준다. 오늘의 인류 문명은 바로 그 어머니의 너그러움으로 하여 꽃을 피웠다. 그러기에 어머니는 건강해야 하고 충분한 휴식과 영양을 공급받아야 한다. 어머니의 젖은 샘처럼 솟아야 하고 강물처럼 넘쳐흘러야 한다. 마르지 않는 샘과 넘쳐나는 젖줄이 되도록 끊임없는 보살핌이 있어야 한다. 4대강 사업의 필요성이 여기서부터 시작된 것이라 보여 진다.

이는 지구로 부터 양육 받을 수밖에 없는 인류가 지구를 위하여 해야 할 의무요 은혜에 대한 보답이다. 그래서 대두된 이론이 "지속가능한 개발이론(sustainable development)"이다. 인류가 살아가기 위한 터전을 개발하되 지구환경을 절대로 해쳐서는 안 된다는 조건부 개발이론이다. 무조건 있는 그대로 자연을 방치하자는 이론을 배격한다.

4대 강 개발로 하여 이제 우리나라에서도 새로운 문명의 시대로 가는 것이 아닌가 하는 생각도 없지 않다. 말도 많았고 수도 없는 오해와 반대도 있었다. 그러나 이제는 완공된 16개의 보(洑)가 그 아름다운 모습을 드러내고 있다. 지난여름 장마의 경험에서 보았듯이 4대 강이 훌륭하게 제 기능을 다 한 것으로 보도되고 있다. 여간 다행스럽지 않다.

우리나라가 과거의 경제부흥 시대에서 민주정치의 개화시대를 거쳐 이제 이 4대강사업으로 문예부흥의 시대로 발돋움 하였으면 좋겠다는 생각을 해 본다. 보 하나 하나를 건설하는 데에도 우리의 역사와 우리의 문화를 충분히 염두에 두고 한 징표가 곳곳에 보인다. 우륵의 가야금과 옛 전함을 함께 그려 놓은 듯한 강정 고령보, 제비와 측우기를 형상화한 공주보, 말을 타고 백마강을 바라보는 계백장군을 표상화한 백제보, 그 외에도 물시계(자격루)와 거북과 용등 우리 문화를 상징하는 조형물과 함께 보를 만들었다는 사실은 새로운 문화를 창조하려는 의지의 표현이 아닌가 해서다.

4대강 사업이 이제는 지속가능한 개발의 한 표상으로 자리 잡았으면 한다. 그동안에는 4대강개발이야 말로 "단군 이래 최대의 재앙"이라고 외친 사람도 있었다. 16개의 보는 결국 물 흐름을 막아 홍수피해의 원흉이 될 것이라고 우려한 사람도 있었다. 그러나 이런 우려는 약으로 작용되어야만 하고 독으로 작용하여서는 안 된다. 국책사업의 현장이 언제나 환경을 빌미로 정치투쟁의 장으로 변질되어서는 안 된다는 얘기다.

환경운동 연합은 4대강 반대운동을 한다면서 강가에서 집단농성을 벌렸다. 그리고 자기들이 먹고 버린 쓰레기를 몰래 묻은 것이 발각되기도 했다. 파렴치도 이런 파렴치가 없다. 이들은 정치인들을 대상으로

〈4대강 찬성인사 인명사전〉을 만들어 죄인취급을 하면서 앞으로의 선거에서 낙선운동을 할 것이라고 엄포를 놓고 있다. 이것은 환경운동이 아니라 완전히 정치운동을 하자는 선전포고와 같은 행위요 또 다른 형태의 인권유린행위다. 환경운동은 생명운동이지 정치운동이 아니다.

환경운동자들이 미군 철수와 보안법 폐지운동을 하면서 4대강 사업 반대는 물론 희망버스라는 것을 몰고 제주도 해군기지 건설반대운동도 주도한다. 환경운동은 허울이다. 이들에게는 특단의 대책이 필요하다. 정부가 이들의 농성과 트집으로 손해를 보았을 때에는 가차 없이 그 손해배상을 그들에게 요구하여야 한다. 도롱뇽을 빌미로 천성산 터널공사를 지연시킨 책임도 희망버스로 공권력을 손상시키면서 해군기지 건설을 방해한 책임도 가차 없이 물어야 한다. 시민운동이 탈법운동의 온상이 되어서는 안 될 것이다.

환경운동이 정치운동이어서는 안 되는 것처럼 정치운동이 환경운동이 될 수는 없다.

대전일보 (2011. 10. 25)

이게 재판입니까? 개판이지!

"이게 재판입니까? 개판이지!"

안성기가 주연하는 영화 "부러진 화살"에서 말을 막는 재판장을 향해 피고가 말을 끊지 말고 끝까지 들어보라고 하면서 격앙된 목소리로 토해 내는 말이었다.

지금 한창 상영 중인 영화 "부러진 화살"은 2007년도에 세간(世間)에서 "석궁(石弓) 테러 사건"이라고 불렸던 사건을 바탕으로 만든 영화다. 영화 "도가니"에서처럼 다분히 재판의 불공정성을 고발하는 내용이 그 줄거리다. 영화가 상영되기 전부터 법원 측에서는 각급 법원과 언론에 이에 대한 해명 자료를 배포했다는 얘기도 들리는 것을 보면 법원 측에서도 여간 신경이 쓰이는 영화가 아니었는가 보다.

"석궁 테러 사건!" 한마디로 재판에 불만을 품은 한 교수가 재판장인 판사의 집을 찾아가 그를 향해 석궁을 쏜 사건이다. 그런데 미스터리가 있다. 증거물로 있어야 할 "부러진 화살"이 어디론가 사라졌다는 사실과 화살을 맞았다는 부장판사의 속옷과 조끼에는 핏자국이 있는데 와이셔츠에는 왜 피가 묻어 있지 않느냐는 사실이다. 이에 대해 변호사는 법원에 혈액 감정을 신청했는데도 이것이 법원에서 받아드려지지 않았다고 분통을 터뜨린다. 변호사는 "합리적인 근거와 상식에 기초해 재판을 진행하자는 것일 뿐"이라면서 이 사건의 핵심은 "사법부의 보복"이라고 주장한다.

실체적 진실은 여하 간에 영화 "도가니"나 "부러진 화살"이 왜 이 시점에서 인기리에 상영될 수 있는가에 대해 먼저 생각해 볼 필요가 있다. 그것은 법원이 그만큼 국민들로부터 신뢰를 받지 못하고 있다는 증좌가 아닌가 해서다. 사법부가 국민들로부터 신뢰를 받고 있다면 어떻게 그것이 비록 영화라 하더라도 "이게 재판입니까? 개판이지!"하는 말이 주인공의 입에서 서슴없이 튀어 나올 수 있을까 싶다. 그만큼 국민적 공감대가 형성되어 있다는 뜻이 아니겠는가?

서울시 교육감인 곽노현 사건에서만 보아도 그렇다. 똑같은 돈 2억원을 놓고 받은 사람은 징역형인데 준 사람은 벌금형이다. 징역형을 받은 박명기 교수의 입에서 "이게 무슨 재판입니까? 개판이지"하는 소리를 해도 법원 측으로서는 할 말이 없게 되었다고 말할 수밖에 없다. 그래서 "어느 누구도 믿을 수 없는 화성인의 판결을 지구인이 어떻게 알겠는가" 하면서 전형적인 "봐주기"판결이라고 하는 어느 검찰 간부의 한탄하는 소리를 듣게 되는 것이다.

유권자 한사람에 대한 매수행위도 실형(實刑)인데 하물며 선거권을 뿌리 채 뽑아 버리는 후보자 매수의 경우를 벌금형으로 판결하였으니 비난은 당연히 있을법한 일이다. 재판장의 입장으로서는 전교조 출신인 곽노현의 부정사건은 어떻게 판결을 해도 좌우파 어느 한쪽으로 부터 비난을 받게 되어 있다고 여겼을는지도 모른다. 우파도 어느 정도 만족시키면서 동시에 좌파로부터도 환영받을 수 있는 판결은 있을 수 없을까 하고 고민했을 수도 있다.

그래서 나온 해답은 당선무효와 동시에 선거비용 보전비 35억에 대한 국가 환수의 법적 책임을 곽노현에게 물리는 벌금형으로 결론을 내린 것이 아닌가 싶다. 좌우파 모두로 부터의 비난을 최소화시킬 수 있는 절묘한 선택이었다고 해석할 수 있다. 그러나 이번의 경우에는 재판장이 원해서건 아니건 결과적으로 좌파세력들이 생명처럼 여겨야할 도덕성의 문제에 이르러서는 치명적이었다고 여겨진다.

교육비리 척결을 자신들의 성업(聖業)인양 내세우면서 몇 만원을 받은 교사까지 징계한 일을 자랑하고 선전하였던 그들이다. 그런 그들이 3천만 원이라는 법정(法定) 최고의 벌금형을 받은 곽노현의 업무 복귀를 길길이 뛰면서 환영하고 나섰다. 그것이 자신들에게는 얼마나 큰 수치이고 얼마나 큰 모욕이고 얼마나 깊은 함정인줄도 모르고 말이다.

어느 학부모가 어느 교사가 어느 학생이 그 교육감을 교육감으로 인정하고 존경하고 따르겠는가? 곽이 그 자리에 앉아 있으면 있을수록, 교육정책을 다루면 다룰수록 철면피한 사람으로 모든 사람에게 각인이 될 것이 아니겠는가? 좌파세력들은 자신들의 부패에 대해서조차 부끄러움도 느낄 줄 모를 만큼 후안무치(厚顔無恥)한 세력임을 만천하에 공고한 꼴이 되었다. 업무복귀 후에 자행하고 있는 곽의 행적을 보고 분노한 학부모들의 눈길을 그들은 알고나 있는지 모를 일이다.

대법원에서의 최종 판결로 곽노현이 그 직에서 물러나게 되면 그 때에 가서 좌파세력들은 또 무엇이라 말할까? "이게 재판이냐? 개판이지!"하는 소리나 하지 않을는지 벌써부터 걱정이다.

대전일보 (2012. 01. 31)

아름다운 죽음과 아름다운 통곡

지난 3월 26일은 30대 초반의 나이에 그렇게도 높은 이상과 폭넓은 식견과 깊은 철학을 지니고 있으면서 동시에 뛰어난 필력(筆力)과 담대함으로 나라를 구하기 위해 순국의 길을 택한 안중근 의사의 100주년 기일(忌日)이었다. 바로 그날 하필이면 안 의사 못지않게 나라를 위해 헌신할 수도 있을 46명의 꽃 같은 젊은 해군 병사들이 수몰(水沒)되는 안타까운 천안함 침몰 사건이 터졌다.

실종된 상태에 있는 병사들 한 사람 한 사람이 나라 안보의 기둥이었고 가정적으로는 희망이었다. 둘도 없이 소중한 생명이었다. 실종자가 살아 돌아오기를 안타까운 마음으로 기다리는 그 가족들의 마음과 같은 심정으로 우리들 또한 안타까운 마음으로 지켜보고 있었다.

그러나 천안함 사건이 터지고 그 사건을 수습하는 과정에서 보여준 군과 정부의 안이하고도 서투른 방식은 우리들의 분통을 터뜨리고도 남음이 있었다. 사고의 원인조사는 물론이고 구조(救助)의 기동성이나 민첩성 내지는 장비의 동원능력이나 활용능력에 이르기까지 어느 것 하나 제대로 작동시키지 못하는 것을 보고 우리는 깊은 자괴심에 빠졌다. 세계 경제 대국 몇 위에 속한다고 자부하면서 또 우리의 막강한 국방력에 안도하면서 지내왔던 하루하루의 생활이 모두 허상이었던가 싶은 심정으로 정부에 대한 원망이 불꽃을 튀길 시점에 우리는 의인(義人) 한준호 준위의 죽음을 맞이했다.

바로 그 순간 지금까지 가슴속에서 불타오르려던 분노의 심지가 일

순에 잦아드는 것을 보았다. 그의 죽음이 자괴심으로 위축되려던 우리들의 마음에 활력을 불어 넣어 주었다. 국민의 자존심도 되살려 놓았고 군의 서투름도 덮어주었으며 실종자 가족의 억울한 슬픔도 줄어들게 만들고 대통령과 정부에 대한 국민적 분노도 수그러들게 하였다. 얼마나 위대한 살신성인(殺身成仁)이요 얼마나 아름다운 죽음인가?

그러나 돌이켜보면 그의 아름다운 죽음에 못지않은 아름다운 통곡의 소리도 있었음을 우리는 안다. 한 준위의 시체가 들어있는 관이 지나가는 길목에 서서 그가 평소에 즐겨 불렀다는 군가 UDT의 노래를 전우애에 넘치는 눈물에 담아 부르는 동료대원들의 일그러진 얼굴을 우리는 보았다. 누가 이 모습을 보고 눈물 흘리지 않은 사람이 있었겠는가? "우리는 사나이다. 강철 같은 사나이 나라와 겨레 위해 바친 이 목숨~~"

한없는 자부심과 용기를 불러 일으켜주던 이 노래가 위대한 한 사람의 아름다운 죽음 앞에서는 왜 그렇게도 슬픈 장송곡처럼 들렸는지 필자도 모른다. 유족과 같은 심정으로 그를 애도하는 물결이 백령도 앞바다의 출렁임처럼 끊어지지 않는 모습을 보면서 이 또한 얼마나 아름다운 물결인가 싶었다. 그 이름 들어본 적도 없다. 언제 한번 만나본적도 없다. 대화를 나눈 적은 더더욱 없다. 그러나 그는 우리들의 영웅이었기에 몇 시간이고 기다려가면서까지 그의 영정 앞에 나아가 명복을 빌어주고 싶었던 것이다.

아름다운 분들이 어디 그들뿐이었던가? 그 실종자 가족들의 마음 씀씀이는 또 어떠했는가? "내 자식 하나 살리려고 남의 자식을 사지(死地)로 보낼 수 없다"고 하면서 실종자 구조작업을 중단하기를 요청했던 그 마음은 또 얼마나 아름다운 것인가?

아름다운 사람들은 또 있다. 쌍끌이 어선 선원들에 대한 얘기다. 실종자 구조작업이 지지부진한 채로 도무지 묘수가 나오지 않았던지 해군은 충청도 앞바다에서 주꾸미 잡이를 하고 있는 어선 한 척에게 협력을 요청했던 모양이다. 인도네시아 선원 2명과 우리 선원 7명이 탄 '금양 98호'는 낯선 바다 백령도 앞에 다다랐다. 평소 어로(漁撈) 경험이 없는 해역이지만 그들은 이것도 나라위해 하는 일이겠거니 하고 열심히 천안함 수색작업에 참여하였다가 침몰하였다. 주인 없는 빈소만 차려졌다. 그러나 누구도 그들의 빈소를 찾아 애도하는 사람 하나 없었다고 한다. 그들에게는 가족이 없었기 때문이다. 배를 타면서 살다가 어느덧 나이 들고 보니 가정을 꾸릴 여유가 없었던 것이다. 그러나 외로운 영혼이니 더더욱 가엽지 않은가? 나라를 위해 죽은 사람들, 나라가 위로해 주어야 할 일이다.

그런데 참으로 아름답지 않은 사람들도 이 기회에 있다고 말해 두는 것이 좋을 것 같다. 정치하는 사람들 말이다. 남의 빈소에 가서 기념사진을 찍은 사람은 누구이며 천안함 사건이 조작일 가능성이 있다고 말한 사람은 누구인가? 이 사건은 절대로 북한이 한 짓은 아니라고 말한 사람은 또 누구인가?

대전일보 (2010. 04. 13)

군령軍令은 살아 있어야 한다

천안함 사태로 억울하게 숨진 병사들의 진혼제(鎭魂祭)도 지냈고 그 사태의 원인도 북한의 소행인 것으로 공식 발표되었다. 이제 남은 것은 어떻게 북한을 응징하느냐 하는 것과 우리 내부의 기강을 얼마만큼 바로 잡느냐 하는 것만 남았다고 보여 진다.

북한에 대한 응징 문제는 지금까지의 대북정책에 대한 전면적인 재검토위에서 우리에 대한 도발이 자신들에게 얼마나 큰 위험부담으로 되돌아오는가를 확실하게 알려줄 정도가 되어야 할 것은 물론이다.

우선 지난 두 차례의 정권을 거치면서 북한에 대한 턱없는 유화정책과 지원정책이 북한으로 하여금 우리를 얼마나 무시하도록 만들었는가를 가늠해 보아야한다. 아울러 그 동안 중도실용이라는 이명박 정부의 어정쩡한 대북정책이 국내와 국제사회는 물론 북한에게 어떤 영향을 주었는지도 면밀히 검토할 필요가 있지 않을까 싶다.

천안함 사태가 벌어지자 이 대통령은 제일성(第一聲)으로 "그 동안 우리는 너무나 안보문제에 대해 나태해 있었다."라는 의미의 말을 하였다. 이 말은 어쩌면 대통령 자신의 무의식적인 반성의 목소리였는지도 모른다. 오직 경제 살리기에 낮밤을 지 세운 대통령으로서 안보를 챙길 여유가 없었다는 솔직한 고백일 수도 있다.

같은 맥락에서 필자는 대통령이 사태를 수습하는 데에 모든 정력을 쏟다 붓느라고 군령(軍令)을 세우는 데에는 신경을 쓰지 못했을는지도 모른다는 생각을 해 본다. 그럴 때가 아니라고 생각했을 수도 있다. 그러나 지금은 아니다. 이제부터는 군의 기강을 다잡을 때다. 군의 최고 통수권자로서 군령을 세워 군의 기강을 바로 잡고 병사들의 사기를 울려주어야 한다. 칼날보다도 더 무서운 군령으로 새로운 군으로 거듭나도록 심기일전의 기회로 삼아야 한다.

작건 크건 사태에 임하는 지휘관은 책임을 져야한다는 사실이 불문율로 살아있도록 해야 한다. "한 사람을 벌함으로써 3군의 기강을 잡을 수 있다면 벌을 주어야하고 한 사람에게 상을 주어 온 병사가 즐거워할 수 있다면 상을 주어야 한다." 병서(兵書)에도 있는 얘기다. 벌하는 것과 상주는 것이 분명하지 않고는 어떤 군령도 살아 있을 수 없다. "작전에 실패한 지휘관은 용서해 줄 수 있어도 경계에 실패한 지휘관은 용서해 줄 수 없다." 이 말도 군령의 대 원칙이다.

매사에 결을 거슬러서는 되는 일이 없다. 목재를 다루는 데에도 가축을 잡는 데에도 결을 따라 해야 한다. 사람이 일을 할 때에도 마찬가지다. 숨결을 고르게 하면서 일의 결을 좇아 처리해야 한다. 일의 결이란 무엇인가? 일의 순서요 때의 선택이다. 때를 놓치면 일을 그르치는 것이다. 때맞춰 일을 하지 않으면 기회를 잃고 기회를 잃으면 뒤에 따라 오는 것은 재앙뿐이라고 선인(先人)들은 말하고 있다.

군령도 때가 있다. 때를 놓치면 의미가 없다. 때를 놓치지 않는 결단이 곧 리더십이다. 이 정부의 리더십을 보여줄 수 있는 유일한 찬스가 지금이라는 뜻이다. 지금 이 때를 놓치면 이런 기회는 두 번 다시는 오지 않는다.

사회적 기강도 바로 이 군령에서부터 시작되는 것이라 생각한다. 법의 엄격함을 보여 주어야 한다. 군령이 살아 있지 않고는 법의 엄격함도 있을 수 없다. 법이 살아 있지 않으니 정부가 친북적인 사람들로부터 그 토록이나 무시당하고 있는 것이다. 마구잡이의 폭력과 안하무인의 욕설과 제멋대로의 집회로 정부를 공격해도 정부는 속수무책이다. 점점 더 한심한 정부가 되어가고 있는 것이다. 천안함 사태가 정부의 공작이라 거니 어뢰 공격은 소설 같은 얘기라 거니 한미 간의 훈련 중에 일어난 사건이기 때문에 미국만이 그 진실을 알 것이라는 둥 할 소리 못할 소리가 마구잡이로 토해지고 있는 것이 오늘의 우리 현실이다.

필자는 죽은 병사들의 진혼제가 끝남과 동시에 이 군령을 살려 기강을 잡으면서 원인조사에 들어 갔었으면 하는 사람 중의 하나다. 사태를 만난 당사자들이 사태의 원인조사를 한다는 사실부터가 모순으로 보인다. 비록 피해 당사자라 하더라도 바로 그 이유 때문에 원인조사는 제3자들의 책임으로 진행되었어야 하지 않았나 싶다. 억울한 마음과 분한 마음이 앞서 혹여 실수하지 않았을까 두려워서 하는 얘기다.

벌써부터 갖은 의혹의 소리가 나오기 시작한다. 북한 어뢰에 쓰여진 글씨가 가당치도 않은 것이라느니 앞뒤 발표내용이 다르다느니 별별 의혹이 줄을 잇는다. 이런 것들이 앞으로 오래 오래 정부의 신뢰성에 발목을 잡고 괴롭힐 것이다. 결을 무시하고 일을 처리한 업보다.

대전일보 (2010. 05. 25)

새 떼라고 바꿔 보고하라!

　사람 사는 사회에 완벽을 기대할 수는 없지만 지금과 같은 우리 사회는 썩고 병든 데가 너무나 많아 미래가 보이지 않을 지경이다. 부실하기가 짝이 없다는 얘기다. 어느 한곳 성한 데가 없다. 만지기만해도 부슬 부슬 떨어지는 낡은 시멘트 벽돌처럼 조사를 해보면 들어나는 것은 온통 거짓과 부패와 부실과 위장과 위선밖에는 없다. 총체적 부실이라고 말할 수밖에 없다. 일일이 열거하자니 너무나 부끄러운 자화상같아 차마 말하기도 쉽지 않다.

　"얼굴이야 두 손으로 가리면 그만이지만/ 부끄러움이야 무엇으로 다 가릴 수 있을까?"

　정지용의 시를 흉내 내 본다. 성수대교가 무너지는 것쯤이야 다시 다리를 놓으면 된다. 그러나 교육이 무너지고 나라에 기강이 무너진 것이야 무엇으로 감당할 수 있을까? 나로호가 실패한 것이야 그 실패를 거울삼아 다시 시도하면 된다.
　그러나 한번 무너진 실망감은 무엇으로 메꿀 수 있을까? 하겠다고 제정한 세종시 법이 시행도 하기 전에 수정안이 나오더니 이제는 그 수정안도 물 건너가고 4대강 정비사업도 주춤거린다. 수정안이야 부결하면 그만이지만 그 수정안을 믿고 사업을 벌였던 사람들은 또 어떻게 다른 길을 찾을 수 있을까? 4대강을 정비한다고 해 놓고 어느 것은 하

고 어느 것은 하지 않는다고 하면 어떤 지역사람은 혜택 받고 또 다른 어떤 지역사람들은 혜택을 받지 못한다. 이 불공평을 무엇으로 보상할 수 있을까?

지방선거에서 참패한 이유가 정치의 부실 때문이라고 판단한 집권당이 비상대책위원회를 만들어 당을 리모델링하겠다고 한다. 그러나 당을 리모델링하면 정치도 리모델링될 수 있을까? 선거에 참패한 이유도 모른 채 참패한 정당이 증발해 버린 인기를 무엇으로 만회할 수 있을까?

다른 나라 의회들도 다하는 대(對)북한 경고 결의안 하나 마련하지 못하는 우리 국회의원들이 무슨 낯으로 거리를 활보할 수 있을까? 콩으로 메주를 쑨다고 해도 믿으려하지 않는 일부 사람들을 무엇으로 믿도록 만들 수 있을까?

성폭행을 당한 어린이를 데리고 범인의 집을 찾아보자고 어슬렁거리면서 이집 저집을 기웃거린 경찰의 무지(無知)를 훈련 부족이라고 탓한다고 해서 그런 무지가 고쳐질 수 있을까? 스폰서 검찰을 조사한다고 해 놓고 흐지부지 넘겨 버리는 검찰을 누가 믿을 수 있을까? 4백억 짜리 폐기물 처리시설이 폐기물이 되었단다. 세금으로 다시 지으면 되겠지만 부실설계 부실시공의 습관은 누가 고쳐 줄 것인가?

천안함 폭침사태 과정에서 군이 대응했던 내용을 감사원을 통해 들어보면 처음서부터 끝까지 엉터리 보고 투성이었다. 이런 군이 과연 우리가 그 토록이나 성원하고 아껴왔던 우리 국군이었던가 싶다. 허위와 조작이 판을 쳤다. "북한 신형 잠수정인 것 같다"는 보고를 받고도 "새떼라고 바꿔 보고하라"는 지령은 도대체 무슨 소리인가? 인민군이 침략해 온다는 보고를 받고 그건 산돼지 떼가 몰려오는 것이라고 보고하라는 지시와 무엇이 다를까?

그 지시를 한 사람은 누구이며 그 지시대로 따른 사람은 또 누구일까? 사태 발생 시각은 늑장 보고가 탄로날까봐 조작하고, 북한 잠수정의 수상한 움직임에 대한보고는 못들은 척 묵살하고, 어뢰 피격으로 판단된다는 보고는 고의로 누락시키고, 위기 관리반을 소집하지 않았으면서도 소집한 것처럼 허위 보고서를 작성하고, 사태에 대한 보도 자료의 배포 과정에서는 비밀 자료가 무더기로 유출되었다. 불상사도 이런 불상사가 없다. 이같이 고의적인 조작과 묵살과 누락과 허위 보고의 주인공은 도대체 누구인가? 비밀 자료 유출사건은 고의적인 것인가 아니면 우발적인 실수인가?

분명히 말해 국민의 군대로서 국민을 속이고 최고 통수권자인 대통령을 속였다. 입이 열 개라도 변명할 여지가 없게 되었다. 어떻게 감히 군이 국민을 속이고 대통령을 속일 수 있단 말인가? 군의 속임수는 오직 적군을 향해서만 있어야 할 것이 아니겠는가?

이로 인해 징계대상자 25명 가운데 형사 책임을 물을 대상자는 12명이 된다는 소식이다. 제갈량이 마속(馬謖)을 참수한 것은 마속이 군령을 어겼기 때문이다. 허위나 조작 보고가 어찌 군령을 어긴 것만 못할 것인가? 군율을 어긴 장수는 사정없이 군율(軍律)로 다루어야 한다. 유야무야로 넘어갈 일이 결코 아니다. 허위나 조작 보고는 이번 한번으로 끝내야 한다.

"군율을 어긴 장수야 처벌하면 그만이지만/ 군에 대한 국민의 실추된 신뢰를 어찌 회복할 것인가?"

대전일보 (2010. 06. 15)

침묵의 여왕이여! 정복됨을 슬퍼 말라!

한국 제품을 가지고 세계시장을 누비면서 한국 경제를 고도성장으로 끌어 올리는 데에 큰 역할을 담당했던 대우의 김우중 씨가 한창 나이에 "세상은 넓고 할 일은 많다"라는 제목의 책을 썼다. 서생(書生)들이 책상 앞에 앉아 펜 끝으로 쓴 것이 아니라 세계를 돌아다니면서 직접 보고 듣고 느낀 생각들을 온 몸으로 토해내는 소리였던 것으로 기억된다.

그러나 이제는 시대가 변해 세상은 점점 더 좁아지는데도 할 일은 쌓여만 가고 있는 것 같은 느낌이다. 세계 인구는 느는데 우리 인구는 줄고 세계시장은 날이 갈수록 바늘구멍이다. 자원은 한정되어 있는데 그 수요는 높아만 가고 있다. 물도 부족하고 공기도 부족하고 경작지도 부족하다. 세상 어느 한 곳 둘러보아도 이제는 개척할 땅덩어리 하나 없는 세상이 되었다.

그런데 참으로 세상은 오묘한 것인가 보다. 북빙양이 녹으면 저지대가 물에 잠길 수밖에 없어 지구의 육지 면적이 줄어들 터인데도 실제는 그 반대일 수도 있다는 연구 보고가 있으니 말이다. 어쩌면 앞으로 40년 내에 북극 지방을 둘러싸고 있는 주변국가가 새로운 경제의 중심지가 될는지도 모른다는 희망 섞인 관측도 있다. 그렇게만 된다면 얼마나 좋을까?

100년 전만 해도 사람들은 북극이나 남극에 육지가 있을는지 바다만 있을는지를 몰랐다. 이는 모두 용감하고도 끈질긴 인내심으로 목숨을 걸고 탐험한 사람들에 의해 확인이 되었고 그들의 이름으로 명명되었다. 지구 위에 있어야할 하나밖에 없는 바다가 어느 새 대서양과 태평양으로 갈렸다. 인도양과 북극해가 새로 생기고 베링해협과 마젤란 해협이 세상에 알려지기 시작했다. 그리고 서구가 지구의 중심이 되었다.

탐험을 결행한 사람들에 의해 바다마저 구획정리가 되어버렸다는 얘기다. 바다나 해협에는 탐험가의 이름이 문패처럼 붙었다. 항해하는 선박을 위해서도 필요했을 것이고 탐험한 사람에게 보내야할 경애와 찬사로서도 더할 수 없는 선물이 될 것이었다.

그러나 탐험은 걸출한 한 사람의 노력만으로 이루어진 적은 한 번도 없다. 탐험가의 뒤에는 언제나 막강한 정부의 관심과 지원이 뒷받침이 되었을 때에만 가능하였다. 우리가 캄캄한 어둠의 역사 속을 헤매고 있을 때 세계유수의 국가에서는 벌써 인류 경영의 꿈을 펼치기 시작했다.

기원 전 100년도 더된 시점에 장건이라는 사람이 오늘에 와서 실크로드라고 알려진 길을 개척한 것도 한 무제(漢 武帝)의 명령에 의해서였고 콜럼버스나 마젤란도 스페인 사람이 아니었지만 이들에게 새로운 항로 개척을 주문한 사람은 스페인의 국왕들이었다.

덴마크 출신의 탐험가인 베링이 어느 날 러시아의 표트르대제에게 불려갔다. 북미 탐험대장을 맡으라는 것이었다. 이후 그는 배 한 척에 몸을 싣고 아시아 대륙의 동쪽 끝을 거슬러 올라가다가 더 이상 육지가 보이지 않는 지점에서 항해를 멈추었다. 그렇게 해서 아시아와 아메리카가 마주하고 있는 바닷길을 개척하기에 이른 것이다. 1728년 8월의 일이다. 그것이 바로 오늘의 베링해협이다.

베링은 표트르 대제의 뒤를 이어 제위에 오른 안나 여제(女帝)의 명에 따라 또다시 북태평양과 알라스카의 탐험 길에 나섰다. 그러나 어느 이름 모를 섬에 올라 겨울을 나려던 그는 자신도 모르게 병을 얻었다. 1742년 12월 8일. "추우니 모래를 좀 끼얹어 주게나!"하는 말을 끝으로 그는 숨을 거두었다. 그의 장엄한 최후를 차가운 모래로 감싸 안아준 그 섬이 바로 베링 섬이다.

발가락 8개를 모조리 동상으로 잘려나간 상태에서도 북극 탐험의 야망을 버리지 못했던 피어리(Peary)란 사나이의 어깨를 두드려 주면서 격려와 지원을 아끼지 않았던 사람도 T.루스벨트 대통령이었다. 그것이 고마워 피어리는 그가 몰고 간 배 이름도 루스벨트라고 명명하였다. 남은 두 개의 발가락으로 북극점에 오른 피어리는 감격의 눈물로 뒤범벅이 된 입술로 이 같은 탄성을 질렀다고 한다(이병철. 엥베르).

"침묵의 여왕이여! 정복됨을 슬퍼 말라! 나와 함께 눈물을 흘려다오!" 지금으로부터 100년 전인 1909년의 일이다. 한 백절불굴의 사나이와 위대한 지도자의 만남이 이루어낸 영웅적 대 서사시가 아닐 수 없다.

우리는 왜 그 동안 이런 지도자와 이런 영웅을 만날 수 없었을까? 세계를 경영하려는 야심과 미지의 세계를 개척하려는 의지를 가진 지도자 말이다. 빛나는 태양을 쓰다듬으며 하루해를 아쉬워해야 할 것 아닌가 하는 안타까움이 앞선다. 지금부터라도 시작하자!

대전일보 (2010. 11. 16)

화가위국化家爲國인가 화가망국化家亡國인가!

이해(理解)한다는 의미의 영어 단어 understand를 보면 영어도 한문처럼 표의문자(表意文字가) 아닌가 하는 의심을 갖게 된다. understand란 글자가 under와 stand의 합성어로 '아래에 서다'라는 뜻으로 보이기 때문이다. 상대방이나 어느 한 사물 또는 사상(思想)에 대해서 자신의 선입견이나 주관을 가지지 않은 채 무조건 받아드리려는 자세로 보면 그것이 이해될 수 있는 것이기에 understand라는 영어가 생긴 것이 아닌가 싶다.

그런데 아무런 선입견 없이 아무리 이해하려고 노력해도 이해되지 않는 사람들이 있으니 알다가도 모를 일이다. 그 대표적인 사람들이 북한 지도자들이다. 이들을 생각하면 영어에서의 understand라는 단어의 구성도 반드시 올바르다고는 할 수 없을 것 같다.

최근에도 북한은 천안함 폭침에서부터 해안포 발사에 이르기까지 수도 없는 도발을 자행하고도 시치미를 뚝 떼고 있다가 느닷없이 수해 복구를 위해 쌀과 중장비와 시멘트를 지원해 달라고 우리에게 요청하고 있다. 한걸음 더 나아가 이산가족 상봉행사를 갖자고 제안하는가 하면 NLL(서해북방한계선)문제를 위해 군사 실무회담을 갖자 느니 남북정상회담을 하자 느니 하는 때 아닌 유화적 제안을 벼락치기로 내놓고 있다.

피바다를 만들겠다고 떠들어 댈 때는 언제고 지원해 달라고 손 내미는 염치는 어디서 나오는 것일까? 도저히 이해할 수 없는 사람들이다.

그러나 더더욱 이해할 수 없는 것은 국호를 "조선민주주의 인민공화국"이라 해놓고 3대 세습 지도체제로 가겠다는 속셈은 도대체 어떻게 해서 가능한 일이며 또 가당(可當)이나 한 일인지도 이해하기 어려운 것은 마찬가지다. "입헌군주국"도 아니면서 국가 최고 지도자를 세습시키려하고 있으니 이건 "조선민주주의 인민공화국"이 아니라 "김 씨 조선제국(帝國)"이라고 하는 것이 옳을 것이다. 군주국과 공화국의 가장 큰 차이점은 국가 최고지도자를 세습시키느냐 아니냐에 달려 있기 때문이다.

김 씨 일가가 왕조 국가를 구성하기 시작한 것은 물론 어제 오늘의 일이 아니다. 1945년 해방과 더불어 소련군 소령 계급장을 단 33세의 청년 장교가 신화적인 항일 운동가였던 김일성의 이름을 걸치고 북한에 나타나 소련의 꼭두각시로 집권할 때부터 시작된다. 그해 10월의 일이다. 이때부터 그는 "위대한 장군"이나 "위대한 수령"으로 불리면서 조선민주주의 인민공화국이라는 나라를 세우고 자신의 집안 식구들을 모두 정부 요직에 앉혔다. 새로운 김 씨 왕조가 세워지고 왕조 정치가 시작된 것이다. 말하자면 화가위국(化家爲國)이 된 것이다.

김일성이가 집을 일으켜 나라를 세우고 제왕으로 등극하였기 때문이다. 평소 명(明)나라에 대한 의리에 집착해왔던 우암(尤庵) 송시열(宋時烈)이 조선 건국 300주년을 기념하여 위화도 회군(威化島回軍)의 대업을 이룩한 태조 이성계의 존호(尊號)를 가상(加上)하자고 제안하였다. 숙종 때다.

당시까지만 해도 사람들은 이성계는 쓸어져가는 고려조를 구하기 위한 대의(大義)로 위화도 회군을 감행한 것일 뿐 역성혁명(易姓革命)을 도모하기 위한 것은 아니라는 역사관을 가지고 있었다. 그리고 그의 집권은 백성을 위해 헌신한 결과로 찾아온 천명(天命)이었다고 인식하고 있을 때였다.

우암의 얘기를 경연(經筵)석상에서 듣고 있던 소장파 학자인 박세채

(朴世采)가 정면으로 반대하고 나섰다. 태조의 위화도 회군은 대의(大義)에서 나온 것이 아니고 화가위국(化家爲國)을 위해 회군한 것인데 무슨 존호가 가상이냐는 식이었다. 거기에다가 왕업을 이룩하기 전의 일을 가지고 새삼스럽게 존호 가상 문제를 들고 나오느냐고 반박하기에 이른 데에서 화가위국론은 뜨겁게 달아올랐다.

북한이 지금 화가위국한 김일성의 존호를 격상시키려 하는 모양이다. 북한이 지금까지 김일성을 가리켜 불렀던 "위대한 수령"이라는 호칭을 이제는 김정일에게로 물려주고 김정일을 향해 불렀던 "친애하는 지도자"동지라는 호칭은 그 아들 지도자에게 물려주는 대신 김일성은 "영원한 주석"이라는 호칭으로 부르기로 한 것 같다는 보도가 보여서 하는 얘기다.

그러나 이런 저런 북한의 사정을 보면 이건 분명히 화가위국(化家爲國)이 아니라 화가망국(化家亡國)의 길로 가는 것이 아닌가 싶다. 집을 일으켜 나라를 세우는 것이 아니라 김 씨 일족으로 하여 나라가 망하는 길로 가는 것 같아 보이기 때문이다. 북한 주민들이 추석이나 제대로 지냈는지 불쌍한 생각뿐이다.

대전일보 (2010. 09. 28)

영광과 환의, 수치와 오욕의 8월

우리 민족사에서 8월은 참으로 영광과 환희 그리고 수치와 오욕이 교차하는 달이다. 광복절과 국치일이 공교롭게도 36년의 세월을 사이에 두고 8월이라고 하는 같은 달에 몰려있기 때문이다. 국치 100년과 광복 65년의 세월을 보내면서 여러 갈래의 감회가 없을 수 없다.

그 수많은 오욕과 영광의 세월을 보내면서도 우리는 아직도 분단의 아픔을 겪는 것에 대하여 올바른 역사의식 하나도 국민 모두가 공유하지 못하고 있다. 대단히 슬픈 일이다. 좌우로 대립된 역사의식으로 서로를 증오하면서 오늘의 지식인들은 고뇌하고 있다. 자라는 학생에게 제나라 역사교육 하나 제대로 시키지 못하고 있는 못난 조상이 되고 있는 것이 우리들이 아닌가 싶어 여간 부끄럽지 않다.

더러는 역사를 왜곡되게 가르치고 더러는 아예 가르칠 생각을 하지 않으니 우리 역사가 앞으로 온전히 보전될까 두렵기조차 하다. 역사를 잃어버리면 어느 민족이 지구상에서 살아남을 수 있을까? 한말에 나라가 기울어져 가는 역사를 보면 산위에서부터 거대한 폭풍우를 일으키면서 산사태가 쏟아져 내려오는 모습으로 우리에게 다가온다.

1866년 미국의 상선 제너럴셔먼호가 대동강을 거슬러 올라와 통상을 요구하고 난 이후 곧바로 이번에는 프랑스 함대가 강화도로 쳐들어(병인양요)왔다. 1871년에는 미국 군함이 일으킨 신미양요 1875년에는 일본군의 운양호 사건 그리고 그 이듬해인 1876년에는 역사상 최초로 일본과의 불평등 조약인 병자수호조약(강화도조약)이 맺어진다.

이때부터 조선은 낚아챈 낚시꾼의 손아귀에서 벗어나려는 물고기와 같은 몸부림으로 발버둥을 쳤지만 그럴수록 일본의 악력(握力)은 거세어 갔고 우리의 힘은 빠져 결국은 국치(國恥)의 날을 맞게 된다.

그 과정을 보면 너무나 가슴 아프다. 1882년의 임오군란과 조미(朝美) 수호조약(제물포조약)체결 및 청나라의 대원군 납치, 1884년의 갑신정변, 1894년의 갑오개혁과 동학 농민전쟁 및 청일전쟁 발발 1895년의 을미사변(명성황후의 시해. 단발령 실시), 1897년의 대한제국 선포, 1904년 러일전쟁발발 및 일본과의 한일의정서 체결, 1905년 7월의 소위 가쓰라(桂太郎) ― 태프트(Taft)밀약에 이어 11월의 을사늑약, 1906년의 일본 통감부 설치, 1907년의 헤이그 밀사 파견과 군대 해산과 정미 7조약 체결 및 고종의 강제 퇴위, 1909년의 안중근 의사의 이토 암살 1910년의 경술국치.

이로부터 오늘에 이르기까지의 100년은 그야말로 죽음을 불사한 독립 투쟁과 좌우와 동서대립 속에서 이루어진 각고(刻苦)의 건국사업, 그리고 6.25전쟁과 피나는 산업화와 민주화의 험난한 민족사였다. 어느 한 사람이 역사를 비켜 갈수 없을 것이요 어느 한 사람이 역사를 폄훼할 수 없을 것이다.

그런데 이상한 일들이 자꾸만 생긴다. 알다가도 모를 일이다. 그 역사 속에서 숨 쉬었고 그 역사에 헌신하였으며 그 역사가 거두어드린 과실이란 과실은 다 섭취하면서도 그 역사를 거부하는 사람들이 있으니 말이다.

한상렬이라고 하는 목사도 그렇다. 그는 정부의 허락도 없이 북한을 갔다. 통일을 위해서 목숨을 걸고 다녀오겠다고 하면서 갔다. 백범(白凡)은 평소 이 땅에 공산당이 발붙여서는 절대로 안 된다는 신념을 가지고 있으면서도 북한 지도자들을 설득하여 통일된 대한민국을 건국하기 위해 삼팔선을 넘어 북한을 갔다. 그러나 이 사람은 북한을 찬양하고 대한민국을 저주하기 위해 북한에 갔다. 선교를 목적으로 북한에 몰래 들어갔다면 참으로 성인답다고나 할 일이다. 그러나 그는 그렇지도 않았다. 북한 정부 사람들의 안내를 받으면서 그들로부터 학습받기에 여념이 없었다. 자신의 정체가 무엇인지도 모르고 북한에 체재하지 않았나 싶기도 하다.

그는 북한에 가자마자 "북녘 조국은 진정으로 평화를 갈망하고 있는데" "이명박 정권은 반통일적 책동만을 일삼고 있는 것을 보고만 있을 수 없어 목숨 걸고" 북한에 왔다고 도착 성명서를 발표하였다. 이 얼마나 부끄러운 일인가? 목숨을 걸고 할 일이 겨우 이명박 정권 타도요 '북녘조국'의 찬양이란 말인가?

참으로 어처구니가 없는 일이다. '북녘조국'이 어떻다는 것인가? 김정일 세습체제가 좋다는 것인가? 선군(先軍)정치가 좋다는 것인가? 잘 먹고 잘 사는 낙원이라도 되는 곳인가? 정치범수용소가 있어 좋은가? 그렇게도 좋은 나라로 갔으면 그대로 눌러 살지 왜 온다고 하는 것인가? 참으로 모를 일이다.

대전일보 (2010. 08. 17)

군군 신신 부부 자자君君 臣臣 父父 子子

누구나 아는 얘기요 케케묵은 옛날 얘기다. 중국의 춘추 전국시대에 제(齊) 나라의 경공(景公)이 공자에게 물었다. "정치란 어떻게 하는 것인가."하고. 그러자 공자는 임금노릇도 제대로 못하는 주제에 별것 다 묻는다는 투로 퉁명스럽게 대답했다. "임금은 임금다워야 하고 신하는 신하다워야 하며 아버지는 아버지다워야 하고 자식은 자식다워야 한다."(君君 臣臣 父父 子子)"라고 말이다. 논어에 나오는 얘기다.

스승이 스승답고 정당이 정당답다면 2천수백 년 전부터 전해 내려오는 이 말을 끄집어 낼 이유가 없을 것이다. 야당이 야당답고 여당이 여당답다면 정치가 왜 어지러울 것인가? 가장이 가장답고 아내가 아내답다면 왜 이혼율이 높아만 가겠는가? 근로자는 근로자답고 경영자가 경영자답다면 어찌 노사분규가 그다지도 극성을 부리겠는가? 다른 것은 다 미루고 정치얘기만 해보자!

진실로 정당은 정당다워야 한다. 정당은 이익 단체나 시민단체가 아니다. 국익을 앞세워 정책을 입안하고 국민적 지지를 얻어 정권을 창출해 내는 정치인의 조직이다. 당파적 이해관계에 억눌려 국익에 손상을 미치게 하는 일이 있다면 그 정당은 이미 정당이 아니다. 그것은 파당(faction))에 불과하다. 미국 건국 초기에 정당이 경원시 되었던 근본적인 이유도 파당적이었기 때문이다.

우선 먼저 여당은 여당다워야 한다. 여당은 집권당(ruling party)이다. 국민으로부터 정부를 이끌어 갈 책임을 위임 받은 정당이다. 국정에 대한 잘잘못이 누구의 책임인가를 명백히 하여 국민으로 하여금 그 책임을 묻도록 하기 위해서 존재하는 것이 집권당이다. 집권당이 책임 의식이 없다면 집권당이 아니다. 아울러 야당을 국정의 동반자로 인정하고 타협과 양보를 선행시켜야 할 책임도 여당에게 있다. 그러기에 타협과 양보는 야당의 몫이 아니라 여당의 몫이다.

문학에 비유하면 집권당은 창작을 하는 시인이나 소설가에 해당하고 야당은 평론가에 비유할 수도 있다. 작가는 평론가의 의견에 전적으로 귀 기울일 필요까지는 없을는지 모르겠지만 경청하는 것이 본인에게 도움이 될 것이다. 마찬가지로 집권당인 여당이 야당의 의견에 전적으로 따라갈 필요까지는 없겠지만 경청은 해야 한다.

지난번에 세종시 문제를 처리하는 과정에서 여당이 보여준 처사를 보면 집권당답지 않다고 밖에는 말할 수가 없다. 상임위에서 정부안이 부결되었으면 그것으로 족할 일이었다. 누가 찬성논자고 누가 반대론자인가를 가리기위해 굳이 정부안을 본회의까지 상정하는 치졸함이 어떻게 집권당답다 할 것인가? 지금처럼 정책이나 정국운영에 대한 다툼이 아니라 당내 세력다툼으로 영일(寧日)이 없다면 앞으로 어떻게 책임정치를 구현해 나갈 수 있겠는가?

야당(Opposition party) 또한 야당다워야 한다. 야당이란 무엇인가? 반대당(opposition party)이다. 그러나 무엇이든지 반대한다고 해서 반대당이 아니다. 영국 의회에서 발달해온 정당의 역사로 보아 집권 여당의 의석 맞은편 즉 반대편에 앉아 국정을 논의하는 사람들의 정당이라는 얘기다. 그래서 영국에서는 "충성스러운 야당(loyal opposition)"을 본질로 삼는다. 반체제적인 사람들과 구분하기 위하여 대문자 O를 써서 "Opposition"이라고 하는 경우가 많다. 그러하기에 영국의 야당은 재야 내각(shadow cabinet)으로 자리매김 되고 그 당수는 정부로부터 일정한 보수도 받는다.

그러나 지금의 우리나라 야당의 행태를 보면 정당의 구실을 제대로 하고 있는지조차 의심하지 않을 수 없다. 재야 단체의 눈치 보기에 바쁜 나머지 국회에서 독자적인 야당 역할을 하지 못하고 있는 것이 아닌가 싶다. 천안함 사태 때의 자세가 바로 그러했다고 보인다.

체제 도전 집단(disloyal opposition)과 함께 일을 도모하는 야당은 진정한 야당이라고 할 수가 없다. 정권 교체를 위해서는 그러한 집단과의 연대도 불가피하다고 생각하는 야당이라면 스스로 야당이기를 포기한 것과 같다. 체제 도전 집단을 체제 내 집단으로 끌어드리는 데에 앞장서는 야당이라야 진짜 야당이다. 국가의 안보적 위기는 여야가 함께 극복해나가야 할 초미의 과제라는 인식을 가진 야당만이 우리의 야당이다.

공자가 말하는 군군 신신이 우리에게는 당당(黨黨) 여여(與與) 야야(野野) 즉 정당은 정당답고 여당은 여당다우며 야당은 야당다워야 한다는 명제로 받아드려질 수밖에 없다.

대전일보 (2010. 08. 10)

판결은 소설이 아니다

우리에게 빨치산은 무엇인가? 남한에 숨어서 끝도 한도 없이 대한민국을 궤멸시키려고 총칼을 휘둘렀던 북한의 앞잡이 공비(共匪)다. 한마디로 게릴라 부대. 대한민국 수립을 위한 5.10선거를 방해하기 위해 시작된 남로당의 무장 폭동 세력이 경찰과의 싸움에서 밀려 산으로 들어가 야산대(野山隊)를 이룬 것이 빨치산의 시작이다.

이들 빨치산은 남로당 중앙당의 지휘 하에 남로당 제주도당 인민 해방군(빨치산)을 편성하고 한라산에 군사지휘부와 훈련소를 설치하였다. 일본군 출신 장교인 김달삼(본명 이승진)을 사령관으로 한 이들은 1948년 4월 3일 일요일 새벽 2시를 기해 "높이 들어라 붉은 깃발을/ 그 밑에서 전사하리라"라는 적기가(赤旗歌)를 부르고 〈조선 인민공화국 만세〉를 외치면서 제주도 내의 11개 파출소와 관공서 및 우익 인사들의 집을 일제히 습격하였다.

죽창 돌 몽둥이 38식 99식 일본군 장총으로 무장한 이들은 경찰과 양민을 무자비하게 살해하고 학교나 관공서에 불을 지르면서 제주도를 인민 해방촌으로 만들었다. 이렇게 시작된 빨치산 활동은 1957년 4월 2일 제주 빨치산 최후의 잔비(殘匪)인 오원권이 생포되기까지의 9년 동안에 2만 7천명이 목숨을 잃었다.

이런 빨치산을 위한 추모제가 2005년 5월의 어느 날 전북 빨치산 사령부의 거점이었던 회문산에서 열렸다. 이종린 범민련 의장이라는 사람은 연설을 통해 "오늘밤은 회문산 해방구라 말하고 싶다. 남녘동포들이 회문산에서 용감히 싸운 역사를 기리면서 올해는 반드시 미국 없는 나라를 만들자"고 외치기도 했다. 이 행사의 전야제가 열리는 자리에 전북 임실의 어느 중학교의 김 모라고 하는 전교조 소속의 교사가 학생과 학부모 180여명을 인솔하고 참석하였다. 그 교사는 평소에도 빨치산 출신 미전향 장기수들을 학교로 초청하여 그들의 영웅적인 활동상을 학생들에게 들려주기를 자주하였다고 한다. 그 날도 "제국주의 양키 놈은 한 놈도 남김없이 섬멸하자"는 구호를 학생들과 함께 외치도록 하였다던가? 이런 사실이 빌미가 되어 그 교사는 기소되었고 36살의 젊은 판사는 지난 17일의 재판에서 그를 무죄로 판결하였다.

최근 얼마 동안에 있었던 법원의 판결을 보면서 해방구는 회문산에서 이루어진 것이 아니라 법원에서 이루어졌나 싶은 심정이 들만큼 국민들의 법 감정과는 사뭇 동떨어진 판결이 속출하고 있다. 강기갑 의원의 국회 폭력사건에 대해서도 무죄, 전교조 교사들의 시국선언에 대해서도 무죄, 광우병에 대한 MBC보도에 대해서는 무혐의, 이제는 빨치산 추모행사와 찬양행사도 무죄가 되었다. 달리 무엇을 또 말할 수가 있는가? 교사가 김일성을 가르치고 법원이 이를 두둔해 주면 대한민국은 설 자리를 어디서 찾아야 할 것인가? 사뭇 아득한 심정이다.

〈빨치산문학 특강〉이라는 유명한 저서를 남기고 작년에 타계한 장백일 교수는 하나의 소설을 읽으려면 작품에 깃들여 있는 작가의 마음을 살필 줄 알아야 한다고 말하였다. 문학은 곧 작가의 마음이기 때문이라는 것이다. 작가의 마음을 꿰뚫어 볼 수 있는 심리학자라면 얼마나 좋겠는가 하는 얘기도 하고 있다.

필자는 그의 이 말에 좇아 필자 역시 앞에서 열거한 재판에서 무죄를 선고한 판사들의 마음을 꿰뚫어 볼 수 있는 심리학자라면 얼마나 좋을까 싶다. 판결은 곧 재판관의 마음일 것이라 믿고 있기 때문이다. 그러나 과연 재판관이 작가가 소설을 쓰듯이 자신의 콤플렉스까지를 담아 재판을 한다면 어떻게 될까 싶은 심정이다. 자신의 철학과는 맞지 않는다하더라도 법이 정해져 있으면 그 법을 엄정하게 적용하여 재판을 하는 것이 올바른 태도가 아닐까 하는 생각이다. 판결은 소설일 수가 없기 때문이다.

조정래가 〈태백산맥〉을 발표하자 "자신들의 정당성을 규명해줘서 고맙다고 흐느끼는 옛날 빨치산들의 전화가 걸려 왔다"고 한다. 학생들을 데리고 빨치산 추모 행위를 한 교사를 무죄로 판결한 것을 보고 빨치산 출신으로부터 고맙다는 인사 전화라도 받아 보았는지 판사들에게 묻고 싶다.

장 교수는 또 이렇게 말한다. 빨치산으로부터 고맙다는 인사 전화를 받으면서 그들의 한을 풀어주고 달래주는 신명나는 대변자가 됨으로써 작가만이 느끼는 사명감의 희열에 도취되어 더더욱 빨치산 중심의 작가적 편애와 편견이 작용될 수밖에 없었을 것이라고 말이다. 마찬가지로 판사들 역시 무죄의 판결로 신명나는 그들의 대변자로 자리매김 되는 희열을 맛보고 있는지도 물어보지 않을 수 없다.

대전일보 (2010. 02. 23)

야단법석을 떨 만큼 떨어보자!

야단법석(野壇法席)!

지난 20일 지리산 자락에 있는 금선사에서는 스님들이 모여 동안거(冬安居) 중에 야단법석을 열었다고 한다. 쉽게 말하면 난상토론(爛商討論)을 벌렸다는 얘기다. 속세에서는 흔히 호떡집에 불난 것처럼 중구난방으로 시끄럽게 떠드는 형국을 일컫는다. 그러나 계율이 있는 절에서 벌리는 야단법석은 비록 야외에서 벌리는 경우라 하더라도 나름대로의 계율에 따라 법석을 떨어도 떨었을 것이다. 이번의 경우는 동안거 중에 여는 법석이기에 야외가 아니라 절간 안에서 열렸다고 한다. 어떤 기자가 궁금하여 현장 취재한 기사를 아주 재미있게 읽어 보았다.

최근의 며칠 동안 나라 전체가 야단법석으로 몸살을 앓고 있는 듯하여서다. 지금의 야단법석은 일찍이 볼 수 없었던 야단법석이다. 다원적이고 다차원적인 야단법석이다. 어떻게 보면 총체적이라고까지 말할 수 있을 것이다. 여야 정당 내부의 야단법석으로부터 시작해서 정당과 법원, 상급 법원과 하급 법원, 법원과 변호사회, 검찰과 법원, 언론과 언론, 방송과 신문, 충청도와 수도권, 보수 우파와 친북 좌파. 어느 한 분야 부딪치지 않고 있는 부분이 없을 정도로 전방위적(全方位的) 충돌로 야단법석이 그 절정을 이루고 있다.

정당 내부부터 보자!

세종시 문제를 놓고 벌어진 한나라당 내의 친이 친박 갈등은 이제 어떤 극적인 전기(轉機)를 이 대통령이 마련하지 않는 한 더 이상 돌아설 수 없는 막다른 길로 접어든 것으로 보인다. 야단법석의 차원을 넘어 증오의 단계로 접어든 느낌이다. 미생지신(尾生之信)에마저 덧칠에 덧칠이 더해지는가 하면 어느 막다른 골목에서 다시 만날 수 있지 않겠느냐는 으름장 섞인 막말이 오갈 정도가 되었다.

야당인 민주당 또한 정·정(丁·鄭)갈등에 이어 국회 상임위원장으로서 주어진 고유의 책무를 다한 추미애 의원을 당론위반이라는 이유로 징계하였다. 이는 전례에 없는 사례(事例)다. 엎친 데 덮친 격으로 친노 인사들의 신당 창당문제가 불거져 나와 앞으로의 민주당 진로가 그리 순탄치만은 않을 것을 예고하고 있다. 야단법석이다.

이런 야단법석 속에서 이제는 법원의 판결이 몰고 온 야단법석이 온 세상을 뒤집어 놓고 있다. 법원이 강기갑 의원의 국회 폭력사건에 대해 아무도 예상하지 못했던 무죄를 선고하자 정치권은 물론이고 언론과 변협(辯協)까지 들고 일어나 그런 판결이 어떻게 있을 수 있느냐고 야단법석이다. 전교조 사람들의 시국선언 또한 그것은 표현의 자유이기 때문에 무죄라고 선고하자 이거야말로 좌편향 법관의 이념의 소산이 아닌가 하는 의구심이 봇물 터지듯이 쏟아져 나왔다.

이에 맞서 대법원장이 법원의 독립성을 강조하자 검찰총장은 검찰의 일치단결을 호소하고 나섰다. 보수 우파의 일부 인사들은 친북 좌파들로부터 어느 새 물이 들었는지 대법원장의 승용차에 계란 세례를 퍼붓는 의식(儀式)까지를 행하였다. "계란 세례도 표현의 자유다"라고 주장하고 싶어서였을까?

여기에 더하여 광우병에 대한 MBC의 보도에 대해 민사소송을 맡았던 고법(高法)이 허위라고 밝히고 본인들도 허위라고 사과 방송까지 한 것을 형사소송을 맡았던 지법(地法)에서는 허위가 아니라고 판결을 내렸다. 온통 벌집 쑤셔 놓듯이 야단법석이 일어날 수밖에 없는 세상이 되었다. 피해 당사자들의 격앙된 목소리가 신문 지면을 뚫고 있는 모습이 보인다. 언론도 법원에 문제 있다는 측과 검찰에 문제 있다는 패로 갈려 야단법석이다.

이런 현상을 보면서 일어나야할 야단법석이라면 언제 일어나든 빨리 일어나는 것이 옳지 않을까도 싶다. 언제인가는 털 것은 털고 지울 것은 지우는 야단법석이 있어야 비로소 세상이 조용해 지지 않겠나 싶은 생각 때문이다. 일시적으로 잠재우는 일로 해결될 문제는 아니라 여겨진다.

백화제방(百花齊放) 백가쟁명(百家爭鳴)이 생각난다. 공산당에 대한 충성을 도모할 방책으로 모택동이 내세운 이 정책이 도리어 공산당을 비난하는 백화제방 백가쟁명이 되었던 전례를 우리는 경험하였다. 언제나 백가쟁명의 시대에 살고 있는 우리! 두려워 할 것이 없다. 우리 법연구회도 있고 북한 법연구회도 있도록 하자. 무죄도 있고 유죄도 있도록 하자!

시간의 신 〈크로노스의 낫〉이 모든 가면을 벗겨 줄때까지 야단법석을 떨 만큼 떨어보자. 스님들의 야단법석에서도 비록 얻은 결론은 없었지만 "서로를 주저 없이 터놓고 주고받는 건강한 모색"만은 있었다고 하지 않는가?

대전일보 (2010. 01. 26)

치매癡呆인가 건망증인가?

아는 사람들도 더러 있겠지만 이 지면에서 한번쯤 더해보는 것도 괜찮을 것 같은 우스갯소리가 하나 있다. 어느 평일 오후, 동네 목욕탕에서 있었던 얘기다. 연세 많은 할머니 몇 분이 한가롭게 목욕을 하고 있던 중에 어떤 할머니가 느닷없이 옆에서 열심히 바가지로 물을 끼얹고 있는 할머니의 옆구리를 툭 치면서 말을 건넸다.

"할머니는 나이가 얼마나 되셨수? 나는 나이도 많지 않은데 벌써 여학교 때 교가를 다 잊어 버렸다우, 글쎄!"

이 말을 들은 할머니가 그 할머니를 물끄러미 쳐다보면서 느릿느릿 대답을 한다. "글쎄 말이유 나도 건망기가 들었는지 옛날 일은 깜박 깜박 하는데 그래도 여학교 때 교가는 조금 부를 수 있을 것 같아요."

교가를 잊어버렸다는 할머니가 이 말을 듣자마자 교가를 잊어버리지 않았다는 사실이 얼마나 신기하게 여겨졌던지 대뜸 한다는 소리가 "어머 세상에 그럴 수가 있어요? 신기하기도 해라! 어디 한번 불러 봐요!"

학교 때 교가를 안다고 한 할머니가 사뭇 자랑스럽게 교가를 부르기 시작한다. "동해물과 백두산이 마르고 닳도록~~~"

노래 한 소절이 다 끝나기도 전에 여기저기서 박수 소리가 터져 나왔다. 그리고 곧 이어 저만치 떨어져서 목욕을 하고 있던 할머니 한 분이 엉거주춤 걸어오더니 교가를 부른 할머니의 손목을 덥석 잡으면서 아주 감격스러운 표정으로 "아니 이게 누구야! 나하고 동창생 아니야! 우리 학교 교가를 다 부르다니! 너무 너무 반가워요!"

지금까지 할머니들의 대화를 유심히 듣고 있었던 또 다른 할머니가 가까이 다가와 스스럼없이 말을 건넨다. "어쩌면 이런 경사가 다 있어요? 목욕탕에서 동창생을 다 만나다니 말이유! 그런데 그 학교 이름이 뭐요? 굉장한 명문인가 봐! 가끔 텔레비전에서 그 노래를 들려주고 있으니 말이유!"

　물론 이 얘기는 우스갯소리에 불과하다. 그러나 치매는 한마디로 인생의 황혼 길에 접어든 사람에게 찾아드는 무서운 질병이다. 건망증과는 본질이 다르다. 남의 손에 있는 물건도 자기 것이라고 우기기도 하고 자기 아들을 보고 네가 누구냐고 묻기도 하는 질병이다. 방금 밥을 먹고도 안 먹었다고 떼를 쓰기도 한다.

　이런 질병을 앓고 있는 사람은 노인만이 아니다. 정치인들도 있다.

　정치인들의 행태를 보면 건망증이나 치매기가 있는 환자가 아니고서는 도저히 있을 수 없는 행위가 다반사로 일어난다. 의원직 사표를 내고도 자신이 사표를 낸 사실을 까맣게 잊고 있는 사람도 있고 자신이 국회의원이면서도 폭력배처럼 행세하는 사람이 있는가 하면 국회를 뒤로 하고 반정부 데모 대열에 서 있는 사람도 있다. 4.19직후의 민주당이 신파와 구파로 패가 갈려 원수처럼 싸우다가 결국은 집권 도중에 정권을 빼앗겼던 전례(前例)를 알고도 지금의 집권당 역시 친이 친박으로 갈려 원수 대하듯 하는 것을 본다. 분명히 이들 정치인들이 치매 환자이거나 심한 건망증에 걸려있지 않고서야 어떻게 이럴 수가 있을까 싶다.

　이웃나라 일본의 경우도 예외는 아니다. 일본 정부는 매주 수요일 벌써 900회가 넘는 집회를 통해 일본 정부의 사과를 요구하는 위안부 피해 할머니들의 절규를 들은 척도 안 한다. 20만 명에 가까운 조선 처녀들을 전쟁터로 끌고 가 일본군의 성(性) 노리개로 부려먹은 사실을 그들은 까맣게 잊은 척 한다. 오히려 정부나 군과는 관계없이 민간업자들의 소행이라고 둘러댄다.

명성황후를 시해한 사람들이 일본 정부의 치밀한 계획으로 이루어진 군부의 조직적인 폭거라는 사실이 밝혀졌는데도 한사코 낭인(浪人)들의 짓거리라고 주장한다. 수도 없는 애국지사나 군인들을 생체실험의 대상으로 삼은 만행에 대해서도 일본 정부는 그 내용을 모른다는 자세로 일관하고 있다.

　이런 작태야말로 방금 밥을 먹고도 안 먹었다고 떼를 쓰거나 자기 아들을 보고 누구냐고 묻는 치매 환자와 무엇이 다른가를 묻지 않을 수 없다. 이렇게 보면 정치라는 직업은 건망증에 걸리기 가장 쉬운 직업이거나 치매 환자가 될 확률이 가장 높은 직업이 아닌가 한다.

대전일보 (2010. 01. 19)

안 의사의 유묵遺墨을 가르치자!

"폭풍이 야수마냥 울부짖고/ ~북극의 엄동설한 살을 에는데/ 그 사나이 지척에서 발포하니/ 정계의 거물이 피를 쏟았네/ ~장하다 그 모습, 해와 달 마냥 빛나리/ ~내가 이 세상을 떠나면/내 무덤 의사(義士)의 무덤과 나란히 있으리"

중국 근현대사에서 우뚝 솟아 있는 사상가로 유명한 양계초(梁啓超)가 안중근(安重根) 의사(義士)의 의거 소식을 듣고 그를 흠모하여 지은 시다. 안 의사의 의거 기념 100주년이 되는 어제 하루 전국 각지에서 그를 기념하는 여러 행사들이 있어 그도 이제는 외롭지 않았을 것이라는 생각을 하면서도 그가 그의 형제들에게 마지막으로 남긴 말이 아직도 실현되지 않고 있어 필자 비록 그의 후손은 아니나 여간 송구스러운 마음이 아니다.

안 의사는 사형 직전에 면회 온 두 동생들에게 이런 유언을 하였다.

"내가 죽은 뒤에 나의 뼈를 하얼빈 공원 곁에 묻어 두었다가 우리 국권이 회복되거든 고국으로 반장(返葬)해 다오. ~너희들은 돌아가서 동포들에게 ~국민 된 의무를 다하여 마음을 같이 하고 힘을 합하여 공로를 세우고 업(業)을 이루도록 일러라~ 하략~."

그는 32살의 짧은 생애를 살면서 자신의 직분이 무엇이어야 하는가를 찾기에 여념이 없었고 또 이것이 직분이라고 생각한 이후에는 한시도 게을리 함이 없이 그 직분을 다하는 데에 일생을 바쳤다.

그리고 그러한 자신의 뜻을 "나라를 위해 몸 바치는 것은 군인의 본분이다(위국헌신군인본분爲國獻身軍人本分)"라는 휘호로 남겼다.

보물 569-23호로 지정되어 있는 이 글씨는 안 의사가 여순 감옥에 있을 때 경호를 맡았던 일본군 헌병 치바도시치(千葉十七)에게 써준 글로 알려져 있다. 그러나 필자는 그의 이 글이 그 일본 헌병을 넘어 우리에게 보내는 그의 유언이라 생각된다. "내가 군인의 직분을 다하기 위해 교수형을 당하는 것처럼 2천만 동포들도 자신의 직분을 다하라!" 이런 메시지를 우리에게 전해주고 있는 것이라 여겨진다.

그의 이러한 정신은 그의 유묵(遺墨) 곳곳에서 발견된다. "이익이 된다 싶으면 의를 생각하고 위태롭다 싶으면 목숨을 바쳐라(견이사의 견위수명見利思義見危授命)"라는 보물 제 569-6호로 지정된 이 글 또한 우리의 일상생활의 좌우명으로 삼아야 할 그의 유언이 아니겠는가? 그 글의 출처가 어디냐 하는 것은 그리 중요하지가 않다. 중요한 것은 그가 우리들에게 왜 그런 메시지를 보냈느냐 하는 것이다. 너나 할 것 없이 이(利)만 보면 불나방처럼 뛰어드는 세상을 그는 한탄하고 있었다. 나라가 위태로울 때에 자기 한 몸살기 위해 뒷걸음질 치는 비겁한 국민이 되지 말라는 경구(警句)다.

안중근 의사 숭모회에서 발간한 자료에 의하면 1910년 2월과 3월에 걸쳐 옥중에서 휘호한 유묵만도 200여 폭이 되고 현재 확인된 실물이나 사진 본은 57편이라고 한다. 그 중에서 보물로 지정된 것은 26폭(569-1~26)에 이른다. 필자는 이 기록을 보면서 왜 그의 유묵이 보물로만 지정이 되고 살아 있는 교훈으로는 활용되지 않는가 하는 아쉬움이 들지 않을 수 없다.

안 의사의 유묵을 유묵으로서가 아니라 국민에 대한 경구로서 살아있도록 교과서에 실어 후세들에게 가르치자는 얘기다. 영국에서는 넬슨 제독이 마지막 치룬 전투에서 "영국은 각자가 자신의 의무를 다할 것을 기대한다(England expects every man to do his duty)"는 깃발을 자신의 기함(旗艦) 꼭대기에 꽂고 전투를 독려하였던 이 말을 지금까지도 교훈으로 삼고 있다고 한다. 우리는 왜 그렇게 못하고 있나 해서다.

일본은 이토(伊藤博文)의 아들에게 그가 소장하고 있던 안 의사의 여순 감옥생활과 처형 장면을 담은 사진도 안 의사의 아들에게 돌려주도록 하였다. 그런데 우리는 왜 그의 유언인 유묵들을 기념관에 가두어 두고만 있는가? 자신의 본분은 잊은 채 이(利)만 앞세워 의(義)를 소홀히 하는 우리의 현실에서 안 의사가 남긴 유묵보다 더 소중한 교육 자료는 없다.

대전일보 (2009. 10. 27)

차라리 독립유공자 인명사전을 만들자

〈민족문제 연구소〉라는 민간단체에서는 지난 11월 8일 4,389명에 이르는 사람들이 수록된 〈친일 인명사전〉을 발간하였다. 이어 27일에는 노무현 정권 당시 "일제하 반민족 행위 진상규명에 관한 특별법"에 따라 설립된 대통령 직속의 〈친일 반민족 행위 진상 규명위원회〉가 1,005명의 친일 분자에 대한 〈진상규명보고서〉를 발간하였다고 한다.

이에 맞서 또 다른 민간단체인 〈국가 정상화 추진위원회〉에서는 〈친북 반국가 행위 인명사전〉을 펴내기로 하고 우선 100명의 명단을 12월에 발표하겠다고 선언하였다.

무엇이 무엇인지 모를 지경이다. 왜 건국 60년이 지난 지금에 와서까지 친일 행위에 대한 진상규명을 위해 국력을 쏟아야하며 이에 맞서는 단체에서는 친북 인사들의 반국가 행위를 규명하자고 하는지 알 수가 없다. 반국가 행위는 그것이 시효가 지나지 않은 행위라면 친북이건 아니건 법으로 의당 처리가 되어야 할 일인데도 민간단체가 나서서 그 진상을 밝히겠다는 것도 이해할 수 없는 일이고 처벌을 목적으로 하지도 않으면서 친일 분자들을 사전(事典)에 올리는 행위의 본뜻은 또 무엇인지 도무지 가늠할 수가 없다. 게다가 친일 인사의 숫자가 발표하는 기관이나 단체마다 들쭉날쭉 이다.

1949년 9월에 열린 제헌 국회에서 소장파 의원들이 발의하여 제정한 〈반민족 행위자 처벌법〉에 따라 구성된 〈반민특위〉에서는 친일 반민족행위자로 688명을 거명하였고 2002년 광복회에서는 692명으로 발표

한바 있다.

이로 미루어보면 친일 인사를 누가 가려내느냐에 따라서 그 숫자가 달라진다는 사실을 우리는 발견할 수 있다. 왜 그런 것일까?

반민특위가 정한 친일 분자는 처벌 대상이기 때문에 그 기준이 엄격하였던 것이고 친일 인명사전과 친일 행위 진상규명은 말 그대로 진상규명에 국한 한 것이기 때문에 처벌 대상의 숫자와의 차이는 불가피하다고 말할 수 있을는지도 모른다. 그러나 아무리 그렇다 치더라도 진상규명위의 숫자와 인명사전상의 숫자는 왜 4배의 차이가 나는 것인가를 이해할 수 없기는 마찬가지다. 어떻게 설명한다하더라도 친일 인사를 선별하는 기준이 제 멋대로의 것이었다고 밖에는 말할 수가 없다.

남에게 천추의 한으로 남을 모욕을 주는 행위를 하면서 자의적인 잣대로 누구는 친일파가 되고 누구는 친일파가 안 되는 인명사전이거나 진상규명이라면 이는 역사의 심판을 받을 폭거가 아닐 수 없다. 제헌국회 때 청산하지 못한 후회 막급한 역사를 친일파 진상규명이라는 미명하에서 또다시 후회막급의 역사를 만들어가는 것이나 아닌지 우려하지 않을 수 없다.

일제의 교육까지도 거부하면서 독립운동을 했던 애국지사의 기준으로 보면 일제 시대에 학교에 다니거나 관리생활을 하던 현직의 사람은 모조리 친일파라고 할 수밖에 없다. 일본글과 일본 말을 배우고 익히면서 일본 국기에 대한 경례와 천황에 대한 예절을 지키고 신사 참배와 일본 국가를 부르면서 일본에 대해 충성을 맹세하면서 생활하였기 때문이다. 친일인명 사전에 올라가 있는 사람이건 아니건 그 신분에 있었던 그 당시에는 조선 사람이 아니라 일본사람이었다. 이 과정을 거치고 나서야 비로소 애국자가 될 수 있었다.

〈친일 문학론〉으로 유명한 임종국(林鍾國)이 그의 저서에서 밝힌 자화상을 한번 보자. 그는 1929년생으로 17세의 나이에 해방을 맞기까지의 모든 것이 "당연한 줄로만 알았을 뿐" 한 번도 회의해 본적이 없다고 고백하고 있다. 일제의 식민지 교육 밑에서 일본을 조국으로 알고 지낼 수밖에 없었던 사정을 실토하고 있었던 것이다.

사정이 이러하다면 일제 암흑시대의 친일 문제를 다루는 것은 여간 어려운 일이 아니다. 차라리 예외 없이 그 3대의 자손에게까지도 유리걸식(遊離乞食)의 시대를 보내게 한 애국지사들의 아픔의 세월을 조명해 보는 것이 오히려 더 값진 것이 아닐까 싶다.

이 기회에 필자는 아직도 11,766명의 독립유공자 속에 끼지 못한 수많은 애국자를 찾아 〈독립유공자 인명사전〉이라도 편찬해보라고 주장하고 싶다.

대전일보 (2009. 12. 01)

제2부

한국형 지도자로
적합한가?

영국 여왕의 아일랜드 방문의 교훈

음악이 좋아서 음악을 공부하고 음악 교사가 되어 학생들에게 음악을 가르치다가 퇴임하고 나서는 또다시 동호인들끼리 오케스트라를 조직하여 지역을 위해 노래로 봉사하는 음악 단체가 있다.

"대전 실버(silver) 오케스트라"다.

이들이 부르는 노래 소리를 인터넷을 통해 들어 본다. 아일랜드의 민요 "아 목동아(ah! danny boy)"다. 학생시절에 이 노래를 불러 보지 않은 사람은 거의 없으리라 생각된다. 어딘가 애잔하면서도 목가적이고 한없는 슬픔에 스스로를 내맡기고 싶은 심연의 세계 저 편이 느껴지는 그런 노랫말이다. 노랫말을 현제명이 번안하였다고는 하나 곡은 물론이려니와 가사부터가 예사롭지 않다. 오랜만에 한번 불러 보는 것도 좋을 것 같다. 가사를 음미하면서 말이다.

"아 목동들의 피리소리들은/ 산골짝마다 울려나오고/ 여름 가고 꽃은 떨어지니/ 너도 가고 나도 가야지/ 저 목장에는 여름철이 가고 산골짝마다 눈이 덮여도/ 나 항상 오래 여기 살리라/ 아 목동아 아 목동아 내 사랑아." 2절은 이렇게 전개된다. "그 고운 꽃은 떨어져서 죽고/ 나 또한 죽어 땅에 묻히면/ 나 자는 곳을 돌보아주며/ 거룩하다고 불러주어요/ 네 고운 목소리를 들으면/ 내 묻힌 무덤 따뜻하리라/ 너 항상 나를 사랑하여 주면/ 네가 올 때까지 내가 잘 자리라."

단순한 목동의 노래라고만 알고 들어도 우리의 가슴을 울리지만 그 노래를 아일랜드의 역사와 함께 들어 본다면 사뭇 다른 의미로 우리 가슴에 와 닿는다. 아일랜드의 역사는 단순히 식민지와 종주국의 관계로만 이해할 수 있는 역사가 아니었기 때문이다. 영국의 왕조사와 맞물리면서 근 800년에 가까운 세월을 끊임없는 종교 간의 대립과 인종 간의 마찰과 문화적 갈등으로 하루도 편할 날이 없는 날들의 역사였던 것이다.

'아! 목동아(ah! danny boy)'와 같은 민요도 바로 그러한 역사 속에서 자연 발생적으로 태어난 아일랜드 민초들의 한 많은 '아리랑'이었다고 보여 진다. 영국의 여왕은 그들대로의 표현대로 "군림은 하되 통치하지 않는" 나라의 최고 지도자다. 그런 여왕으로서의 엘리자베스 2세가 모든 역사적 갈등을 등에 지고 아직도 IRA같은 무장 투쟁 단체의 활동이 사그라지지 않은 아일랜드를 방문하였다. 여간 의미 있는 방문이 아니었다고 느껴진다. 침략과 저항, 반목과 테러, 점령과 해방의 역사적 능선과 계곡을 넘어 비로소 일방적 점령국이었던 영국의 여왕이 역사 최초로 과거의 식민지를 대등한 관계의 선린우호를 위해 방문한 것이었기 때문이다.

여왕은 수도 더블린에서 열린 만찬장에서 아일랜드의 대통령 메리 메컬리스를 마주하고 이렇게 말하였다. "~두 나라 간에는 일어나지 말았어야했던 일들이 참 많이도 일어났습니다. 이 슬픈 유산 때문에 두 나라 사람들 모두 너무 큰 고통과 상실감에 시달렸습니다. 문제 많던 역사로 상처 받은 모든 이들에게 내 온 마음을 담아 위로의 뜻을 전합니다. 앞으로는 늘 가장 사이좋은 이웃으로 지냅시다."

그리고 나서 그 여왕은 우리로 치면 현충원과 같은 아일랜드 추모공원에 헌화하고 묵념을 하였다고 한다. 이에 대해 언론에서는 "여왕에게는 작은 발걸음이지만 양국 간의 역사에서는 엄청난 순간"이라고 평하였다. 이 소식을 들으면서 필자는 여왕이 '아 목동아'의 노래를 부르고 있는 것이 아닌가 하는 착각에 빠져드는 느낌이었다.

여왕은 과거의 식민지였던 아일랜드를 향해 일본 수상이 한국을 향해 의례적으로 해왔던 "통석의 염"이라든지 "통절한 반성"이라는 표현을 쓴 적이 없다. 그저 아주 덤덤하게 그러나 아주 간절하게 "일어나지 말았어야 할 일들"과 "문제 많은 역사"의 상처를 함께 아파하는 자세로 "언제나 늘 사이좋은 이웃"이 되자고 호소하였다. 목동들이 부르는 피리소리처럼 은은하게 들리는 듯하였다. 비록 그가 떠난 자리에서는 약간의 소란이 없지 않았지만 여왕의 인자한 한 할머니와 같은 목소리와 자세 그리고 그 부드러움과 조용하면서도 진심어린 위로와 사과로 하여 어쩌면 양국 국민들은 그 가슴속에 품고 있었던 불편한 감정이 눈 녹듯이 녹을 수도 있겠다 싶었다.

그러면서 한편으로는 필자의 마음속에 지워지지 않은 채 도사리고 있는 일본에 대한 거북한 감정이 꿈틀거리고 있는 것은 어쩔 수 없는 필자만의 감정은 아닐 듯하다. 한일 관계야말로 "언제나 늘 사이좋은 이웃"이 되어야 할 관계이기 때문이다. "가깝고도 먼 나라"로 인식되고 있는 현실을 사이좋은 이웃으로 만들 수 있는 길은 무엇인가? 양국이 서로에게 진정성을 바탕으로 화해하는 것이다. 화해에는 굳이 거창한 말이 필요 없다.

1970년 12월! 부슬부슬 내리는 초겨울의 찬비를 흠뻑 맞으면서 폴란드의 국립묘지에 가서 무명용사의 묘비 앞에 무릎을 꿇고 기도한 독일의 수상 빌리 브란트가 언제 말로서 나치가 저지른 죄를 사과 한 적이 있었던가? 말없이 눈물 흘리며 꿇어 엎드렸던 그 순간은 처음부터 계획된 것도 아니요 누가 그렇게 하라고 권했던 것도 아니었다. 오직 수상 자신의 역사적 소명의식에서 울어 나온 양심의 발로였다고 보여 진다. 한일 관계의 불편함도 바로 이러한 진정성으로 해결할 수는 없을까하는 생각이 간절하다.

일본이 수백 년 만에 처음 당하는 지진과 쓰나미로 가재도구를 모두 수장(水葬)하고 나서 집도 없이 피란생활을 하는 국민들을 위해 우리는 화해와 인류애를 바탕으로 너나없이 모금활동에 동참한 바 있다. 누가 일본 국민을 도와주라고 한 적도 없다. 모두가 그것이 우리가 이웃에게 해야 할 당연한 일이라고 생각하였다. 그러나 그러한 우리의 화해의 몸짓과 인우애(隣友愛)에 대해 일본인들은 자존심이 상하였던가! 아니면 과거 식민지였던 나라의 백성으로부터 받은 동정심이 불쾌해서였던가! 돌아온 반응은 독도 영유권 주장과 역사 교과서 왜곡이었다.

참으로 요원한 이웃이구나 하는 생각에 모골이 다 송연(竦然)할 정도다. 그런 정도의 이웃의식으로 무슨 소리로 과거사를 정리하자고 한들 무슨 효과가 있겠는가? 화해의 첫걸음은 언제나 가해자로 부터 시작되어야 한다. 피해자부터 화해의 손을 먼저 내미는 얘기는 여전히 자신은 강자의 위치에서 벗어나지 않겠다는 뜻밖에는 안 된다. 이런 사고로서는 절대로 화해가 될 수가 없다.

앞으로 일본이 지난 세월에 피해를 입힌 나라들과 화해를 할 의향이 없다면 아무런 할 말이 없다. 그러나 어느 시점에서인가 화해를 해야 한다고 생각한다면 영국 여왕의 아일랜드 방문과 빌리 브란트의 폴란드 방문이 보여준 역사적 의미를 곰곰이 새겨보아야 할 것임을 강조하고 싶다. 일본은 아직도 "천황"이 군림하는 나라이니 말이다.

월간 헌정 (2011. 7월호)

기게스와 칸다울레스

　체계적으로 연구해 본 적은 없지만 우연히 읽은 책 중에서 어떤 한 사람을 놓고 여러 갈래의 재미있는 얘기가 따라 다니는 사람으로 기게스(Gyges)라고 하는 사람이 있다. 플라톤(Platon)은 그를 무엇이 정의인가를 설명하는 과정에서 〈기게스의 반지〉얘기를 다루고 있고 헤로도토스(Herodotus)는 왕조가 바뀌는 역사적 사실 중에서 어리석은 한 왕의 얘기와 더불어 기게스에 대한 얘기를 들려주고 있다.

　기게스라고 하는 사람이 리디아의 왕권을 찬탈한 사람이라는 점을 지적하고 있다는 점에서는 위 두 사람 모두가 일치하지만 그 외의 것은 판이하다. 동일인물이냐 아니냐의 문제에 대해서는 필자가 알 수 있는 능력범위 밖의 일이어서 잘 모를 일이나 두 얘기 모두가 우리에게 시사 하는 바는 지금도 불변일 것 같다.

　우선 헤로도토스가 그의 〈역사〉에서 말하고 있는 기게스는 리디아의 왕 칸다울레스(Candaules)가 가장 아끼는 시종 중의 한 사람이었다. 왕 칸다울레스는 어떤 은밀한 얘기도 허물없이 나누는 사이인 시종 기게스에게 자기의 부인인 왕비가 얼마나 아름다운 여인인지 아느냐고 말하면서 벌거벗은 아내의 몸매를 한번 구경이나 해보라고 권한다. 기게스는 왕비가 아름답다는 사실을 귀가 따갑게 들어 알고 있으니 제발 나로 하여금 죄를 짓지 않도록 해달라고 통사정을 하였다.

　그러나 왕은 마무가내로 왕비가 눈치 채지 않도록 조치를 해 놓을 테니 시키는 대로만 하면 될 것이라고 안심을 시켰다. 할 수 없이 기게스는 왕이 시키는 대로 침실에 들어가 문 뒤에 숨어서 왕비의 알몸을 보고 나오는 순간 그가 나가는 뒷모습을 왕비에게 그만 들키고 말았다. 그러나 이 사실도 모른 채 태연한 척 하고 있던 기게스에게 왕비의 불호령이 떨어졌다. 필자 나름대로 각색해서 보면 이렇다. "왕비의 알몸을 볼 수 있는 사람은 오직 왕뿐 그대가 왕이 되든지 아니면 죽든지 하나를 택하라"

기게스는 할 수 없이 왕비의 명에 따라 왕 칸다울레스를 죽이고 왕위를 찬탈한 다음 왕비와 결혼했다. 이 얘기를 두고 일부 학자들은 관음증(觀淫症)의 상징으로 설명하는 경우도 있지만 필자는 어리석은 왕의 상징으로 가끔 인용하였다.

플라톤의 〈국가론〉에서의 기게스는 리디아 사람의 조상으로 양치기였다. 어느 날 양치기 기게스가 양을 치는 풀밭에 느닷없이 폭우가 쏟아지고 지진이 일어나면서 땅이 갈라지고 깊은 동굴이 생겼다. 기이하게 여긴 양치기는 그 동굴 속으로 내려갔다. 거기서 그는 옆구리에 창(窓)이 달린 청동 말 한 필을 발견하였다. 그 창을 통해 들어가 본즉 손에 금반지를 낀 알몸의 시체가 있어 얼른 금반지만 빼고 밖으로 나왔다.

그리고 얼마 후 이 양치기 기게스는 양치기들의 월례 모임에 갔다가 자신이 끼고 있는 반지의 흠집 난 곳을 안으로 돌리면 자신은 투명인간이 되고 밖으로 돌리면 자신의 모습이 다시 나타난다는 사실을 알게 된다. 이 사실을 발견한 그는 새로운 출세의 길을 찾기 위해 반지를 낀채 왕궁에 들어가 왕비와 내통하고 왕을 죽이고 왕위를 찬탈한다.

이 얘기를 두고 학자들은 "익명성에 숨은 폭력성이나 부도덕성"을 설명하는 상징어로 〈기게스의 반지(Ring of Giges)〉를 예로 들면서 "가장 의롭지 못한 사람이 더 정의로운 것처럼 비치게 마련"이라는 기게스적인 사회현상을 설명한다.

플라톤 역시 그러한 반지가 2개가 있어서 하나는 의로운 사람이 끼고 또 하나는 부정한 사람이 끼었다고 가정한다면 그 결과는 어떻게 될 것인가를 묻고 있었다.

오늘의 우리 현실을 필자는 헤로도토스와 플라톤에 비추어보면 어떨까 싶은 생각이 간절하다. 자신의 침실에 기게스를 불러들이는 칸다울레스의 어리석음을 지닌 세력들과 자신이 마치 〈기게스의 반지〉라도 끼고 있는 듯이 익명의 너울을 쓰고 가장 정의로운 척 하면서 가진 불의를 다 저지르고 있는 무리들이 판을 치고 있는 것이 오늘의 우리 현실이 아닌가 싶어서다.

얼마 전 인간 광우병에 대해 의도적으로 왜곡 보도한 MBC의 PD수첩에 대한 검찰의 수사 결과를 보면 칸다울레스의 어리석음을 연상하지 않을 수 없다. 유감스럽게도 그 방송의 PD들은 당시의 왜곡된 방송이 어떤 결과를 가져올 것인가에 대한 일말의 우려라도 해본 적이 있는지가 여간 궁금하지가 않다. 미국산 쇠고기는 전부가 광우병에 걸린 것처럼 왜곡 보도함으로써 의도적으로 반미감정을 우리네 안방 깊숙이 불러 드렸을 뿐만 아니라 미국의 안방에는 반한 감정을 불러들이도록 유도하였으니 말이다. 쇠고기 광우병에 떨고 있었던 소비자의 입장과 그런 쇠고기를 수출해야만 하는 생산자들은 얼마나 분노하였을까에 대해서도 그들은 한 번도 생각해본 적이 없었을 것은 너무도 당연한 것이었다.

미국산 쇠고기를 먹느냐 안 먹느냐 하는 문제는 소비자 각자의 기호에 관한 문제이지만 우리로 하여금 미국을 적대시하도록 만들거나 미국인들로 하여금 우리를 적대시하도록 유도하는 방송은 분명히 기게스를 우리의 침실에 불러들이는 칸다울레스와 같은 어리석은 행위였다고밖에는 달리 말할 수가 없다.

기게스의 반지를 끼고 자행되는 불의는 플라톤에서처럼 어떤 경우에든 마치 정의로운 것처럼 보이게 할 수도 있다.

현재 우리 사회 내 어떤 세력들은 자신들이 마치 〈기게스의 반지〉라도 끼고 있는 듯이 시민단체라는 너울을 쓰고 마구잡이 행패를 부리는 것을 본다. 특정 신문에 대한 광고를 중단하라고 광고주를 협박한 사건을 맡은 판사에게 행한 어떤 시민운동가들의 경우를 보면 참으로 가관이다. 처음에는 "양심 법관 지켜내자"고 응원했다가 자신의 뜻과 다른 판결이 나자 표변하여 "권력의 시녀" "부패정권에 아부하는 법관" "법관의 양심을 버린 판사"등 이루 헤아릴 수 없는 욕설과 협박으로 저주하기에 이르렀다. 정의로운 척 시민운동이라는 간판을 앞세우고 그 뒤에서는 상상도 할 수 없는 불의를 저지르고 있는 것이다.

미국산 쇠고기 수입 문제를 놓고 광란에 가까운 시위를 주도한 칸다울레스적인 반미 세력들과 자신들의 뜻에 맞지 않는 판결을 했다고 무소불위의 폭력을 휘두른 기게스의 반지 세력들을 자신의 지지 세력으로 알고 동지애를 과시하려고 드는 정치 세력들도 없지 않은 것을 본다. 자신의 알인 줄 알고 꾀꼬리 알을 정성껏 품고 있는 〈붉은 머리 오목눈이〉를 닮았다고나 할까?

칸다울레스의 어리석음과 기게스의 반지는 언제쯤이나 없어질 것인가?

월간 헌정 (2009. 9월호)

4.19와 우남雩南 이승만

　나뭇가지마다 하얀 눈꽃처럼 소복하게 피어 있었던 벚꽃이 어느 새 분홍빛으로 변하면서 금방 날아갈 것만 같은 농염한 봄빛을 뿜어내고 있다. 이맘때쯤 되면 교복을 입은 학생들이 책가방을 안은 채 피 흘려 쓰러지던 모습이 기억 멀리서 기적소리처럼 눈앞에 다가온다. 4.19다.

　필자가 대학 4학년 때의 일이었다. 우리는 그 학년에 이를 때까지 대학에서 줄곧 민주주의를 배웠다. 영국 혁명과 미국 독립혁명도 배웠고 프랑스 혁명도 배웠다. 자유도 배웠고 인권도 배웠다. 선거도 배웠고 정당도 배웠다.

　그러나 그것은 교과서를 통해 배운 것에 불과 했을 뿐 현실은 아니었다. 그래서 우리는 우리의 민주주의는 "강단(講壇)민주주의"라고 비아냥하면서 자유당 정권의 불의와 부패와 독재에 대해 통렬한 비난을 퍼붓기 시작했다. 헌법 조문을 우리들 마음대로 개조하면서 시(詩)처럼 읊기도 했다.

　"대한민국의 주권은 이승만에게 있고 모든 권력은 이기붕으로부터 나온다."라고 그리고 시중에는 이승만 대통령을 향해 "외교에는 귀신이요 내치(內治)에는 등신"이라는 말이 공공연하게 떠돌아 다녔다.

　국회에서의 간접선거로 당선된 대한민국의 초대 대통령인 우남(雩南)이승만 박사는 자신에 대한 국회 내의 세력 분포가 자신에게 불리하다는 사실을 알고 6.25전란 중인 1952년 5월 쿠데타적인 방법을 동원해 직선제 헌법으로 개헌을 성공시켰다. 이것이 소위 발췌개헌이다.

이 헌법에 따라 시행한 국민 직선에서 대통령으로 다시 당선된다. 재선된 것이다. 그러나 이 대통령은 이에 만족하지 않고 휴전협정과 더불어 환도한 그 이듬해 자신의 임기가 끝날 것에 대비해 1954년 11월 또다시 종신집권을 위한 개헌을 시도한다. 사사오입(四捨五入)개헌이다.

이 개정된 헌법에 따라 1956년 5월에 시행한 선거에서 당시 야당은 "못 살겠다 갈아보자."로 응수했으나 후보였던 신익희의 급서(急逝)로 이 대통령은 무난히 삼선(三選)대통령으로 당선되었다. 그러나 이 대통령에 대한 국민의 지지는 이미 기울기 시작했다. 그로부터 4년 후인 60년 3월 15일 운명의 대통령 선거일이 다가왔다.

선거 도중인 2월에 이미 야당 후보인 조병옥 박사가 지병(持病)으로 도미(渡美)치료 중에 서거(逝去) 한 상태에서조차 자유당은 야당 부통령의 당선을 막기 위해 별별 수단을 다 동원하여 부정선거를 획책하였다. 이 박사는 목표했던 4선(選)고지에 올랐으나 그것이 그로 하여금 죽음의 길로 몰고 갈 줄은 아무도 알지 못했다.

그해 4월 18일, 고려대학교 학생들이 맨 처음 혁명의 횃불을 들면서부터 4.19는 불타올랐다. 혁명이 일어난 것이다. 필자도 그 혁명의 대열 맨 앞줄에서 이승만 정권 물러나라고 외쳤다. 그리고 그로부터 1주일이 지난 26일 그는 하야하고 말았다. 이승만 대통령에 대한 평가를 할 때 빼놓을 수 없는 역사가 바로 이것이다.

그런 연유로 필자를 포함한 몇몇 고려대 학생들은 그해 5월초 자유당이 감행했던 두 번에 걸친 개헌을 국헌문란(國憲紊亂)으로 규정하고 개헌을 주도한 사람 모두를 내란죄로 검찰에 고발하였다. 그러면서도 우리들은 그 고발장에서 우남에 대해서만큼은 "위대한 건국 공로자였던 이 박사를 소추하라는 것은 몹시 괴로운 일"이라고 전제하고 만약에 이 박사가 우리의 고발에 의해 "재판에 회부된다면 정성을 다하여 건국 공로자로서의 공로를 참작하여 주기를 호소할 것"이라고 덧 붙였다.

왜 그랬을까? 4.19혁명에 참여한 장본인들이지만 우리들은 이승만 대통령의 그 동안의 과(過)에도 불구하고 대한민국 초대 대통령으로서 이룩한 업적에 대해서는 아무 누구도 범접(犯接)할 수 없는 가치를 지니고 있다고 판단했기 때문이다. 다시 말하면 4.19의 한복판에서 이 박사를 비난해야 마땅할 입장에 있었으면서도 우리는 오히려 그를 높이 평가해 주는 데에 인색하지 않았던 것이다.

나이 이미 85세의 노인이 된 그는 4.19가 일어나자 무슨 일이 있기에 데모가 일어났느냐고 주위 사람들에게 물었다. 진상을 듣고서야 비로소 "불의에 항거 할 줄 모르는 백성은 죽은 백성이야! 국민이 나를 원치 않는다면 물러가야지!"하고 말했다. 그는 누구의 권고도 받은바 없이 스스로 물러날 각오를 하고 부상당하여 누워 있는 학생들을 찾아가 "내가 받을 총탄을 너희들이 받았구나!"하는 위로의 말도 서슴지 않았다. 어떻게 보면 청사에 빛날 지도자의 한탄이 아니었나 싶기도 한 말이다. 그러면서 그는 퇴임과 동시에 평소 타던 승용차를 버리고 걸어서 사저인 이화장으로 가려고 떼를 쓰기도 했다.

필자 역시 시간이 갈수록 건국 사업이라는 것이 얼마나 지난(至難)한 것인가를 이해하면서부터는 더더욱 그의 업적이 돋보였다는 사실을 고백하지 않을 수 없다. 그러나 그가 저지른 과(過)를 덮자는 뜻은 아니다. 과와 함께 공도 평가 해 주자는 얘기다.

1945년 8월 15일! 이 날을 우리는 해방이라고 한다. 광복이라고도 한다. 이 말이 맞을는지도 모른다. 수천 명이나 되는 감옥에 있던 분들에게는 분명히 해방이다. 그러나 그것을 빼고는 무엇이 해방되고 무엇이 광복되었단 말인가?

미군이 남한에 진주하거나 소련이 김일성을 대동하고 북한을 진주(進駐)할 때까지는 조선총독부가 아직도 무기를 쥐고 있었고 그 이후에는 진주군이 점령군으로 변해 한반도를 장악하고 있었다. 해방도 광복도 아니었다. 다만 공산 정권 수립을 위해 날뛰는 좌익 세력과 이에 맞서 싸우는 우익 세력의 정치투쟁만이 제철 만난 듯 활기를 띠고 있었을 뿐이다. 좌우파 모두가 이승만을 지도자로 옹립하려고 하였을 뿐 나라의 앞날은 한치 앞도 보이지 않았다. 미군정(軍政)은 소련이 어떤 음모를 꾸미는지도 모른 채 남한 내에서 좌우 합작운동이나 벌리면서 시간을 허비하고 있었다.

이러한 때에 이 박사는 미군정의 강력한 제동에 굴하지 않고 46년 6월 3일 정읍에서 남한만이라도 단독 정부를 수립할 것을 주장함으로써 대한민국 탄생의 신호탄을 올렸다. 이로부터 그는 48년 8월 15일 대한민국 정부가 수립될 때까지 초인적인 노력과 헌신을 하였다.

그는 헌법 제정 요강도 제시하였고 토지개혁과 의무교육도 시행하였다. 미국이 극동 방어선에서 한국을 제외하자 이를 기회로 장갑차 한 대 없는 대한민국을 향해 남침을 기도한 북한군의 6.25남침도 유엔 외교를 통해 훌륭하게 방어해 냈다. 또한 휴전과 함께 북한에 송환되면 죽을 수밖에 없는 반공 포로 2만 7천명을 유엔군도 모르게 석방시킴으로써 그 생명을 살려냈다.

끝까지 북진 통일과 휴전 회담 반대를 고수(固守)하다가 어쩔 수 없는 상황이 되자 그는 휴전의 대가(代價)를 미국으로부터 얻어내기도 했다. 한미 방위조약이 바로 그것이다. 이로 인해 6.25당시 10만 명에 불과했던 우리 국군은 4년이 지난 54년에는 65만 명의 대군으로 발전하기에 이르렀다.

혹자는 이 박사의 대한민국 건국 사업을 가리켜 남북 분단을 획책한 반민족적 행위라고 비난하는 사람들도 있다. 그러나 분단의 궁극적 책임은 미·소가 함께 남북한을 분할점령한데에서부터 그 씨앗이 뿌려지고 소련이 한반도를 자신들의 지배하에 두려고 획책한데에서 그 원인을 찾아야 한다.

혹자는 또 한미 경제 원조 협정이나 한미 상호 방위조약을 놓고 그것이 우리를 미국에 예속시킨 협정이라고 비난하는 사람도 있다. 이들은 원조협정은 원조의 대부분이 남한 군사력 유지에만 쓰여 졌기 때문에 국민 경제에 도움이 되기는커녕 한국 경제의 주도권을 미국에 넘긴 것일 뿐이라고 주장한다. 방위조약은 군사 작전권을 미국에 양도해버린 주권 상실적(喪失的) 조치에 불과하다고 혹평한다. 이런 것이 바로 반미·친북주의자들의 역사의식이다.

이런 시각들은 어쩌면 대한민국은 태어나서는 안 되는 나라쯤으로 이해하고 있는 사람들의 대표적인 역사의식이라 할 것이다. 참으로 경계해야할 역사인식이 아닐 수 없다.

혹자는 북한은 친일파를 완벽하게 숙청한데 비해서 남한은 오히려 친일파를 두둔하였다고 비난한다. 이점에 대해서는 이승만 정권도 반성할 점이 없지 않다. 굳이 변명하자면 해방 당시의 문맹률이 86%인 상황에서 친일파의 처단보다는 오히려 그들을 건국 사업에 활용하는 것이 나라에 득(得)이 되는 것이라고 생각한 측면도 없지 않았겠나 싶다. 과거보다는 미래를 더 소중히 여긴 결과라 여겨진다는 얘기다.

그러나 북한에서의 친일파 처단을 무조건 찬양하는 것도 좀 더 생각해 볼 문제가 있지 않나 싶다. 법에 정한 절차가 아닌 인민재판을 통해 이루어졌기 때문이다. 죄질과 죄상의 양태와 관계없이 대중들이 모여 친일파로 지목만 되면 옛날 서양에서 마녀 사냥하듯이 무조건 돌이나 죽창으로 쳐 죽이는 야만적 처단을 찬양할 수만은 없는 것이 아닌가?

농지문제를 다루는 데에 있어서도 북한은 강압과 폭력을 통한 강제 무상(無償)몰수 무상분배 방식이었는데 반(反)해 남한에서는 지루한 입법 논쟁을 거쳐 지가증권의 발행을 통한 민주적 방식의 유상(有償)매수 유상분배를 실시하였다. 이러한 차이를 간과(看過)하면서 일방적으로 우남의 건국과정을 비난한다면 그것은 남모르는 저의가 있거나 온당치 않은 것이라 여겨진다.

또 혹자는 이 박사가 미워서인지는 모르겠으나 임시 정부 수립일을 대한민국 정부 수립일로 정해야한다고 주장하는 사람도 있다.

그러나 분명히 말해 임시 정부는 대한민국의 뿌리임에는 틀림없지만 그 자체가 대한민국은 아니다. 임시 정부라는 뿌리 위에 우뚝 솟은 줄기는 대한민국이다. 뿌리가 튼튼하면 줄기도 잘 자라게 마련이다. 그런 이치로 뿌리를 튼튼하게 가꾸는 일에 충실했던 보람을 강건(強健)하게 자라는 줄기에서 찾는다면 얼마나 좋겠는가?

월간 헌정 (2011. 4월호)

고다이바 부인Madam Godiva

웬만한 사람이면 다 아는 얘기이지만 고다이바 부인(Madam Godiva)의 얘기를 한번쯤 더해 보는 것도 아주 의미가 없을 것 같지는 않다.

고다이바 부인은 11세기 영국의 코벤트리 시(Coventry)의 영주(領主)인 레오프릭(Leofric)백작의 부인이었다. 어느 날 백작부인은 영주의 혹독한 세금징수로 백성들의 원성이 자자하다는 사실을 알게 되었다. 그 부인은 이 사실을 백작에게 알리고 몇 번씩이나 세금을 감면해 주기를 간청한다. 그러나 백작은 부인의 간청에 아랑곳도 하지 않고 지나는 말로 "당신이 알몸뚱이로 말을 타고 코벤트리 시내 거리를 한 바퀴 돈다면 모를까 그렇지 않고는 어림도 없는 일이야"라고 퉁명스럽게 내뱉는다.

백작은 부인의 청을 받아드리지 않을 속셈으로 내뱉은 한마디이지만 고다이바 부인은 그렇지 않았다. 곰곰이 생각을 가다듬다가 "공공의 행복을 위하는 일이라면" 알몸으로 말을 탄들 어떠랴 하는 심정으로 말을 탈 준비를 하기 시작했다. 코벤트리 시의 시민들은 이 소식을 듣고 감격한 나머지 부인이 말을 타고 거리를 돌 때에는 어느 누구 한 사람 예외 없이 창문과 덧문과 커텐을 굳게 닫고 내다보지 않기로 결의를 하였다.

고다이바 부인은 긴 머리카락을 이용해 앞을 가린 다음 알몸으로 말을 타고 느릿느릿 시내 거리를 돌기 시작했다. 시민들도 약속대로 말을 타고 거리를 누비는 고다이바 부인을 창틈으로라도 엿보는 사람이 하나도 없는 듯하였다. 그러나 불행하게도 호기심 많은 재단사 톰 (Tom)이라는 사나이만은 시민들과의 약속을 어기고 창문 틈으로 그 부인의 알몸을 엿보았다. 그 순간 그 톰이라는 사나이는 그만 두 눈이 멀어버렸다는 것이다.

이 이야기는 더러는 전설로 더러는 사실로 전해져 내려왔다. 그러나 그 진위(眞僞)와는 관계없이 고다이바 부인의 용기와 자비심은 그 뒤 그림으로 시로 화폐로 동상으로 기념되어 왔다. 옛날 코벤트리 시에서 는 이 부인을 기념하는 동전을 만들어 "공공의 행복을 위하여"(pro bono publico)라는 작은 글씨를 조각하여 사용하기도 하였다고 한다.

말하자면 고다이바 부인은 "공공의 행복을 위한" 숭고한 행동으로 역사에 길이 남을 일화의 주인공이 되었고 양복 재단사 "엿보는 톰"은 자신의 호기심을 억제하지 못한 죄로 졸지에 영원히 "관음증이나 호색 한"의 대명사로 자리 잡게 되었다는 얘기다.

신화나 전설이나 설화가 모두 인간들이 살고 있는 사회에서 어떻게 사는 것이 참으로 존귀한 삶인가 하는 것을 직간접으로 가르쳐 주기 위해 생긴 것이라면 고다이바 이야기 역시 이런 범주에서 크게 벗어나 지 않고 있는 것이라 여겨진다.

그러나 우리는 이 얘기에서 고다이바 부인으로 하여금 왜 벌거벗은 알몸으로 말을 타게 하였는가를 곰곰이 생각해 보지 않을 수 없다. 인 간은 애초에 순결하게 태어났으나 죄를 짓고부터 옷을 입기 시작했다 는 서양 사상에 비추어보면 옷을 입는다는 것은 수치를 감춘다는 뜻이 요 벌거벗는다는 것은 어떤 수치(羞恥)도 감출 것이 없다는 의미로 해 석할 수 있다.

이런 맥락에서 이 고사(故事)가 우리에게 암시하고 있는 것은 두 가 지가 아닌가 한다. 하나는 공인으로 공직에 나가기 위해서는(말을 타는 행위) 어떤 수치스러움도 없는 알몸으로 나서야 한다는 교훈이요 다른 하나는 공공의 행복을 위해 봉사하는 삶이야말로 가장 숭고한 삶이라는 사실이다.

자신의 수치스러움을 겹겹의 옷으로 감싸고 있어서는 공직에 취임할 수 없다는 사실을 우리는 지금에 와서야 비로소 서서히 깨닫기 시작하고 있다.

또한 고다이바 부인처럼 의사나 변호사나 세무사나 대학생들이 자신의 전문 지식을 가지고 "공공의 행복을 위해" 사회봉사를 하는 숭고한 삶을 살아가고 있는 사람들도 서서히 늘고 있다는 소식이다.

이제 우리 사회도 점점 더 이러한 사회로 성숙되어 가고 있다는 사실을 실감하면서 공공의 행복 추구가 사명일 수밖에 없는 정치인들의 벌거벗은 모습을 우리는 아직 보지 못하고 있다는 아쉬움만이 남는다.

대전일보 (2009. 09. 01)

백헌 이경석과 매천 황현

세상 사람들이 모두 많이 배우기를 원하고 그 배운 것을 바탕으로 큰 업적을 남겨 역사적 인물이 되고자 하는 것은 인지상정이다. 그런데 그 배운 것을 한탄하면서 살아가거나 배운 것이 원죄되어 스스로 죽음을 결행한 사람도 있으니 세상이란 참 알다가도 모를 일이다. 병자호란 때의 중신 백헌 이경석(白軒 李景奭)이 그러하고 한말의 선비 매천 황현(梅泉 黃玹) 또한 그러하다.

매천은 "도깨비 나라에 미치광이"만 들끓는 시대를 살 수밖에 없었던 운명을 한탄하면서 장원급제가 가져다준 벼슬의 기회도 저버리고 낙향하여 3천 권의 책 속에 묻혀 지내면서 47년간의 역사를 들은 대로 본 대로 기술하였다. 그리고는 "글을 아는 사람 노릇하기가 이리도 어려운 것인가."하는 그 유명한 절명시를 남기고 나라와 운명을 함께 하였다.

매천이 순국할 때 그 옆에서 후일을 기약해도 될 것을 무엇이 그리 급해 그렇게도 서두르냐고 만류했던 그의 동생 황원(黃瑗)도 일제로 부터 창씨개명을 강요당하자 해방을 1년 앞둔 해에 그 역시 절명시를 남기고 순국하였다. 형으로부터 받은 교육의 힘이 그렇게 큰 것이었나 하는 생각이 때때로 내 뒷머리를 짓누른다.

백헌 이경석은 청나라의 강압에 못 이겨 삼전도(三田渡)비문(대청황제공덕비문)을 다 짓고 나서 자신에게 글을 가르쳐준 형에게 "글공부를 한 것이 천추의 한이 된다."는 편지를 보냈다. 그러면서 "수치스러운 마음 둘 데 없고 백 길이나 되는 어계강(語溪江)에 몸을 던지고 싶다."

고 하는 시를 지어 평생을 한탄해 마지않았다.

한 인간으로 보면 주어진 운명이고 주어진 사명일 수밖에 없었다. 그러나 그 배움이 있어 그런 운명을 사명감으로 받아들일 줄도 알았다고 한다면 배움이 얼마나 소중한가를 실감한다. 그러나 배움에서 우리 나오는 영혼이 없다면 그 또한 박제된 배움 이외에 아무 것도 아닐 것이다. 우리들의 선조들이 배움을 배움으로 끝내지 않고 자신의 영혼으로 발효시켜 시대에 경종을 울리거나 나라를 구하는 데에 활용한 것을 보면 저절로 머리가 숙여질 뿐이다.

백헌이 삼전도 비문을 쓰면서 고뇌했을 정경을 상상해보면 내 등에서 조차 땀이 배어 나오는 듯하다. 임금인 인조가 처음에는 백헌에게만 비문을 쓰라고 한 것이 아니었다. 당대에 문명을 날리던 장유(張維)와 이경전(李慶全)과 조희일(趙希逸)에게도 쓰라고 지시하였다. 지시받은 그날 밤 이 네 사람의 심정은 어떠했을까?

이경전은 병이 났다. 그 전부터 아팠을는지도 모른다. 얼마나 다행이었을까? 아니면 임금의 지시와 함께 병이 났을지도 모른다. 김훈은 소설 〈남한산성〉에서 청나라의 칸에게 보낼 국서(國書)를 쓰라는 어명을 받은 두 신하의 정경을 이렇게 그리고 있었다.

한 신하는 며칠 전 성첩을 살피러 다니다가 빙판에 미끄러져 인사불성이 된데다 가 아래가 다 열려 거름 위에서 뒹굴 수밖에 없는 처지인데 어찌 국서를 작성할 수 있겠느냐는 차자(箚子)를 왕에게 올렸다. 이 차자를 본 조정에서는 참으로 그렇다면 맛 좀 봐라 하는 식으로 똥물이 나오도록 볼기에 곤장을 쳤다. 그렇게 그는 죽임을 당했다. 그러자 옆에 있는 사람들이 "제 뜻대로 되었군."이라고 했다.

또 한 신하는 평소 협심증을 앓고 있는 사람이었는데 앞서 신하가 곤장을 맞고 죽었다는 얘기를 듣고 심장이 터져 논둑에서 죽었다. 대신한 사람이 죽은 신하의 집에 찾아가 보았다. 시체 머리맡에는 하얀 종이 위에 붓 한 자루가 놓여있었고 벼루는 말라 있었다. 임금이 대신에게 물었다 "국서는 썼다던가?" "종이를 펼쳐 놓고 먹은 갈지 않았사옵니다. "시작은 한 것인가?" "종이를 펼쳤으니…" "복이 많구나."

이경석을 위시한 3사람 모두가 소설속의 두 인물이 가슴 속에 품고 있었던 마음과 똑같은 마음이 왜 없었겠는가? 차라리 병이라도 났다고 할까? 아니면 어느 고사(故事)에서처럼 말에서 짐짓 떨어져나 볼까? 이 비문을 쓰고 나면 자손만대로 역적으로 몰리는 것이 아닌가? 갖은 상념에 종이를 펼쳐 놓고 한 자도 못 쓸 수도 있는 정경이었다.

조희일이라는 사람은 일부러 채택되지 않도록 되나 마나 휘갈겼다. 청나라에서는 장유라는 사람의 것은 의도적인지 아닌지는 모르겠으나 인용 문구가 잘못되었다하여 탈락시키고 이경석의 것만 수정을 조건으로 채택하였다. 백헌의 입장에서는 피할 수 없는 운명이기도 했다. 마침 예문관에 대제학이 비어 있어 자신이 제학(提學)으로 가장 우두머리 자리에 있었기 때문이다.

인조는 백헌을 불러 마주한 자리에서 간곡한 부탁을 한다. 어쩌면 통곡하는 심정으로 목이 멘 채로 말했는지도 모른다. "저들이 비문을 가지고 우리의 향배를 시험하고자 하니 어떻게 하겠는가? 구천(勾踐)이 신첩(臣妾)노릇을 하면서도 끝내 오(吳)나라를 멸하는 공을 이룬 것처럼 후일에 나라를 일으키기 위해서는 도리가 없지 않겠는가!" 인조 스스로가 삼전도에 나아가 청이 마련해 놓은 수항단(受降檀)아래에 엎드려 치욕적인 삼배구고두(三拜九叩頭)의 예를 치렀으니 속마음이야 얼마나 분노가 치밀어 올랐을까? 인조의 표정을 보면서 백헌 또한 처연한 심정에 사로잡혀 울고 있었는지도 모른다.

그러나 백헌은 인조와 한마음이 되어 앞날을 위해 비문에 대한 개작에 개작을 더하여 드디어 오늘에 남아있는 비문이 되었다. 오죽하면 "한강 백 길 벼랑을 진 것(비문을 뜻함)이 부끄럽다."는 시로 자신의 억울함과 통분함을 토로했을까 싶다. 그러면서도 누구인가는 해야 할 일이기에 백 길 낭떠러지에 떨어지는 줄 알면서도 그는 기꺼이 등에 멍

에를 짊어지고 그 낭떠러지로 뛰어 내리면서 스스로를 불살랐다. 스님이 스스로를 불에 뛰어들어 죽는 소신공양만 소신공양일까? 백헌의 비문저작 또한 소신공양에 다름 아니라 여겨진다.

그의 문장이 잘 되고 못 되고 가 문제가 아니라 자신을 온전히 죽이고 그 비문을 찬한 그의 용기와 살신 공양의 정신을 높이 평가하고 싶을 뿐이다.

그는 그 뒤에도 심양에 건너가 척화파 인사들의 환국운동을 벌린 일이나, 효종의 북벌 계획이 김자점과 같은 사람들의 밀고로 조정이 궁지에 몰리자 끝까지 자신의 일로 왕을 보호한 일이나, 조정안에서 당색(黨色)을 가리지 않고 인재를 등용한 것 같은 일들을 보면 누구도 그의 일생을 귀감으로 삼지 않을 수 없을 표본적 공인(公人)이라 여겨진다.

이로 미루어보면 한 시대를 사는 지식인들은 어느 경우에나 시대가 요구하는 사명에 대해 매천이나 백헌과 같은 소명의식으로 살아가야 하는 존재라는 생각이 든다.

문학저널 (2010. 11월호)

윤이상과 안익태

아방가르드 음악의 거두로, 민족 음악의 거장으로, 가장 한국적인 문화를 서양적인 음악 기법으로 세계에 알린 유일한 한국인으로, 세계적인 음악가의 반열에 오른 윤이상!

그런 그의 실체가 1992년에 오길남 간첩사건으로 우연히 밝혀졌다. 지금에 이르러서는 "통영의 딸"을 살리자는 운동의 중심에 서서 북한의 애국자 윤이상의 어두운 그림자가 되어 다시 살아 나오고 있다. 아내와 딸을 북한의 요덕 수용소에 두고 나온 오길남 박사의 그 일그러지고 뒤틀리고 무엇인가에 난자당한 듯한 얼굴을 보면서 오 박사를 그렇게 만든 장본인이 바로 윤이상이라는 사실에 접하고 보면 누구인들 치를 떨지 않고 배길 사람이 있겠는가?

음악을 통해 평화를 추구한다는 윤이상의 삶의 이면에는 철저한 위장과 계산된 위선으로 포장한 대한민국에 대한 반역이 도사리고 있었던 것이다. "과학에는 국경이 없어도 과학자에게는 조국이 있다."는 말이 있다. 마찬가지로 "예술에는 국경이 없어도 예술인에게는 조국이 있다." 윤이상에게는 음악은 있어도 조국은 없었다는 것인가?

이런 점에서는 쇼팽을 존경하지 않을 수 없다. 파리에서 생활하면서도 조국 폴란드가 러시아에 의해 침탈되었다는 소식을 듣자 모든 작품 활동을 접고 방황했던 이력에 있어서나 자신의 무덤을 사랑하는 조국 폴란드 흙으로 덮어달라고 유언한 그의 애국심을 우리는 기억한다. 이처럼 음악인에게도 조국은 있다. 아니 있어야 한다. 종교인에게도 조국이 있는데 하물며 음악인이라고 왜 조국이 없겠는가?

윤이상은 대한민국 통영에서 태어난 대한민국 국민이었다. 대한민국의 학교에서 공부하고 대한민국에서 음악선생을 하다가 대한민국의 여권으로 독일 유학을 간 사람이 어찌 대한민국 국민이 아니겠는가? 그러나 그는 그의 조국 대한민국을 철저하게 배신하고 반역행위를 한 북한의 애국자였다.

이와는 대조적으로 안익태선생을 보자. 그도 윤이상과 마찬가지로 한국 평양에서 태어나고 자란 한국 국민이었다. 일본의 구니다찌 음악학교와 미국 필라델피아의 신시내티 음악학교를 졸업한 이후 리하르트 슈트라우스(Richard G. Strauss)로부터 사사를 받고 세계 각국의 200여 교향악단을 지휘한 세계적인 지휘자요 작곡가로 명성을 날린 음악인이었다. 윤이상은 한국인끼리 결혼하여 한국에서 살다가 독일로 유학을 갔으나 안익태는 스페인 여자와 결혼하여 스페인에서 살다가 돌아갔다. 그러나 그는 죽을 때까지 한국에 대한 그리움과 애정을 한시도 잊은 적이 없다. 그러기에 그는 코리아 판타지(Korea Fantasy)를 작곡함으로써 비로소 애국가를 탄생시켰던 것이다. 그때까지만 해도 우리는 스코틀랜드의 민요 〈올드 랭 사인(auld lang syne)〉에 가사를 붙여 "동해수와 백두산"을 불렀다고 한다.

애국가에 이어 그는 애국선열 추도곡 "애(哀)"와 "강상의 의기. 논개"도 작곡한 조국 사랑이 넘치는 음악인이었다. 스승 슈트라우스의 요청에 못 이겨 일제가 세운 만주국 건국1주년에 맞춰 축하 기념곡을 작곡하고 이를 지휘한 것은 일생일대의 오점으로 남아있는 것은 사실이지만 이 사실을 가지고 조국을 배반한 것이라고까지 말하기는 어렵지 않나 싶다.

일평생을 해외에서 활동하다가 어느 해에 일본 NHK의 심포니 오케스트라에서 지휘봉을 잡고 "코리아판타지"를 연주하였을 때에는 일본인들을 모두 일으켜 세워 우리말로 따라 부르게 했다는 일화를 들으면서 그의 애국심이 얼마나 대단하였나를 미루어 짐작할 만하다 할 것이다. 뿐만 아니라 애국가를 힘차게 부르지 않는 경우에는 몇 번이고 다시 부르게 하는 열정을 지닌 지휘자이기도 했다고 한다.

이런 안익태와 윤이상을 우리는 어떤 기준을 가지고 어떻게 비교해 보아야 할 것인가? 동족을 향해 탱크로 대포로 총칼로 무자비하게 짓밟은 침략세력의 앞잡이 노릇으로 북한의 애국자가 되어 영웅 칭호를 받은 윤이상! 그것도 모자라 자신의 고향사람 오길남 박사 가족을 지구상 최대의 독재정권의 제물로 바치고 남북을 오가며 가족과 함께 호의호식하면서 살았던 윤이상!

예술인이라는 한 가지 이유로 그를 추모하고 기념하는 것이 과연 가당이나 할법한 일인가? 쓸개 빠진 짓거리로도 이만저만이 아니다. 북한보다 더한 열정으로 우리마저 그런 그를 맹목적으로 기리는 다양한 추모 행사를 한다면 우리의 존재 의의는 과연 어디에서 찾아야 하는지를 자문해 보지 않을 수 없다. 윤이상을 추모하는 행사 보다 "통영의 딸"을 구출하는 행사에 온 국민이 앞장 설 일이다.

경남일보 (2012. 07. 09)

탄허 스님과 시애틀 추장

지난겨울 기후 변화에 대한 코펜하겐회의가 끝나기가 무섭게 세계적인 기상 이변이 일어났다. 온난화가 아니라 오히려 폭설과 한랭(寒冷)으로 유럽이나 미국에 있는 수많은 도시가 마비될 정도가 되었다. 우리나라의 경우도 예외가 아니었다. 심지어는 100년만의 폭설이라는 보도도 있었다. 그 원인을 놓고 전문가들의 진단은 엇갈린다. 그러나 어떻게 진단을 하건 지구 온난화 현상이나 한냉화(寒冷化) 현상이나 기후 변화이기는 마찬가지이니 논외로 치자.

기후 변화 얘기가 나올 적마다 필자의 기억 속에서 떠나지 않고 있는 한분이 있다. 탄허(呑虛) 스님이다. 벌써 40년도 더 전에 그를 찾아간 젊은 우리들에게 멀지 않은 장래에 지구 온난화의 영향으로 북빙양이 녹아 바닷물의 양이 늘어나면서 지구 축의 기울기가 변하고 지각변동이 일어난다는 예언적인 얘기를 자주 들려주곤 하였다. 그럴 때마다 우리는 다소 황당하다는 생각이 들었다. 그러나 지금에 와서 생각해 보면 그의 그러한 미래 예측에 놀라지 않을 수 없다.

지구 기울기의 각도는 현재 21.8도에서 24.4도로 점차 변화하고 있고 지구의 평균 기온도 점차 올라가고 있다는 연구 보고가 그의 예언을 입증하고 있기 때문이다. 지구의 기울기가 변하면 적도(赤道)의 위치도 변하고 태양과의 접촉면도 변하는 것은 물론 기후도 자연히 변하게 마련일 것이다.

탄허 스님은 불경을 현대어로 번역하는데 앞장 선 학승(學僧)으로 유명한 분이기에 그런 말을 충분히 할 수 있는 분이다. 그러나 일자무식의 야생(野生)으로 살아온 사람이면서도 앞으로의 인류는 자신들이 버린 쓰레기더미 속에서 숨이 막혀 죽을는지도 모른다고 외치면서 모든 생명체가 한 형제임을 선포한 인디언도 있음을 본다. 미국 북서부의 한 지역에서 누(累)천 년을 늑대의 울음소리와 벗 삼고 계곡에 흐르는 달빛에 옛 조상 이야기를 길어 내던 인디언들의 추장 시애틀에 관한 얘기다.

1850년대 중반, 미국 대통령 피어스는 어느 날 그에게 편지를 보내어 그의 영토를 팔라고 요청한다. 지금의 워싱턴 주 일대다. 자손대대로 살면서 대지를 소유해 본 적이 없는 사람들에게 그 대지를 자기에게 팔라는 편지를 했으니 인디언의 입장으로는 그것이 얼마나 기상천외한 일이었을까?

하늘이 무너지고 억장이 무너지는 심정이지만 시애틀 추장은 추장답게 몇 번의 심호흡으로 자신의 감정을 가다듬고 나서 이렇게 외마디 절규를 퍼 붙는다. "아니, 나보고 저 청량한 공기를 팔라고 하는 것이요? 흐르는 시냇물에 반짝이는 햇빛을 팔라는 것이오? 나 그런 거 가져 본 적이 없소. 어떻게 그런 것을 사고 팔수 있다는 말이요?"

가슴속에서 흘러내리는 눈물을 주체하지 못하면서도 시애틀은 냉정하게 말한다. "그러나 당신이 사자고 했으니 안 팔 수도 없게 되었소. 팔지 않는다고 했다가는 또 언제 총을 들고 나타나 내 동족을 전부 죽일는지도 모르겠기에 말이요! 그러나 말이요. 이 땅은 우리 조상들의 정령으로 가득 찬 우리 영혼의 땅이요! 이 땅을 소중하게 간직하시오! 아무리보아도 당신들은 땅을 원수 대하듯 하는 사람 같소. 나는 당신네들이 만들어 놓은 도시에서 뿜어내는 불빛으로 눈이 아파 죽을 지경이요. 당신들이 내다버리는 쓰레기가 내뿜는 악취를 맡으면서 당신들은 언제인가 죽을는지도 모를 일이라 생각하오. 인간이란 말이요, 늑대의 울음소리와 더불어 살지 못한다면 아무 것도 아니요. 늑대가 사라진다면 인간도 사라지게 마련이요. 저 숲 속에서 풀벌레의 날갯짓으로 들려오는 아름다운 소리를 듣지 못한다면 인간은 도대체 무슨 존재란 말이오? 그것들은 모두 우리와 한 형제인 것을 왜 당신들은 모르오? 그들을 사랑하시오. 그렇지 않으면 인간은 그들이 사라지듯이 사라질 것이오!" 그렇게 해서 오늘의 시애틀 시(市)는 그를 기념하는 도시가 되었다.

탄허 스님은 남들이 갖지 않은 예지(叡智)로 지구의 기후 변화를 예측하였고 일자무식의 시애틀 추장은 환경오염의 폐해와 생물 다양성을 주장했다는 사실은 여간 경이로운 사실이 아니다.

기후 변화에 대해 전문가들이야 무엇이라고 주장하건 어떤 경우에도 인간은 지구를 떠나 살 수 없는 존재이기에 앞으로의 인간은 과연 얼마만큼 지구 친화적(親和的)으로 살 것인지 자못 궁금하지 않을 수 없다.

경북신문 (2010. 04. 01)

스톡홀름 신드롬

나라가 엉망진창이다.

국가 채무는 무한대, 실업은 만성, 집값은 천정부지, 환율은 곤두박질, 교육은 엉망, 민심은 이반, 동맹은 와해, 간첩은 득실, 안보는 부재.

이런 나라가 어디 있나? 작금의 우리 현실이다.

더 놀랄 일이 있다.

10월 9일 북한이 핵실험을 했다는 보도가 나오는 와중에도 눈 하나 깜짝하지 않고 금강산 관광을 떠나는 사람이 있는 나라가 우리나라다. 노래라도 부를까? 〈이런 나라 좋은 나라〉라고? 학자들이 말하는 것처럼 이 정부가 스톡홀름 신드롬(Stockholme syndrome)에 걸리더니 우리 국민들도 그런 증세에 걸리고 만 것인가?

1973년 스웨덴의 수도 스톡홀름의 어느 은행에 강도가 들어 은행원을 인질로 며칠간이나 경찰과 대치하는 사태가 벌어졌다. 인질들이 처음에는 두려움과 공포에 떨고 있었다. 그러나 시간이 갈수록 인질범과 한패가 되어 경찰의 공격에 대해 오히려 적극적으로 대항하는 자세로 변하였다. 사건이 끝난 후에도 은행원들은 인질범이 자신들을 해치지 않은 것이 그렇게도 고마울 수가 없었다. 경찰을 적대시할 뿐 강도를 비난하지는 않았다. 이런 심리적 증후를 일컬어 스톡홀름 신드롬이라 부른다. 일종의 마비 증세 또는 적대 불감증이라 할 수 있을 것이다.

현 정부가 대북 관계에 있어서는 바로 그런 증후에 사로잡혀 있다고 학자들은 설명하고 있다.

북한이 핵실험을 하고 있는 순간에도 금강산 관광을 감행하는 시민들을 보고 이들도 바로 그러한 심리적 상태에 놓여있게 된 것인가 하는 의구심을 떨쳐 버릴 수가 없었다. 말하자면 우리 국민이 집단 안보 불감증에 걸렸다고 볼 수밖에 없는 것이었다.

국민들에게 아무런 안보의식이 없으면 나라의 안보 자체가 존재할 수 없는 것은 자명한 이치. 그렇다면 지금까지 국민들의 이러한 안보 불감증을 조장해 온 사람들은 과연 누구인가.

하나하나 따져보자.

〈북한이 핵을 보유하려고 하는 것도 일리가 있는 얘기다. 북한의 핵은 우리가 잘 관리해 나갈 수 있다. 그러므로 북한에 대해서는 계속해서 지원해 주어야한다.〉

〈북한이 핵 개발을 하게 된 것은 미국이 대화에 응해주지 않았기 때문이다.〉

〈북한 핵은 공격용이 아니고 방어용이다. 한국을 목표로 한 것이 아니다.〉

〈햇볕정책과 북한 핵이 무슨 관계가 있나?〉

〈북한의 핵도 통일되면 우리 것이 되는데 무엇이 어떤가?〉

이런 얘기들을 우리는 귀에 못이 박히도록 들어왔다.

과연 그런 것인가? 스톡홀름 신드롬적 차원에서 해석을 해보면 너무도 아귀가 맞는 얘기가 된다.

〈강도가 강도질하려는 것도 이해되는 측면이 있다. 그러므로 강도도 계속 지원해주어야 한다. 그러면 잘 관리해 나갈 수 있다.〉

〈강도가 강도질하게 된 데에는 경찰이 도적질을 하지 못하도록 사전에 막았기 때문이다.〉

〈강도가 쥐고 있는 흉기는 살상용이 아니고 방어용이다. 선량한 사람을 목표로 하여 흉기를 가지고 있는 것은 아니다.〉

〈강도에 대한 유화정책이 강도의 흉기와 무슨 관계가 있나?〉

〈강도가 쥐고 있는 흉기도 우리가 그 강도를 잡으면 내 것이 되는 것인데 무슨 문제될 것이 있겠는가?〉

이쯤 되면 일종의 코미디 같지만 이는 결코 코미디가 아니라 현실이다. 국민들은 이러한 주장에 어느덧 만성이 되어 안보 불감증에 걸리게 된 것이라고 주장할 수밖에 없다. 북한이 가지고 있는 핵이 통일되면 우리 것이 된다고 생각하는 사람이나 햇볕정책과 북한 핵이 무슨 관계가 있느냐 라고 생각하는 사람이 의외로 많은 것을 보면 더욱 그러하다. 북한이 핵을 쥐고 있는 상황에서 우리가 어떻게 통일을 할 수 있을 것이며 통일 후에도 우리가 북한에 있는 핵을 가지도록 국제 사회가 용인을 할 것인가에 대해서는 왜 생각해 보지 않는가? 어쩌면 통일 후에 북한이 가지고 있는 핵도 우리 것이 될 것이라고 생각하는 사람들은 핵을 가진 북한이 남한을 통일했을 때를 상상하는 사람일는지도 모른다.

또한 햇볕정책이 처음에는 아무리 그 의도가 좋았다고 하더라도 햇볕으로 옷을 벗기기보다는 햇볕을 쏘일수록 옛날의 낡은 옷은 벗어 버리고 계속해서 새 옷을 갈아입으려고 하는 상대에게도 햇볕정책은 유효한 것인가? 햇볕정책은 실패한 정책이 되어버렸다는 것이다. 더 이상 미련을 버리라는 얘기다.

결론적으로 말해 북한의 핵 실험으로 인해 지금까지 추진해 왔던 모든 대북정책은 이제 거둘 때가 되었다는 얘기다. 그리고 더 이상 스톡홀름 신드롬의 꿈에서 정부가 먼저 깨어나야 한다. 그리고 이제는 안보에 대한 국민적 각성을 제고시켜 나가야 한다.

이 정부에게 이러한 주문이 수용될지가 의문이지만 그래도 한 번 더 우국충정으로 해보는 소리다. 무능한 정부라도 우리에게 정부가 있고 나라가 있다는 것은 얼마나 눈물겹도록 고마운 일인가 해서다.

경북신문 (2006. 11. 22)

나폴레옹과 제갈공명

나폴레옹과 제갈공명은 모두 하나같이 역사적으로 기록될만한 뛰어난 전술가요 전략가다. 다시 말하면 전략과 전술의 달인이었다. 이 두 사람은 똑같이 직접 전투 현장에서 진두지휘를 한 사령관이었다. 다른 점이 있다면 제갈공명은 날씨를 전술적으로 이용할 줄 알고 전투에 임해 온 것에 반해 나폴레옹은 날씨를 무시하면서 전투를 치렀다는 점이다. 결과는 나폴레옹은 철저하게 날씨로 하여 패배의 길을 걸을 수밖에 없었고 제갈공명은 날씨를 이용하여 연전연승 할 수 있었다.

"러시아에는 믿을 만한 장군 둘이 있다"는 말이 있다. 1월 장군과 2월 장군을 일컫는다. 동장군(冬將軍)얘기다. 그러나 필자는 왜 동장군뿐인가 하는 생각이다. 러시아의 여름장군도 동장군 못지않다는 사실을 지난여름에도 우리는 경험하였다. 작년 7~8월의 모스크바 더위는 7천명의 시민이 목숨을 잃었고 러시아 전체로서는 1만 5천명이라는 사람이 더위로 사망하였다는 소식이 있었다.

세계 제국 건설의 꿈에 부풀어 있던 나폴레옹은 1810년에 이미 부인 죠세핀과 이혼하고 오스트리아의 황제인 프란츠1세(Francis)의 딸인 마리 루이제(Marie Louise)와 정략결혼까지 해놓은 상태였다. 이제 제국 건설의 첫 번째 행보로 러시아를 점령해야만 했다. 26살의 나이로 프랑스 혁명의 바람을 타고 이탈이아의 프랑스 육군을 지휘하게 된 나폴레옹이 전투마다 이겨가면서 60만 대군을 이끌고 러시아로 진격하기 시작한 때는 1812년 6월이었다.

겨울이 오기 전에 모스크바를 점령하지 않으면 안 되었기 때문이었다. 그러나 러시아의 겨울이 얼마나 혹독한가는 알았어도 그 여름이 살인적이라는 사실은 알지 못했던 것 같다.

모스크바로 가는 길목에서 만난 러시아 여름의 태양은 온 천지의 생명체를 모두 불태워버릴 듯이 작열(灼熱)하고 있었다. 숨까지 막힐 정도로 더위에 지친 프랑스 군대는 말라버린 대지 위에서 물 한 방울 찾아 마실 곳 한 군데 찾을 수가 없었다. 마차바퀴에 잠시 고여 있는 말오줌까지도 다투어 가며 마셔야만 했다. 병사들은 헬멧을 벗어 집어던졌고 윗저고리도 벗었다. 먼지 풀풀 나는 자갈밭 도로에 구두는 이제 해져 더 이상 발에 꿰일 수조차 없이 닳았고 병사들은 탈수증에 시달렸다. 두 달이 되도록 프랑스 군대는 싸움 한번 제대로 해보지도 못한 채 이미 10만을 잃었다. 러시아 군대는 프랑스 군대를 여름장군에 맡겨 놓고 후퇴만을 거듭하였기 때문이다.

그렇게 하면서 프랑스 군대는 천신만고 끝에 모스크바에 닿았다. 9월이었다. 벼르고 벼르면서 도착한 모스크바에는 적군도 약탈할 여인도 마실 물조차도 없는 텅 빈 유령의 도시 모양을 하고 있었다. 러시아는 도시 전체를 모조리 파괴하고 불태우면서 후퇴하였기 때문이다. 모든 기대가 일시에 무너지는 허탈감 속에서 나폴레옹이 퇴각 명령을 내렸을 때에는 이미 동장군이 대지를 냉동시키고 있을 즈음이었다.

병사들은 지난여름 더위에 못 이겨 옷과 헬멧까지 모조리 벗어 버린 것을 후회하면서 하나하나 죽어 갔다. 60만 명의 병사 중에서 살아 돌아온 병사는 고작 3만! 파리로 입성한 병사는 8천명에 불과하였다. 그해 12월의 일이었다. 전투 한번 제대로 치러 보지 못하고 오직 날씨와 싸우다 죽은 전쟁이었다.

이에 비해 제갈공명은 어떠한가! 모든 자연현상을 무기로 활용할 줄 아는 천재였다. 바람도 안개도 그에게는 무기였다. 현재 우리가 볼 수 있는 다연발 로켓포 같이 연달아 쏠 수 있는 다연발 활도 만들었고 도

르레와 지렛대의 원리를 응용하여 수레도 만들었다. 어떤 사람의 표현에 의하면 역사 최초의 기상 통보관이라고 말해도 좋을 사람이라고 했다. 적벽대전 때를 두고 하는 말이다.

오나라의 주유가 제갈량을 죽일 속셈으로 열흘 안으로 화살 10만개를 만들도록 명령한다. 제갈량은 열흘은 너무 길다고 하면서 오히려 3일의 빌미를 달라고 역(逆) 제의를 한다. 그 3일 뒤가 바로 안개 낄 날임을 예견한 것이다. 노숙의 도움을 얻어 안개 낀 날 새벽 20척의 배 양쪽에 볏단 천여 개를 세워 놓고 북을 치기 시작했다. 새벽에 눈을 뜨자마자 들려오는 북소리에 놀란 조조 군사들은 무조건하고 소리 나는 곳을 향해 무수히 활을 쏘아 댔다. 적의 활이 모두 하나같이 볏단에 꽂혔다. 10만개의 화살을 힘 하나 안 드리고 만들어 냈던 것이다. 이를 두고 초선차전(草船借箭)! 즉 볏단 실은 배를 이용해 화살을 빌렸다는 얘기다. 그러나 여기서 중요한 것은 화살이 아니라 안개였다.

주유와 제갈량이 함께 힘을 모아 20만 조조 군사를 화공(火攻)으로 무찔러 전멸시킨 것도 화공 전략이 뛰어 나서라기보다는 한겨울의 강바람의 변화를 누구보다도 잘 알고 있었다는 데에 더 의미가 있다고 할 것이다. 서북풍에 몸살을 앓고 있는 양자강의 바람도 어느 날 하루 이틀은 주기적으로 바뀐다는 사실을 유일하게 알고 있는 제갈량이기에 주유도 눈치 못 채는 사이 동남풍이 불도록 기도하여 이를 훌륭히 해냈던 것이다.

동남풍을 이용해 화공(火攻)을 썼다는 얘기는 비록 그것이 소설 속에서 나오는 얘기지만 기상이 전투에서 차지하는 비중이 얼마나 높은가를 인식하기에는 결코 허황된 얘기가 아니라 할 것이다. 기상은 전투에서만 요긴한 것이 아니다. 정치 경제 사회 어느 한 분야도 날씨의 영향을 받지 않는 것이 없다. 날씨를 무시하면 재앙을 만날 수밖에 없다는 사실에 우리는 유념해야 한다. 그럼에도 불구하고 우리는 너무나 날씨에 대한 투자를 소홀히 하고 있는 것이 아닌가 한다. 기상청의 효율적 운영 못지않게 날씨에 대한 국제 협력이 더욱 강화되어야 할 필요성을 심각하게 느껴야 할 것으로 보인다.

최근 몇 년 사이에 지구 곳곳에서 기상이변이 속출하고 있는데도 정부에서는 장기적인 아무런 대책을 세우지 않고 있는 듯한 느낌이다. 날씨문제에 대해 태만하고 있다고 감히 말할 수 있다. 폭설과 폭우와 바람, 가뭄, 폭염과 한파가 예상치도 않은 지역에서 휘몰아치고 있다. 앞서 말한 것처럼 지난해 여름 모스크바에서는 130년만의 폭염으로 수천 명이 목숨을 잃었다. 파키스탄에서는 홍수가 나서 1100여명의 사망자가 생겼다. 중국 남부에서의 폭우는 400여만 명의 이재민을 냈고 미국의 폭설과 호주의 폭우로 수천 대의 항공기가 발이 묶였다. 미국에서는 여기에 더하여 건조한 날씨로 인해 발생한 산불이 서울의 몇 십 배나 되는 면적을 불태웠고 일본에서는 사상 최고의 쓰나미 현상이 발생하였다. 재앙도 이런 재앙이 없다.

우리의 경우에도 지난겨울 무려 1m가 넘는 눈이 강릉지역에 내렸다. 이런 기상이변은 그 원인이 여러 가지가 있을 수 있을 것이다. 인간이 지은 죄로 인해 생기는 것이 아니라면 그것은 자연 재해다. 인간에게는 재해이지만 지구적 입장에서 본다면 그것은 자연 현상이다. 그러기에 인간으로서는 그 자연 현상을 제어해 나갈 수가 없다. 원인도 제거할 수가 없다. 제갈량처럼 동남풍을 불러올 정도의 능력이 없다면 자연 현상을 예견하고 미리 대처해 나가는 수밖에 없다.

기상이변에 대처해 나가는 국가적 전략이 반드시 마련되어야 한다는 당위성이 제기되는 연유다. 대단히 절박하고 심각하다. 국가 경영의 핵심 과제로 다루어도 부족함이 없을 것이다. 기상이변은 지금 당장의 식량과 에너지에 영향을 미친다. 경제 문제의 핵심적 과제가 된다는 얘기다. 안보와 질병에는 불가분의 관계가 있다.

이제는 국제 곡물가격을 상승시키는 정도가 아니라 아예 곡물 생산 자체가 위협받기 시작하였다. 그래서 식량 안보라는 말이 더욱 실감나는 시대에 우리는 살고 있는 것이다. 식량이 무기가 되고 식량의 종주국이란 말도 생겨날는지도 모를 형편이 되었다. 우리는 쌀을 제외하고는 거의 모든 곡물을 수입에 의존하고 있다. 기상을 예견하고 날씨에 대처하면서 식량 안보와 함께 국가 안보에도 전력투구해야 할 시점에 우리는 살고 있다.

우리처럼 남북이 첨예하게 대립하고 있는 상황 아래에서는 날씨야말로 안보와 직결되는 요인이 아닐 수 없다. 안개 낀 일요일 새벽 방향도 알 수 없는 포성소리에 놀라 잠에서 깬 병사들이 군화 끈도 제대로 매지 못한 채 서성거리는 사태가 벌어진다면 하는 노파심에 잠 못 이루는 사람이 어찌나 혼자뿐이겠는가?

뿌리 (2011. 가을호)

한국형 지도자로 적합한가?

리더십은 처해있는 사회적 상황과 문화적 전통에 따라 달리 요구되는 지도자의 필요충분조건이 아닌가 싶다. 한 작은 마을이나 집단의 지도자에게 요구되는 덕목과 미국과 같은 이민으로 구성된 강대국 지도자의 자질요건이 똑같을 수는 없을 것이다. 통일되고 안정된 부강한 나라의 경우와 지속적 전쟁 도발의 위기 속에 있는 나라의 지도자에게 요구되는 덕목이 한결같을 수는 없을 것이다. 서양의 민주주의 전통이 뿌리 깊은 나라의 경우와 덕치주의라는 유교적 전통이 자리 잡고 있는 동양의 경우가 같을 수만은 없다. 창업의 리더십과 수성(守成)의 리더십이 같지 않다는 것도 또 전시냐 아니냐에 따라 지도자의 덕목이 결코 같지 않다는 사실도 우리는 이미 알고 있다.

똑같이 성군(聖君)으로 추앙받는 세종과 정조의 리더십도 판이하게 다름을 볼 수 있다. 세종이 대단히 민주적 리더십을 지닌 군주라면 정조는 다분히 권위적인 리더십을 지니지 않았나 보여 진다. 이를 두고 어떤 학자는 세종은 "뒤에서 밀어 주는" 리더십이고 정조는 "앞에서 끌고 가는" 리더십이라는 말로 표현하는 것을 본다. 그러하기에 지도자는 어느 경우에나 이러해야한다고 일률적으로 말하기가 쉽지 않을 것 같다. 특히 우리나라의 경우는 아주 특수한 여건에 놓여 있다는 점을 강조하고 싶다.

그 특수 여건이란 첫째로 분단국이라는 사실이다. 분단국도 그냥 분단국이 아니라 아주 호전적이고 언제나 남침 준비가 되어 있는 또 동시대적 상식으로는 잘 이해되지 않는 비상식적인 동족과의 적대 상태에 놓여있다는 점에 유의할 필요가 있다. 그런 북한을 상대로 평화공존과 통일작업을 해 나가야할 과업을 지도자는 수행해야 한다.

두 번째는 그런 비상식적인 적대 상태의 동족과 이념적이고도 정치적인 동질성을 주장하는 세력 즉 종북 좌파세력이 기승을 부리는 난해한 상황에 우리의 지도자는 놓여 있다. 이들 모두를 북한에 보낼 수도 없고 불법행위를 하지 않는 한 무조건 처벌할 수도 없는 리더십의 시험대에 언제나 직면해야 한다.

세 번째로는 이런 어려운 상황 속에서도 주변국 사정 또한 언제나 우리에게 유리하게만 움직여지고 있지는 않다는 점이다. 중국은 때에 따라서는 사뭇 북한 중심의 외교 노선으로 우리를 괴롭히기도 하는데 일본 또한 인도적 차원의 교류에 병행하여 얼토당토않은 독도 문제로 우리의 민족 감정을 건드리기를 주저하지 않는다. 혈맹국인 미국이 한반도에서 손을 뗀다고 가정했을 때 우리가 선택할 수 있는 대안은 무엇인가를 항상 염두에 두지 않고는 안 되는 절박한 시대로 우리는 진입하고 있다는 점도 우리의 지도자에게는 크나큰 시련이 아닐 수 없다.

네 번째로는 민주주의를 실천하기가 여간 어렵지 않은 국민이라는 점이다. 우리는 말과는 다르게 상대를 존중할 줄 아는 국민이 아니다. 입만 열면 민주주의를 말하는 정치인들도 실제 생활에 들어가서는 사뭇 권위주의적이고 가부장적이다. 이해찬 민주당 대표가 방송과의 인터뷰 도중에 마음에 안 든다고 전화를 끊어버리는 경우가 단적인 예다.

또 회의장에서는 토론이 잘 안 된다. 어떤 지식인의 경우에도 경청보다는 주장이 앞선다. 기회의 평등과 법 앞에서의 평등을 잘 인정하려 들지 않는다. 그러기에 "배고픈 것은 참아도 배 아픈 것은 못 참는다."는 우리만이 이해할 수 있는 독특한 문화가 형성되어 있는 것이다.

마지막으로 어느 나라 사회보다도 우리는 연고주의(緣故主義) 사회라는 점이 아주 특이하게 작용한다. 지연 학연 혈연이 뒤엉켜 사회 작동의 원동력이 되고 있다. 어떤 작은 사회에서건 이런 연고가 작동하지 않는 사회는 없다. 여기에 덧 붙여 지역감정까지 끼어든다. 연고주의는 우리 사회 발전의 순기능으로도 작용하지만 그 역기능 또한 자못 심각하지 않을 수 없다.

이런 연고주의가 결국 대통령의 임기 말이면 대통령 혈족이나 그 측근들의 무더기 감옥행을 유발하는 원인이 되는 것이 아닌가 싶다. 연고주의가 만사형통(萬事亨通)으로 진행되다가 발전하면 만사형통(萬事兄通)으로 이는 다시 만사형통(萬事刑通)으로 이어지게 마련이다.

이런 여러 사정을 놓고 우리에게 가장 적합한 리더십은 어떤 것이어야 하는가를 주의 깊게 살펴볼 필요가 있다. 한국 지형에 맞는 탱크를 개발하여 한국형 탱크라고 하듯이 한국 특성에 맞는 지도자 곧 한국형 지도자가 대통령이 되어야하지 않을까 하는 생각이다. 현재 거론되고 있는 사람들은 과연 한국형 지도자로 적합한가? 스스로 생각해 볼 일이다.

대전일보 (2012. 08. 14)

우남 이승만의 빛과 그림자

1948년의 5.10선거가 우여곡절 끝에 치러지고 오랫동안 고심 끝에 만들어진 유진오 헌법 초안이 국회의 헌법 기초위원회에 회부되었다. 6월 초의 어느 날이었다. 인천 갑 구 출신의 곽상훈 의원이 느닷없이 손을 들고 서상일 위원장에게 따지듯이 물었다. "국호를 '대한'이라고 한 근거가 무엇이요?"였다. 헌법 초안 제1조에 "대한민국은 민주 공화국이다."라고 되어 있는 것에 시비를 건 것이다. 서 위원장은 임시정부가 썼던 것을 그대로 썼을 뿐인데다가 의장 선생께서도 그렇게 썼기 때문이라고 답변하였다. 이때 의장 선생은 물론 국회의장인 우남 이승만을 지칭하는 말이었다. 서 위원장이 얼마나 다급했으면 의장 선생도 대한민국이라는 말을 썼으니 헌법에서도 그렇게 썼다고 대답했을까?

그러자 백가쟁명(百家爭鳴)식 의견들이 속출하였다. "한국이면 한국이지 대한은 무엇인가? 대일본 제국이나 대영 제국처럼 군주국가 냄새가 난다."는 의원도 있었다. 또 어떤 의원은 "망해버린 대한 제국이 연상되어 좋지 않다."고 주장하면서 그럴 바에는 차라리 "조선이라고 하자."는 의견도 있었고 영문표기 그대로 "고려"라고 하자는 의견도 있었다.

헌법 기초위에서는 제기된 모든 의견을 표결 처리할 수밖에 없었다. 표결 결과는 대한민국이 17표, 고려공화국이 7표, 조선공화국 2표, 한국이 1표로 대한민국이 채택되었고 이는 본회의에서도 표결로 채택되었다. 1945년 8월 15일 해방 시점부터 1948년 7월 17일 제헌절을 거쳐

8월 15일에 정부를 수립할 때까지 대한민국 건국에 얼킨 역사가 얼마나 험난하고 힘들었던가를 단적으로 보여준 일화의 하나가 바로 국호 제정에 둘러싼 논쟁이 아니었나 싶다.

그 힘든 건국 과정을 거쳐 4.19로 물러날 때까지 보여준 초대 대통령 이승만의 정치적 행보는 상식적으로는 판단하기 매우 어려운 모순과 비리와 불의로 점철되어 있었던 것이 사실이다. 그러나 그가 한치 앞도 보이지 않는 국제 정세 속에서 자신만의 혜안으로 만난을 무릅쓰고 대한민국을 건국한 공로까지를 어떻게 우리가 잊을 수 있을까 싶다.

4.19 51주년을 맞아 이승만 기념 사업회 사람들과 그의 유족(유족이라야 4.19 이후 전주 이씨 종친회에서 들여보낸 양자였다)이 과거를 사과하기 위해 지난 19일 아침, 4.19묘역을 찾아 나섰다. 그러자 이제는 4.19유관 단체 대표들이 이들을 가로 막고 사과 불용의 태도로 몸싸움이 벌어지는 사태가 벌어졌다. 이해하지 못할 바도 아니다. 그러나 과연 아직도 이승만과 4.19가 만나 화해하기는 시기상조인가하는 생각에 잠시나마 일손을 멈출 수밖에 없었다.

어느 다른 지도자보다도 이승만 그가 아니고서는 아무 누구도 해낼 수 없었을 것이라고 판단되는 단 한 가지 사실만으로도 우리는 그를 높이 평가하지 않을 수 없을 것 같다. 그것은 바로 그만이 홀로 철저한 반공주의자 이었다는 점이다. 해외에서 돌아온 모든 지도자들과 미국까지도 소련과의 협상에 미련을 버리지 못하고 있을 때에 그 만이 홀로 어떤 공산당과도 할 수 있는 협력은 이 지구상에 하나도 없다는 사실을 역설하였다. 소련의 지령으로 어느 날 갑자기 공산 세력들이 신탁통치 찬성으로 돌아서는 순간 그는 반공과 반탁(反託)운동을 바탕으로 대한민국을 수립하는 중심축에 우뚝 선 것이다.

한반도 역사의 분기점은 바로 공산당측이 찬탁(贊託)으로 돌아서는 순간에 이루어졌다. 좌우의 대립과 남북의 대립이 모두 이로 인한 것이고 이승만의 단독정부 수립 구상도 이로 인했다고 할 것이다. 반공주의자인 그가 아니었으면 과연 어떻게 대한민국이라는 나라를 탄생시킬 구상을 할 수 있었을까? 위대한 결단이요 민족사적 지도력이라해도 과언이 아니다. 그가 아니었으면 오늘의 우리 모두는 북한 주민들처럼 김정일의 치하에서 신음하고 있지나 않을 것인지! 소름이 끼칠 뿐이다.

80%에 달하는 문맹! 구술을 하여도 제대로 받아 쓸 수 있는 비서 하나 없는 인적 자원, 행정 경험이라고는 하나도 없는 각료들, 인구의 80%가 농업인 사회, 여수 순천 반란사건이나 제주 4.3사건과 같은 공산당의 준동은 말할 것도 없고 남노당의 프락치사건이나 위조지폐사건 등과 같은 숱한 사회적 혼란과 암살과 테러의 난무!

이 모든 난관을 뚫고 이승만은 건국 사업을 훌륭하게 마무리 지었다. 빛이 있으면 그림자도 있는 법! 이승만의 빛은 빛대로 그늘은 그늘대로 역사의 지울 수 없는 교훈으로 살아남을 것이다. 4.19 또한 같다 할 것이다.

대전일보 (2011. 04. 26)

선열先烈들의 절명시絶命詩

오늘에 우리가 누리는 번영은 어쩌면 우리 순국선열들이 뿌린 혼백에서부터 우러나온 것이 아닌가 싶다. 선열들의 절명시를 되짚어 보고자 함이다. 이 시들이야 말로 오랫동안 잊혀 진 우리의 영혼의 메아리라 여겨진다.

"조선 왕조 마지막에 세상에 나왔더니/ 붉은 피 끓어 올라 가슴에 차는구나/ 19년 동안을 헤매다보니/ 머릿털 희어져 서릿발이 되었네/ 나라 잃고 흘린 눈물 마르지도 않았는데/ 어버이마저 가시니 슬픈 마음 더더욱 섧다/ 홀로 고향 산에 우뚝 서서/ 아무리 생각해도 묘책이 가이 없다./ 저 멀리 바닷길 보고파 했더니/ 7일 만에 햇살이 돋아오네/ 천 길 만길 저 물속에 뛰어 들며는/ 내 한 몸 파묻기 꼭 알맞겠네"
(我生五百末/ 赤血滿腔腸/ 中間十九歲/ 鬢髮老秋霜/ 國亡淚末己/ 親沒痛更張/ 獨立故山碧/ 百計無一方/ 欲觀萬里海/ 七日當復陽/ 白白千丈水/ 足吾一身藏)

1895년 을미사변(명성황후 시해사건)이 일어나자 사재를 털어 경북 안동에서 의병을 일으킨 적이 있는 벽산(碧山) 김도현(金道鉉)이 자결하기 1년 전인 1913년에 쓴 절명시(絶命詩)다.

1910년 국권상실과 함께 순사(殉死)하려 하였으나 부친이 있어 뜻을 미루어 오다가 부친상을 다 치르고 나서야 비로소 1914년에 절명시에서 밝힌 대로 도해순국(蹈海殉國)을 결행하였다.

　도해순국이란 무엇인가? 바다로 걸어 들어가 죽었다는 얘기다. 생각해 보자! 가족과 친지들이 통곡으로 전송하는 소리를 뒤로 하고 유유히 바닷물 속으로 한 발짝 한 발짝 걸어 들어가 마지막 손을 흔들며 죽었을 그 장엄한 모습을 말이다. 요즈음처럼 더운 여름철도 아니다. 칼바람에 찢긴 파도가 날카로운 이빨을 드러내고 짐승처럼 울어 대던 동짓날, 영덕군 영해면 대진리 앞바다에서다.

　그는 죽기 벌써 1년 전에 이 시를 통해 스스로 그렇게 죽기로 결심하고 있었다. 가족들의 만류를 뿌리치고 한 번에 죽지 못하는 질긴 목숨을 끊기 위해 세 번씩이나 아편을 먹고서야 목숨을 끊을 수 있었던 매천(梅泉) 황현(黃玹)과 어찌 그리도 한마음이었을까?

"오십 평생 죽기를 다짐했던 이 마음/ 국난을 당하여 어찌 살 마음을 먹으리/ 다시 군사를 일으켰지만 끝내 나라를 찾지 못하니/ 지하에도 남아 있을 칼날 같은 이 마음"
(五十年來判死心/ 臨難豈有苟求心/ 盟師再出終難復/ 地下猶餘冒劍心)

　이 시는 의병장으로 활동하였던 이강년(李康秊)이 1908년 서대문 형무소에서 사형 선고를 받고 쓴 절명시다. 그는 의병을 일으키면서 이런 격문을 발표 하였다. "~조약을 강제로 맺어 우리의 국권을 빼앗고~국모를 시해하고 임금을 욕뵈니 원수를 어찌 남겨두겠는가?"하고 말이다.

"다시 태어나기 힘든 이 세상/ 다행히 장부의 몸을 얻었건만/ 이룬 것 하나 없이 저 세상 가려하니/ 청산이 조롱하고 녹수가 비웃는구나"
(難復生此世上/ 幸得爲男子身/ 無一事成功去/ 靑山嘲綠水嚬)
"어머님 장례마치지 못하고/ 임금의 원수도 갚지 못했네/ 나라의 땅도 찾지 못했으니/ 무슨 면목으로 저승에 가나"

(母葬未成/ 君讐未復/ 國土未復/ 死何面目).

대한 광복회를 조직하여 그 사령관으로 무장투쟁을 벌렸던 박상진 (朴尙鎭)이 1921년 8월 대구 감옥에서 사형 당하는 날 아침에 쓴 시와 사형당하기 하루 전에 쓴 시다. 박상진은 1910년 판사 시험에 합격하여 평양 법원 근무발령을 받았으나 그 즉시 사퇴하고 그 이듬해 만주로 건너가 석주 이상룡 및 일송 김동삼과 같은 애국지사들과 교류하다가 1915년에 대구에서 광복회를 조직하였다. 국권 회복을 위한 군자금을 모금하는 과정에서 이 사실을 밀고한 칠곡의 부호 장승원을 광복회 이름으로 처단한 사례는 유명한 일화로 남는다. 훗날 우리 정부가 친일인사 청산에 게을리 하게 된 것도 어쩌면 그 부호의 아들이 대한민국 건국초기에 정부 요직에 있었던 데에도 그 원인이 있지 않았나 싶다.

"누에 오른 나그네 갈 길을 잊고/ 낙목이 가로놓인 단군의 터전을 한탄하노라/ 남아 27세에 이룬 것이 무엇인가/ 잠시 가을바람에 감회가 이는구나"
(登樓遊自却行路/ 可歎檀墟落木横/ 男子二七成何事/ 暫倚秋風感慨生).

신화적인 인물 신돌석(申乭石)이 남겨 놓은 시다. 얼마나 잘 싸웠으면 별명이 '태백산 호랑이었을까!' 명성황후 시해사건이 터지자 18세의 나이로 의병을 일으켰다. 의병장 중에서 유일한 평민 출신이었다. 그러나 안타깝게도 1908년 11월의 어느 날 그에게 붙은 현상금에 눈이 먼 친척의 손에 의해 살해되었다.
순국선열들이 토해내는 단심의 애국충정이 새삼 눈물겹다.

대전일보 (2010. 08. 24)

시인 김용제와 박희도

　제자들이 백수(白壽:99세)를 기념하기 위해 마련한 음악회를 취재하러간 기자에게 그 주인공이 불문곡직(不問曲直)하고 내 뱉은 한마디는 "나! 친일파 아니야! 오히려 애국했어요!"였더란다. 그 외침의 주인공은 "산에는 꽃 피네 꽃이 피네"로 시작되는 소월(素月)의 시 〈산유화〉를 작곡한 김성태(金聖泰) 씨. 얼마나 한이 맺혔으면 기념 음악회 얘기는 뒷전이고 그 외마디 말이 먼저 튀어 나왔을까?

　그가 노무현 정권 당시 만들어진 친일 반민족행위 진상규명위원회에 의해서 왜정 때 경성(京城) 후생 실내 악단단원이었다는 이유로 친일 음악가로 지정되었다가 정권이 바뀐 이후 여러 곡절을 거쳐 정정 통보를 받고 난 직후의 얘기다.

　친일파로 지정된 삶을 살고부터는 아마도 그에게는 해방 조국이 조국이 아니라 지옥이었을는지도 모른다. 지옥 같은 말 못할 세월을 살다가 친일파라는 오명에서 벗어나자마자 그 기쁜 마음을 형언할 길 없어 벙어리가 입을 열듯이 입을 연 것임이 분명하다. 그러나 이 분 말고도 억울하게 친일파라는 누명을 쓰고도 그것을 벗지 못한 채 묵묵히 참고 살아가는 분이나 그 후손들이 왜 또 없을까 싶은 생각이다.

　마포 출신의 제헌 국회의원으로 초대 민선 서울시장까지 역임한 김상돈(金相敦)에 대해서는 한때 해주 경찰서 신축자금을 기부한 공로로 표창을 받았다고 하여 오랫동안 친일 분자로 지목되었었다. 그러나 훗날의 언제인가에는 그가 황해도 출신이기는 하지만 재령 출신으로 해

주에 살고 있던 김상돈이라는 사람과는 동명이인일 뿐 친일 행위와는 아무 상관이 없다는 발표가 있었다. 누명이 아주 쉽게 벗겨진 경우다. 그러나 친일의 누명이 벗겨졌음에도 불구하고 그 사실이 크게 알려지지 않아 계속해서 누명을 쓰고 있는 사람도 없지 않은 것을 본다.

김용제(金龍濟)라고 하는 시인의 경우가 그렇다. 그는 친일파의 거두 박희도(朴熙道)를 도와 친일 국문 잡지인 동양지광(東洋之光)의 사업부장과 편집주임을 거치면서 일문학(日文學)으로 조선 총독상까지 받은 사람이다. 조선 문인 보국회 상무이사라는 감투까지 쓰고 있었으니 누가 보아도 그는 친일 문인으로 지목되어도 할 말이 없을 것 같은 사람이다.

그러나 어느 날 일본의 한 문학평론가가 그의 시를 분석한 논문을 발표하였다. 그는 자신의 논문에서 몇 가지 이상하다고 느껴지는 시 몇 편을 예로 들면서 혹시 위장 전향이나 위장 친일이 아니었을까하는 의문을 제기하였다. 이 같은 그 문학평론가의 문제 제기를 접한 김용제 시인은 그제서야 비로소 그 동안 숨겨두었던 자신의 이야기를 하나도 빠짐없이 세상에 들어 내놓았다. 그리고 그 내용이 1978년 〈한국문학〉(〈문학과 현실〉에 재록:2005)지에 발표되었다. 자신은 그 일본 평론가가 지적한 것처럼 일본에서 항일운동으로 4년 형을 받고 복역한 후 조선으로 추방된 뒤 경성 보호관찰소의 예비 구금 협박으로 위장 전향 할 수밖에 없었으나 박희도와 함께 지하 독립운동을 맹렬하게 전개하였다는 자전적 기록을 아주 소상하게 밝혔던 것이다. 그러나 아직도 그와 박희도는 친일분자로 비판받고 있는 것이 현실이다.

그 시인의 자전적 기록을 친일 문학을 연구하는 학자들이 아직도 보지 못했을 거라고는 생각지 않는다. 오히려 그 기록을 보기는 하였으나 확실하게 믿을 수가 없기 때문에 지금도 친일 분자로 보고 있는 것이 아닌가 하는 생각이 앞선다. 그렇다면 그 기록이 왜 믿을 수 없는 것인지도 밝혀야 옳을 것이라 여겨진다. 친일의 문제는 당사자를 넘어 후손에까지도 영향을 주기 때문이다.

　이름만 대면 누구나 알고 있을 어떤 정치인의 경우 본인은 아무런 친일 행위를 한 적이 없었음에도 불구하고 애국지사를 도와주자는 주위의 권고에 대해서는 오히려 이들을 원수 대하듯 하였다고 한다. 자신의 아버지가 독립 자금을 구하러온 박상진이라는 광복군 사령관을 도와주기는커녕 오히려 밀고하자 그 사령관에 의해 사살된 사건이 있었기 때문이다.

　이런 점에서 친일 문제에 대한 접근은 꽤나 까다롭게 진행되어야 한다는 점을 강조하고 싶다.

대전일보 (2009. 08. 04)

친일파의 사생활

64주년이 되는 금년의 광복절을 전후하여 보도된 광복절 관련 뉴스들을 보면 예년보다 훨씬 풍성하였다. 대전 출신으로 독립운동의 견인차 역할을 한 단제(申采浩)선생과 그 유족의 호적이 회복되었다는 뉴스로부터 아직도 국적을 회복하지 못하고 있었던 수많은 독립운동가의 후손들도 국적을 회복하게 되었다는 사연에 이르기까지 그 동안 여러 뜻 있는 사람들이 안타까운 시선으로 소망했던 많은 일들이 이루어 진 것을 보고 여간 흐뭇하지가 않았다.

또 오랫동안 햇빛을 보지 못하고 있던 독립운동 자금의 모금과 관련된 기사나 여타 많은 자료들이 이번에 새롭게 발굴 공개된 것을 보면 여간 값진 자료들이 아니었다. 1920년 3.1운동 1주년을 기념하여 러시아 블라디보스토크의 한 한인촌에서는 목제로 독립문을 만들어 세우고 태극기를 높이 달아놓은 사진을 보면 콧날이 다 시큰해 질 정도다. 나라를 잃고 오갈 데 없이 유랑인처럼 떠돌다가 정착한 이국땅에서 독립문을 세우고 태극기를 휘날리다니 어찌 그것이 누가 시켜서 될 일이었던가?

안중근 의사의 집안으로 시집을 갔다는 한 가지 이유만으로 감옥을 들락거리면서 평생을 안 의사를 기리는 사업에 종사해온 할머니의 얘기와 또 힘겹게 살아오면서도 유족 없는 애국선열들의 위패(位牌)앞에서 해마다 제사상을 차려놓고 절을 하는 한 광복군의 아내 얘기도 사뭇 감동적이다.

이 같은 뉴스를 보면서 필자는 문득 수많은 애국지사들과 그 가족들이 문자 그대로 풍찬노숙(風餐露宿)을 마다하고 더러는 왜경의 고문으로 살이 찢기는 아픔을 견디면서까지 독립운동에 몸을 바치고 있을 때 을사오적이나 친일 고관대작들이 해온 행실이 얼마나 가관이었는지를 다시 한 번 세상에 알리고 싶어졌다.

우선 을사오적의 괴수인 이완용부터 보자. 그는 명구라는 이름을 가진 아들을 오랫동안 외국 유학을 보내 놓고 그 아들이 없는 사이 그 아들의 아내인 며느리와 간통을 하며 지냈다. 이 사실을 아들은 알 턱이 없었다. 그러던 어느 날 아들 명구가 집으로 들어와 안방에 불쑥 들어갔다가 그만 아버지인 이완용이가 자신의 아내를 안고 누워 있는 것을 보게 된다. 이 현장을 보고나서 그 아들은 "집과 나라가 모두 망했으니 죽지 않고 어이하랴"라고 탄식하면서 자살하였다. 그러자 이완용은 차라리 잘 되었다는 듯이 그 며느리를 첩처럼 데리고 살았다는 것이다.

을사오적 중의 또 한 사람인 이지용은 또 어떠했는가? 그는 고종의 종질이다. 고종으로부터 허구한 날 꾸지람만 들었다는 기록을 보면 그는 원래부터 조금은 칠칠치 못한 사나이였던 것 같다. 출세도 개화한 그의 부인 이홍경의 로비 덕분이다. 친일 문제에 있어서도 그 부인이 오히려 남편보다도 더 앞장선 것으로 보인다. 이지용은 그런 부인을 데리고 이등박문의 통감 유임을 청하러 일본에 갔다.

그 때 그 부인은 물고기가 물을 만난 듯 일본의 수많은 고관들과 놀아나기 시작했다. 여러 명을 동시에 사귀며 통정을 하다보니까 질투하는 사내도 생겨 어느 날 그 사내와 입을 맞추다가 그만 혀를 깨물리고 말았다. 이지용은 이 광경을 보고도 벼슬 때문인지 모르는 척 또 금실이 좋은 척 했더란다. 어느 날 천금을 주고 기생첩을 두려다가 "내 어찌 역적의 첩이 될까보냐."라는 면박만 듣고 말았다는 얘기도 있다.

명성황후의 척족(戚族)으로 임오군란 당시 황후의 피신을 도왔던 친일의 거두 민긍식이라는 사람은 자기 첩이 낳은 딸을 다시 첩으로 삼아 아들을 낳았는데 점쟁이가 말한 대로 이루어졌다고 좋아했다고 한다.

요즈음 얘기로 하면 완전히 막장 드라마다. 매국노야말로 짐승이라는 사실을 여실히 보여주고 있는 내용이다. 이 모두가 절명시(絶命詩)로 유명한 매천(梅泉)황현(黃玹)선생이 전해 주는 얘기다.

앞에서 예시된 애국지사들의 가족들은 이 같은 매국노를 증오하면서 일제의 회유나 협박에 굴하지 않고 사람이 사람답게 살아보자고 이를 악물고 살아온 분들이다. 어찌 나라가 이들 가족들을 후덕한 마음으로 보살펴 주지 않겠는가? 그런 나라가 바로 훌륭한 나라인 것을!

대전일보 (2009. 08. 18)

이건희 회장의 위기의식

〈문명의 오후 3시〉라는 말이 있다. 태양이 가장 뜨겁게 작열(灼熱)하는 오후 3시에 이미 낙조(落照)의 그림자가 드리우는 것처럼 문명도 가장 찬란할 시점에 그 몰락의 그림자가 깃들기 시작한다는 뜻이다.

이런 이치를 생래적으로 깨닫고 있어서였을까? 삼성그룹의 이건희 전 회장이 삼성전자 회장으로 복귀하면서 세상을 향해 낸 소리의 첫마디는 "지금이 진짜 위기다."라는 말이었다. 그는 비장감 어린 말로 삼성그룹을 향해 자신의 위기의식을 표출시켰다.

그는 글로벌 일류 기업들도 속수무책으로 무너지고 있는 현실을 직시하면서 삼성도 언제 어떻게 될지 모른다는 위기의식을 가지고 "앞으로 10년 내에 삼성을 대표하는 제품은 대부분 살라질 것"임을 경고하고 있었다. "머뭇거릴 시간이 없다."는 경종까지를 울렸다. 그러나 그의 이 말이 비록 삼성그룹의 수장으로서 한 말이지만 어찌 삼성그룹에 한정된 생각이었을까 하는 생각이 떠나지 않는다.

나라의 운명 자체가 바로 그러한 상황에 있지 않나 싶다. 나라의 진짜 위기가 바로 지금이라 여겨지기 때문이다. 위기가 닥쳐온 뒤에는 누구라도 위기를 느낄 수 있다. 그러나 아무 누구도 위기를 깨닫지 못하고 있을 때에 위기를 느끼는 사람이 바로 지도자다. 삼성의 대표 상품이 앞으로 10년 내에 모두 사라질 것이라고는 아무도 상상하지 못하고 있을 때에 그것이 사라질 것을 각오하고 "다시 시작해야 한다."고 외칠 수 있는 지도자가 있다는 것만으로도 삼성의 미래는 대단히 희망

적이라고 보여 진다.

이와 같은 맥락에서 앞으로 10년 후의 대한민국은 과연 어떻게 존재하고 있을까? 아무리 생각해도 우리의 존재는 북한의 존재형태와 불가분의 관계일 수밖에 없다고 보여 진다.

10년 후의 김정일 위원장은 이미 나이가 80의 문턱을 넘어 선다. 그의 건강 이상으로 인해 생길 수 있는 북한의 정치적 변화에 우리가 어떻게 대처하느냐에 따라 대한민국의 운명은 결정될 수밖에 없다. 통일을 이룩하느냐 마느냐 또 다른 혼란에 빠지느냐 아니냐의 기로에서 어느 하나를 선택할 수밖에 없다.

작년에 발간한 〈유엔 미래보고서〉에서는 2012년쯤에는 벌써 북한 체제가 서서히 무너지기 시작하여 2015년에 가면 수백만 명의 북한 사람들이 남한으로 넘어올 것으로 내다보고 있다. 이를 대비하여 최소한 500만 명의 난민을 받아드릴 수 있는 대책을 서둘러야 한다고 권고하고 있다. 단순한 미래보고서로 흘려버리기에는 너무나 심각하다.

생각할수록 아득한 과제다. 통일을 위한 준비가 하루아침에 되는 것이 아니기 때문이다. 그러나 시간은 목전에 와 있는 느낌이다. 해야 할 일은 산더미처럼 많다. 독일이 통일 이후에 겪은 경제적 어려움과 여러 사회 문화적 갈등을 해소하는 데에 엄청난 비용을 지불하고 있는 것을 보면 실로 엄두가 나지 않는 과제다. 지금도 동서독 국민이 겪는 빈부차이나 의식의 괴리로 보아서는 독일 국민을 하나 되게 하는 데에 소요되는 시간이 어쩌면 또 한 세대가 지나야할는지 모른다는 한숨 섞인 소리도 나오는 실정이다.

독일은 44년의 분단을 극복하였지만 남북한 분단의 역사는 벌써 60년이 넘는 세월이 흘렀다. 더욱이나 남북한은 6.25를 거치면서 그 적대적 심리가 골수에 박혀 있다. 화해 무드 속에서 통일의 기회를 맞은 독일과는 근본적으로 다르다.

북한 주민은 동독 주민만큼 개방상태에 있지 않고 남한 주민은 서독 주민만큼 통일에 대해 너그럽지 못하다. 이 같은 상황에서 동서독처럼 우리도 총 한방 쏘는 일 없이 통일할 수 있을까?

독일 통일 당시의 동서독 간의 소득격차는 3대 1이었지만 지금 남북한의 격차는 13대 1이라 한다. 통일 당시의 서독 인구는 6,000만이고 동독 인구는 1,700만이었다. 그러나 현재 남한 인구는 4,800만인데 비해 북한은 2,200만이다. 서독이 안고 있었던 경제적 부담에 비해 남한이 안고 있는 부담은 비교할 수 없을 만큼 크다. 남한이 먹여 살려야할 인구가 너무 많다는 얘기다. 남한 경제로 그 후폭풍을 과연 제대로 감당할 수 있을까? 벌써부터 위기는 시작되었다는 느낌이다. 그래서 이건희 회장의 취임 일성이 그만의 외침으로 들리지 않는다.

"지금이 진짜위기다. 초강대 국가들도 무너지고 있다. 한국도 언제 어떻게 될지 모른다. 앞으로 10년 내에 한국이 통일을 위한 준비를 서두르지 않으면 통일의 기회는 영원히 사라질 것이다. 머뭇거릴 시간이 없다."

정치권은 과연 얼마나 깊이 생각하고 있는가?

대전일보 (2010. 03. 30)

중국 조선족을 키우자

중국 조선족의 인구가 점점 줄고 있다고 한다. 이는 조선족만의 손실일 뿐만 아니라 한국에도 크나큰 손실로 다가올 것 같아 벌써부터 걱정이 앞선다.

북한 김정일 위원장의 중국 방문을 전후해 일어난 한 · 중간의 보이지 않는 외교적 마찰음을 들으면서 무엇인가 섬뜩함을 느껴서 하는 얘기다. 천안함 사태에 대한 책임을 물어도 시원치 않을 김정일을 중국이 한국 정부에 사전 통보도 없이 초청한다는 사실은 한국의 입장으로서는 여간 서운한 일이 아니었을 것이다. 당연히 관계 장관이 주한 중국 대사를 불러 서운한 감정을 전했을 법하다.

이에 대해 중국 정부가 보인 반응을 보면 사뭇 신경질적이고 고답적이지 않았나 하여 우리들 또한 여간 불쾌하지가 않다. 중국 외교부 대변인이라는 사람이 발표한 공식 발언을 들어보면 그 어투가 싸늘하기가 이를 데 없다. "한국 정부가 중국 대사를 불러 항의했다는 것이 사실이냐."는 기자의 질문에 "어떤 국가 지도자를 받아드리느냐는 것은 중국의 주권에 속하는 사항"이라고 대답하였다.

전적으로 틀린 말은 아니다. 그러나 전적으로 맞는 말도 아니다. 북한이 어떤 나라이며 김정일이 누구인가? 유엔이 두 차례나 핵문제와 관련하여 제재(制裁)를 가한 상대 국가요 그 수령이다. 중국도 그 제재에 찬성한 당사자다. 말하자면 유엔의 징계를 받은 나라다. 당연히 근신해야할 처지에 있는 나라요 그 국가 원수다. 그리고 한국과는 지금까지 휴전 상태에 있는 적대적 국가다. 최근에 일어난 천안함 사태만 해도 그 사태의 발생지가 한국의 앞마당과 같은 서해요 그 가해(加害)의 당사자도 북한이라고 추측될 수밖에 없는 형편이다.

그런 정도라면 북한 수뇌의 중국 초청은 당연히 그 상대국인 한국에게 사전에 통보하는 것은 전략적 동반자 관계가 아니라하더라도 도의적 의무가 있다고 할 것이다. 그럼에도 그렇게 하지 않은 것은 무슨 연유일까? 오만이다.

중국의 오만은 중국 언론에서도 여실히 나타나고 있다. 중국 인민일보의 자매지라고 알려져 있는 화구시보(環球時報)는 "중국에 화풀이 하는 격"이라고 하였다. "중국이 천안함 사태로 흥분된 한국의 분위기에 영합할 수는 없다."고 하면서 "사태의 원인이 완전히 밝혀 지지 않은 상황에서 북한에 책임을 묻는 것은 한국에서나 통하는 냉전 논리이지 국제사회에서는 우둔한 행동"이라고도 했다. 모욕적인 말을 서슴없이 내뱉고 있는 것이다. 사뭇 적대적인 사고(思考)의 발상이라 하지 않을 수 없다. 최근에는 중국어선 수백 척이 불법으로 우리 영해를 침범하여 내놓으라하면서 고기잡이를 하고 있다고 하니 이제는 가히 안하무인격이다.

중국이 언제부터 이렇게 오만해졌나? 중국 북경에서 올림픽을 치르면서부터이지 않았나 하는 생각이다. 올림픽 성화 봉송 행사를 한다고 하면서 수도 없는 중국 젊은이들이 오성홍기를 휘두르면서 한국 수도 서울 한복판에서 난동을 부린 경우도 있다. 올림픽 양궁경기 중에 한국 선수들을 향해 호루라기를 부는 등의 야유를 퍼붓는 야만적 행위도 우리는 보았다. 벌써부터 중화주의(中華主義)가 머리를 들기 시작하는 것인가 하는 생각이었다.

이때부터 필자의 머릿속에서 줄곧 떠나지 않는 생각은 중국의 조선족이 중국에서 발언권이 강한 세력으로 성장하였으면 하는 것이었다. 미국 정책의 상당부분이 미국에 살고 있는 유대인의 영향을 받고 있다는 것이 사실이라면 우리도 그렇게 할 수 있지 않겠나 싶어서 하는 얘기다.

그런데 사정은 그 반대로 가고 있는 것이어서 여간 안타깝지 않다. 중국에 있는 조선족은 점점 더 중국 사회에서 영향력을 잃어가고 있고 한국에 있는 조선족은 한국인의 푸대접과 교만함으로 하루가 다르게 적대감만 쌓아가고 있는 것이 아닌가 해서 두렵기조차 하다.

그래서 필자는 말하고 싶다. 중국 조선족이야 말로 우리와 전략적 동반자 관계로 우의(友誼)를 다져 나가야 할 상대라는 인식을 갖자는 것이다. 중국과 우리는 싫건 좋건 서로가 부대끼면서 살아가야 할 존재다. 그리고 그 부대끼는 한가운데에는 조선족이 있어 완충역을 할 수 있다고 여겨진다. 여기에 바로 우리가 할 일이 있다고 생각한다.

조선족을 동포로 끌어안으면서 크게 키워 나가는 일이다. 영향력도 키우고 인물도 키우고 인구도 키워 나가는 일이다. 할 수 있는 모든 지원을 아끼지 않는다면 누가 알겠는가? 조선족의 후예들이 중국의 중심 세력으로 우뚝 서게 될지!

점점 더 오만해져 가는 중국에 대처해 나가는 원려(遠慮)로서야 무슨 생각인들 못하겠는가?

대전일보 (2010. 05. 18)

스승과 교편教鞭

우리 사회에서 해묵은 논쟁거리로 남아 있는 숙제는 사형제 폐지 문제와 간통죄 폐지 문제 그리고 학생 체벌(體罰)에 관한 문제가 아닐까 싶다. 그중에서도 특히 학생 체벌의 문제는 다른 어떤 문제보다도 더 다루기가 어려운 문제라 여겨진다. 교육 전반에 관한 문제와 맞물려 있기 때문이다.

지난 얼마 동안에 걸쳐 교사가 교실 안에서 학생을 상대로 무뢰배같이 폭력을 행사한 사실이 알려지자 또다시 체벌 문제가 논쟁의 대상이 되고 있다. 찬반이 뜨겁다. 그러나 기본적으로는 체벌 문제를 고민하기 전에 어떻게 하면 교사가 스승으로 거듭날 것이며 학생들이 훌륭하게 성장할 수 있도록 교육시킬 것인가에 더 많은 고민을 해야 하지 않을까 싶다. 그러나 현실은 그렇지 않은 모양이다.

몇몇 잘못된 교사들의 잘못된 체벌을 샘플로 삼아 논의할 문제도 아니요 옛 스승과 같이 스스로의 자괴심으로 울면서 자신의 종아리를 회초리로 치는 교사를 표본으로 삼아 논의할 수 있는 문제도 아니다. 체벌을 해서라도 학생을 훌륭하게 키울 수만 있다면 체벌은 허용할만한 것이고 체벌이 교육에 아무런 도움이 되지 않는 것이라면 그것은 절대로 있어서는 안 되는 폭행으로 치부해야 할 것이다.

법령상으로는 체벌에 관한 어떤 규정도 없다. 체벌을 "해라 말아라."도 없다. 이것은 무엇을 말하는가? 교사의 자율에 맡긴다는 뜻이 아닐까? 교육상으로 필요하면 교사의 재량으로 체벌을 가할 수도 있고 그렇지 않을 수도 있다는 얘기로 받아드려진다.

　체벌에 대해서는 동서양이 모두 교육적 관점에서 접근하고 있다는 점에서 똑같다. 서양의 속담에도 "매를 아끼면 아이가 나빠진다(Spare the rod, and spoil the child)."라는 말이 있고 우리 속담에도 "이쁜 자식 매 한대 더 때리고, 미운 자식 떡 하나 더 준다."는 말이 있다. 명심보감에서도 "사랑하는 아이에게는 매를 많이 주고, 미운 아이에게는 먹을 것을 많이 주라(憐兒 多與棒 憎兒多與食)."고 하였다.

　그러기에 우리는 학교 교사를 두고 교편(敎鞭)을 잡는다고 한다. 가르치는 일이 곧 회초리를 드는 일이다. 회초리 없이 가르칠 수 있으면야 얼마나 좋을까? 일본에서는 체벌이 법으로 금지되어 있지만 교실 안에서는 그것이 전혀 사라지지 않고 있는 것이 현실이라고 한다. 결국 법이 아무리 금지해도 부모와 같은 심정을 가진 선생은 회초리를 들 수밖에 없는 것이 현실이라는 얘기다. "매 끝에 정 든다."는 말도 있다.

　졸업하고 나서 어렵게 살고 있는 제자들이 옛 스승을 찾아와 "그때 왜 매를 쳐서라도 호되게 가르쳐주시지 않았습니까?"라고 하소연하는 경우도 있다는 사실을 우리는 알고 있다. 우리에게 회초리는 그만큼 의미가 있는 것이었다.

　자식에 대한 우리들의 교육 열정은 가히 세계적이다. 기러기 아빠라는 유행어가 생긴 것도 우연이 아니다. 모르긴 하지만 우리나라 사람 말고 그런 민족이 또 어디 있을까? 그러기에 우리는 오랫동안 체벌이 교육열에 가려진 채 당연시 되었는지도 모를 일이다.

　그러나 이를 반대로 생각해 볼 수도 있다. 교사가 체벌을 하는 경우가 반드시 부모와 같은 심정으로 한다고는 말할 수가 없다. 체벌하는 교사도 인간이기 때문에 때로는 감정에 치우쳐 매를 들 때도 있을 것이다. 훈계로 끝낼 수 있는 사소한 잘못에도 습관적으로 꼭 회초리나 손찌검을 하는 교사도 없지 않을 것이다. 또 어떤 경우는 체벌만 가지고는 절대로 교정이 안 되는 학생도 있다는 사실을 우리는 경험을 통해 알고 있다.

이런 경우를 보면 교실 안에서의 체벌이 반드시 교육적 효과에 도움이 된다고 말할 수도 없다. 그렇다면 체벌은 반드시 없어져야 할 관행이다. 축구장에서 심판이 옐로카드를 집어 들고 경고하는 것처럼 체벌을 금지시키고 다른 행정적인 조치를 통해 제재하면서 교육시키는 것이 옳을 일일는지도 모른다. 그러나 체벌 금지를 법으로 강제한다는 것도 어쩌면 교사의 인격에 비추어 걸맞지 않는 것으로 보인다.

보다 본질적으로는 교육 현장의 분위기가 바뀌어져야 한다는 사실이다. 선생들이 어떻게 학생들을 체벌 없이도 훌륭한 나의 제자로 키울까에 대한 끊임없는 자기 고민이 선행되어야 할 것이라 여겨진다. 머리띠를 두르고 데모하는 선생님을 어느 누가 존경할까? 옛날에는 얼마나 제자들로 하여 속이 썩었으면 "선생님 X은 개도 안 먹는다."고 했다. 그러나 지금은 어떤가? 선생님 스스로 대답할 문제다.

대전일보 (2010. 07. 27)

폐하! 스스로 목숨을 끊으십시오!

〈"폐하 스스로 목숨을 끊으십시오!"〉

2010년 경인년도 벌써 저물어 간다. 국치 100년, 6.25 60년, 4.19 50주년을 맞은 한해가 우리에게 아무런 교훈도 남기지 않은 채 제 스스로 붉은 석양을 머금고 사라져 가려 한다.

국치 100년을 맞아 우리 선열들의 애국 독립정신은 어디에 살아 숨쉬고 있는가를 점검해 볼 겨를도 없이 한해가 스러져간다. 나라가 거의 다 기울어져 더 이상 어떻게 할 수 없는 지경에 이르렀을 때 부제(溥齊) 이상설(李相卨)이 고종에게 올린 순국소(殉國疏)는 지도자의 결단이 어떠해야 하는가를 잘 말해 주고 있다.

"존경하는 폐하! 지금 정세로 보아서는 을사조약을 반대한다고 해서~국권을 회복할 희망은 없을 것 같습니다. ~주저치 마시고 폐하 스스로 목숨을 끊어 온 백성이 그 뒤를 따라 전원이 사생결단으로 왜적을 무찌르는 길 밖에 없습니다~."(李炫熙)

어찌 신하가 왕에게 순국하라고 말할 수 있을까? 그러나 그는 그렇게 말했다. 자신의 목숨을 내놓은 얘기다. 나라가 위태로울 때 나라가 사는 길은 이제나 저제나 지도자와 온 국민이 죽을 각오로 싸우는 길 밖에는 살아 나갈 길이 없다는 사실을 다시금 되새겨 본다.

〈10대들의 행보와 민주주의〉

일요일인 6월 25일 새벽, 모두가 평화롭게 잠자고 있는 대한민국이 탱크를 앞세운 북한의 기습 남침으로 인해 온 나라가 쑥대밭이 되었다. 이게 불과 60년 전의 일이다.

6.25당시 10대 소년들은 20대의 형들이 전선(戰線)에서 죽음을 무릅쓰고 싸우고 있을 때 후방에서 부모를 도와 한 식구 입에 풀칠하는 데에 앞장섰다. 껌팔이 구두닦이 신문팔이도 마다하지 않았다.

이들이 자라 10년 후에는 4.19혁명의 주역이 되었다. 전쟁이 끝난 지 4~5년이 지난 뒤에 대학생이 되었으나 이들에게는 아직 양복을 해 입을 처지가 아니었다. 검정물 들인 군복과 신다 버린 군화를 질질 끌면서 다니는 대학생활이었지만 학교에서 배운 민주주의와 눈으로 보는 민주주의가 같지 않다는 사실을 깨닫는 데에는 하등의 장애가 되지 않았다.

우리가 배우는 민주주의는 강단에만 있는 것일 뿐이라는 생각에 허탈해 하였고 선거는 형식일 뿐 실제는 부정과 조작 일색이라는 사실에 분노하였다. 그렇게 해서 4.19혁명은 일어났다. 한국사 최초의 민주 혁명이다. 그리고 이 혁명의 주역들은 대학 졸업 이후 독일 광부로 또는 중동으로 떠나 산업화의 밑거름이 되었다. 민주화의 주역이 곧 산업화의 주역이었다는 얘기다.

〈역사의 교훈〉

이 역사가 바로 2010년 한 해 동안 우리가 반추해 보아야 할 역사다. 우리가 역사에서 교훈을 얻지 못하면 어디서 교훈을 얻을 것인가? 안타까운 마음으로 다시 한 번 되새겨 보지 않을 수 없다.

아는 체하는 일부 사람들은 때때로 양비론(兩非論)이나 양시론으로 남북을 비교 분석하려 든다. 가장 애국자인 척, 통일의 역군인 척 하면서 말이다. 시비는 분명해야 한다. 나라가 살 길에는 두 갈래 길이란 없게 마련이다. 쥐도 아니고 새도 아닌 비서비조(非鼠非鳥)의 길은 없다. 비서비조란 무엇인가? 박쥐를 일컫는다. 통일을 구실로 남북을 넘나드는 행보와 몸통은 남에 두면서 머리는 북을 향해 있는 사이비 지식인들의 박쥐행태야 말로 망국의 근본이 아닐까?

국방의 책임을 맡고 있는 사람들은 아직도 우리는 전쟁 중에 있다는 각오와 전선을 지키고 평화를 준비하는 역군이라는 자부심으로 어깨에 달린 계급장을 매일 반짝거리게 닦을 일이다.

오늘의 우리 민주주의는 남의 나라가 수백 년에 걸쳐 쌓아온 역사를 단숨에 학습하여 일구어낸 역사의 산물이다. 그러나 아직도 그 불타오르던 4.19혁명의 꽃은 열매를 맺지 못하고 방황하고 있음이 분명하다. 여전히 국회는 난장판을 면하지 못하고 있으니 말이다. 5~60년대의 국회는 지금보다 더한 난장판이었다. 그러나 그 당시에는 국민들이 박수를 쳤다. 대부분의 난장판이 헌법을 지키기 위한 의원들의 몸부림이었기 때문이다. 국회가 살아 있었다는 증좌였다.

그러나 지금 국회는 어떠한가? 누구를 위한 난장판이요 무엇을 위한 난장판인지조차 알 수 없는 난장판이다. 시도 때도 없이 폭력이 난무한다. 입은 험하고 몸짓은 거칠기가 한량없다. 염치 체면을 모르니 지성미는 고사하고 교양미조차 보이지 않는다. 어느 여당 중진의원이 말한 것처럼 영혼이 없는 존재들이기 때문일까?

이러한 사실을 깨닫는 데에는 아직도 50년만으로는 부족한 것일까?

대전일보 (2010. 12. 28)

서경석과 한상렬

서경석과 한상렬! 이 두 사람은 모두 목사다. 이들은 모두 한반도 문제와 민족 문제에 대해 누구보다도 열정적으로 전착(穿鑿)해 온 사람들이다. 지금까지도 식지 않은 열정과 사명감으로 남북을 넘나들면서 자신의 소신과 철학을 전파하고 있다. 어느 누구의 소신과 철학이 진정으로 대한민국의 역사에 도움이 될 것인가?

독자들의 판단에 맡겨 보자.

서경석 목사는 대학시절부터 사회주의 혁명을 시도했던 열렬한 투사였다. 민청학련사건에도 연루되어 20년의 징역형을 받은 적이 있고 청년들을 의식화시키는 데에도 앞장서 온 통일 혁명당의 지도자 동지였다. 그러던 그는 30대 초반의 나이에 미국에서 신학 공부를 할 때 비로소 북한이 얼마나 거짓과 기만에 차 있는 나라인가를 알게 되었다. 그때부터 그는 주체사상으로 무장된 친북좌파로 부터는 개량주의자라는 이유로 또 보수교회로부터는 빨갱이라는 이유로 기피인물이 되어 목회(牧會)의 길도 막혔다.

실의의 나날을 보내던 그는 새로운 사회 운동으로 경실련 운동과 우리 민족 서로돕기운동을 시작하였다. 이때 그는 유신독재보다 더 지독한 북한에 대해 한마디도 하지 못 하는 자신에 대한 한계를 느끼고 북한 탈북자 돕기 운동으로 방향을 바꾸게 되었다고 한다.

그러면서 그는 주장한다. 김정일 정권이 밉다고 하여 북한 동포를 미워할 수는 없는 것이 아닌가? 기아선상에서 허덕이는 북한 동포를 살리기 위해서는 두만강 변에서 북한 주민들에게 직접 식량을 전달하자고 외치고 있다. 인터넷을 통해 전해온 내용이었다.

한상렬 목사는 어떤 사람인가? 그들 부부는 일심동체가 되어 지난 30년 간 통일 운동과 평화 운동에 몸 받쳐온 사람들이다. 이번에 정부의 허락 없이 북한에 가서 "이명박이야 말로 천안함의 살인 원흉"이라고 외쳤다는 사람이다. 보도된 내용만으로 보면 전북 출신으로 한국진보연대 상임고문으로 있으면서 58회에 걸친 불법 폭력시위를 주도한 인물이다. 그동안 한 목사가 중심이 되어 벌린 대표적인 시위를 보면 이들이 무엇을 겨냥하고 있는지를 대강 짐작할 수 있다.

평택 미국기지 화장저지 시위에서는 "북쪽의 선군정치야 말로 미 제국주의와 싸우기 위한 평화정치이다."라고 했다. 인천 맥아더 동상 철거시위에서는 "맥아더는 우리의 원수다."라고도 했다. 맥아더 때문에 남북은 통일을 이루지 못했다는 얘기다. 효순, 미선양 범국민대책위, 탄핵무효 범국민대책위, 광우병 촛불 시위를 주도한 사람도 한 목사다. 그는 6.15실천 남측위원장을 맡아보면서 보안법 철폐와 북한 인권법 반대도 주도해 온 사람이라고 한다. 그리고 이번에 북한에 가서는 "천안함 사건은 미국과 이명박 정권의 합동 사기극"이라는 극언을 서슴지 않았다.

서경석은 젊은 날의 한 세월을 사회주의 혁명 운동에 뛰어 들어 숱한 감옥살이를 하면서도 진실을 찾기 위한 자기 고뇌에서 한 번도 벗어나 본 적이 없는 것으로 보였다. 결국은 북한이 거짓과 속임수의 독재정권인 것을 확인하고 나서는 자신의 오랜 동지들로부터 변절자라는 손가락질을 받아가면서도 북한 동포에 대한 연민의 정으로 탈북자 돕기 운동에 헌신하고 있다.

그러나 한상렬은 어떤가? 남쪽을 "역적 패당"이라고 저주하면서 폭력의 창끝을 언제나 대한민국의 심장부를 겨누고 있었다. 그의 공격의 화살에는 사랑을 찾아볼 수가 없었고 북한 동포에 대한 연민의 정(情)

도 눈을 씻고 볼래야 볼 수가 없었다. 김정일 체제만이 옹호의 대상일 뿐 그에게 있어 대한민국은 언제나 타도의 대상이었다. 시위의 현장에서는 저주의 굿판만이 쓰레기 흩날리듯 난무하였다.

보다 못해 한기총의 대표 회장인 이광선 목사는 이렇게 쓰고 있다. "한 목사도 기도하는 사람이라면, 종교의 자유가 말살된 평양은 국가의 탈을 쓰고 주민을 죽음으로 내모는 사교집단(邪敎集團)임을 직시해야 한다." 그러면서 한 목사가 벌리고 있는 평화와 통일 운동은 "거짓 평화를 외치며 국가의 위기를 외면했던 성서상의 거짓 예언자들과는 또 다른 차원의 거짓과 기만이 발견" 될 뿐이라고 혹독한 비판을 서슴지 않는다.

이 목사의 얘기를 들으면서 문득 사이비(似而非)라는 말이 생각난다. 사이비라는 말은 원래 맹자(孟子)의 사이비자(似而非者)에서부터 유래된다. 말과 행동이 다르고 겉으로는 그럴 듯해 보이지만 속내는 전혀 좋지 않은 사람, 그러기에 때로는 어리석은 사람들로부터 훌륭한 인물이라는 칭송도 가끔은 받으면서 우쭐해 하는 사람 그런 사람이 사이비자다.

우리 사회에는 이런 사람들이 너무나 많은 것 같다.

대전일보 (2010. 08. 03)

김동길과 조갑제

가뜩이나 경제도 어려운데 왠지 모르게 세상이 어수선하다.

며칠 전에는 〈민주화를 위한 전국 교수협의회〉라는 단체 소속의 대학교수들이 전세버스를 타고 노 전 대통령의 빈소에 다녀와서는 장례식이 끝나자마자 무슨 시국선언이라는 것을 하였다. 금주부터는 여러 다른 대학교수들도 시국선언을 할 것이라는 예보가 있어 여간 걱정되는 것이 아니다. 이들이 시국선언을 해야 할 만큼 시국이 위기상항인지는 잘 모를 일이나 이들의 시국선언으로 오히려 시국이 더 어지러워질까 두렵기도 한 요즈음이다.

또 얼마 전에는 1988년부터 법원 내에 〈우리법연구회〉라는 단체를 만들어 활동을 해 왔다는 어떤 대법관이라는 사람은 판사들이 절차와 규정을 지키는 경우는 합리적인 상황에서나 할 일이고 지금과 같은 상황에서는 그럴 필요가 없다는 주장을 폈다는 보도도 본 적이 있다. 4.19와 6월 항쟁이 언제 법 절차를 따졌느냐고 하면서 말이다. 16대 총선 직전에 김대중 전 대통령도 여당 의석을 늘리려고 이와 비슷한 논리로 시민단체를 총선에 개입시킨 적이 있다. 이때 일부 시민단체들은 멋도 모르고 홍위병처럼 행세하면서 선거법을 무자비하게 짓밟은 적이 있었다.

또 비슷한 시기에 노조가 죽창을 들고 시위하는 현장을 지켜 본 적도 있다. 그 죽창 앞에서 경찰이 공포에 떠는 모습을 보면서 노조 간부들이 어리석어도 한참 어리석다는 생각이 들었다. 아무리 노동운동을 하더라도 고기는 물을 떠나 살 수 없다는 논리쯤은 체험하지 않았을까도 싶은데 스스로가 국민적 분노와 적대 세력만을 키워가고 있으니 얼마나 안타까운 일인가?

이러한 때일수록 정론(正論)으로 맞서 국민들의 갈 길을 밝혀주는 의인(義人)들이 절실히 요구된다고 할 것이다.

우리에게는 역사적으로 의인들이 언제나 있어 역사의 횃불 역할을 해 왔다. 난(亂)이 끝나면 결국 논공행상에서 책임을 질 수밖에 없는 정치적 현실을 알면서도 충무공 이순신 장군은 감옥에서 나오자마자 그리고 백면서생의 홍의장군 곽재우는 역적의 누명을 쓸지도 모를 위험을 무릅쓰고 주저함이 없이 전쟁터로 나갔다. 충무공은 전쟁터에서 죽기를 각오했고 홍의장군은 전쟁이 끝나자마자 산속으로 몸을 숨겼다.

죽기로 싸우자는 주전논자들과 맞서 찢어진 항복 문서를 주워 조각조각 붙이면서까지 외로운 투쟁을 해온 최명길과 아무 누구도 선뜻 나섬이 없이 뒷걸음질만 칠 때에 마음속으로는 피눈물을 흘리면서도 피할 수 없는 구국의 길이기에 할 수 없이 삼전도 비문을 찬(撰)한 이경석(李景奭) 또한 삼학사와 더불어 우리의 영원한 역사의 표상으로 떠받들어야할 의인이 아니겠는가?

온 나라 안팎이 아무런 준비나 전략도 없이 개화의 물결에 휩쓸려 출렁거릴 때 최익현은 도끼를 어깨에 메고 대궐문 앞에 엎드려 서양 오랑캐와 일본 오랑캐가 무엇이 다른가로 울부짖었다. 이 사건으로 구속 유배되었던 그는 을사늑약을 보고 의병 운동을 일으켜 투쟁하다가 결국은 또다시 일본인의 손에 의해 대마도로 유배되자 단식 투쟁으로 생을 마감하였다. 순절이다. 이런 분이 의인이 아니고 누가 의인인가?

지금까지 말한 모든 분들은 요즈음의 좌파적 시각으로 보면 모두가 속된 표현으로 당대의 보수 꼴통들이다. 이 시대 보수 꼴통의 대표적인 인물을 예로 든다면 단연 김동길 교수와 조갑제씨를 들 수밖에 없다. 그 흔한 지식인들이 모두 입을 다물고 있을 때 이 두 분은 단 한 순간도 자신의 긴장을 풀지 않고 가장 적절한 때에 가장 적절한 말로 국민들을 계도하고 있다. 요즈음의 시국에 대해서도 서슴없는 바른 말을 쏟아낸다.

김 교수는 "이 나라에는 법은 없고 있는 것은 감정과 동정뿐인가."로 시국을 진단한다. 조 씨는 "정권이 방송을 장악한 것이 아니라 방송이 정권을 장악한 것 같다."라는 말로 이 정권의 무능을 비판한다.

때로는 말실수도 없지 않아 수도 없는 네티즌으로부터 몰매도 맞는 것을 본다. 그러나 자신의 소신대로 남들이 감히 하지 못하는 말을 하는 사람이 있어 우리나라는 희망이 있는 나라가 아닌가 하는 생각을 하지 않을 수 없다.

대전일보 (2009. 06. 16)

안중근 전쟁 끝나지 않았다

　많은 사람들이 이제는 거의 잊어버렸을는지 모르지만 세상 돌아가는 꼴을 도저히 눈뜨고 보기 어렵다는 뜻으로 "아더메치유"라고 하는 말을 유행시킨 적이 있었다. "아니꼽고 더럽고 메스껍고 치사하고 유치하다."는 말을 줄여 쓴 말이다.

　최근 노무현 전 대통령과 그 측근들이 하는 말들을 들으면서 우리들의 속내를 일일이 다 표현할 수는 없어도 적어도 이런 기분이 들지 않을 사람은 거의 없지 않겠나 싶다. 이제는 "그건 생계형 범죄에 해당한다."는 말까지 튀어 나왔다. 그 옛날 민란의 단초를 제공한 고부 군수 조병갑의 가렴주구(苛斂誅求)도 "생계형 범죄"라고 주장하고 싶어서 그런 말을 했던 것인가? 입이라도 다물고 있으면 좋으련만 무엇이 그렇게도 할 말이 많다고 남의 속을 확 뒤집어 놓는 말만 골라 가면서 쉬지 않고 하는지 도무지 알 수가 없다.

　너무 너무 "아더메치유" 하다고 밖에는 할 말이 없다. 그렇다고 하여 우리가 마냥 그런 감정에만 매달려 있을 수만은 없다. 좀 더 지고(至高)하고 좀 더 지순(至純)하고 좀 더 의연(毅然)하고 좀 더 장부(丈夫)다운 우리의 영웅들이 펼친 장엄한 서사시를 읽으면서 더러워진 우리의 귀와 상처 입은 우리의 정서를 조금이라도 순화시키고 또 위로받고 싶은 심정이다. 그리고 우리를 위로해줄 그 대표적인 인물로 필자는 안중근 의사(義士)만한 인물도 찾기가 그리 쉽지 않다고 생각한다.

　특히 금년은 안중근 의사의 의거 100주년에 이어 순국 99주년이 되는 해다. 1909년 10월 26일 9시 30분! 이날 이 시각은 안 의사가 3발의 탄환으로 이토(伊藤博文)를 명중시키고 "까레이 후라(대한만세!)"를 외친 날이다. 그리고 1910년 3월 26일 오전 7시! 이 날 이 시각은 안중근 의사가 32살의 나이에 순국한 날이다. 그리고 다시 우리에게 살아 돌아온 날이기도 하다.

안 의사는 일본의 국선 변호인까지도 적용할 법률의 미비를 들어 무죄 의견을 제시하자 이것마저 부당하다고 주장한 인물이다. "내가 왜 무죄인가? 나는 의병으로 전쟁에 나갔다가 포로가 된 몸이다. 나를 다스릴 국제 공법이 있는데 법이 미비 되었다는 것이 말이나 되는 것인가? 나를 이 법에 따라 처벌하라."

이 당당함과 이 의연함과 장부다운 이 기개와 이 기상을 우리는 과연 어디서 다시 볼 수 있을 것인가? 미술 전문서적 출판으로 유명한 〈열화당〉의 이기웅(李起雄) 사장은 자신이 직접 안중근 의사의 투쟁기록을 "안중근 전쟁 끝나지 않았다."라고 번역하여 출판한 바 있다.

그는 안 의사의 공판 기록을 보면서 자신도 모르게 "거침없이 눈물을 흘려" 보았기에 이 책을 펴냈다고 말한다. 그는 그가 흘리는 눈물의 발원지야 말로 "이제까지 나의 발길이 닿은 적 없는 '민족'과 '역사'라는 두 말이 근원하고 있는 샘 자리"였다고 하면서 공판 기록의 "행간에서 읽히는 우리의 한 젊은 인간 혼의 외침은 참담하기 이를 데 없는 당시의 상황에서 울려 퍼진 장엄한 '민족 교향시'라고 술회하고 있다. 그러면서도 그는 일본을 원망하는 것이 아니라 오늘의 우리를 한탄한다.

"그러나 슬프다. 살아가는 우리 삶의 형국을 보라! 사회 곳곳에 만연해 있는 부정과 부패, 점점 더해가는 비인간적 개인주의, 줏대 없이 부유(浮遊)하는 우리 젊은이들의 행태"에 분개하며 "안중근 전쟁은 끝나지 않았다"고 외치고 있다. 그리고 사회를 이렇게 만든 것은 누구의 책임인가? 우리 자신이다. 우리가 바로 이토 히로부미다. "한 발의 총성으로 이토의 죄악을 성토하여" 세계 평화를 도모했던 안 의사의 혼과

정신으로 우리 자신이 이토임을 깨닫고 각자가 자신의 죄를 성토하며 스스로를 죽이고 새롭게 태어나는 전쟁을 치러내야 한다."고 울부짖는 다.

그렇다. 안 의사의 공판 기록만큼은 누구나 한번쯤 읽어 보자. 흠뻑 눈물을 흘리면서 한번 읽어 보자! 누가 알겠는가? 한 방울의 눈물로 대통령에 당선된 사람도 있으니 그 기록을 보고 눈물을 흘릴 수 있는 사람이라면 누구나 대통령 될 자격이 있는 사람이라 할 수 있지 않겠는가?

대전일보 (2009. 04. 28)

고비 고비를 넘긴 대한민국

현충의 달에 들어서면서 대한민국의 과거를 다시 한 번 돌이켜 본다. 오늘이 있기까지 대한민국은 어떠했는가? 거의 기적과 신화의 연속으로 점철된 나라가 바로 대한민국이 아닌가 하는 생각 때문이다.

2차 대전 종결과 더불어 일본이 〈무조건 항복〉을 선언하기까지의 경위를 보아도 그렇다. 일본이 무조건 항복을 하기까지에는 〈조건부 항복〉이라는 떼쓰기와 생트집이 집요하게 자리 잡고 있었다. 그리고 그 조건부 항복과 무조건 항복 사이에 한국의 운명이 달려 있었다. 한국을 끝까지 자기네 영토로 삼고 싶었던 속셈으로 일본은 조건부 항복을 끈질기게 요구하였던 것이다. 일본에 원폭이 투하되지 않았다면 조건부 항복이 허용되었을는지도 모를 일이었다. 한국은 기적적으로 살아난 것이다.

제헌 국회가 열리고 나서 임시 의장으로 뽑힌 이승만 국회의장이 사회 석에 앉아 말한 제일성(第一聲)은 "이윤영 의원 나오셔서 기도해 주시오."였다. 이 의원은 목사였고 이승만 의장은 내심 기독교 국가를 염원하던 사람이었기에 가능한 일이었다. 어쩌면 이런 일부터가 조금은 신화적이지 않나 싶은 생각이 든다. 그 동안 우리는 유교 국가 백성으로만 살아왔기 때문이다.

상해 임시 정부는 "대한민국 임시 정부"라는 국호를 사용해 왔다. 그러나 〈대한민국〉이라는 국호는 제헌 국회에서 투표로 결정되었다. 고려 공화국이나 조선 공화국으로 하자는 의견도 나왔기 때문이다. 이런 몇 가지 사례들만을 보아도 대한민국의 건국이 얼마나 캄캄한 어둠 속의 황무지에서 일구어 낸 기적의 산물인가 하는 것을 알 수 있다.

6.25의 전화(戰禍)속에서 대한민국이 겨우 살아남은 것도 따지고 보면 기적이나 신화와 같은 역정(歷程)의 결과라는 생각이 들지 않을 수가 없다. 우선 유엔 안전보장이사회(安保理)에서 유엔군을 한국전에 파견하기로 의결한 것부터가 지금 생각하면 기적이 아닐 수 없다. 전원 합의가 아니면 어떤 의결도 할 수 없는 회의체에서 어쩌면 그렇게도 신통하게 소련 대표가 불참할 수 있었는가 하는 생각에서다.

이러한 기적은 여러 차례 뒤를 이었다. 남침 준비를 오랫동안 해왔던 북한은 미국이 한반도를 미국 방위선 밖으로 밀어 내고 남한에 있던 미군을 철수하자마자 그 틈새를 이용해 침략을 서둘렀다. 비행기나 탱크, 소총이나 기관총은 물론 비축 식량 하나 제대로 갖추지 않은 대한민국을 향해 기세 좋게 탱크를 앞세우고 일요일 새벽 4시, 꿈속에 잠들어 있는 서울을 향해 3.8선을 넘어 파죽지세로 남침의 발걸음을 재촉했다. 남침 3일 만에 서울을 점령한 북한 인민군이 무슨 영문인지 침략의 발걸음을 뚝 멈췄다. 그리고 3일 간을 관망만 하고 있었다. 더 이상 남하 하지 않고 그렇게도 긴 시간을 머물러 있었던 이유는 무엇이었을까?

만약에 그때 그 머무름 없이 남하를 계속하였다면 아마도 대한민국은 완전히 공산 치하가 되고 말았을 것이다. U.N군이 부산항에 도착하여 전열을 가다듬을 시간적 여유도 없었을 터이니 말이다. 들리는 말로는 그때 북한군은 서울만 점령하면 더 이상 남하할 필요도 없이 남한 내 공산 세력들이 들고 일어나 피 한 방울 흘리지 않고 남침을 성공시킬 수 있다고 확신하고 있었기 때문이라고 한다. 그러나 그들의 예상은 빗나갔다.

대한민국은 그렇게 해서 살아남았고 고비 고비의 위기를 모두가 한마음 한 몸으로 헤쳐 나왔다. 폐허를 경작하면서 피 땀 흘려 노력한 보람으로 오늘의 번영을 얻게 되었다. 한 인생의 삶과 죽음은 한 조각 구름일수도 있지만 대한민국은 태양처럼 빛나는 우리 모두의 조국이어야 한다.

전임 대통령의 빈소에 대한민국 정부를 대표하여 보낸 대통령의 조화(弔花)를 발로 차서 부서버린 자는 누구이며 전임 대통령의 장례식을 민중 봉기의 기회로 삼으려고 획책한 사람은 누구인가?

대한민국의 앞길에 재 뿌리는 사람은 누구이며 대한민국의 역사에 먹칠하려는 사람은 누구인가? 국민장이 열리고 있는 그 시각에도 북한은 신형 미사일을 발사했다. 그것이 무슨 조포(弔砲)라도 되는 듯이 말이다. 저주 받을 일이 아니던가?

대전일보 (2009. 06. 02)

제3부

눈에는 눈
이에는 이

싸가지와 자장면

〈싸가지〉란 말을 심심치 않게 신문에서 보게 된다.

평소 잘 들어보지 못한 말이어서 사전을 찾아보았다. 사전 상으로만 보면 싸가지는 싹수라는 말로 해석이 된다. 그러나 분명히 말하지만 남도지역 사람들이 즐겨 쓰는 자기들만의 독특한 사투리인 것만 같아 필자는 아직도 그 뜻을 정확하게는 알지 못 하고 있는 형편이다.

최소한 필자가 이해하고 있는 범위 내에서 그 뜻을 헤아려 본다면 〈버르장머리가 없다〉거나 〈의리 없게 군다〉거나 〈배은망덕하다〉거나 와 같은 뜻으로 쓰여 지고 있지 않나 싶다. 윗사람에게는 잘 쓰지 않는 말인 것 같기도 하여 친구지간이나 아랫사람에게 주로 쓰는 말이 아닌가 여겨진다.

정치권에서는 주로 민주당 쪽에서 열린 우리당을 향해 〈싸가지 없는 정당〉으로 매도하는 것을 자주 보게 된다. 이는 아마도 현재의 집권 세력인 열린 우리당 사람들이 대선(大選)을 치루고 나서 대선부채(負債)는 몽땅 민주당에 떠 안겨 놓고 자기들끼리만 새 살림을 차린 것에 대한 분풀이로 하는 말인 것으로 들리곤 하였다. 이를 통해 미루어 보면 민주당은 열린 우리당을 향해 〈의리가 없다〉거나 〈배은망덕하다〉라는 뜻으로 쓴 것이 〈싸가지 없다〉가 아닌가 한다.

이런 뜻으로 싸가지란 말을 쓰고 보니까 의리 없는 놈을 보고 의리가 없다 라고 말하는 것은 너무나 점잖아서 어울리지가 않는다. 의리 없는 놈에게는 구정물 한 바가지쯤은 뒤집어씌우는 것이 제격일 터이기에 〈싸가지 없다〉란 말이 자못 속 시원한 욕이 될 것 같기도 하다.

진작에 이런 말을 알았으면 의리 없이 군 놈들에게 대놓고 〈야! 이 싸가지 없는 놈아〉하고 욕이라도 퍼부을 것을 그 욕을 못하고 지나온 것이 약간은 서운하기도 하여 이제라도 한번 써먹으면 어떨까 싶다.

주머니에 전차표 한 장 없이도 호기롭게 떠돌아다니던 젊은 시절, 자장면 한 그릇이라도 얻어먹을 수 있을까 하고 점심때에 찾아가 만난 친구가 미안한 기색도 없이 다른 볼 일이 있다고 휑하니 나가버리는 〈싸가지 없는〉짓을 보고 우리 친구들 몇 명은 「자연권적 기본권으로 〈기대권(期待權)〉이라는 것을 하나 만들어 내자」고 결의한바가 있었다.

자장면 한 그릇 얻어먹을 수 있으리라는 우리의 기대권을 짓밟는 자는 싸가지 없는 놈으로 치부하고 앞으로는 절대로 상대하지 말자는 자못 거창한 인권선언(?)을 한 셈이다.

학창시절의 이러한 기대권이 사회에 나오면 소멸되는 것일까? 결코 그렇지 않다는 사실을 우리는 살아오면서 얼마나 많이 경험하였는가? 찾아오는 친구 마다 때로는 자장면 때로는 대포 한 잔 때로는 월부 책 때로는 보험 가입 때로는 기부금. 이 모든 것이 스스로가 싸가지 없는 놈으로 평가 받기를 저어하는 사람들의 착한 본성이 아니겠는가?

그렇다면 국제 사회에서는 이런 〈싸가지〉가 없는 것이겠는가?

이 또한 결코 그렇지 않다고 보아진다.

전후(戰後) 독일이 자신들의 죄업(罪業)을 씻기 위해 애쓴 흔적과 일본이 저지른 갖가지 만행에 속죄하려는 노력 사이에 얼마나 많은 차이가 있는가 하는 것은 굳이 설명을 할 필요가 없을 것이다. 자신들의 역사적 만행들이 인류의 공동선에 의해 종지부를 찍게 된 날인 8월15일에 현직의 일본 총리가 굳이 야스쿠니 신사를 참배한 사태가 웅변으로 증명해 주고 있기 때문이다. 이런 것이 그들에 의해 갖은 수모와 압박과 착취를 당한 국민들의 입장에서 보면 그런 일이 안 일어났으면 하는 기대권을 송두리째 저버린 그야말로 싸가지가 없는 행동이라 하지 않을 수 없는 것이다.

일본은 한 때 국제적으로 에코노믹 애니멀(economic animal)이라는 비난을 들은 적이 있다. 이 말도 따지고 보면 인정머리라고는 하나도 없는 싸가지 없는 나라 백성이라는 영어식 표현이었지 않았나 싶다.

이렇게 일본을 비난하고 있는 우리는 과연 어떠한가도 살펴보아야 하지 않을까? 반미(反美)가 마치 자주인 것처럼 외처지고 〈우리끼리〉 어깨동무만 하면 금방 남북한은 통일되는데 미국 때문에 안 된다고 우기는 세력들의 발호가 어쩌면 우리 스스로를 싸가지 없는 나라로 만들어 가고 있는 것은 아닌가? 국제적 미아(迷兒)의 길로 가고 있는 것 같아 안타깝다.

경북신문 (2006. 08. 31)

스포테이트맨십Spotatesmanship

밴쿠버 동계 올림픽이 열리는 동안 우리는 너무나 행복했었다. 세계 정상들이 모여 펼치는 얼음판 위에서의 경기는 물론이고 눈으로 덮인 능선을 스키를 타고 질주해 가는 선수들의 황홀한 묘기를 볼 수 있는 기회를 가져본 것만으로도 우리는 행복했다. 그런데 우리는 그 행복에 더하여 우리 선수들이 그 세계 정상들과 기량을 겨루면서 분초를 다투어 일등을 하는 모습도 보았다. 너무나 감격스러운 나머지 박수갈채를 보내면서 울먹이기까지 했다. 체구도 작은 어린 선수들이 덩치 큰 선수들과 겨루어 당당히 승리하는 모습이 너무나 장하고 너무나 자랑스럽고 너무나 사랑스러워 나도 모르게 눈물이 핑 돌았다.

우리는 올림픽 경기의 운영방식이 영하의 빙판만큼이나 칼날같이 냉혹하다는 현실도 실감하였고 선수들의 동료애와 투혼을 통해 스포츠맨십이라는 것이 무엇인가도 눈으로 익힐 수 있었다. 특히 김연아 선수의 율동미 넘치는 경기를 보면서는 얼마나 많은 연습이 있었기에 저렇게 신기(神技)에 가까울 정도의 예술로까지 승화시켰나 싶어 전율감 마저 느꼈다. 또 일등을 하고 금메달을 목에 건 이승훈 선수를 은메달과 동메달을 딴 선수가 양쪽에서 번쩍 들어 올려 무등을 태우는 모습에서 스포츠맨십의 진수를 보는 것 같아 여간 흐뭇하지가 않았다.

스포츠맨십이란 바로 이런 것인가 보다. 검투사처럼 날카로운 승부를 겨루지만 이긴 자에 대한 깨끗한 승복과 진 자(敗者)에 대한 따뜻한 위로와 칼날 같은 규칙의 준수가 바로 스포츠맨십이 아닌가 하고 말이다. 달리 말하면 신사도(紳士道)라고도 말할 수 있지 않을까? 절대로 남에게 피해를 주지 않는 교양과 절대로 법규를 어기지 않는 준법정신과 약자를 보호해 주려는 마음가짐이 바로 신사도요 스포츠맨십이라 여겨질 뿐이다. 그 속에는 우정(friendship)도 있고 동지애(fellowship)도 있었다.

올바른 정신이 어느 한 곳 똑바로 박힌 곳 없이 갈피를 잡을 수 없을 만큼 혼란스러운 우리 사회를 보면서 신사도나 스포츠맨십이야 말로 모든 분야에 새로운 질서를 확립하는 데에 접목시켜야 할 정신이 되어야 하지 않을까 싶다.

리더에게는 리더십이 있어야 하고 그 추종자에게는 리더에 대한 신뢰가 전제되어야 한다. 스승에게는 사도(師道)라는 것이 있어야 하고 학생들에게는 그를 본받으려는 학습 정신이 있어야 한다. 모든 군인들에게는 군인 정신이 살아 있어야 하고 언론인들에게는 속된 표현으로 신문쟁이로서의 근성이 있어야 한다. 과학자에게는 과학정신이 있어야 하고 농부들에게는 흙을 사랑하는 마음이 있어야 한다. 의사에게는 히포크라테스(Hippocrates)정신이 있어야 하고 기업가에게는 기업가 정신(entrepreneurship)이 있어야 한다. 어느 한 시대에도 시대정신이 없었던 적이 없다.

그렇다면 정치인들에게 인들 왜 필요한 정신이 없겠는가? 분명히 있다. 스테이트맨십(statesmanship)이라는 것이 있다. 그것은 정치인이 지녀야 할 기본 정신을 일컫는다고 생각된다. 그것은 우리의 헌법 정신이기도 하다. 어쩌면 우리의 독립 정신일 수도 있고 민주주의 정신일수도 있다. 국가 의식이나 역사 의식일수도 있다. 타협과 양보와 다수결에 대한 승복의 정신이기도 할 것이다.

사람들은 영국 의회를 모든 의회의 모범으로 삼는다. 이유는 가장 오래된 의회의 원형(原型)이라는 데에도 있지만 무엇보다도 신사도가 살아 있는 의회이기 때문이라 할 것이다. 말하자면 스테이트맨십이 있는 의회라는 얘기다.

의회 내 폭력은 상상도 할 수 없는 일이요 막말도 금물이다. 남이 써준 원고를 읽는 앵무새도 없고 지루하게 연설하는 의원도 없다. 의회 내 규칙을 어기는 의원도 없고 의장에게 삿대질 하는 의원도 없다. 한마디로 가장 엄격한 규율 속에서 벌어지는 토론장이 영국 의회다. 물론 하루아침에 형성된 관행은 아니다. 그러나 우리도 의회 경험을 축적한지가 이미 60년이 넘은지 오래다. 말하자면 환갑의 해도 넘겼으니 이제는 철들 때가 되었다는 얘기다. 신사도를 갖춘 정치인들로 의회를 메꿀 때가 되었다는 얘기이기도 하다.

언제까지나 삿대질과 남이 써준 원고 읽기와 폭력행사로 자신의 성가(聲價)를 올리려고 하는 유치한 수준에서 벗어날 수 있을까를 고대해 본다. 그래서 필자는 스포츠맨십을 의회 정신에 접목시켜 보자는 간절한 소망에서 스포테이트맨십(spotatesmanship)이라는 조어(造語)를 만들어 보았다. 3.1절을 기념해서 말이다.

대전일보 (2010. 03. 02)

트로이의 목마 이야기

왜 별안간 〈트로이의 목마〉이야기인가? 숱한 세월에 걸쳐 노래되고 그림 되고 소설되어 살아 숨 쉬고 있는 신화 얘기에 무슨 덧붙일 얘기가 또 있어 다시 끄집어내려고 하는가?

이유가 있다. 트로이는 10년에 걸친 지루하고도 고통스러운 전쟁을 거치면서 결국은 어리석기 짝이 없는 트로이 사람들의 헛된 망상으로 그리스의 목마를 끌어 드림으로써 멸망해버린 인간 역사의 상징적 사건의 주제이기 때문이다. 하여 〈트로이의 목마〉는 트로이에만 있었던 것이 아니라 어디에도 있다. 이 대한민국에도 이미 이 목마는 분명히 들어와 있다고 느껴지기 때문에 다시 한 번 음미해 보자는 것이다.

트로이의 인자하고도 후덕한 왕 프리아모스는 그리스 군대가 성문 앞에 놓고 간 괴기스럽고도 거대한 목마를 보고 잠시나마 고민에 잠긴다. 트로이 사람들이 그 토록이나 신성시 하는 말의 모형으로 서 있는 그 목마에는 〈아테네에게 이것을 바치노니 그리스인들이 무사히 고국으로 돌아갈 수 있도록 부디 가호를 비나이다〉하는 글귀가 새겨져 있기 때문이다.

왕과 나라의 모든 중신들이 모여 목마의 처리를 놓고 난상토론(爛商討論)을 벌렸으나 쉽게 결론이 나지 않는다. 목마에 쓰여 있는 글귀대로 성안에 있는 아테네 신전으로 끌어드리자는 사람도 있고 우선은 무엇인지 모를 일이기 때문에 도끼로 목마를 부수고 안을 들여다보자는 사람도 있었다.

왕은 신전에 바치는 제물을 손상시켜 자칫 큰 재앙이나 입지 않을까 하는 두려움으로 목마를 신전에 받치자는 의견을 받아들여 성벽의 일부를 헐면서까지 목마를 성안으로 끌어 드린다. 이때 아폴론 신전의 신관으로 있는 〈라오콘〉이 피 터지는 소리로 외친다.

〈트로이 사람들이여! 목마를 믿지 마시오. 분명히 그리스인들의 음모가 숨어 있을 것입니다.〉

그러자 프리아모스 왕은 오랫동안 그리스의 오디세우스로부터 버림받아 도망쳐 나온 사람으로만 알려져 있던 그리스인 〈시논〉을 불러 꿇어 앉혀 놓고 목마의 정체에 대한 의견을 묻는다. 그러나 그는 불쌍한 그리스인인 것처럼 행세하면서 트로이에 잠복해 있던 오디세우스의 첩자였다. 트로이 사람들이 승리의 노래를 부르며 포도주에 취해 골아 떨어져 있을 때 〈시논〉이 올리는 횃불이 기세 좋게 타오르자 트로이는 꿈속에서 멸망의 골짜기로 떨어졌다.

이것이 그 옛날 트로이에만 있었던 얘기일까? 지금 우리가 벌리고 있는 전시 작전권 환수인가 하는 것이 그 옛날의 트로이의 목마와 무엇이 다를 것인가? 〈전시 작전권 환수〉라는 거대한 목마 속에는 그 옛날 그리스의 음모가 숨어 있었던 것처럼 북한의 흉계가 없으리라는 보장이 있는가? 주한 미군들이 다 떠나간 뒤 덜렁 전시 작전권 하나만을 훈장처럼 갖게 된 대한민국!

그 동안 북한이 계획했던 모략과 음모는 모두 성공했다. 이제는 북한의 입맛에 따라 한국은 응해 갈 수밖에 없게 될 것이다.

"남북 군사 회담을 열자! 군축에 합의 하자! 남북 간 평화협정을 맺자!"

북한의 장단에 맞춰 우리는 무장해제 당하고 북한은 우리가 주는 돈으로 계속해서 미사일과 대량 살상무기와 핵 개발에 열을 올릴 것은 뻔 한 일! 사람들이 자주와 민족과 통일이라는 달콤한 포도주에 취해 있을 때쯤 〈시논〉의 횃불이 올라가지 말라는 법이 어디 있겠는가?

이 정권이 전시 작전권 문제를 민족 자주와 연계시키고 평화통일의 디딤돌로 삼는다는 명분을 내세워 이것으로 내년에 있을 대통령 선거 전략으로 삼으려 한다면 아! 그것은 끔찍한 시나리오다.

〈라오콘〉의 역할을 해야 할 야당은 지금 어디로 갔는가?

경북신문 (2006. 09. 20)

읍참마속泣斬馬謖의 심정으로

16세기 중반 매너리즘 회화의 작가 중 가장 우뚝 솟은 작가로 알려져 있는 브론치노(Agnolo Bronzino)의 그림 중에서 사람들은 그의 "시간과 사랑의 우의(寓意 allegory)"라는 그림을 대표작으로 친다. 한마디로 괴상하기 이를 데 없는 그림인데도 말이다.

그림 한복판에 있는 벌거벗은 여인을 중심으로 괴기스러운 동물들과 탈바가지와 손이 뒤틀려 있는 어린이가 그려져 있다. 그리고 시퍼런 장막을 힘껏 잡아 제치려고 눈을 부릅뜬 채 팔을 길게 뻗은 할아버지 한분과 그 장막을 놓치지 않으려고 움켜쥐고 있는 여인이 보인다.

미술 해설가들은 이 그림이 "어떤 것이 참으로 진실 된 사랑인가를 알려주는 것은 시간이다."라는 것을 표현해 주고 있다고 말한다. 팔을 길게 뻗고 있는 할아버지는 〈시간의 신〉이고 장막 뒤에는 무엇인가 진실 된 어떤 것이 숨겨져 있다는 의미라는 것이다. 지금 당장은 아니더라도 진실이 무엇인지는 시간이 가르쳐 준다는 보편적 진리를 이 그림은 암시하고 있다고 해석할 수도 있을 것 같다.

연일 보도되고 있는 박연차에 관한 기사를 보면서 브론치노의 그림이 별안간 생각난 이유는 브론치노가 그 그림을 그리려고 했던 의도가 바로 노무현 정권의 실체도 시간이 지나면 저절로 나타나게 마련이라는 사실을 말해주고 있었기 때문이다. 우리 같은 사람들의 상식으로는 브론치노의 그림이 도무지 이해가 되지 않았던 것처럼 박연차 게이트를 보면서도 우리의 상식으로는 이해가 가지 않는 대목이 너무나 많다.

무슨 사업을 하는 사람이기에 본업은 제쳐 두고 남에게 뇌물 주는 일에만 몰두 했나 싶다. 사업을 하다보면 남의 도움을 받을 필요도 생기고 도움을 얻기 위해서는 밥도 사면서 사교도 할 필요야 누구에게나 있음직한 일이다. 그러나 이 사람은 그런 차원을 넘어 아예 〈뇌물공여회사〉를 별도로 해외에 차려 놓고 가진 수법을 다 동원해 돈을 세탁하고 환전하는 작업에 영일이 없었던 것으로 보인다.

그리고 그 한복판에는 노무현 전 대통령 일가가 자리 잡고 있으니 이 또한 상식으로 납득하기가 어려운 것은 마찬가지다. 대통령 한사람으로도 부족해서 그 부인과 아들과 그의 형과 조카사위와 그의 측근 세력들까지 끼어들어 박연차라는 한사람을 향해 불나방처럼 달려든 현상을 어떻게 이해할 수가 있겠는가? 경제 정의 실천 시민연합(경실련)이 조사 분석한바 대로라면 문민정부 이후 지난 15년간의 정권 중에서 검찰에 적발되어 사법 처리된 뇌물사건의 건수에 있어서는 김대중 정부의 2배요 액수에 있어서는 무려 4배나 되었다니 얼마나 놀랠만한 기록인가? 적발된 건수만 그렇다는 것이니 앞으로 많은 시간이 지난 뒤에는 또 얼마나 더 많은 비리가 제 모습을 드러내 보일는지는 아무도 모를 일이다.

노무현 전 대통령은 언제나 자신과 자신을 둘러싸고 있는 집권 세력들은 시대의 개혁 세력이고 나머지 그 반대 세력들은 부패 세력이요 기회주의 세력으로 몰아 역사를 통째로 재단(裁斷)하기를 서슴지 않았다. 그러면서 그는 어느 날인가 "좋은 학교 나오신 분이 시골에 있는 사람에게 가서 머리 조아리고 돈 주고"해서야 되겠느냐는 식으로 뇌물을 받은 죄로 검찰에 가 있는 자신의 형을 변호하였다. 대통령의 그 말 한마디로 "그 좋은 학교 나오신 분"은 부끄러움에 견디다 못해 끝내 자살하고 만 사실을 우리는 지금도 생생하게 기억하고 있다. 대통령 자신이 자신의 형을 향해 변호할 때 한 말을 그대로 자신에게 들려준다면 그는 어떻게 답변할까가 여간 궁금하지 않다. "대통령까지 하면서 무슨 돈이 그리도 아쉬워 별로 배운 것이 많아 보이지 않는 한 장사치 한테서 그리도 많은 돈을 받아썼느냐?"고 말이다.

왜곡된 역사관과 왜곡된 정의감과 왜곡된 사회관과 왜곡된 정치관으로 지난 5년간 나라의 품격을 실추시킨 허물도 적지 않은 터에 끝도 한도 없는 비리라니! 정부는 읍참마속의 심정으로 사태를 처리해야 할 것이다. 그 처리가 곧 지금의 이명박 정부의 내일을 위한 장막이 될 것이기 때문이다.

대전일보 (2009. 04. 14)

천심天心이 따로 있나요?

새해가 열렸으니 밝고 희망 섞인 얘기가 들릴법한데 들리는 얘기라고는 초장부터 김새는 얘기부터 뿜어져 나온다.

유시민이라는 사람이 보건복지부 장관으로 내정이 되었다는 소식이 전해지자 어떤 언론이 '獨傲' 盧海敏(노·이해찬·유시민)이라는 단평(短評)을 실은 것을 보고 참으로 촌철살인(寸鐵殺人)적 표현인 것 같아 다시 한 번 읊어 보고 싶은 심정이다.

「노해민」이라는 사람이 있는데 그의 호가 「독오(獨傲)」라는 얘기다.

노무현 대통령과 이해찬 총리와 유시민이라는 사람의 공통점을 독오라는 한마디로 표현했으니 얼마나 놀랄만한 분석력인가 싶다. 독선적이고 오만함에 있어 당대의 대표적인 인물만 모아 본 이름의 합성어가 「노해민」이라는 분석이다. 그리고 보니 나도 한번 이들을 해학적으로 표현해 보고 싶은 생각이 슬며시 들어 옛날 얘기를 하나 해야겠다.

필자가 국회 예결위원장 시절. 예산안을 통과시키고 난 후 몇몇 야당의원들과 함께 해외여행을 가게 되었는데 그 중에는 이해찬 의원도 끼어 있었다. 이 의원이 한번은 내가 충청도 사람이니께 농담으로 충청도 사람 흉 한번 볼까요 하면서 꺼낸 얘기는 이렇다.

예산 장터에 어느 아낙네가 집에서 키우던 약병아리 몇 마리를 가지고 팔려고 나와 앉았는데 지나가던 손님이 물었다.

"그 병아리 팔거유?"

"그럼 팔려고 나왔제 뭐 할라고 나왔겠이유?"

"한 마리에 얼마인데유?"

"알아서 주시유. 주는 대로 받지유 뭐."

"천 원이면 되겠이유?"

"냅둬유. 집에 가서 애들이나 과 멕이게유."

일행들 모두가 박장대소 한 적이 있었던 기억이 나면서 이거야 말로 〈독오 노해민〉도 그러하지만 해도 해도 『노무해유』(노무현·이해찬·유시민)정권이 아닌가 하는 생각이 든다.

그러나 해도 너무한다고 여기는 이 생각은 필자와 열린 우리당 소속 의원들만의 생각일 뿐 이 정권의 임기가 언제 끝나나 하고 기다리는 사람들의 생각은 전연 딴판인 것을 청와대 관계자들이 알고나 있는지 모를 일이다. 야당의 어떤 지도자를 만난 자리에서 국무총리의 국회에서의 오만무례함에 대한 대응이 고작 그 정도냐고 말했더니 그의 대답은 영 동문서답이었다.

"무슨 말 하는 거요? 그것 때문에 이번 보궐선거에서 우리가 싹쓸이 했는데."

지방자치 선거를 이제 불과 서너 달 앞두고 구성되는 『노무해유 독오 노해민』 팀에 대해서 집권당의 벙어리 냉가슴과는 대조적으로 야당에서는 오히려 내심 잘 됐다고 생각하고 있을런지도 모를 일이다.

결국 우리나라 정치는 해가 바뀌고 세기가 바뀌어도 변함없는 패거리 정치의 틀에서 못 벗어나고 있음을 단적으로 보여주고 있는 것이다.

이 글을 쓰고 있는 순간에 이름도 얼굴도 모르는 어떤 사람의 한 맺힌 가사(歌辭) 한 편이 내 e-mail에 들어와 있다. 이런 것은 어느 시대 어느 정권에서나 있는 것이라 치부하고 도외시 해버리면 그뿐일는지 모른다. 그러나 정치인들은 이런 소리가 천심임을 알아차릴 것으로 여겨 그 일부만 소개한다.

"~~물건 한번 잘못사도, 당장환불 가능한데/ 한번뽑은 대통령은, 어찌든게 난공불락/ 사상최대 구직난에, 넘쳐나는 실업자라/ 신용불량 홍수속에, 가계부도 줄을잇고/ 빚더미에 투신자살, 남의얘기 아니구나/ 경제상황 최악인데, 코드인사 웬말이냐/ 좌향좌의 목표향해, 코드맞춰 등용하니/ 숨죽이던 좌익세력, 오랜한을 풀었구나/ 이것또한 조중동탓, 탓할데가 많아좋다/ 남는 것은 시간이요, 모자란건 생활비라/ 줄어든건 웃음이요, 늘어난건 한숨이라/ 뻗치는건 울분이요, 움추린건 두어깨라/ 채우는건 술잔이요 비우는건 마음이라/ 힘들어서 대통력직, 정말못해 먹겠다던/ 그말아직 유효한지, 다시한번 묻고 싶어/ 누굴위한 개혁이고, 무얼위한 개혁인가/ 나라경제 망가져도 내 뱃속이 우선이라/ 연봉칠천 노동귀족, 불법에다 월권행위/ 시민단체 녹봉이라, 사회기강 끝장일세/ 이쯤되면 끝난게임, 중남미가 따로 없다/ ~~"

경북신문 (2006. 01. 19)

우리가 민주주의 하고 있나요?

20세기의 전설적인 언론인이라는 찬사를 보내도 과히 틀린 말은 아닐 것으로 여겨지는 월터 리프만(Walter Lippmann)은 일찍이 도대체 인민의 실체는 무엇일까에 대해 심각하게 논의한 적이 있다. 링컨이 "인민에 의한 인민을 위한 인민의 정부"라는 명언을 남기기 훨씬 전에 이미 미국 헌법은 그 전문에서 "우리 합중국 인민은~~~ 이 헌법을 제정한다."라고 했는데 이때 그 인민이란 존재는 누구인가를 묻고 있었던 것이다.

그러면서 그는 1787년 9월 17일의 헌법 초안에 서명한 사람은 고작 40명이고 이 초안을 비준해 주기 위한 대표자를 뽑는데 참여한 사람은 9개주 모두를 합해 16만 명 정도인데 이 중에서도 헌법안을 찬성한 사람은 10만 명에도 이르지 못 하였다고 한다. 당시에 투표 자격이 있는 성년 남자의 수가 50만 명이었던 데에 비해서도 터무니없는 소수의 참여밖에는 없었다고 말하고 있다. 민주주의가 채택할 수밖에 없는 불가피한 의제(擬制)이기는 하지만 또 한편으로는 극복해야할 과제가 아닌가 하는 의미에서 문제를 제기한 것으로 보인다.

한나라당이 세종시 문제로 의총을 열어 몇날 며칠을 토론을 해도 신통한 답이 나오지 않았던지 이제는 또 각 계파별 중진회의를 열어 해답을 모색한다는 소식을 듣고 리프만의 우려를 다시 한 번 제기해 본다.

여야 간에 의견대립으로 국회 의결이 어려울 것 같다 싶으면 외부

인사들에게 그 심의를 맡기고 공직 후보 공천이나 당내에서 의견합치를 보지 못하는 안건은 중진회의를 새롭게 구성하여 문제를 풀어 나가려고 하는 행태가 어쩐지 의회 민주주의라고 하는 대의 체제의 기본 취지와는 사뭇 어긋나 있는 것이 아닌가 해서다. 본말이 전도되어도 이만 저만이 아니라는 생각이다.

국회나 당의 대의기구는 장식물로서만 존재하고 공식기구 밖에서의 논의가 오히려 본령처럼 되어 있으니 말이다. 어제 오늘의 일이라고 무심히 보아 넘길 일만은 아니라고 여겨진다. 문제를 해결해 나가는 방법으로서야 어떤 방식을 취하든 나쁘다고만 불평할 일은 아닐는지도 모른다. 그러나 그런 예가 잦다 보면 문제를 해결하기 위해 존재하는 공식기구는 유명무실해 질 수밖에 없을 것이다.

기존의 당내 의결기구를 무시하고, 기존의 국회 내 회의체를 무시하고, 기존의 정부 의결기구를 무시하고, 기존의 연구기구를 무시하고, 기관장의 자의적(恣意的)인 중진회의 체제를 선호하다보면 아무리 조직에 있어 〈과두화(寡頭化)의 철칙〉(Iron Law of Oligarchy)이 불가피하다 하더라도 조지 오웰이 말하는 빅브라더(big brother)와 같은 존재가 생겨나지 말라는 법도 없다 할 것이다.

과거 우리의 정치사에서 대통령 후보를 선출하거나 정당 간의 합당을 모색하거나 중요한 정치적 이슈를 해결하는 방식으로 영수 회담이나 중진 회담을 활용하여 많은 성과를 본 것도 사실이다. 그러나 그것이 과연 우리의 정치 발전을 위해 얼마나 기여했느냐에 대해서는 필자는 전적으로 동의하기가 쉽지 않다고 본다. 과거 운영했던 중진회의는 언제나 계파 간의 안배(按配)가 주목적이었기 때문이다.

대의원 숫자에서부터 직책의 배분에 이르기까지 당의 공식 의결기구와는 상관없이 중진회의라는 이름하에 계파별로 나눠 먹기식 운영이 되었던 것이다. 그런 관례가 공직자 후보 공천에까지도 영향을 미쳐 결국 공천 심사위원을 어떤 비율로 안배하느냐 하는 문제에까지 중진회의가 활용되었다.

　세종시 문제만 해도 그렇다. 한나라당에도 숱한 당내 의결기구가 있을 것이다. 그런데도 굳이 또 중진회의를 두는 이유는 무엇일까? 계파의 대립을 완화시키고 타협안을 도출하기 위한 고육지책(苦肉之策)으로 불가피하다고 말할 수 있을는지도 모른다. 그렇게 될 수만 있다면 얼마나 좋을까? 그러나 의원 총회를 통해 어떤 공통분모도 도출하지 못한 것을 중진회의에서는 과연 가능할까? 만약에 당내 계파를 현실화하고 고착화시켜 세력 배분에만 더욱 열을 올리고 아무런 결론을 내지 못한다면 그 때 날아오는 국민의 돌팔매질은 무엇으로 감당할 것인가? 심히 걱정이 아닐 수 없다.

　좀 더 당당하고 좀 더 민주적으로 정치를 운영할 필요가 있다. 일이 순조롭게 진행되지 않을 때에는 공식기구를 충분히 활용하고 그것도 여의치 않으면 표결에 부쳐 그 결과에 승복해 나가는 정치적 전통을 쌓아가야 한다. 세종시 문제도 당내에서 의견 통일을 볼 수 없다면 국회에서 자유 투표를 통해 결정하는 것이 옳다고 본다. 그것이 민주주의의 정도(正道)다.

대전일보 (2010. 03. 09)

국민은 지도자를 만들고
지도자는 국민을 만든다

서울 광화문 네거리에 있는 교보문고 빌딩을 지나다 보면 언제나 지나는 사람의 가슴에 울림을 주는 시구나 경구가 걸려 있다. 특히 "사람은 책을 만들고 책은 사람을 만든다."는 경구는 하루도 빠짐없이 교보문고 빌딩을 빛내주면서 우리의 옷깃을 여미도록 채찍질 하고 있다. 지금까지 왜 이런 평범한 진리도 깨닫지 못하고 지나쳤나 싶기도 하다.

이제 주요 정당들이 연말에 있을 대통령 선거를 앞두고 대통령 후보들을 뽑아 선거전에 돌입할 시간이 다가오자 생각나는 문구가 바로 그 문구였다. "국민은 지도자를 만들고 지도자는 국민을 만든다."는 생각이 들어서다.

국민들은 선거를 통해 대통령을 뽑는다. 그러나 선거로 대통령이 당선되었다고 하여 곧 지도자가 되는 것은 아니다. 국민들이 그를 지도자로 만들어야 지도자가 되는 것이다. "그 놈의 대통령 못해 먹겠다."고 푸념만하고 있는 대통령이라면 그는 대통령이라는 지위에 앉아 있는 사람일뿐 지도자가 되었다고 말할 수는 없음이기 때문이다. 대장장이가 풀무질로 벌겋게 달군 쇳덩어리를 망치로 쳐서 연장을 만들 듯이 국민들은 대통령을 끊임없이 담금질하여 지도자로 만드는 것이다. 이렇게 만들어진 지도자는 절제된 지도력으로 나라의 운명을 스스로 개척해 가는 국민을 만들어 간다. 이것이 바로 민주주의 정치 체제가 갖는 강점이다.

1차 대전 당시 처칠은 해군 대신이었다. 그는 그 전부터 이미 전쟁을 예고했으나 동료들은 아무도 그를 믿지 않았다. 해군 대신으로 있으면서 육군에서나 쓰일 장갑차와 탱크를 만들었다. 대전이 일어났을 때 준비된 군대는 해군밖에는 없었다. 훗날 2차 대전이 일어나 수상이 된 그가 전쟁 준비가 전혀 안 된 영국 국민들에게 할 수 있었던 것은 "피와 땀과 눈물"을 요구하는 길밖에는 없었다. 영국 본토에서 독일의 끝없는 대규모 공습에 국민들이 살아남을 수 있었던 원동력이 된 것이다. 그리고 영국을 전승국으로 만든 장본인이 되었다. 명실 공히 지도자였던 것이다.

그러나 그라고 하여 정치적 비난을 받은 적이 없었던 것도 아니었다. 터무니없는 전쟁 준비에 전쟁광이라는 비난도 받았고 다르다넬스 해협작전이 비극적 실패로 끝나자 해군 대신에서 밀려나 육군 소령으로의 참전도 감수해야만 했다. 보수당에서 자유당으로 무소속으로 다시 보수당으로 당적을 옮기면서는 배신자라는 손가락질도 받았다. 그러나 그는 한 번도 이에 대해 변명하거나 비난하는 동료에 대해 불만을 토로한 적이 없었다. 모든 것을 감수하였다. 지도자는 이렇게 커가는 것이다.

국민들의 비판과 담금질에 짜증이나 내면서 대못질로 귀를 막으려 한다면 결코 대통령은 지도자가 될 수 없다. 이제 우리에게도 대통령 후보들의 윤곽이 서서히 잡혀 가고 있다. 국민 누구의 마음에도 흡족한 지도자 감이 없는지도 모른다. 그들 모두는 처칠이 그랬던 것처럼 한두 개의 약점이나 비난 받을 거리들을 가지고 있기 때문이다.

이명박 후보는 재산 문제로 정동영 후보는 자신의 숙부로부터 고발당한 사건과 노인 폄훼 발언으로 이인제 후보는 잦은 당적 변경으로 국민적 오해와 불신을 받기 알맞게 되어 있다.

그러나 국민이 대통령을 뽑는 행위는 목수가 재목감을 고르는 것과 같다. 훌륭한 목수는 재목을 고를 때에 비록 약간의 흠집이 있다고 하여 나무 전체를 버리는 법은 없다. 누구도 약점이 없는 사람은 없다. 능력만 출중하다면 그 어떤 것도 고려하지 않을 수 있는 안목이 필요하다고 할 것이다. 중국 고사(故事)에 이런 얘기가 있다. 집집마다 달걀2개씩을 바치게 하여 혼자 먹어 치운 전력(前歷) 때문에 나라의 가장 유능한 장수를 왕이 중용하지 않으려 하자 공자의 손자인 자사(子思)가 이렇게 말했다.

"이 난세에 겨우 계란 2개 때문에 가장 유능한 장수를 버리려 하십니까?"

조조는 이런 포고를 한바 있다던가!

"유능한 장수 구함. 과거의 어떤 잘못도 묻지 않을 것임."

우리도 이런 광고를 하면 어떨까?

"잃어버린 10년을 되찾아올 유능한 지도자를 찾습니다."

대전일보 (2007. 10. 23)

공주는 잠 못 이루고

"어두운 밤에 무지갯빛으로 날아가는 환상이며 모든 인류가 구하는 환영이다. 그것은 밤마다 다시 태어나지만 아침이면 죽는다."

이는 "누구도 나를 정복할 수는 없을 것"이라면서 공주 투란도트가 내놓은 첫 번째 수수께끼다. "수수께끼는 셋, 목숨은 하나"라고 외친 공주의 말처럼 세 가지 수수께끼 중에서 하나라도 맞히지 못하면 공주를 차지하려는 그는 누가 되었건 죽어야 한다. 요행히도 이번에 찾아온 사나이는 그 수수께끼의 답은 "희망"이라고 답한다.

의외로 첫 번째 문제를 무난하게 푸는 것을 본 공주는 긴장된 몸짓으로 두 번째 수수께끼를 제시한다. "불꽃을 닮았지만 불꽃은 아니다. 생명을 잃으면 차가워지고 정복을 꿈꾸면 타 오른다. 빛깔은 석양과 같이 붉고 소리도 들린다." 이번에도 사나이는 그것은 바로 "피"라고 하면서 정답을 맞힌다.

놀란 투란도트는 이번에는 진짜 아무도 맞히지 못할 것이라는 듯이 세 번째 문제를 제시한다. "너에게 주는 얼음은 불꽃이요 그 불꽃이 나에게는 차갑다. 자유를 바라면 노예가 되고 노예가 되길 원한다면 왕이 될 것이다." 이 장면을 바라보고 있는 군중들은 숨이 멎을 것 같은 긴장감으로 사나이의 대답을 기다린다. 사나이는 그제서야 미소를 머금으면서 대답한다. "자 승리는 나의 것. 내 불꽃은 얼음을 녹인다. 정답은 그대 투란도트!"

어디서 온 사나이인지도 모르는 사나이가 수수께끼 3개를 모두 맞히

자 공주 투란도트는 절대로 저런 사나이에게는 시집을 갈 수 없다고 앙탈을 부린다. 그러자 이제는 사나이가 반대로 공주에게 문제를 제시한다. 내일 아침까지 자신의 이름을 알아맞히면 자신의 목을 내 놓겠지만 그렇지 않으면 공주는 자신의 아내가 되어야 한다고 말이다. 이제는 공주가 그 사나이의 이름을 밤을 새워서라도 알아 내야할 차례가 되었다.

공주는 그날 밤 아무 누구도 잠을 자서는 안 된다는 엄명을 베이징 시내 전역에 내렸다. 이때 사나이가 부르는 아리아가 바로 그 유명한 "공주는 잠 못 이루고(nessun dorma)"다. 푸치니의 오페라 투란도트 제3막에 나오는 장면이다. 원래의 뜻은 "아무 누구도 잠을 자지 말라."이지만 우리나라에서는 이 노래를 위와 같이 번역하였다. 필자는 원래의 뜻보다 이 번역이 훨씬 더 좋다는 생각이 든다. "공주도 잠 못 이루고 뜬 눈으로 지새는 이 밤! 아무도 잠자지 말라! 밤이여 사라져라 ! 동이 트면 당신은 내 것이 될 것이다"라는 내용이다.

문득 "공주는 잠 못 이루고"라는 아리아가 생각 난 것은 지금 이 순간 박근혜 전 한나라당 대표도 잠 못 이루는 밤의 아리아를 부르고 있을는지 모른다는 생각에서다.

얼마 전 4.27보선이 끝나자 한나라당은 초상집이 되었다. 국민들로부터 외면을 당했으니 그럴 수밖에 없을 것이었다. 당의 모든 간부들이 물러나고 비상 대책위원회라는 것을 만들어 나아갈 길을 모색하는 듯하지만 뾰족한 수가 있는 것도 아니다. 달팽이의 더듬이를 가지고 촘촘히 더듬어 보았자 눈앞에 닿는 것은 계파의 이해관계 밖에는 없다. 물러나는 사람마다 대통령을 원망하는 소리만 푸념처럼 늘어놓았을 뿐 아무 누구도 당의 진로에 대해 뼈있는 한마디 하는 사람이 없다.

한나라당의 몰골이 파도에 표류하는 빈 배와 같은 형상이 되었다. 만나는 사람마다 머릿속으로는 박 전 대표를 구원 투수쯤으로 생각하고 있는 것 같다. 그가 전면에 나서서 기진맥진해 있는 한나라당을 이

끌어 주기를 바라고 있는 것이 아닌가 한다.

그러나 오페라에서 투란도트가 칼라프의 이름을 알지 못해 뜬 눈으로 밤을 지새우듯이 박근혜 전 대표 역시 자신이 지금 당장 당의 전면에 나서는 것이 잘하는 일인지 아닌지를 알지 못해 뜬 눈으로 밤을 새울 수밖에 없는 형편에 있다. 그러나 박 전 대표는 이제 막 소개한 오페라속의 공주로부터 그 해답을 찾아보면 어떨까 싶다.

투란도트는 분명히 '수수께끼는 셋, 목숨은 하나'라고 외쳤다. 박 전 대표에게도 마찬가지라 여겨진다. "수수께끼는 셋, 기회는 한번"이라고 말이다. 공주가 내놓은 세 개의 수수께끼는 바로 지금 박 전 대표에게 적용되어야 할 과제가 아닌가 싶다.

첫 번째의 수수께끼는 희망이었다. 국민들은 지금 새로운 희망에 목말라 하고 있다. 누군가는 지금 국민들에게 희망이 되어야 하고 누군가는 지금 국민들에게 꿈을 심어 주어야 한다. 박 전 대표는 기회 있을 때마다 자신의 꿈을 말해 왔다. '국민이 행복한 대한민국을 만들어 가고자 하는 것이 평소 자신이 품고 있는 꿈'이라고 말이다.

이 말은 자신이 곧 국민들의 희망이 되어 국민들에게 꿈을 심어주고 싶다는 뜻이 아니겠는가? 그렇다면 그가 지금 해야 할 일이 무엇이겠는가? 자신이 국민의 희망이고자 한다는 각오가 먼저 경험적으로 보여야 하는 것이 아닌가 싶다. 자신이 왜 이 시대의 새로운 희망이어야 하고 어떤 꿈을 국민들이 꾸도록 하겠다는 각오가 실천적으로 가시화(可視化) 되어야 할 것이라는 얘기다.

달리 말하면 국민의 희망인 사람이 되기 위해서는 자신의 리더십이 어떤 것이라는 것을 탑을 쌓듯이 쌓아 가야 한다는 말이다. 국민의 희망은 지도자의 리더십에서 찾기 마련이기 때문이다. 밤잠도 자지 못한 채 침묵 속에서 영근 꿈을 지금부터 과감하게 무지개처럼 펼쳐야 하지 않을까 한다. 시간은 그리 많지 않고 기회도 그리 여러 번 올 것 같지가 않다.

투란도트 공주가 내놓은 두 번째 수수께끼는 "피"였다. 피란 무엇인가? 공주는 말했다. '생명을 잃으면 차가워지고 정복을 꿈꾸면 뜨거워진다.'고 했다. 한마디로 그것은 열정이다. 국민들이 지도자에게 바라는 것은 바로 그 피가 끓어오르는 열정을 보여 달라는 것이다. 국민의 에너지는 지도자의 뜨거운 피를 연료로 하여 타오르게 마련이다. 과거 새마을 운동이 그 좋은 사례라 할 것이다.

냉정함으로 적을 제압하고 뜨거움으로 우방(友邦)을 끌어안을 수 있는 그런 지도자! 질서에는 얼음장 같고 자유에는 햇볕보다도 더 뜨거운 지도자! 가난은 눈물로 치유해 주고 봉사에는 훈장으로 격려해 주는 지도자! 박 전 대표에게 국민들이 바라는 것도 바로 그런 지도자 상이 아닌가 싶다. '기회를 잃으면 차가워지고 봉사자의 길로 나서면 뜨거워지는 것'도 바로 "피"가 아니겠는가?

공주의 마지막 수수께끼는 자기 자신을 말하는 것이었다. 공주는 말했다. "자유를 바라면 노예가 되고 노예가 되기를 원한다면 왕이 될 것이다." 지금의 박 전 대표야 말로 바로 그러한 기로에 서 있는 형국이라 할 것이다. 자유를 택할 것인가 아니면 노예를 택할 것인가? 투란도트가 그 낯선 사나이에게 요구한 것은 바로 자신의 노예가 되기를 원한 것이 아니었던가? 여기서 노예란 무엇인가? 공복(public servant) 즉 심부름꾼을 말하는 것이다. 나라의 가장 큰 심부름꾼은 누구이겠는가? 당연히 대통령이다. 대통령이 되고 싶다면 먼저 심부름꾼임을 증명하라는 얘기다.

투란도트는 마지막으로 그 낯선 사나이가 자신은 타타르의 왕자 칼라프라고 알려주었음에도 불구하고 그의 입을 막으면서 "당신의 이름은 사랑"이라고 하면서 타타르의 왕자의 가슴에 안긴다. 이 장면을 박 전 대표에게 패러디(parody) 해 보면 어떨까! "당신의 이름은 사랑"이라고 하면서 국민의 마음속으로 파고드는 장면 말이다.

자유와 같은 영광을 원한다면 실패할 것이요 실패를 무릅쓰고 노예

되기를 서슴지 않는다면 영광의 월계관을 쓰게 될 것이라는 투란도트 공주의 지혜가 바로 오늘의 박 전 대표의 지혜이기를 기대해 본다.

"수수께끼는 셋, 기회는 한번!"

무엇이 두려운가?

문학저널 (2011. 6월호)

무속 신앙과 한국 정치

샤머니즘(shamanism)이라 일컬어지는 무속 신앙은 뿌리 깊은 우리 문화의 원류다. 고대의 신화시대부터 내려오는 것이어서 그 끝이 어디인가를 알 수 없을 만큼 넓고 깊게 우리의 문화에 배어 있다. 대학 입시 철만 되면 엿과 떡이 많이 팔리는 것이나, 돌부처의 코는 어느 결에 모두 뜯기어 나간 자국으로 상(傷)해 있는 것이나, 남근석(男根石)을 귀히 여기는 것이나 모두가 우리의 무속 신앙에 그 뿌리가 있다. 정치라고 하여 예외일까? 아니다. 선거철만 되면 역술인의 집 앞이 문전성시를 이룬다는 보도를 심심치 않게 볼 수 있는 것을 보면 정치 또한 무속신앙을 멀리 하고 있지 않다고 보여 진다.

김대중 전 대통령은 조상의 묘를 이장하고 나서 선거를 치룬 결과 비로소 당선될 수 있었다는 얘기를 들은 지도 꽤나 오래 되었다. 근래에는 노무현 전 대통령도 무슨 부적인가를 수십 군데에 이르는 땅에 묻어 당선되었다는 얘기가 나돌고 있다. 그런 얘기를 듣고 있으려니 국민의 한 사람으로 여간 부끄럽지가 않다. 우리 문화의 뿌리인 무속 신앙을 아무리 깊이 이해하고 있다손 치더라도 일국의 지도자가 되겠다는 사람이 겨우 역술인이 하라는 대로 주술적인 짓이나 하면서 나라의 경영을 책임지려 하였다니 그것은 도무지 창피스러운 일이 아닐 수 없다고 여겨졌기 때문이다.

무속 신앙이 갖는 역사성과 정신적인 가치를 어느 정도 이해한다는 것과 역술인의 권고에 따라 주술적 행위를 하는 것과는 본질이 다르다.

우리 몸속에는 알게 모르게 무속 신앙의 영향으로 축적되어 있는 요소들로 인해 무속적인 행동을 자신도 모르게 하는 경우가 너무나 많다.

사람들은 지도자가 어딘지 모르게 믿음이 갈 정도의 카리스마가 있을 때에 비로소 그의 지도력에 쉽게 승복한다. 또 어느 누구 할 것 없이 대통령은 하늘이 내는 것으로 인식하고 있다. 이러한 현상이 바로 우리 몸속에 축적된 무속 신앙의 영향이라 할 것이다. 이것은 자연스러운 일이다. 똑같은 노래라 하더라도 신바람 날 때와 그렇지 않을 때가 같지 않은 것을 일상적 경험으로 가지고 있는 우리에게는 신바람과 신명나는 일이 얼마나 소중한가를 알고 있다. 신바람이나 신명남이라는 표현의 원류도 따지고 보면 무속 신앙에서 나왔다. 그렇다고 하여 이 표현을 우리의 일상 언어에서 지워버리자고 한다면 그것은 대단히 어리석은 얘기가 된다. 지워버리려야 지워버릴 수 없는 우리 고유의 것이기 때문이다. 그러나 부적을 사서 몸에 지니고 다니거나 땅에 묻거나 하는 주술(呪術)행위는 그것으로 얻어질 수 있는 것이라고는 자기만족 이외에는 아무 것도 없을뿐더러 교육적으로도 해독만 끼칠 것이라 여겨진다.

전문가들의 설명에 의하면 무속이라 할 때의 무(巫)라는 글자는 "춤을 추면서 하늘과 땅을 연결하는 일을 맡은 사람"으로 해석된다. 공(工)자의 위 획은 하늘이고 아래 획은 땅이고 丨은 하늘과 땅을 연결한다는 뜻이고 그 양옆에 있는 인(人)자 두 개가 있는 것은 춤추는 사람을 의미한다. 왕(王)이라는 글자도 역시 하늘과 땅과 사람(王자의 가운데 가로획)을 하나의 법(王 자의 세로 획 丨)으로 연결하는 존재로서 이해된다. 이런 연유로 고대 제정일치(祭政一致)사회에서는 무당이 곧 왕이고 왕이 곧 무당일 수밖에 없는 현상이었다는 것을 이해하게 된다. 그리고 무당 즉 왕이 "하늘과 땅 그리고 인간의 조화를 통한" 지상 천국을 실현해 낼 수 있다는 정치적 이상을 지니고 있었던 것이다. 이러한 이상 때문에 현실 세계에 대한 희망은 있어도 영혼 세계에 대한 두려움은 없었다.

　이러한 해석을 토대로 추론해 보면 한국 샤머니즘이 지향하는 정치 이상은 "하늘과 땅 그리고 인간의 조화를 통한" 지상 천국의 실현을 목적으로 하고 있고 이를 "주도하는 존재는 바로 인간이라는 인본주의(人本主義)를 그 근본으로 삼고 있을 뿐만 아니라 무속에서는 어떤 잡신도 모두 포용하고 조화를 이루려는 평화 정신을 가지고 있어 "현대국가의 이상인 민주국가의 건설과 상통"한다는 것이다.

　무속에서 벌리는 〈굿〉이라는 것도 그 내면 세계의 중심에는 "초자연적인 존재로부터 오는 총체적인 인간의 완성 즉 구원"으로 귀착된다고 한다. 필자의 생각으로는 이러한 구원사상이 해원(解冤) 사상까지를 배태(胚胎)하면서 제정일치 시대를 지나 정교(政教) 분리시대에 이르러서는 개벽사상이나 미륵사상을 낳고 때로는 극적인 저항 정신의 한 중심 사상으로서의 역할도 했던 것인 아닌가 생각하고 있다. 굶주리고 억눌리고 펼 길 없는 뜻을 펴고 살도록 물고를 트는 왕의 선정(善政)을 기대하면서 말이다. 이때부터 왕은 바로 민중의 이 구원사상을 어떻게 현실적으로 실현시켜줄 것인가를 고민해야 하는 자리가 된 셈이다. 그리하여 왕은 등극과 더불어 시조묘(始祖廟)에 배알하는 것을 무엇보다도 앞서서 행해야 할 과업으로 삼았고 첫 번째의 선행(善行)으로는 감옥에 있는 모든 죄수들을 풀어 주는 것에서 찾았던 것이다. 오늘의 우리 역대 대통령들도 과거 왕들이 행하던 것과 똑같이 당선과 더불어 국립묘지를 참배하고 사면(赦免)을 실시하는 것을 보아 왔다. 그러나 과거 왕들에 비추어 얼마나 그 의미가 장엄한 것인가를 알기나 하고 시행하였는지는 자못 궁금하지 않을 수가 없다.

　대통령에 당선되기 위해 조상의 묘를 이장하거나 부적이나 사서 땅에 묻는 사고(思考)로서 백날 국립묘지에 간다한들 무슨 의미가 있겠는가?

월간 헌정 (2008. 10월호)

구이지학口耳之學과 목독지학目讀之學

　문체(文體)가 그릇되었다고 하여 정조(正祖)로부터 호되게 야단을 맞았다는 연암(燕巖) 박지원(朴趾源)의 "열하일기"(민족문화추진회편)를 보면 연암이 심양의 어떤 골동품 가게에 들어가 그 집 주인을 비롯한 여러 사람들과 어울려 하룻밤을 새우면서 필담(筆談)으로 재미있게 놀던 얘기가 나온다.

　술상이 차려지고 술잔이 한 순배 돌고 난 뒤에 연암이 앞에 앉아 있는 아주 잘 생긴 청년과 필담을 하려고 하자 옆에 있는 사람이 말린다. 그는 구이지학(口耳之學)일 뿐이라고 귓속말을 해주는 것이었다. 입으로는 시조건 창(唱)이건을 막론하고 다 부를 수 있겠으나 눈으로는 수(水)자와 빙(氷)자도 구분하지 못한다는 얘기다. 다시 말하면 들은 풍월(風月)일 뿐 정식으로 글을 배운 적이 없으니 아무리 글을 써 주어도 까막눈일 뿐이라는 것이다.

　그러나 연암을 보다보면 구이지학만 있는 것이 아니라 목독지학(目讀之學)도 있다 싶다. 연암이 어느 전당포에 들어가자 그가 조선의 큰 선비인 것을 알아보고 주인이 지필묵을 꺼내 문 위에 붙일 좋은 액자(額字)를 써 달라고 부탁을 하였다. 연암은 그 즉시 어느 가겟집 문설주에 써 붙여진 글이 필체도 좋고 내용도 산뜻하였다는 생각이 들어 그 체에 따라 글씨를 써 주었다. "기상새설(欺霜賽雪)"이라고 말이다. 그러나 지필묵을 가져 올 때만 해도 그렇게나 기뻐하던 주인이 별안간에 머리를 가로 저으면서 언짢아하는 기색이 역력하였다.

이때까지도 연암은 '기상새설'이 자기들의 "심지가 밝고 깨끗함이 서릿발이나 흰 눈보다 더하다."는 뜻쯤으로만 이해하고 있었던 듯하다. 그러나 어느 장신구 판매점에서 연암 스스로가 "기상새설"이라는 글씨를 써 주자 그 주인이 "우리 집은 국수집이 아닙니다."하는 소리를 듣고서야 비로소 중국에서는 국수집을 기상새설이라고 한다는 사실을 알게 되었다. "국수 가락이 서릿발처럼 가늘고 눈보다 희다."는 것을 자랑하기 위해서 일부러 그렇게 썼겠구나 하고 추측하기에 이르렀다는 얘기다.

이를 보면서 필자는 이것 또한 구이지학과 대칭되는 목독지학(目讀之學)의 결과가 아닌가 하는 생각이 들었다. 귀로 듣거나 입으로 말하지는 못하면서도 과거 우리네 영어 교육처럼 눈으로만 읽도록 배웠다는 뜻으로 써 본 것이다. 눈으로만 우리글을 익힌 외국 사람이 보신탕집을 보고 어찌 개장국집이라고 이해할 수 있을 것이며 당대의 중국 사람이 아니고서야 누가 감히 기상새설이 국수집을 일컫는다고 상상이나 할 수 있었을까 말이다.

구비문학(口碑文學)이라는 것도 있는 것을 보면 문자 그대로의 구이지학이나 목독지학으로 밖에는 익힐 수 없는 가장 많은 분야가 어쩌면 전통 문화 예술 분야가 아닌가 싶기도 하다. 실물은 보지 못한 채 문헌상으로만 나타나는 형상물, 실기는 아무도 해본 적 없이 구전(口傳)으로만 내려오는 전통 공예술, 악보 하나 없이 구전으로만 내려오는 민요나 농요(農謠)같은 것이 그 대상이 될 것으로 여겨진다. 인간문화재가 있어야 하는 이유가 여기에 있고 가짜 그림과 각종 가짜 공예품이 난무하는 이유도 여기에 연유한다 하겠다.

다시 연암의 경우를 보면 연암이 감탄해 마지않으면서 탐을 내던 골동품이 실제는 모두 가짜라고 하면서 골동품 가게 주인이 연암에게 들려주는 얘기는 참으로 기기묘묘하다. 구덩이에 두어 동이의 소금물을 들어붓고 그 물기가 마른 후에 필요한 그릇을 묻는다. 그러고 나서 몇 년 후에 꺼내보면 자못 옛 맛이 난다고 한다. 이런 정도의 수법은 가장 간단한 수법이라고 알려 주면서 그 가게 주인은 연암에게 앞으로는 절대로 속지 않기를 바란다는 부탁 말을 하는 것이었다.

TV방송의 진품 명품 프로에 단골로 나와 도자기 감정을 해주고 있는 이상문(李相文) 씨에 의하면 금속 유물의 감정이 가장 어렵다고 한다. 금속의 경우에는 녹이 없을 수 없는데 그 녹이 인공인지 아닌지를 가려내기가 여간 힘들지 않기 때문이라는 것이다. 때로는 위험을 무릅쓰고 혀를 대보고서야 겨우 알아 낼 때도 있다고 한다. 오래된 녹은 혀끝이 녹에 달라붙는데 반해서 최근에 생긴 녹은 혀에 달라붙지도 않으면서 혀끝을 아리게 만든다는 것이다. 화공 약품을 썼다는 얘기다.

그러나 이런 얘기를 듣는 우리들은 귀로 들어 알 듯도 하고 책으로 읽어 이해할 듯도 하지만 실제는 알 수 있는 일이 아니라 여겨진다. 그것은 오랜 경험과 학습을 통해 몸에 익혀져야하기 때문이다.

이중섭의 "싸우는 소"나 박수근의 "빨래터" 그림을 놓고 위작(僞作)이냐 아니냐로 한동안 시끄러운 논쟁이 벌어진 적이 있는 것을 보면 더욱 그러하다. 더더구나 작가 자신은 자기 그림이 아니라고 주장하는데 그것을 소장하고 있는 국립 현대미술관에서는 작가의 그림이 맞다고 주장하는 웃지 못 할 사례도 우리는 기억하고 있다. 천경자(千鏡子) 씨의 "미인도"에 얽힌 얘기다. 이럴 때야 말로 어느 전문가가 나서서 감히 진품이냐 아니냐를 판가름 할 수 있을까 싶다. 그런데도 국립 미술관은 그 작품을 작가의 것이라고 끝까지 주장하였다.

어느 해인가 일본에서 제일가는 고고학자라는 사람이 자신이 소장하고 있는 유물을 남몰래 땅에 묻어 두고 있다가 새롭게 발굴하는 형식을 빌려 일본 역사를 왜곡시키려다 발각되는 사태가 벌어진 적이 있다. 한두 번도 아닌 10여 차례에 걸쳐 그 같은 음모를 저질렀는데도 그때까지 이를 눈치 챈 사람은 아무도 없었다. 한번 사기를 칠적마다 일본의 고대사는 한국 고대사를 너머 끝도 없이 아득한 하늘 꼭대기로 치솟았던 것이다. 그만큼 전통 문화 예술 부문의 작품들은 남을 속이기가 쉽다는 얘기다.

전 국새 제작단장이라는 사람이 국새 제조의 원천 기술도 모르면서 자신이 마치 다 알고 있는 것처럼 행세한 것이 들통이 났다는 얘기를 듣고 생각난 얘기들이다. '구이지학'이나 '목독지학'으로 밖에는 연마할 수 없는 고미술 분야에서는 흔히 있는 일임에 틀림없다.

그 제작단장이라는 사람이나 그에게 국새 제작을 맡긴 정부 사람의 경우에도 구이지학의 사람이기는 마찬가지다. 어디서 무슨 얘기를 듣기는 들었는데 실제로는 아무 것도 모른 상태에서 정부에서는 단장에게 일을 맡겼고 또 그 단장 역시 실제는 아무 것도 모른 채 일을 했으니 말이다. 입으로 아는 체를 했으나 그 아는 것이 귀동냥뿐이니 언제인가는 들통 날 수밖에 없지 않았겠나 싶다.

정부에서는 그 제작단장이 옛날 옥새(玉璽)와 관련된 서책을 몇 권 내놓자 그만 그 술수에 넘어간 모양이다. 목독지학(目讀之學)만 한 탓이 아니겠나 싶다. 내용은 이해하지 못한 채 눈으로만 글자를 보았을 뿐이지 않았을까 하는 생각이다.

결과적으로 2007년 "민족의 자긍심을 높이고 문화유산으로 영구히 남기기 위해" 만들었다던 대한민국 국새(國璽)가 민족의 자긍심은 고사하고 나라 망신을 시키는데 앞장섰다. 그 국새를 만든 장본인이 사기를 친데다가 정부는 청맹과니처럼 아무 것도 모르고 제조의 원천 기술 어쩌고 하는 말에 현혹되어 1200g의 금(金)만 떼이고 말았으니 말이다.

사기를 친 쪽이나 사기를 당한 쪽이나 구이지학과 목독지학에 대한 자책으로 한참 동안 시달려야 할 것 같다.

문학저널 (2010. 10월호)

지구의 법칙

막연하게나마 필자는 인간이라고 하는 존재도 지구적 존재이기 때문에 지구를 떠나 살 수가 없는 한계적 존재라는 생각을 갖게 되었다. 너무나도 당연한 얘기인 것을 왜 새삼스럽게 이런 얘기를 하고 있을까? 인간이 인간이기 위해서는 인간다워야 한다는 말은 누구나 하면서도 인간을 지구와 결부시켜 말하는 경우는 별로 들어 본 적이 없어서 하는 얘기다.

인간은 지구의 토양에서 생성된 존재이기에 지구에서 살아야 하고 지구에서 죽어야 한다. 그러자면 지구에 순응하면서 살지 않으면 안 되는 존재인데도 수많은 경전(經典) 중에서 지구에 대한 경전은 발견할 수가 없다. 지구에 순응해야 한다는 말부터 음미해보면 어떨까? 이 말은 지구가 허여(許與)하는 만큼만 살아야 한다는 의미다. 지구의 허여는 무엇으로 알 수 있는가? 지구상에 있는 모든 생명체의 수명을 보면 알 수 있다. 지구상에 있는 어떤 생명체도 영원불멸의 존재는 없다. 어떤 개체도 사멸한다. 다만 그 수명은 생명체마다 다르다. 왜 다른지를 우리는 알지 못 한다. 거북이는 몇 백 년을 살 수 있는데 왜 하루살이는 하루밖에는 못 사는가를 알 수 없다. 그것은 지구의 뜻에 달려 있을 뿐이라는 생각이다.

지구의 뜻이라고 말했지만 사실은 지구에게 무슨 뜻이 있겠는가? 그러나 지구에게도 뜻이 없다고 말할 수도 없다고 여겨진다. 모든 생명체가 지구적 존재인 것처럼 지구는 우주적 존재다. 그러하기 때문에 지구는 우주가 하는 일에 대해서는 저항 없이 순응할 수밖에 없을 것이다. 지구의 자전이나 공전은 우주적 활동이다. 우주에의 순응 활동이라는 얘기다. 지구가 우주의 뜻에 거슬려 어느 한 행동이라도 중지한다면 지구는 사멸하고 말 것이다. 마찬가지로 지구에 무슨 뜻이 있겠느냐와 관계없이 지구의 요구에 순응하지 않는 지구상의 존재는 사멸할 수밖에 없다. 인간도 예외가 아니라는 얘기다.

말하자면 인간이라는 존재도 모든 지구상의 생명체와 마찬가지로 일정한 수명을 갖게 된 것도 지구적 상황이라는 사실이다. 쉽게 말하면 지구가 허여하는 만큼 밖에는 살 수 없는 것이 지구상의 모든 생명체의 존재양식이 아닌가 하는 생각이다. 제 아무리 발전된 과학을 바탕으로 인간 수명을 늘리려한다고 하더라도 지구가 허용하는 범위를 넘을 수는 없다는 인식이다. 만약에 그렇지 않다면 지구의 보복으로 인간은 재앙을 입을 수밖에 없을 것이다. 이것이 지구의 법칙이라 여겨진다.

어떤 생명체도 지구가 허여하는 만큼만 살 수밖에 없다는 사실 속에는 그 개체수도 포함되고 행동양식도 예외일 수가 없다.

이 지구상에서 멸종되어가는 생명체들의 삶의 방식을 보면 인간 재해에 의해 멸종되었건 자연 재해에 의해 멸종되었건 더 이상 지구가 보호해 주지 않았다는 공통성이 있다고 하겠다. 지구상에 떨어진 운석에 의해 멸종된 동물도 있다고 하지만 그것은 우주적 현상일 뿐 지구 의지는 아니다. 멸종 대상의 생명체를 보호해 주고 싶은 대상이었다면 아마도 지구는 진화라는 방식을 통해 멸종을 미연에 방지시켜 주었을 것이다. 그런 의미에서 진화는 어쩌면 지구가 한 생명체를 보호해 주는 가장 자비로운 양식이 아닐까 싶다. 멸종이란 결국 진화를 멈춘 경우가 태반이라 여겨지기 때문이다.

대체적으로 모든 생명체가 죽을 때에는 질병의 경우를 제외하고는 굶어서 죽는다고 한다. 육식 동물은 사냥을 할 기운이 떨어지거나 음식을 씹을 수조차 없게 되었을 때에 죽는다. 인간의 경우에도 질병이 아닌 자연사의 경우에는 "곡기를 끊는다"는 말처럼 음식 섭취가 불가능한 상태에서 죽음을 맞이한다. 그것이 지구의 뜻에 순응하는 자세다.

그렇다면 질병은 무엇인가? 지구의 뜻에 대한 거역이라 해석해 본다. 과거 인류가 앓았던 질병의 역사를 자세히는 모르지만 전염성 질병이건 아니건 지구적으로 해석해 볼 수도 있다는 얘기다. 지구가 모든 생명체를 존재하게도 하고 그 수명을 주어 사멸하게도 한 것처럼 질병을 주어 모든 생명체의 개체수를 조절한다고 보아지기도 한다. 또 어떻게 보면 지구가 자신에게 가한 각 생명체의 가혹행위에 대해 보복하는 것이라고도 해석할 수 있을 것이다.

과거의 풍토병은 지구가 앓고 있는 질병이 인간이나 여타 생명체에 옮겨 붙은 것으로 보아지기도 하고 현대인이 앓고 있는 암이나 에이즈 같은 질병은 인간이 지구에 가한 가혹행위로 인해 생긴 질병이 아닌가 생각되기도 한다. 언제인가 남미 순방 중에 코스타리카인가 하는 나라에서 시간마다 화산이 폭발하는 장면을 본 적이 있다. 그 폭발하는 화산의 주변은 타원형으로 리조트가 형성되어 장관을 이루고 있었다. 그때 필자는 화산이 폭발하면서 내는 순간순간의 굉음소리가 마치 지구가 딸꾹질을 하는 것쯤으로 느껴지기도 하였다.

이런 맥락에서 지구는 우주 질서를 해치지 않는 범위 내에서 간헐적으로 가쁜 숨을 내쉬면서 딸꾹질도 하고 피곤하면 기지개도 키고 트림도 하고 뒤척이기도 하지 않나 싶기도 하다. 기후의 이상 변화와 태풍과 산불과 지진과 같은 것들이 모두 그런 현상의 일환이 아닌가 하는 생각을 해본다. 그런 의미에서 보면 인간이 지구의 기후를 변화시킬 수 있다는 발상은 사뭇 넌센스인 것처럼도 보인다. 어떻게 인간이 지구의 기후를 변화시킬 수 있단 말인가? 인간은 허리케인이나 태풍하나 일으킬 수도 없고 죽일 수도 없는 하찮은 존재다. 봄 여름을 거꾸로 배치할 수도 없고 비나 눈을 자유자재로 오게 하거나 못 오게 할 수도 없다.

그렇다면 인류가 일제히 기후 변화에 대해 대처하자고 하는 이유는 무엇일까? 거기에는 충분한 이유가 있다. 대기 중에 인간이 배출한 탄소의 함유량이 많아지고 있다는 사실을 인간들이 깨달았다는 얘기다.

이것은 또 무슨 소리인가? 대기 중에 탄소의 함유량이 지구가 허용하는 범위를 넘어선다면 기후까지 변화시키지는 못하더라도 지구 자체가 호흡곤란을 일으키게 되고 그것은 크나큰 재앙으로 인간에게 다가올 수 있기 때문이다. 바다는 어떤 오염 물질도 정화시킬 수 있는 능력을 가지고 있다. 그러나 그것도 정도의 문제다. 바다의 정화 능력을 무시할 정도로 많은 오염 물질이 바다로 유입된다면 바다는 바다로 존재할 수가 없다. 당장 몸살을 앓거나 화를 내면서 인간에게 어떤 보복으로 다가올는지 알 수 없는 일이다. 대기나 바다나 모두 하나같이 지구 그 자체다.

필자는 가끔 계란을 보면서 이거야말로 지구와 똑같이 생겼다고 느낄 때가 많다. 계란의 맨 바깥쪽인 단단한 껍질 부분이 곧 대기권이라 여겨진다. 대기는 껍질 안쪽의 얇은 막과 바깥의 두꺼운 껍질 사이에 존재하는 것으로 보인다. 그리고 그 안에 있는 흰자위가 지구 표면이고 노른자위는 지구의 핵이라고 상상해 본다. 결국 모든 병아리는 계란 속의 흰자위를 영양으로 하여 태어나는 것처럼 모든 생명체는 지구의 지표상(地表上)의 존재로서 지표에 있는 것을 양식으로 삼아 생존을 유지한다.

그런데 인간만은 지표뿐만 아니라 지구의 내장까지를 파먹으면서 이를 소화시키는 과정에서는 탄소까지 배출하여 공기까지 오염시키고 있으니 지구인들 가만히 있겠는가? 눈이 따갑고 상처 난 곳에서는 병균이 득실거린다. 지구가 더 이상 허용할 수 없는 지경에까지 온 것이 아닌가 여겨진다.

지구가 허용하지 않으면 인간은 어떤 것도 할 수가 없다. 공기로 숨을 쉴 수도 없고 물을 마실 수도 없다. 지구는 철저한 보복을 삶의 원칙으로 삼고 있다. 지구인들이 모여 기후 변화에 대한 대책회의를 하는 것을 보면서 지구의 법칙을 이제야 인간은 서서히 깨닫기 시작한 것이 아닌가 해서 여간 다행스럽지 않다.

문학저널 (2010. 4월호)

세계에서 가장 아름다운 나라

　해방되던 날 늦은 오후! 해가 막 질려는 언덕길을 어떤 한 노인이 눈물을 흘리며 혼자 미친 사람처럼 무어라고 중얼거리면서 걸어가고 있었다. 뒤따라가던 김소운(金巢雲)선생은 궁금하여 가만히 다가가 엿들었다. 그 할아버지가 눈물 흘리며 중얼거린 소리는 "조선아! 조선아! 너 어디 갔다 이제 왔느냐! 조선아! 너 어디 갔다 이제 왔느냐!"였다.

　이 얘기를 전해 준 김소운 선생은 자의반 타의반으로 일본에 머물면서 집필한 자신의 유명한 〈목근통신(木槿通信)〉에서 "내 어머니는 레프라(문둥이)일지도 모릅니다. 그러나 나는 우리 어머니를 클레오파트라와 바꾸지 않겠습니다."라고 조국에 대한 애타는 목마름을 절규하였다.

　이름 모를 노인은 해방으로 조선을 되찾은 기쁨을 노래한 것이요 김소운 선생은 되찾은 조국에 대한 사랑을 고백한 것이다. 조국이 비록 헐벗고 굶주리고 반 토막이 난 채로의 더러운 문둥이 같은 조국이지만 자신에게는 "어느 극락정토(極樂淨土) 보다도 더 그리운 어머니의 품"이라고 외치고 있다. 지금까지 이들이 조국에 대한 사랑을 노래하고 있었을 때에 조국을 되찾는데 앞장섰던 백범(白凡) 김구(金九) 선생은 조국의 미래를 얘기하고 있었다. 백범은 〈내가 원하는 우리나라〉라는 글에서 "나는 우리나라가 세계에서 가장 아름다운 나라가 되기를 원한다."라고 자신의 소원을 밝힌다.

　그러면서 그는 "가장 부강한 나라가 되기를 원하는 것이 아니다."라고 덧붙인다. "민족의 행복은 결코 계급투쟁에서 오는 것은 절대 아니"라는 점을 못 박으면서 세계에서 가장 부강한 나라보다는 가장 아름다운 나라! "오직 한없이 갖고 싶은 것은 높은 문화의 힘" 바로 그러한 문화의 힘으로 세계 평화의 중심축이 되는 것을 소원하면서 백범은 쓰러졌다.

해방된 조국의 초대 대통령으로 선출된 우남(雩南) 이승만 대통령의 정치적 이상은 또 어떠했는가? 그는 자신의 취임사에서 "어느 나라든지 우리에게 친선(親善)히 한 나라는 우리가 친선히 대우할 것이요 친선치 않게 우리를 대우하는 나라는 우리도 친선히 대우할 수 없을 것입니다." 아울러 그는 "부패한 정신으로 신성한 국가를 이룩하지 못하나니~~ 새로운 정신과 새로운 행동으로 구습(舊習)을 버리고 새 길을 찾아서~~ 날로 새로운 백성을 이룸으로서 새로운 국가를 만년 반석 위에" 세워 나가자고 역설하고 있다. 대한민국의 오늘이 우연하지 않다는 사실이 필자의 머릿속을 섬광처럼 지나가면서 오늘이 있기까지의 숱한 한(恨)들이 한강물보다도 더 짙푸르게 흘러 이루어진 내력을 단적으로 설명해 주고 있는 말들이 아닌가 하는 생각이 들어 인용해 본 것이다.

필자는 여기서 이름 없는 백성들도 해방 당시에는 얼마나 독립을 갈구하면서 나라 사랑에 목말라하였는가를 그리고 지도자들 또한 얼마나 깊은 사상적 통찰력으로 장차 세워질 나라의 미래의 모습을 그리고 있었는가를 다시 한 번 되뇌고 싶었던 것이다. 독립과 정부 수립 이후 반 세기만에 괄목할만한 발전으로 세계 10위권을 넘나드는 무역 대국이 되었지만 나라사랑하는 백성들의 마음은 어디서도 찾아보기 힘들게 되었다는 느낌 때문이다. 백범이 꿈꾸었던 문화 대국에로의 꿈은 아직도 요원하고 우남이 바라던 날로 새로운 나라 되도록 하자던 다짐도 이제는 박물관에서조차 볼 수 없게 되었기에 하는 얘기다.

학교의 선생님들조차 나라 사랑을 가르치는 것은 마치 무슨 독재 국가에서나 하는 교육인 것처럼 알고 기피하기가 일쑤이고 심지어는 대한민국을 태어나서는 안 될 나라쯤으로 교육시키는 선생들마저 생겨났다. 학자들마저도 일부에서는 왜곡된 역사의식이나 국가의식이나 민족의식으로 나라의 정통성을 폄훼하기에 서슴지 않는다. 결국 일제가 저지른 성노예(위안부)와 같은 만행에 대해서마저 미국이 앞장 서 그 야만성을 성토하기에 이르렀다. 백범이 소원이라 말했던 아름다운 나라 그리고 우남이 원했던 나날이 새로워지는 나라를 만들어 세계 평화의 중심축이 되도록 하자는 거대 담론(談論)이 자리 잡아야 할 정치권에서는 더더욱 한심한 작태만 연출되고 있을 뿐이다.

우리 옛 선조들이 그토록 중시해 마지않았던 의리나 명분이나 금도(襟度) 내지는 상하의 예절이나 법도 또는 충성이나 동지애라고 하는 단어는 이제 눈을 씻고 보려고 해도 찾아 볼 수가 없게 되었다. 어제의 동지를 하루아침에 버리고 떠나는 배신과 자신이 몸 담았던 정당에 입에 담을 수 없는 욕지거리를 남겨 놓고 떠나는 무뢰(無賴)와 이(利)가 있으면 언제나 변신을 서슴없이 할 수 있는 재주만이 번득이는 우리네 정치인들의 오늘로서는 결코 아름다운 나라를 만들 수가 있을 것 같지 않아서 하는 얘기다.

얼마 남지 않은 대통령 선거에 입후보한 후보들을 보면서도 우리의 희망은 그리 크다고 말할 수만은 없게 되었다. 거대 담론으로 나라의 앞날을 밝게 하고자 하는 후보 간의 경쟁이 아니라 그저 상대 후보를 무슨 흠집을 만들어 내서라도 깎아내려 자신이 대통령을 하고자 하니 어찌 우리에게 희망이 있는 나라가 될 수가 있다고 하겠는가?

진실이 창조될 수가 없는 것임은 누구나 아는 것! 창조될 수 있는 것은 오직 거짓밖에는 없다. 그래서 창조된 거짓을 날조(捏造)라고 하는 것이 아니겠는가? 창조된 거짓이 시간의 신 크로노스(Cronos)에 의해 난도질당하기까지 만이라도 이번 선거가 지난 번 선거에서처럼 날조가 승리의 노래를 부르는 세상이 올까 두려울 뿐이다.

"눈을 뜨고도 안 보이면 눈을 감고 보라."는 말은 연암(燕巖) 선생이 한 것 같은데 그렇게라도 해보아야 할 것 같다.

문학저널 (2007. 12월호)

치킨게임chicken game

원래 치킨은 병아리를 의미한다. 우리도 흔히 새로 갓 입사한 신입 사원을 두고 햇병아리라고 부르는 것처럼 미국사람들도 군에 갓 입대한 신병을 치킨이라고 부르는 모양이다. 신병은 겁이 많게 마련이기 때문에 치킨은 겁쟁이라는 말로도 쓰인다.

그래서 생긴 게임이 치킨게임(chicken game)이다. 겁쟁이를 가려내는 게임이다. 자동차나 오토바이를 서로 마주보고 달리게 해서 어느 한쪽이 피하면 그 피하는 쪽이 치킨(겁쟁이)이 되어지는 게임이다. 한 마디로 기(氣)싸움이다. 주로 미국의 불량 청년들이 자동차를 몰고 이런 게임을 즐겨하는 것으로 알려져 있다. 그러나 어느 겨를에 이 게임은 정치학으로 옮겨져 게임 이론으로 발전하게 되었다. 쿠바 사태 당시 미·소의 대립이 대표적인 사례다. 우리나라에서는 여야의 극한 대립이 있을 때 마다 이 이론이 원용되었다.

천안함 사태 이후 지금 벌어지고 있는 남북한의 관계가 마치 치킨게임을 하고 있는 것과 같이 보인다. 그러나 게임 이론에서 선택의 여지는 언제나 상대방의 대응방식에 따라 결정되게 마련이고 상대방이 합목적적(合目的的)으로 선택할 것이라는 가상(假想)의 전제가 있어야 비로소 이론의 적용이 가능할 것이 아닌가 생각된다. 막가파식의 정치세력에게까지 적용하기에는 너무나 이론이 정교하다

1945년 1월의 어느 날 히틀러는 연합군의 공격을 견디다 못해 작전본부를 베를린에 있는 자신의 관저 지하실로 옮겼다. 연합군은 라인강

언덕을 누빌 때까지 공격의 끈을 늦추지 않았고 히틀러의 몸과 마음은 더 이상 버틸 수 없을 만큼 지칠 대로 지쳐 있었다. 판단도 흐려져 점점 더 광기(狂氣)에 가까운 사령관이 되어 가고 있었다.

독일이 전쟁에 진다는 것은 상상도 할 수 없었고 독일 민족의 패배는 그 존재 가치의 소멸이라고 믿게 되었다. 3월쯤에 가서는 그는 최후의 명령을 내린다. "독일에 있는 일체의 군사 시설이나 공업 시설은 물론이고 일체의 통신 시설까지를 파괴하라."라고 말이다. 절대로 적군에게 넘겨주어서는 안 된다는 확신감으로 온 도시를 스스로 파괴하고 폐허로 만들기로 작정한 것이다. 항복하느니 차라리 자멸하자는 생각이다.

그러나 스스로 파괴하기도 전에 이미 연합군의 공격에 의해 파괴되고 있었다. 그리고 45년 5월 1일 오후 브루크너의 교향곡 〈제7번〉을 들려주던 함부르크의 방송이 별안간 중단되었다. 히틀러 총통의 사망 소식이 들어온 것이다. 나치는 그렇게 끝이 났다.

일본의 경우에도 예외는 아니었다. 항복을 하느니 차라리 전 국민의 옥쇄(玉碎)로 대항하려 하였다. 장병들은 물론이고 지역 주민 모두를 죽음의 현장으로 몰고 간 유명한 오키나와 전투가 이를 말해주고 있다. 일본군 사령관인 우시지마 장군은 주민들에게 수류탄을 나누어주면서 "포로가 되는 치욕 대신에 황국신민으로 명예롭게 자폭할 것"을 명령하였다. 우시지마 자신도 45년 6월 21일 새벽 동굴 속 벙커에서 나와 부하 장병들이 보는 앞에서 할복자살하였다. 이 광경을 경악스러운 눈으로 본 미국은 더 이상 주저할 것 없이 8월 6일에는 히로시마(廣島)에 9일에는 나가사키(長崎)에 아무도 예상치 못했던 원폭 세례를 퍼부었던 것이다. 더 큰 피해를 막는 유일한 길이 그 길밖에는 없다고 확신한 것이다.

일본이나 독일의 패전이 가져다준 커다란 교훈은 광기어린 군부나 독재자는 어느 경우에나 그 행동양식이 변함없이 똑같다는 사실이다.

말하자면 합리적인 사고로는 판단하기 어려운 기형적 사고의 소유자들이기 때문에 단순한 게임 이론만으로는 대응하기가 쉽지 않다는 생각이 든다. 마지막까지 발악을 하는 것으로 공통점이 있다고 할 것이다. 그렇다고 하여 여기에 굴복해서도 안 될 일이다. 그런 발악은 끝없이 반복될 것이기 때문이다.

그렇다면 패전 직전의 일본이나 독일의 히틀러와 별반 다를 것 같지 않은 북한에 대해서는 어떻게 대응하는 것이 좋을 것인가? 지금까지 북한은 벼랑 끝 전술로 이득을 보아온 나라다. 북한으로서는 언제나 이에 대한 유혹을 떨쳐버리지 못할 것이다. 그러나 국제 사회는 북한이 이제는 더 이상 벼랑 끝 전술로는 살아갈 수 없다는 사실을 직시할 수 있도록 만들어 가야 한다. 한마디로 기죽지 말고 국제적 공조를 통해 제압해 나가는 수밖에는 달리 길이 없다는 얘기다.

러시아나 중국에 대해서도 북한에 대한 호의가 얼마나 위험천만한 일이며 한국의 통일이 그들에게 얼마나 큰 이득이 되는 일인가를 끝도 없이 인식시켜 주어야 한다.

경북신문 (2010. 07. 06)

이어도 하라 이어도 하라

"이어도 하라 이어도 하라 이어 이어 이어도 하라
(이어도여 이어도여 이어 이어 이어도여)
이엇 말 하민 나 눈물난다
(이어 소리만 들어도 나 눈물 난다)
이어 말은 말낭근 가라 이어 말은 말낭근 가라
(이어 소리는 말고서 가라 이어 소리는 말고서 가라)"

이어도에 얽혀 있는 설화 속의 제주 민요다. 얼마나 오래인지도 모르게 화석처럼 묻혀 있던 민요가 세상 밖에 나와서도 여전히 살아 숨쉰다. 일하러 바다에 나가 사라진 남편이 그리워 그 아내가 불렀다는 노래였다. 바다를 논밭으로 알고 드나들던 제주도 사람들은 이어도 부근 해역을 기름진 옥답으로 여기면서 어장으로 개척했다. 어장으로 가는 바닷길! 그러나 그곳은 언제나 여울이 턱진 곳인데다가 암초가 있어 어선이나 상선이 좌초되기가 십상이었다. 바다에 나갔다가 돌아오지 않으면 "이어도"로 갔겠거니 하고 믿었다. 제주도 사람들에게 이어도는 영생복락을 누리는 안식처이고 마음의 고향이었다. 제주도 사람들의 이상향이요 가상의 섬이었다.

이청준은 이에 대해 그의 소설 〈이어도〉에서 "지긋 지긋한 섬 살이를 청산하고픈 큰 섬 제주도 사람들에게 새로운 낙원의 세계가 기다리고 있을 것 같은 이어도, 그렇지만 작심하고 떠날 수 없어 더 크게 보이는 나래의 천국으로 이어도를 상상했을지도 모른다."고 썼다.

지금 느닷없이 왜 이어도 타령인가? 이곳을 중국이 탐하고 나서서다. 언제부터인가부터 중국은 해양 대국을 꿈꾸고 있었다. 대륙 제국으로만 만족하기에는 세계가 좁아서였을까? 아니면 해양 강국으로부터 겪은 역사가 뼈저려서인가! 2050년까지 해군력을 강화한다는 계획 아래 항공모함을 건조하였다. 이를 바탕으로 남·동 중국해는 자국의 핵심 이익(Core Interest)이 걸린 수역으로 치부하고 수역 내 도서(島嶼)에 대한 관할권 문제를 제기하면서 무력시위로 주변국을 압박하고 있다. 작년인가에는 하찮게 발생한 일본과의 해상 분쟁의 경우에서도 희토류 수출거부라는 강경 자세로 일본을 제압하기도 했다. 해양 대국에로의 첫발을 내딛기 시작한 것이다.

이 중국이 이제는 우리의 영해 내에 있는 이어도에 대한 야심도 숨기지 않고 드러내고 있다. "중국 관할 해역의 권익 보호를 위해 감시선과 항공기로 순찰과 법집행을 하는 제도를 마련하였고 여기에는 이어도가 포함된다."고 해양국장(장관)은 당당하게 말한다. 말하자면 이어도도 중국 관할 아래에 있는 해역이라고 억지 주장을 하고 있는 것이다.

2003년 이어도에 우리가 해양 과학 기지를 건설하겠다는 의견을 보냈을 때만 해도 중국은 건성이었다. 그러나 2006년도부터는 이어도를 아예 중국 명으로 쑤옌자오(蘇岩礁)라고 하면서 강력하게 억지를 부리기 시작했다. 지난해에는 침몰한 선박의 인양 작업을 하는 한국 선박에 대해 중국은 이어도에 관공선을 보내어 작업 중단을 요구하였고 3000톤급의 대형 순찰함을 동중국해로 투입하여 이어도 해역을 순시한 적도 있다. 말하자면 끊임없이 분쟁 해역으로 남아있도록 하는 작업을 계속하겠다는 의사표시를 한 것이다.

제주 도민에게는 이상향이요 안식의 섬이었던 이어도가 인류 역사에 처음으로 그 얼굴을 내민 것은 고종 5년(1868년), 영국의 기선 코스타

라카(Costaraca)호가 우리나라 남해안을 순행하다가 미확인 암초를 발견했다는 전보를 본국 정부에 보낸 때부터라고 한다. 그로부터 30여년이나 지난 1900년 6월 5일 21시 40분경 영국의 소코트라(Socotra)호가 이 암초에 부딪치는 사고가 발생하였고 이 내용이 해군성에 보고가 되었다. 그때부터 이 암초의 이름이 "Socotra Rock"이라는 이름으로 해도(海圖)에 등재되었다.(필자가 처음으로 이 문제에 접근하였을 때에 어떤 책에서는 Scotra 또 어떤 책에서는 Socotra라고 되어있어 몇 시간에 걸친 자료조사 끝에 'Socotra'라는 것을 확인할 수 있었다) 일본도 한때 이곳에 이어도 이용 계획을 구체적으로 수립하던 도중에 2차 대전 발발로 무산되었다고 한다(양태진). 그만큼 이어도는 경제적으로나 안보상으로 중요성을 지니고 있다는 뜻이다.

이어도가 우리의 해양 과학 기지가 되기까지 마냥 순탄한 경로만 있었던 것은 아니다. 해방된 조국! 대한민국 정부가 수립되기까지 아무 누구도 우리의 영토가 어디서부터 어디까지인가를 아는 사람은 없었다. 북한의 남침으로 6.25를 겪게 된 정부는 1951년 1.4후퇴와 더불어 부산에 자리 잡게 되었다. 그러던 어느 날, 초대 법제처장으로 제헌 헌법을 기초하고 나서 이제는 전시 연합대학 일에 몰두 하고 있는 현민(玄民)유진오(兪鎭午) 박사에게 법무부 법무국장으로 있는 홍진기(洪璡基)씨가 미국의 대일(對日)강화조약(샌프란시스코 조약: 평화조약이라고도 함)초안이 실린 일본 신문을 들고 찾아 왔다.

그 초안에는 귀속 재산 처리에 대한 것 외에 한국의 영토에 대한 조항도 들어 있었다. 영토 조항에는 우리나라의 부속도서(附屬島嶼)로 제주도 거문도 울릉도만이 예시되어 있고 분쟁의 여지가 아직도 남아 있는 독도가 빠져 있었다는 것이다. 현민은 혼자서 고민할 일이 아니라고 생각하고 당시 총리인 장면(張勉)박사를 찾아가서 문제의 초안을 보여주고 정부 의견을 미측(美側)에 알리자는 데에 합의하였다. 그리고 나서 즉시 현민은 역사에 밝은 육당(六堂) 최남선(崔南善)을 찾아갔다.

육당은 이 자리에서 독도에 대한 자세한 내력을 설명하면서 덧 붙여 우리나라 목포와 일본의 나가사키(長崎), 중국의 상해를 연결하는 삼각형의 중심쯤 되는 바다에 "파랑도"라는 섬이 있는데 이 기회에 우리의 영토로 확실히 해놓는 것이 좋겠다는 의견을 내 놓았다. 정부에서는 육당과 현민의 의견을 바탕으로 독도와 파랑도도 우리의 영토임을 주장하는 공식 문서를 작성하여 미국 정부에 제출하기에 이른다.

우여곡절 끝에 정부의 공식 문서가 미국 정부에 건네어졌지만 귀속재산에 관한 우리의 의견은 받아드려졌으나 영토 문제는 받아드려지지 않았다. 이것이 오늘날까지 분쟁의 소지가 되어 있는 것은 주지의 사실이다. 이에 대해 현민은 독도를 조약에 명기하지 않은 것은 이해할 수 없는 처사라고 하면서도 미국이 일본 점령군 최고사령부 당시에 〈맥아더선(線)〉을 그을 때에 이미 독도를 맥아더선(線)밖에 두었기 때문에(즉 일본 어선이 독도까지 오지 못하게 한 조치) 독도를 울릉도에 부속된 작은 암초쯤으로 생각하고 그 조약에 명기하지 않은 것이 아닌가 하는 해석을 내 놓았다.

그러는 한편에서는 정부 문서를 작성할 즈음인 51년 여름, 현민과 절친했던 한국 산악회의 홍종인(洪鍾仁: 언론인) 씨가 이 소식을 듣고 자신이 주동이 되어 우리 해군의 협조를 얻어 일본이 발행한 해도를 가지고 파랑도를 찾아 나섰다. 파랑도는 높은 파도가 아니고는 절대로 자신의 얼굴을 내보이지 않는 깊이 4.6m쯤 되는 바다 속 암초! 결국 찾지 못하고 되돌아왔다.(언제인가 필자가 이 같은 내용의 글을 쓴 신문을 본 김수한(金守漢)전 국회의장이 필자에게 전화로 자신이 바로 그 탐사 함정에 타고 있었다는 사연을 전해 주었다.)

73년에 다시 한 번 탐사에 들어갔으나 이때도 실패하고 결국은 1984년 뗏목을 타고(?) 탐사에 나선 제주 대학교의 팀에 의해 발견된 사연이 있는 이어도다. 우리의 마라도로 부터는 149km지점, 중국 퉁다오(童島)로 부터는 247km, 일본의 도리시마(鳥島)로부터는 276km나 떨어져 있다. 어떻게 보아도 우리의 배타적 경제수역에 속한다.

정부에서는 86년에 정밀 측량을 95년에는 기상 측정을 위한 철골 구조물을, 2003년에는 총 44종 108개의 관측 장비를 갖춘 거대한 해양 과학기지를 설치하기에 이르렀다.

이어도 주변 해역에는 대형 어장이 형성되어 있어 수많은 각국의 어선이 집결되는 곳으로 석유와 천연가스도 대량으로 매장되어 있는 것으로 추정되는 곳이다. 더하여 동남아와 유럽으로 통하는 길목이기도 하다. 우리 역시 해상으로부터의 수입 물량의 대부분이 이어도 남쪽 해상을 통과한다고 하지 않는가? 중국이 이어도에 눈독을 드리는 이유가 바로 이런 것에 있는 것이 아니겠는가?

한미 군사동맹은 냉전 시대의 유물로 몰아치고 자신들의 6.25참전은 "침략군과 맞서 싸운 정의로운 전쟁"이었다고 거침없이 주장하는 중국! 서해에서 정기적으로 시행하는 한미 합동 군사훈련에 대해서도 시비를 거는 중국! 동북공정으로도 부족하여 청나라공정까지를 진행하고 있는 중국! 탈북자에 대한 최근의 비인도적 처사와 갈수록 흉포화 하는 중국 어민들에 대한 중국 측의 이해할 수 없는 대처 방식, 천안함 사건이나 연평도 사건, 김정일 조문(弔問) 정국과 북한 핵문제에서 보여준 중국의 일방적 북한 두둔하기, 어떤 경우에도 끝까지 북한을 감싸 안으면서 한국에 대해서는 무례할 만큼 핍박을 가하거나 위협적으로 대하는 나라 중국!

'전략적 협력 동반자 관계'라는 양국 간의 합의가 무색할 만큼 양국 관계는 모순과 갈등으로 얼룩져 있다. 마치 지뢰밭을 사이에 두고 교류해야 하는 당사국처럼 보인다. 사사건건 부딪칠 수밖에 없는 사안이 눈에 보이게 보이지 않게 널려 있다. 어떤 경우에도 부딪치지 않고 이겨가는 고차원적 외교가 어느 때보다 필요할 때가 아닌가 싶다. 때로는 당당하게, 때로는 타협으로, 때로는 국제 공조로 대응해 나가야 할 것이다. 이러한 때일수록 튼튼한 한미동맹을 바탕으로 우리의 군사력도 증강시켜 나가야 한다. 필요한 기지, 필요한 장비, 필요한 전투력을 완비해 가면서 말이다. 상대를 자극할 필요는 없지만 시작단계에서부터 확고한 방어 의지를 지니고 중국과의 협력을 지탱해 나가야 할 것이다.

여기에 절대적으로 필요한 것은 국민적 역량의 집결과 자위(自衛)의 의지다. 나라가 필요하다면 내 집 안방도 군사기지로 내놓을 수 있는 국민적 의지가 있어야 한다. 이어도 부근에서 분쟁이 발생할 경우 부산에서 대응 함대가 출발할 경우에는 21시간 30분, 제주에서 출발하면 7시간이면 가능하다고 한다. 나라가 필요해서 해군기지를 건설하겠다고 하는데 안 된다고 하는 국민이 세상천지에 어디에 있단 말인가? 제주 해군기지를 반대하는 사람들은 대한민국 국민인가 아닌가?

"중국하라 중국하라/ 이어 말은 말낭근 가라/ 이어 말은 말낭근 가라"

월간 헌정 (2012. 4월호)

※추기(追記)) : 필자는 그 동안 영토문제에 관해서 〈파랑도와 대마도〉〈간도와 녹둔도〉와 같은 글을 써 발표 한 적이 있다. 그 때마다 여러 자료 중에서 공직에 있으면서도 학자보다도 더한 열정으로 평생을 우리나라 영토문제에 천착해 온 양태진(梁泰鎭)선생을 잊지 못한다. 일면식도 없으면서 이런 기록을 남기는 것은 그의 업적이 널리 알려지기를 바라는바가 커서다. 그의 저술 목록을 보면 얼마나 영토 문제에 헌신하였는지를 알만 할 것이다. 필자의 이번 글도 그에 의존함이 컸다는 것을 밝혀둔다. 〈한국영토사 연구〉〈한국변경사 연구〉〈한국의 국경연구〉〈조약으로 본 우리 땅 이야기〉〈우리나라 영토 이야기〉〈근세 한국영역논고〉〈인물로 본 한국영토사〉〉

참으로 아름다운 사람들

"눈부시게 푸르른 날엔 그리운 사람을 그리워하자!" 요즈음처럼 청명한 가을 하늘을 보노라면 저절로 이 같은 아름다운 시구(詩句)가 입가를 스친다. 미당(未堂)의 시다. 아름다움이란 바로 이런 것이 아닌가 한다. 누구의 강요에 의해서가 아니라 자연적인 본심으로 느끼고 어루만지고 그리워하고 한걸음이라도 더 가까이 가서 보고 싶어지는 마음을 갖도록 하는 것이 아름다움인 것이라 여겨진다. 꽃이 그러하고 자연 경관이 그러하고 그리운 사람이 그러하다. 아름다운 사람의 아름다운 행동도 영원히 기억하고 싶은 아름다움으로 남는다.

그런데 요즈음의 언론 보도를 보면 서울시장에 입후보한 박원순 이라는 사람이 설립한 아름다운 재단에서 풍겨 나오는 냄새는 결코 아름답게만 느껴지지가 않는다. 박원순이라는 사람을 정점(頂點)으로 참여연대 - 아름다운 재단 — 아름다운 가게 — 희망 제작소로 연결되는 네트워크가 거미줄 같은 형상을 하고 있는 것이 예사롭지가 않다.

민주당의 박영선의원은 "박원순이는 한 손에 채찍을 들고 한 손으로는 후원금을 받았다"고 비판하였다. 참여연대가 기업에 채찍을 들면 아름다운 재단으로 돈이 들어왔다는 얘기다. 그러나 박원순은 "참여연대가 기업을 비판한 것과 그 기업이 아름다운 재단을 후원한 것 사이에 무슨 인과(因果) 관계가 있느냐"고 항변하고 있다. 자신을 위해 후보를 사퇴한 사람에게 돈 2억을 준 것이 후보 사퇴와 무슨 인과관계가 있느냐고 주장하는 곽노현 서울 교육감이 한 말과 어쩌면 그렇게도 짜 맞춘 것처럼 똑같은지 모를 일이다.

어떤 언론에서는 한 푼이라도 이익이 남는 곳을 찾아 전 세계를 누비며 돌아다니는 외국계 펀드회사가 1억이 넘는 돈을 아름다운 재단에 기부한 것이 "그 단체의 활동에 감동해서인지 아니면 그의 입을 막으려고 주었는지는 상식으로 판단할 문제"라고 꼬집고 나섰다. 아름다운 재단이 결코 아름다운 재단이 아닐는지도 모른다는 의구심을 갖고 있다는 뜻이 아니겠는가?

그러나 우리는 참으로 아름다운 사람들이 누구인가를 안다. 소액 대출 운동의 창시자로 노벨 평화상을 받은 세계적인 빈곤 퇴치 운동가 무하마드 유누스(Muhammad Yunus) 박사 같은 사람이 그런 분이다. 신용 대출은 곧 인권이라는 신념으로 그는 마이크로 크레딧(microcredit)이라는 무담보 소액 대출 제도를 창안하여 빈민들이 자립할 수 있는 길을 열어 주었다. 자신의 돈 27달러로 시작한 운동이 30년만인 2006년 현재 지점이 총 2,185개나 되는 거대한 그라민 은행으로 발전 하였다. 무담보 소액대출을 받은 600만 명의 대출자 중 60%가 가난에서 벗어나 자립의 길로 들어섰고 이들의 예금으로 대출금은 충당되고 있다고 한다.

그는 아름다운 재단 같은 것을 만들어 재벌로부터 돈을 거두지도 않았고 자신의 가족을 동원하여 어떤 이득을 얻으려 꾀해본 적도 없다. 희망버스를 운행하지도 않았다. 오직 은행을 통해 많은 사람들에게 희망을 안겨주는 희망 제작소 역할만을 하였다. 그는 가난한 사람들의 자립이 곧 인권이라는 인식으로 소액 대출 운동을 벌린 것이다.

이런 사람이야 말로 참으로 아름다운 사람이요 아름다운 희망을 만드는 사람이다. 그가 운영하는 은행이야 말로 참으로 아름다운 은행이다. 그에게는 위선이란 없었다. 아름다움은 이런 거짓 없는 진정성 속에서 피는 한 떨기 꽃이요 빛이다. 그러기에 희망은 아름다운 빛 속에서 열매를 맺는다.

미국의 한 고등학교의 한국계인 학생 윌 김(한국명 김대경)에 얽힌 얘기도 마찬가지다. 부자 나라 미국에도 가난한 사람은 있다. 창업 아이디어는 있지만 돈이 없어 일어서지 못하는 어려운 학생들에게 그는 100달러 내지는 1000달러 정도를 대출해 주는 1만 달러 정도의 작은 규모의 기금(基金)을 운영하고 있다. 그 기금의 이름에도 아름다운 기금이라는 수식어는 붙지 않았다. 기금을 마련하기 위해 동료 학생의 비행(非行)을 세상에 알리겠다는 협박을 해본 적도 없다. 그 기금은 자신이 학생들을 상대로 피구대회 같은 작은 게임을 통해 모금해서 마련한 것이라고 한다.

얼마나 아름다운 선행이었으면 버락 오바마 미국 대통령까지도 윌 김이라는 이름까지 거명하면서 칭찬의 연설을 하였을까? 이런 사람들이 우리들의 희망이다. 희망버스는 이런 희망을 싣고 다녀야할 버스다. 폭력을 싣고 다니는 버스가 어떻게 희망버스가 될 수 있단 말인가? 어느 누구도 아름다움과 희망을 상품화하여 그 이름을 더럽히지 말라고 소리치고 싶다.

대전일보 (2011. 10. 11)

저질 국민과 저질 정치

"아! 대장 범치란 놈이 퇴끼 똥구멍을 볼라고 ~졸졸 따라 댕겨서 보인게, 퇴끼 뱃속에서 뭣이 출랑 출랑, '예끼! 퇴끼 뱃속에 간 들었다.'~'아니 네 이 놈아 거 뭣보고 시방 간이 들었다고~고함을 그렇게 질러 놓느냐'. 하! 이 놈이 말은 했지만 속으로는 딱 질려서 아서라 용왕을 속인 짐에 일찍 세상으로 도망헐 수 백에는 없다. 대왕님 전에 여짜오대 '용왕님 병세가 만만위중 하오니, 소퇴가 세상에를 나가서 계수나무에 걸오논 간 한보를 가지고 들오도록 하오리라.'"

국창이었던 임방울의 〈수궁가(水宮歌)〉중에 나오는 한 대목이다. 금년이 마침 신묘년 토끼의 해이기에 생각난 것이 바로 수궁가였다. 춘향가와 마찬가지로 단순한 창이 아니다. 용왕이 다스리는 바다 밑의 나라 수궁을 무대로 벌어지는 조선의 17~8세기 때 이야기다. 무능하고 부패한 관료와 어리석은 왕을 풍자하고 자칫 죽임을 당할 뻔 한 힘없는 토끼의 극적인 탈출을 통해 지배 계층에게 통쾌한 일격을 가하는 해학의 노래다.

옛 우리 조상들은 그림을 하나 그리거나 창(唱)을 하나 불러도 그냥 무심하게 그리거나 부르지 않았다. 잉어 그림 하나에도 그 뜻이 자못 장대하다. 과거(科擧)에 등과하여 나라의 큰 인물이 되라는 뜻의 그림이다. 로마의 베드로 성당 지붕 꼭대기에 놓여 있는 닭은 그리스도 신자이면 누구나 항상 깨어있으라는 뜻의 조각이다. 그러나 우리네 조상들이 그린 닭 그림은 언제나 조정에 나아가 큰 울림을 울리는 큰 대신으로 커달라는 염원이 깃들어 있다. 그만큼 정사(政事)에 참여하는 것을 본분으로 삼았다.

관직에 보임되고도 이에 응하지 않은 채 초야에 묻혀 선비의 도만 닦고 있는 남명(조식)에게 퇴계는 어떤 이유로든 백성이 되어 벼슬하지 않는 것도 도리가 아니라는 내용의 편지를 보낸 적이 있다. 정사를 성사(聖事) 쯤으로 여기지 않았나 싶다.

다산은 참다운 시(詩)란 어떤 것인가를 이렇게 말했다. 아들에게 보낸 편지에서다. "임금을 사랑하고 나라를 근심하는 내용이 아니면 시가 아니며, 시대를 아파하고 세속을 분개하는 내용이 아니면 시가 아니며, 아름다움을 아름답다 하고 미운 것을 밉다 하며 선을 권장하고 악을 징계하는 뜻이 담겨 있지 않은 내용의 것이면 시라고 할 수 없다."

음악이나 미술뿐만 아니라 문학도 전쟁 문학이 있고 저항 문학이나 참여 문학이 있는 것을 보면 이 역시 정치를 떠나 존재하기가 쉽지 않은 것 같다. 과학이라고 하여 정치와 무관할 것 같은가? 아니다. 국가의 뒷받침 없는 과학은 어느 나라의 것이건 뒤 떨어질 수밖에 없다. 국가가 허여하지 않고서는 지구가 돈다는 말도 못하던 시대도 있었다. 지구가 둥글다는 것을 입증한 사람은 포르트갈 사람 마젤란이지만 그를 마젤란이 되도록 한 나라는 스페인이었다. 방역 작업 하나도 제설 작업 하나도 정부의 노력 없이는 있을 수 없는 세상에 우리는 살고 있다. 국가 없이는 하루도 살 수 없다는 얘기다.

정치를 어떻게 인식하느냐의 문제는 국가를 어떻게 인식하느냐의 문제와 별반 다르지 않다. 국가가 하는 모든 것 그것이 곧 정치다. 경제 문화 사회 국방 어느 것 하나 정치 아닌 것이 없다. 외교는 내치의 연장이라고까지 말하고 있다. 그만큼 정치는 소중한 것이다. 그런데도 정치하는 사람들은 스스로의 정치를 천시(賤視)하거나 비하시키는 이유를 알 수 없다. 이제는 국민들이 정치를 혐오할 수밖에 없는 수준에 까지 이르렀다.

특히 지난 정권의 수장인 노무현 대통령 시대부터 이러한 경향은 두드러지지 않았나 싶다. 대통령의 입에서 "깽판 친다, 맞장 뜨자, 한판 붙자, 빵빵이, 군에 가서 썩고"라는 말이 서슴없이 튀어 나왔다. 그 대통령에 그 장관이어서 그런가! 다른 장관도 아닌 법무부 장관출신이 "~정권을 죽여 버리자!" 라는 말로 자신의 인격을 들어내고야 말았다. 인간 말짜들이나 하는 소리가 아닌지 모를 일이다.

정치에서 말이 얼마나 중요한 것인가는 새삼 말할 필요가 없다. 정치는 말로 하는 것이기 때문이다. 말이 저질이면 정치도 저질이 되는 것이다. 정치가 저질이 되면 만사가 저질이 될 수밖에 없다. 만사가 저질인데 나라가 어찌 저질이 안 될 수 있을 것인가! 나라가 저질인데 국민만 유아독존처럼 선진국 국민 행세를 할 수 있을 것인가!

금년에는 어떻게 해서든지 격조 높은 정치가 행해지는 한 해가 되었으면 하는 기대를 해 본다. 정치의 격이 높아지면 국격(國格)도 높아질 것이기 때문이다.

대전일보 (2011. 01. 04)

꼴통 보수와 꼴통 좌파

"무명지 깨물어서 붉은 피를 흘려서/ 태극기 그려놓고 만세만세 부르자/ ~~" 이 노래는 누구에게서 배워본 적도 없이 해방을 전후해서 동네의 또래 애들과 함께 부르던 노래다. 훗날에 가서야 알게 된 사연이지만 이 노랫말은 친일에 앞장섰던 한 시인이 일본군에 입대하는 조선 청년들의 사기를 높여주기 위해 지은 군가였다. "무명지 깨물어서 붉은 피를 흘려서/ 일장기 그려놓고 성수(聖壽)만세 부르고/ 한 글자 쓰는 사연 두 글자 쓰는 사연/ 나랏님의 병정되기 소원입니다"

그 작사자는 일제 시대에 아직도 우리 귀에 익은 "낙화유수" "꿈꾸는 백마강" "목포는 항구다"와 같은 주옥같은 노래 가사를 지은 사람이었다. 해방과 함께 그는 친일 청산에 혈안이 되어있던 좌익 단체에 가입하여 누구보다 먼저 북한 정권 수립에 앞장서 활동을 하였다.

"~발톱에 피 흘리며/ 살육의 총소리 귓전에 들으며/ 쏜살처럼/ 3.8선을 넘었다/ ~아 여기가 인민의 대표로 우리를 부른/ 조국의 민주 기지."

그가 1948년 8월 온 가족을 남한에 남겨두고 월북할 때에 쓴 시다. 그의 본명은 조영출이요 예명은 조명암이다. 일제 시대에는 일본 군가를 작사하더니 해방된 조국에서는 북한 군가를 지었다. 이로 하여 월북한 많은 친일 문학예술인들 중에서 그만이 유일하게 민족 문제 연구소와 친일 반민족 진상규명위원회 모두에게서 반민족 행위자로 낙인이 찍힌 것이다.

역사의 준엄함이다. 누구 한 사람 변명할 여지가 없다.

친북 좌파적인 사람들의 입장에서는 꼴통 보수일 수밖에 없는 사람들이 이제는 이 역시 꼴통임에 분명한 친북 좌파 사람들을 지목하여 "친북 반국가 행위 인명사전"을 만들기 시작했다고 한다. 앞서 말한 단체들이 친일 인명사전을 만들 듯이 말이다.(꼴통이라는 말은 사전적으로는 "말썽꾸러기"나 "불평분자" 또는 "머리 나쁜 사람"을 지칭한다고 되어 있지만 필자는 이곳에서 "한 가지 이념이 골수에 박혀 요지부동인 사람" 쯤으로 쓴다).

지난 12일 꼴통 보수들의 모임인 "국가 정상화 위원회라"는 단체에서는 "대한민국의 헌법정신인 자유 시장경제의 원리와 자유 민주주의 이념 및 국가 정통성을 부정하고 북한 당국 노선이나 마르크스 레닌 노선을 정당화하며 이에 입각한 행위를 지향·선동한 인사"들 100명을 추려 우선적으로 발표하였다. 말하자면 월북만 하지 않았을 뿐 조명암처럼 글로 행동으로 북한을 찬양하는 반국가 행위를 한 꼴통 좌파 사람들을 찾아내어 사전을 만들겠다는 얘기다.

이들에 대한 이력과 반국가 행위의 내용을 자세하게 발표하지는 않았지만 들어본 적이 있는 몇 사람에 대해서는 이미 많은 도서를 통해 그 이력이 발표된 사람들도 있다.

김성욱이라는 기자는 수년 전에 〈대한민국 적화 보고서〉라는 책을 써서 이미 얼마나 많은 인사들이 친북 활동을 벌리고 있는가를 밝히고 있다. 그러면서 그는 "이 책을 읽고서도 잠이 온다면 당신은 대한민국 국민이 아니다"라고 극언을 서슴지 않는다. 그만큼 그는 소신(所信)에 차 있고 모든 자료를 넘치는 확신으로 제시하고 있다.

이와는 별도로 젊은 학자들 몇 명은 〈억지와 위선〉이라는 제목으로 "좌파 인물 15인의 사상과 활동"을 낱낱이 예시한 저서를 발간한 적이 있다. 대체적으로 골통 보수들이 제시하고 있는 골통 좌파들의 인맥은 어느 책자에서도 별반 다르지 않다. 언론에 자주 얼굴을 내미는 리영희, 송두율, 박원순, 최열, 이재정, 강정구 등과 같은 사람들은 핵심 인물로 등장한다.

우리 시대에 가장 절박한 환경 문제를 중심으로 예시된 사례 하나만 들어 보자. 환경 문제가 환경 "운동"으로 발전하면 환경 이론은 그림자도 없이 사라지고 별안간 정치 이론이 앞장을 선다. 일반 사람들의 순수한 환경 논리와는 달리 환경 파괴에 대한 가해자와 피해자라는 대결 구도로 그 해결의 실마리가 제공되곤 한다.

환경을 파괴하거나 공해를 유발하는 가해자는 정부요 기업이고 그로 인해 고통 받는 피해자는 민중이라는 식이다. 그러기 때문에 환경 운동은 자본과 권력에 대한 민중의 투쟁으로 발전될 수밖에 없다는 것이다. 그리고 그 투쟁의 주체는 노동자 농민과 도시 빈민들이어야 하지 않겠는가라고 말한다. 완전한 좌파 논리다.

이러한 논리는 자연히 반미(反美) 운동과 반정부 내지는 반국가 운동과 겹쳐 환경 운동이 전개될 수밖에 없는 현실이 되고 만다. 골통 보수들이 골통 좌파들의 인명사전을 만든다는 소식이 그렇게 반갑게만 들리지는 않았다. 그러나 이 또한 역사의 준엄함으로 받아드려야 하지 않을까 싶다.

대전일보 (2010. 03. 23)

눈에는 눈 이에는 이

1953년 7월 17일 상오 10시 정각의 판문점. 학교 강당보다도 넓은 6.25휴전 협정 조인 식장에 한국 대표는 한 사람도 보이지 않았다. 유엔군 측 기자석은 100명도 넘고 일본 측 기자석도 20석이나 되었는데 한국 측 기자석은 고작 2석에 불과했다. 한국어 영어 중국어의 세 가지 말로 된 협정문서 정본 9통, 부본 9통에 유엔 측의 수석대표인 해리슨 장군과 공산측 수석대표인 남일이 각각 서명하는 것으로 휴전은 개시되었다.

이 날의 광경을 취재했던 최병우 기자(작고)는 그 현장을 이렇게 그리고 있었다. "수석대표들은 조인 식장에 들어서면서 악수도 없었고 목례도 없었다. 〈기이한 전쟁〉의 기이한 종막다운 기이한 장면이었다.~~ 서로 동석하고 있는 것조차 불쾌한 듯이 또 빨리 억지로 강요된 의무를 끝마치고 싶다는 듯이 산문적으로 진행한다. 거기에는 강화(講和)에서 (흔히) 얘기하는 화해의 정신도 엿볼 수가 없었다. 이것은 어디까지나 〈정전(停戰)〉이지 평화가 아니라는 설명을 잘 알 수가 있었다."

그렇다. 정전은 정전일 뿐 평화가 아니기에 이 휴전 협정 조인식에 한국 대표는 한 사람도 참석하지 않았다. 휴전이 성립되자 이승만 대통령은 이런 성명서를 발표하였다.

"나는 정전이라는 것이 결코 싸움을 적게 하는 것이 아니라 더 많게 하며 고난과 파괴를 더 하고 전쟁과 파괴적 행동으로 공산측이 더 전진하여 오게 되는 서곡에 지나지 않을 것이라고 확신하였기 때문에 정전에 조인을 반대하여 왔던 것이다."

아울러 그는 이 휴전으로 하여 앞으로도 계속 공산 치하에서 고생할 수밖에 없는 북한 동포들을 향해 이렇게 호소하고 있었다. "동포여 희망을 잃지 마시오. 우리는 여러분을 잊지 않을 것이며 모른 체 하지도 않을 것입니다."

이런 기록들을 보면 북한이 흔히 말하는 문자 그대로 우리 정부는 공산 치하에서 신음하는 '인민들을 해방' 시키기 위해 휴전 협정을 끈질기게 반대했던 것이다. 통일을 이때 이루지 못하면 저 북한 동포들의 고생이 끝도 한도 없이 이어질 것이라는 동포애와 통일에 대한 열망이 하늘을 찔렀다. 그러나 우리의 의지와 상관없이 맺어진 정전 협정으로 인해 통일의 기회를 놓친 것이 여간 서럽고 여간 아쉽지가 않다.

그 동안 우리는 정전은 정전일 뿐 평화가 아니라는 사실을 까맣게 잊고 있었다. 평화로운 세상에 살고 있는 것처럼 착각하면서 살고 있던 업보가 어제 오늘에 일어난 사태가 아니다.

지금 북한 동포들이 당시 이승만 대통령이 예상한 그대로의 상태에 있다는 사실도 또 정전 협정 조인식을 취재했던 기자가 그 현장에서 화해의 정신이라고는 눈곱만큼도 엿볼 수 없었다는 사실도 벌써 우리는 수도 없이 경험하면서 확인해 오고 있다.

그렇다면 우리는 〈눈에는 눈, 이에는 이(Auge um Auge, Zahn um Zahn)의 정책으로 대적(對敵)해 나갈 수밖에 없다. 다행히 새로운 국방장관이 북한과의 관계에 있어 교전 규칙이 아닌 자위권적(自衛權的) 차원에서 대응해 나가겠다고 한 말은 너무나 당연하다고 할 것이다. 자위권이라는 무엇인가? 하늘이 부여한 자연권적 기본권이라는 얘기다. 평화를 무력으로 지키자는 얘기다.

그러나 필자는 여기에서 한 걸음 더 나아가 이유 여하를 막론하고 다른 나라에 대한 적대적 행위로 그 나라 국민들에게 정신적 물질적 피해를 입혔을 때에는 민사상의 손해배상 책임도 반드시 지도록 하는 관행을 국제적으로 쌓아가자고 주장하고 싶다. 대일(對日) 청구권처럼 말이다.

그리고 그 첫 번째 사례로 지난 천안함 폭침 사태와 이번의 연평도 무차별 포격 사태에 대한 북한의 책임을 물어 민사상의 손해배상도 함께 요구하는 것이 어떨까? 이 주장이 너무 구상유치(□尚乳臭)적인 발상일는지는 모른다. 그러나 피해자들이 가해 행위 당사자들에게 민형사상의 책임을 요구하는 관행이야 말로 "문명국에 의하여 인정된 법의 일반적 원칙"이 아닌가! 요구의 주체는 피해자들이나 민간단체도 좋을 것이다.

천안함 사태나 연평도 사태를 지나간 일로 치부하지 말자는 얘기다. 응징을 유보해 둔, 지난 사태로 치부한다면 시간이 지나면서 세계 모든 이의 뇌리에서 사라지고 만다. 그러나 이 문제를 북한에 직접 요구하거나 유엔에 제소(提訴)해 놓는다면 최소한 결코 잊혀질 수 없는 사태로 자리매김이 될 것이다. 제소가 받아드려지지 않는다면 최소한 유엔 사무총장에게 청원이라도 하자! 전쟁도 외교의 한 수단이라면 제소나 요구나 청원도 외교의 한 수단이 아니겠는가?

대전일보 (2010. 12. 07)

나라가 있어야 절寺도 있지요

"나라가 있어야 절도 있지요!"

불교 방송 진행을 맡고 있는 정목 스님이라는 분이 며칠 전 어느 신문사를 찾아와 5천만 원의 성금을 놓고 가면서 했다는 얘기다. 지난 23일 북한의 무차별 폭격으로 연평도가 쑥대밭이 되고 병사와 민간인 합해 4명이 목숨을 잃는 현장을 보면서 낡은 절을 수리하기 위해 모아 둔 돈을 선뜻 성금으로 내놓은 것이다. 호국 불교의 전통이 아직도 쉼 없이 살아 숨 쉬고 있다는 느낌이 뇌리를 스친다.

1400여 명의 연평도 주민 대부분은 섬을 떠났다. 거처할 집이 모두 폭격에 허물어지고 끼니조차 때울 수 없기 때문이다. 어떤 가게 집 주인은 팔다 남은 물건들을 군부대에 나누어 주고 떠난 사람도 있다. 또 어떤 이는 기르던 개 먹이를 장만해주고 떠난 이도 있다. 그러나 그 중에서도 30여 명은 피란을 가지 않고 남아 있기로 하면서 이렇게 말했다고 한다. "우리 주민이 다 떠나고 나면 여기는 빨갱이 세상이 될 거에요! 연평도에 남아 있는 것이 나라를 지키는 것이지요."

충무공 이순신 장군이 감옥에서 나와 백의종군하다가 다시 삼도수군통제사로 임명 받고 선조에게 올린 장계(狀啓)에서 한 말이 생각난다. "아직도 12척의 배가 있고 신(臣) 또한 죽지 않았습니다." 주민 모두가 떠났어도 끝까지 남아 있겠다는 30여 명의 주민! 남들 보기에는 하잘 것 없지만 충무공에게는 보배 같았던 12척의 배와 무엇이 다를까 싶은 생각에 눈물이 핑 돈다. 그들이 바로 우리에게는 남은 배 12척보다도 값지다고 생각되기 때문이다.

죽은 병사의 빈소에는 대통령도 다녀가고 일본의 전직 수상도 다녀갔다. 대단히 이례적이다. 천안함 폭침 사태 직후에는 서해에서 하려던 한미 방위 훈련도 장소를 옮겨야 할 수밖에 없었지만 이번에는 정상대로 진행되고 있다. 미국의 항공모함 조지 워싱턴호가 서해로 발진하여 한미 연합 훈련에 들어간 것이다.

중국도 이제는 북한의 무모한 도발을 보다 못해 외교부장이 주중 북한 대사를 불러 이번 포격 사건에 대한 중국 측의 우려를 전달했다고 한다. 뿐만 아니라 중국의 관영 매체들도 이 사건으로 인해 난처해진 중국의 입장을 이렇게 표현했다고 한다. 온 세상이 분노하고 있는데 "북한 혼자 신나서 기염을 토하고 있는 꼴(揚眉吐氣)"이라면서 "독(毒)이든 술을 마시면서 갈증을 풀고 있다(飮鴆止渴)는 사실도 모르는가." 라고 말이다. 국제 사회에서 북한의 만행을 마냥 옹호만 하고 있을 수 없는 옹색한 중국의 입장이 엿보인다는 측면에서 자못 신기한 느낌마저 든다.

미국이나 러시아의 북한에 대한 비난 성명에 이어 일본에서는 중의원과 참의원 합동회의를 열어 "민간 피해까지 초래한 북한의 무차별적이고 충격적인 무력 도발을 용납할 수 없다."는 결의안을 만장일치로 채택하였다고 한다. 그리고 이어 한미 연합 훈련동안 모든 각료들이 비상대기에 들어가기로 하였다는 소식은 또 다른 의미에서 우리에게 충격적이다. 우리의 국회와 우리의 각료들의 태도와는 사뭇 대조적이기 때문이다.

국방부 장관이라는 사람이 서슴없이 대통령의 확전 금지를 지시했다고 한 국회 답변부터가 여간 실망스럽지 않다. 설사 대통령이 그런 의미로 지시했다고 하더라도 장관은 그 지시의 정치적 파장까지를 고려할 줄 알았어야 했다. 군사 작전을 정치적으로 활용할 줄도 알아야 하는 위치에 있는 사람이 곧 국방 장관이다. 그렇지 않다면 국방 장관이 왜 필요하겠는가?

정치권은 더욱 가관이다. 민주당은 국회에서 대북 규탄 결의안을 채택하는데 있어서도 그 내심이 무엇인지 도무지 알 수 없는 이유를 내세워 짐짓 뒷걸음질이었다. 어제 당장 연평도의 군 시설과 관공서와 민가들이 무차별적으로 포격을 당해 불바다가 되었는데도 이에 대한 규탄이 아니라 잠꼬대 같은 평화 촉구안(案)만 고집하고 나섰다.

여야의 협상 끝에 결의안은 가결되었지만 우리의 심정은 여간 쓸쓸하지 않다. 이 결의안에 기권자가 무려 9명이나 나왔다. 우리의 예상을 뛰어 넘는 숫자다. 우방들에게 부끄럽기가 한이 없다. 정치도 나라가 있어야 하는 것인 줄을 제대로 알고나 있는지 모를 일이다.

우방들에게 부끄럽기로 말하면 이번 사태에 대한 우리 군의 대응 자세를 능가 할 것이 없다. 그로 하여 사람들 가슴에 분노와 원망이 서리처럼 서려 있어 이를 일시에 다 녹일 수는 없을 것이다. 한미 연합 훈련을 무사히 마치고 나서 단호한 보복 채비를 하는 수밖에 없다.

나라가 없어지면 장군의 계급이 무슨 소용인가? 필사즉생(必死卽生)이다.

대전일보 (2010. 11. 30)

안보에는 좌우가 따로 없다

6.2지방 선거가 이제 끝났다.

그러나 그냥 끝난 것이 아니라 아주 심각하게 끝났다. 좌우의 극한 대립이 불을 보듯이 뻔 한 앞날이 보일뿐인 상항으로 끝났다. 광역 단체장으로 당선된 이의 상당수가 의외의 인물들이다. 전교조 출신이거나 친전교조적인 교육감들이 대거 당선되었다. 그렇게 단순하게만 보아 넘길 일이 아니다. 그 동안 전교조가 해온 내력을 보면 우리의 안보의식에 적지 않은 악영향을 주었다고 느껴지기 때문이다.

학교에 머물러 학교 교육에만 전념해 온 것이 아니라 정치 투쟁에도 서슴없이 앞장서 온 전력이 있다. 일부 노조원들은 교사의 신분과 공직자로서의 신분임에도 민노당에 가입하여 활동을 하고 있는 것으로 밝혀지고 있다. 국가 보안법 철폐와 미군 철수와 연방제 통일을 주장하면서 역사를 왜곡한 사례가 너무나 많다. 더러는 북한을 미화하면서 학생들에게 편향된 이념을 주입시키는 교육도 서슴없이 하였다. 말하자면 반대한민국적 세뇌 교육에 앞장 선 단위 노조가 한둘이 아니었다는 얘기다.

그래서 강조하지 않을 수 없다. 안보에만은 좌도 우도 따로 없다는 사실을 분명히 하자는 얘기다. 더 이상 북한을 두둔하는 발언이나 행동으로 나라의 안보에 위해(危害)를 가하지 말라는 것이다. 무상 급식도 좋고 혁신 학교도 좋다. 누구나 정책에 대한 선호도와 자기 철학은 있게 마련이다. 이를 탓할 수는 없다. 그러나 안보의식만은 확고하게 다져야 한다. 그렇지 않으면 한국의 앞날에 큰 재앙이 닥칠 수밖에 없을 것이기 때문이다.

현역 육군 소장이 간첩 활동을 하다가 적발되었다. 모든 작전 계획이 담겨진 문서가 무용지물이 될 정도가 되었다. 대북 공작원이 대남 공작원이 되어 돌아왔다는 얘기도 들린다. 무슨 나라가 이 모양이란 말인가? 선거에 패배한 직후 이대통령은 경제에 전념하자고 했지만 나라의 안보망에 구멍이 뚫렸는데 경제는 어떻게 잘 될 수가 있겠는가? 간첩이 군내 사령관실과 안기부에까지 침투해 있는데 여타 다른 분야에는 오죽하겠는가 싶다. 그만큼 북한은 남한의 적화(赤化)를 위해 집요하다. 시도 때도 없이 도발을 감행한다. 분명히 무슨 특별한 목적이 있을 것이다. 노림수가 있을 것이라는 얘기다. 어떤 노림수일까? 그 이유를 알아야 한다. 어떤 국방 문제 전문가가 어느 세미나에서 한 얘기를 들어보자.

1996년 강릉 잠수함 사건이 일어나고 1년 후에는 햇빛 정책의 창시자인 김대중 정권이 탄생하였다. 1999년 연평 해전이 일어난 지 1년 후에는 남북 정상회담이 있었다. 이 회담에서는 낮은 단계의 연방제 통일이라는 6.15공동선언이 채택되었다. 그리고 대통령은 이 선언을 바탕으로 "이제 전쟁은 없다."고 외쳤고 국민들은 박수를 쳤다. 2차 대전 직전 영국의 수상 체임벌린이 히틀러를 만나고 와서 행한 연설과 너무나 흡사하였다. 그가 히틀러와 함께 서명한 평화 선언서를 높이 들고 런던공항에 도착하자마자 "여기 우리 시대의 평화가 있다."고 외치자 국민들은 함성을 터뜨리며 열광하였다. 그러나 결과는 어떠하였는가?

2002년 제2연평 해전은 대통령 선거 6개월 전에 일어났고 "남북 관계만 잘되면 다른 것은 다 깽판 쳐도 된다"고 주장한 노무현 후보가 당선되었다. 이어 노무현 정권은 한미연합사 해체와 작전권 이양이라는 중대한 안보 축을 무너뜨리게 만들었다.

얼마나 절묘한 시점에 북한의 도발이 이루어졌는가를 알만하지 않는가 하고 그는 묻고 있었다. 특히 이명박 정부가 들어선 이후에는 "정부의 대북 정책이 마치 남북한 관계를 파탄시키는 것처럼 보이도록 유도하여 국민과 정부를 이간시키려는 목적"의 도발이 대부분이라고 한다.

그렇다면 천안함 폭침 사태는 어떤 정치적 계기와 맞물리는 것일까? 6.2지방 선거와 맞물리는 것일까? 아니면 6.25 60주년을 기해 있을 한미 외교 국방 장관 회담을 겨냥한 것일까? 전문가들의 분석처럼 미국과의 평화 조약을 성공시키기 위해 한 것일까?

이 모든 의도가 복합적으로 작용하였을 것이다.

도발을 할 적마다 북한은 자기네들의 뜻대로 정책이 이루어 졌다. 햇빛 정책도 얻어내고 북한식 통일 방안도 합의시켰고 반미 감정도 유발시켰고 한미연합사 해체도 이끌어냈다. 이제는 미국과 평화 협정만 맺으면 대한민국은 자기네들 것이 되는 길만 남게 되는 것이다.

이러한 시나리오가 보이는데도 우리는 좌우로 갈려 이념 논쟁에 몰두할 것인가? 죽어가는 환자를 두고 의학 논쟁을 하는 것처럼 어리석은 일은 없다. 안보를 위해서는 좌우 모두가 합일된 신념을 갖도록 하자!

대전일보 (2010. 06. 08)

만사형통萬事兄通

일본을 통일시키고 난 후 도요토미 히데요시(豊臣秀吉)는 온갖 전투에서 목숨을 걸고 충성스럽게 자신을 섬겨온 마부(馬夫)를 불러 말한다. "무슨 소원이든지 있으면 말하라! 내가 들어줄 것이다." 마부는 머뭇거리다가 이렇게 낮은 목소리로 대답한다. "저에게 무슨 소원이 있겠습니까? 그러나 굳이 말씀드린다면 가끔 장군님의 귓밥을 한 번씩 빨도록 해주시면 하는 것이 소원입니다."

히데요시는 흔쾌히 이를 수락한다. 무슨 군중집회가 열리고 있을 때마다 그 마부는 단위에 높이 앉아 있는 히데요시에게 다가가 그의 귓밥을 살짝 빨고 단하로 내려갔다. 그때마다 그 광경을 보고 있던 사람들은 그의 주위를 둘러싸고 무슨 귓속말을 했느냐고 아우성이다. 요긴한 몇 마디 말씀을 드렸을 뿐이라고 시치미를 떼고 집으로 돌아오면 언제나 그의 곳간에는 수십 석의 쌀가마가 쌓여 있었다.

무슨 부정한 사건이 터지기만 하면 전 현직 대통령의 측근들이 거론되는 것을 보면서 생각난 어느 소설에 있는 얘기다.

권력을 쥐고 있는 사람의 귓밥을 빠는 하찮은 마부도 사람들의 눈에는 권력자로 보여 쌀가마를 갖다 주면서 아첨에 쉴 틈이 없는데 하물며 대통령의 형이나 측근이라면 얼마나 많은 사람들이 얼마나 많은 쌀가마를 갖다 주겠는가 하는 생각이 들어서다.

몇 년 전 사람들은 역대 정권을 〈백〉〈총〉〈돌〉〈물〉〈깡〉〈뼝〉〈신〉이라는 한마디 말로 상징화시키는 우스갯소리를 만들어낸 적이 있다.

〈빽〉은 자유당 정권을 상징하는 말이다. 자유당 시절에 유행했던 은어들을 상기해 보면 금방 그것이 무엇을 뜻하는가를 알 수 있다. 〈국물〉〈와이로(뇌물의 일본말)〉 그리고 〈빽〉이 당시의 유행어였으니 말이다.

해방의 감격도 잠시인 채 6.25전란이 일어나자 중국에서 일본에서 귀국한 사람들과 인민군을 피해 피란 온 사람들이 한꺼번에 부산으로 대구로 몰려들어 북새통을 이루며 살던 때가 있었다. 한 끼 밥이라도 얻어먹으려면 눈을 두리번거리며 연줄 하나라도 찾아야만 하였기에 생긴 말이 〈빽〉이다.

공화당 정권의 상징어는 〈총〉이다. 정권의 탄생도 죽음도 총으로 말미암은 역사를 우리는 지금도 가슴 아프게 기억하고 있다. 다시는 기억하고 싶지 않은 기억이기도 하다.

제5공화국은 〈돌〉이다. 공화당 정권에 연이어 탄생한 군사 정권에 대한 반감을 녹여 지도자의 상으로 조각해 낸 상징어가 아닌가 싶다. 지도자의 이름과 외모를 합성해 내는 민중들의 예지가 놀랍다.

제6공화국은 〈물〉이다. 대통령의 우유부단함을 빗댄 것일까? 당시의 사람들이 스스럼없이 불렀던 말이니 새삼 설명이 필요치 않다.

YS정권은 〈깡〉이라 했다. 왜 〈깡〉일까? 이것도 지도자의 성품을 바탕으로 만들어 낸 상징어다. 깡다구 하나로 저항과 타협을 반복하면서 대통령의 자리에 오른 지도자는 그 밖에는 아무도 없기 때문이다.

DJ정권을 상징해 주는 말은 〈뻥〉이다. "약속을 지키지 못한 적은 있어도 거짓말 한 적은 없다."는 그의 유명한 말의 대가(代價)가 아닌가 싶다. 이제는 더 이상 대통령에 입후보 하지 않겠다는 말을 수도 없이 반복한 연후에야 비로소 대통령으로 당선될 수 있었기에 나온 말일 게다.

노무현 정권에 대해서는 〈신〉이라 했다.

사회에는 등신/ 문화에는 병신/ 외교에는 망신/ 민주당에는 배신/ 386세대에는 맹신/ 돈에는 걸신/ 거짓말에는 귀신/ 김정일에는 굽신.

이제야 왜 사람들이 노 정권을 "신"이라 했는지 알 듯하다. 대통령의 형을 비롯해 그의 오른팔 왼팔 하는 사람들이 모두 돈에 걸신이 들려 감옥에 가지 않는 사람이 없을 정도가 되었으니 말이다.

그러면 이명박 정권에 대해서는 사람들이 무어라 말하고 있을까? 아직까지는 들어 보지 못했다. 그러나 어느 언론에서는 만사가 대통령의 형을 통해야 한다는 뜻으로 〈만사형통(萬事兄通)〉이라는 신조어를 만들어 냈다. 기발하고도 신통한 신조어가 아닐 수 없다. 그렇다면 〈형〉이라는 상징어로 이 정권은 불리어지게 될 것인가? 벌써부터 걱정이 앞선다.

대전일보 (2009. 03. 31)

八월이 오면

팔월은 광복의 달이요 건국의 달이다. 자연스럽게 심훈(沈薰)의 "그 날이 오면"이 머리에 떠오른다.

"그날이 오면 그날이 오면은/ 삼각산이 일어나 더덩실 춤이라도 추고/ 한강물이 용솟음칠 그날이/ 이 목숨이 끊어지기 전에 와주기만 하량이면/ 나는 밤하늘에 날으는 까마귀와 같이/ 종로의 인경을 머리로 들이 받아 울리오리다/ 두개골은 깨어져 산산조각이 나도/ 기뻐서 죽사오매 오히려 무슨 한이 남으오리까"

나라가 독립되기를 기다리는 심훈의 마음을 반쪽만큼이라도 우리가 따라간다면 우리는 벌써 통일되었을 것이라는 생각을 하면서 그를 읊어 보았다. 통일하는 것이 독립하기보다도 더 어려운 상황에 놓여 있는 것이 아닌가 해서 여간 부끄럽지 않다. 그도 그럴 수밖에 없는 것이 독립은 온 백성의 한마음의 기도였지만 통일은 그렇지가 않다. 남과 북이 추구하는 제 각각의 통일 논리 때문이다.

한때는 북한에 대해 햇볕 정책을 쓰면 혹시나 입고 있던 오버 코트를 벗고 세계를 향해 문을 열까 하고 기대도 해 보았지만 그런 희망도 이제는 무너진 지 오래다. 퍼주기란 시비를 뛰어 넘어 건네준 정부의 천문학적인 대북 지원은 계엄 통치에 불과한 북한의 선군(先君)정치를 위한 핵개발 비용으로 모두 탕진되고 남은 것은 북한 주민의 굶주림뿐이었다는 사실에 우리 국민들은 대북 지원에 등을 돌렸다. 그것이 이명박 정부의 탄생을 가져 왔다. 그러나 이명박 정부 또한 북한과의 평화는 절대적 명제이기에 남북 대화를 제의하는 연설문 원고를 쓰는 순간에 북한은 이유 없이 남한의 금강산 관광객 한 사람을 총으로 쏴 처참하게 살해하는 만행을 저질렀다. 그리고 북한은 이에 대해 사과도 없다. 서해 참변 당시에도 북한은 해상 도발을 스스로 일으켜 놓고도 책임은 남한측에 떠넘기는 생떼쓰기에 급급할 뿐이었다. 이런 북한을 상대로 우리는 어떤 통일 정책을 추구하는 것이 옳은 것인가?

금년이 건국 60년이 되는 해가 되자 여기저기서 뜻있는 학술 단체들이 앞을 다투어 통일 문제를 주제로 토론회를 개최하는 것을 보고 느끼는 것은 여전히 통일로 가는 길은 멀 수밖에 없겠구나 하는 것이었다. "남북한이 군사적인 대결 상태를 종식시키고 적대적인 관계를 협력적인 관계로 전환해 평화를 정착 및 유지하기 위한 원칙, 규칙, 규범 등 제도적인 틀을 마련하고 국제적으로 보장하는 체제의 구축"이 필요하다는 지적들이다(한국 정치학회).

어떻게 보면 너무나 한가한 얘기 같고 너무나 이상적인 말의 향연이 아닌가 하는 생각마저 드는 것이다. 남북한이 적대적인 관계를 협력적인 관계로 전환할 수만 있다면 무엇이 걱정이겠는가? 그것이 안 되니까 햇볕 정책도 써 보고 남북한 간에 합의 성명서도 내보고 선언도 해 보고 교류도 해 보면서 갖은 궁리를 다해 왔던 것이 아닌가? 그러나 그 결과는 어느 경우 하나 어떤 변화도 이끌어내지 못 했다는 사실밖에는 아무 것도 남는 것이 없었다는 사실이다. 이제는 대북 문제에 있어 좀 더 솔직하고 현실적이어야 하지 않을까 싶다. 북한은 이제 오늘과 같이 문명화되고 세계화 된 사회에서 스스로 적응할 능력을 상실하였거나 포기한 나라라고 밖에는 설명할 수가 없다.

이런 차원에서 본다면 북한은 우리에게 있어 어쩔 수 없는 업(業)일 수밖에 없다. 어느 날 갑자기 김정일 체제가 무너져 쓰나미 현상처럼 북한이 우리에게 밀어 닥치는 날에 당하는 우리의 곤혹스러움과 혼란스러움을 무엇으로 감당할 것인가를 이제는 생각해야할 시점이 아닌가 하는 생각이다. 압력이 강하면 폭발하거나 무너지게 되어 있는 것이 세상의 이치다. "하늘이 만든 재앙은 그래도 피할 수 있지만 자신이 만든 재앙에서는 아무 누구도 살아날 수 없다."는 성현의 말은 지금도 실증되고 있는 것이 아닌가? 이라크의 후세인이 그러하고 독일의 히틀러가 그러하고 전 유고의 슬로보단 밀로셰비치와 루마니아의 쵸세스쿠, 인도네시아의 수하르토와 우간다의 이디 아민 등이 모두 자신이 만든 재앙에서 헤어나지 못한 인물들이 아니던가? 여름 더위를 피해 잠시 쉬는 동안 생각해 볼 일이 아닐까 싶다.

대전일보 (2008. 08. 12)

숭례문은 불탔지만

　열전 17일에 걸친 베이징 올림픽 경기가 끝난 지도 벌써 한참 되었다. 대단히 행복했던 시간들이었다. 그러나 이제는 흥분을 가라 안치고 잠시 동안이나마 열기가 하늘로 치솟던 현장을 한번쯤 반추해 볼 필요가 있지 않나 싶다. 올림픽의 역사를 뒤돌아보면서 말이다.

　누구나 아는 얘기지만 오늘의 올림픽이 있도록 깃발을 높이 든 사람은 프랑스의 교육학자 쿠베르탱(Coubertin. Pierre de)이었다. 그와 함께 뜻을 같이 했던 사람들은 1894년 최초로 세계 올림픽 조직위원회를 창립시키고 곧이어 1896년에 올림픽의 발원지인 그리스 아테네에서 제1회 올림픽을 개최하였다. 초창기의 체육인들이나 관중들은 모두 경기장의 선수들을 숭고한 영웅으로 대접하였다. 그러면서 "가장 중요한 것은 이기는 것이 아니라 참가하는 것"이라는 정신으로 그리고 "승리가 아니라 얼마나 잘 싸우느냐."는 정신으로 그리고 평화의 정신으로 올림픽에 임하였다.

　그 옛날 아테네에서 우승자의 머리 위에 씌어주는 월계관은 단순히 월계수의 잎을 따 만든 것이 아니었다. 신이 인간에게 내려준 평화와 행복의 상징이었던 감람나무의 가지를 순수 그리스 혈통을 지닌 무류(無謬)의 소년으로 하여금 자르도록 한 뒤에 엮어 만든 것이었다.

　아테네 사람들이 올림픽 출전 선수나 그 우승자를 얼마나 존경하였는가 하는 것은 메달을 주더라도 은메달이나 동메달은 있어도 그들이 천하게 여긴 금메달은 없었던 것을 보아도 알만하다. 그만큼 올림픽 경기는 신성한 것이었다. 그러나 그런 신성성이 횟수를 거듭할수록 상업성으로 점차 희석되고 세계 평화와 인류애는 국가주의와 민족주의로 흐르고 있는 것이 아닌가 하는 느낌이 드는 것은 필자만의 생각일까?

필자는 올림픽 경기가 치러지는 기간 내내 중국 정부가 올림픽의 슬로건으로 내건 〈하나의 세계, 하나의 꿈으로〉가 과연 어떤 것인가 하는 것에 대한 의문이 날이 갈수록 깊어만 갔다. 중국은 '하나의 세계'를 꿈꾼 것이 아니라 '중국의 세계'를 꿈꾼 것이 아닌가 하는 생각이 앞서서였다. 너무나 중국적이라는 나만의 감상 때문이었는지도 모른다.

관객을 압도하는 잘 훈련된 병사들의 열병식과 같은 모습의 개막식이나 폐막식 역시 중국의 역사를 한순간에 연상시켜 주는 것이어서 여간 섬뜩하지가 않았다. 불꽃놀이의 일부가 컴퓨터 그래픽으로 처리된 것이라는 보도도 어쩐지 듣기에 허전하였다. 그런데 거기에 더하여 세계인의 가슴에 우리의 아름다운 미래를 꿈꾸게 하는 어린 소녀의 너무도 예쁜 목소리의 노래도 결국은 립싱크(lip sync)였다는 사실에 이르러서는 아연실색할 수밖에 없었다. 립싱크도 일종의 짝퉁이다. 신성한 올림픽 경기장에 어떻게 짝퉁이 등장할 수 있을까 하는 생각에 상업성을 넘어 교육상으로도 도저히 이해할 수 없는 일이 벌어진 것이라 생각되었다. 뿐만 아니라 우리의 양궁 선수가 금메달의 과녁을 향해 활을 쏘는 순간 호루라기를 불거나 페트병을 마음껏 두드려 양궁 선수의 신경을 건드리는 중국 응원단의 응원 행태 역시 결코 올림픽 경기장답지 않은 모습이었다. 그 순간은 귀가 따갑도록 울어대는 매미마저 울음을 멈추고 있어야 할 현장이었다.

그러나 아름다운 모습도 없지 않았다. 2등 한 선수가 일등을 한 선수의 어깨를 두드리며 축하해 주는 모습이나 금메달을 딴 선수가 은메달을 딴 선수를 위로해 주는 모습도 우리는 보았다. 그리고 경기에 이기거나 지거나 관계자들 모두가 모두를 위해 격려하며 흘리는 감격과 통한의 눈물을 보면서 우리들 모두도 함께 눈물을 머금었다. 그런 베이징 올림픽을 보면서 큰 교훈을 하나 얻어야 할 것 같다. 그것은 바로 예의다. 예의 바른 선수, 예의 바른 응원, 예의 바른 관람, 예의 바른 경기 운영, 그 예의가 바로 선진국의 표상이라는 생각이다.

우리의 숭례문(崇禮門)은 지각없는 한 사람의 불장난으로 불타고 말았지만 경복궁 안에는 아직도 흥례문(興禮門)이 남아 있으니 동방예의지국(東方禮義之國)에로의 희망은 아직도 있다 할 것이다.

대전일보 (2008. 09. 02)

그들은 아다다 인가?

  말 못하는 〈아다다〉이지만 가져간 논마지기가 효자 노릇을 할 때까지는 그래도 남편으로부터 사랑을 받았다. 그러나 남편이 어쩌다 돈을 벌자 이제는 매일처럼 매질이다. 할 수 없이 시집에서 쫓겨난 그는 "돈으로 사지 아니하고는 아내라는 것을 얻어 볼 수 없는 노총각" 수롱이를 찾아 간다. "수롱이에게는 아내를 얻으려고 십여 년 동안을 불피풍우(不避風雨) 품을 팔아 궤속에 꽁꽁 묶어둔 일백오십 원"이 있었다. 수롱이로서는 아다다를 아내로 삼으면 지금까지 모아 놓은 돈을 아내 사는데 쓰지 않아도 되기에 좋고 아다다는 어차피 갈데없이 방황하다가 성황당 길에서 만난 사람이기에 좋았다. 서로가 안성맞춤의 만남이었다. 수롱이는 어찌나 좋았던지 대뜸 이렇게 말하는 것이었다. "〈우리 밭을 한 뙈기 사자! ~~내가 던답을 사라구 묶어 둔 돈이 있거든〉하고 봐라는 듯이 실경 위에 얹힌 석유통 궤 속에서 지전 뭉치를 뒤져내더니 손끝에다 침을 발라 가며 팔딱 팔딱 뛰어 본다." 그러나 그 돈을 보는 순간 자기를 때리던 전 남편 생각에 아다다는 전율한다. 아다다에게 있어 돈은 "행복을 가져다 주리람 보다는 몽둥이를 벼르는데 지나지 못하는 것"같았기 때문이다.
  작년 10월 새로이 부임하는 임홍재 베트남 주재 한국 대사로부터 신임장을 받는 자리에서 베트남의 응우옌 민 찌엣 주석이 했다는 말을 듣는 순간 생각난 것이 계용묵(桂鎔黙)의 소설 〈백치 아다다〉였다.
  "한국에 시집 간 베트남 신부들이 잘살 수 있도록 한국 정부와 관계자들이 도와주시오."

우리가 베트남 신부들에게 어떻게 했기에 한 나라의 수상이 일국의 대사에게 신임장을 받는 자리에서 공개적으로 이런 말을 했을까? 그 베트남 수상의 가슴이 얼마나 아팠으면 사석도 아닌 자리에서 그렇게까지 절절한 마음으로 말을 했을까? 우리의 얼굴에 모닥불을 끼얹는 것 같은 부끄러움으로 얼굴을 들 수가 없다. 우리만 모르고 있는 일인가 아니면 모르는 척 하고 있었던 일인가? 부끄럽지만 한번쯤 살펴볼 필요가 있지 않을까 싶다.

지난 해 언제인가는 열아홉 살 베트남 신부가 결혼한 지 한 달 만에 남편에게 얻어맞아 갈비뼈가 부러졌다는 소식이더니 이제는 아예 남편의 구타와 감금에 못 이겨 남편이 없는 사이 탈출하려다가 아파트 난간에서 떨어져 숨졌다는 소식도 들린다. 필리핀 아내를 씨받이로 들여다가 애기를 낳게 한 후 쫓아 내버린 한국 남자도 있었단다.

아무리보아도 이들 외국 여성은 계용묵의 아다다와 다를 바 없는 신세처럼 보인다. 그러나 분명히 말하지만 이들 신부들은 아다다가 아니다. 시집 갈 데가 없어 논마지기라도 싸들고 시집을 온 것이 아니라 "돈으로 사지 아니하고는 아내라고는 얻어 볼 수 없는 노총각" 수롱이가 있다기에 시집 온 아름답고 일 잘 하는 신부들이다. 아다다처럼 말 못하는 농아자(聾啞者)도 아니요 일만 거들면 그릇이나 깨는 천치도 아니다. 일하기로 하면 남편보다 잘 하고 시부모를 뫼시기로 하면 한국 여자보다 못할 것도 없다. 오직 자신의 의사표시를 우리말로 하지 못할 뿐이다. 아다다라고 밖에는 아무런 의사표시를 할 수 없는 말 못하는 아다다를 수롱이는 끔찍이나 사랑했다. 아다다가 아니고서는 수롱이는 아내를 얻을 수 없는 처지에 있었기 때문이다. 수롱이와 똑같은 처지에서 동남아 여성을 신부로 맞아 드렸으면서도 우리의 노총각들은 수롱이만도 못한 사람들인가? 어디서 또 그만한 규수를 얻을 수 있을 거라고 생각하고 아다다의 전 남편처럼 매일같이 구박인가? 집과 여자는 가꿀 탓이라는데 부끄러워도 너무나 부끄럽다.

이제 겨우 밥술이나 먹을 형편이 되니까 하늘 두려운 줄도 모르는 백성이 되고만 것인가? 하늘을 이고 살면서 하늘을 두려워하는 마음가짐이 없고서야 어찌 사람이라 할 수 있겠는가? 어떤 정책보다도 먼저 사람을 사람 되게 만드는 정책이 앞서야 할 것 같다. 우리 정치가 하루도 조용한 날이 없이 시끄러운 것도 결국은 사람이 덜된 사람이 섞여 있기 때문에 그런 것이 아닌가 싶기도 하고~~.

대전일보 (2008. 06. 24)

글 아는 사람 노릇하기

영국의 왕위 계승권 2인자인 윌리암 왕자가 사귀던 여인과의 혼인이 이루어지지 않은 원인에 대해 외신이 전하는 내용은 자못 흥미롭다.

신부 될 여인의 어머니의 행동이 너무 볼품없고 하는 말이 너무 품격이 없어서였다는 것이다. 무슨 행사장에 가서 껌을 질겅거리면서 씹었다든가 여왕과의 대화 과정에 화장실을 변소(toilet)라고 말했다든가 하는 것들이 그 원인이 되었을 것이라는 추측들이 만발하였다. 똑같은 화장실을 놓고 서양 사람들도 토일렛(toilet) 레스트룸(restroom) 바스룸(bathroom) 워시룸(washroom) 레바토리(lavatory)등으로 다양하게 쓰는데 기왕이면 그 중에서도 왜 점잖은 말을 골라 쓰지 않았느냐 하는 지적이었던 것 같다.

조금은 지저분한 얘기 같지만 우리나라에도 화장실이란 말은 수세식 변기가 나오고 난 뒤부터가 아닌가 싶지만 그 이전에는 여러 말이 있었다. 뒷간 측간 세수간 통시 변소등과 같이 직접적으로 지칭하는 말도 있지만 〈작은 집〉이나 〈해우소(解憂所)〉와 같이 아주 멋스러운 말을 쓰는 경우도 있다. 이중에서 어떤 말을 사용하는가 하는 것은 예나 지금이나 변함없이 말하는 사람의 품격을 나타내 준다.

5월의 꽃들이 화려하게 피는 계절에 맞춰 정치하는 사람들도 화려한 (?) 막말의 경연 대회를 요염하게 펼치고 있어 하는 얘기다. 여기에 재벌 회장이라는 사람이 연출한 폭력 영화의 한 장면이 덧붙여지는 세태를 보고 아픈 가슴으로 한마디 하지 않을 수가 없어서다. 막말이라고 하면 막 되먹은 사람이나 하는 말이라고 알았는데 실은 그렇지가 않아 안타깝다.

대통령 취임 직후 검사와의 대화 과정에서 노무현 대통령이 자신에게 귀에 거슬리는 말을 한 검사를 향해 "이쯤 되면 막가자는 것이지요?"하고 윽박지른 장면을 본 적이 있다. 이를 보고 필자는 앞으로 최소한 막가는 일은 없겠구나 하고 생각했다. 그러나 그 이후에 보면 "깽판" "못해먹겠다." "꿀릴 것이 없다." "때린다." 등 수도 없는 막말들이 쏟아져 나오더니 급기야는 그 막료(幕僚)의 입에서 "계급장 떼고 맞짱 뜨자."는데 까지 이르렀다. 이제는 임기 막판(?)이 되었으니 막가도 괜찮다고 여긴 것일까 "살모사 정치" "떴다방 정치"라는 말까지 등장하였다.

여권의 정치인들이 하니까 나도 한번 해보자는 식으로 야당하는 사람들까지도 이에 질세라 천박한 말들을 마구 쏟아 붓는다. "복날 개장수" "옆집 강아지" "쓰레기" 등등. 정치인들의 양식으로서는 이제 못할 말이 따로 있지 않게 되었다.

정치판이라는 데가 의례히 그런데 라고 하면 별로 할 말도 없다. 우리나라 초대 대통령인 이승만 박사와 홍사단의 창시자인 안창호 선생 간에 오간 편지에서도 지금의 정치인들이 벌리는 막말 못지않은 말을 쓴 흔적들이 보이기에 하는 얘기다.

헌법에도 없는 대통령이라는 직함을 쓰면서 독립운동에 열중하고 있는 이승만 박사에게 임시 정부의 내무부장으로 있는 안창호 선생이 편지를 보낸다.〈임시 정부에는 ─ 대통령 직명이 없으니 대통령 행세를 하지 마시오.〉 이에 이승만 박사는 안창호 선생에게 답장을 쓴다.〈지금 대통령 명칭을 변경 못하오. ─ 떠들지 마시오.〉

편지에서 풍겨져 나오는 피차간의 노기(怒氣)가 그대로 묻어져 나오는 것을 실감하지 않을 수 없다. 어떻게 보면 엄청난 막말이다.

신하가 간(諫)하는 말을 불편해 하면서 "나는 무식해서 모른다."로 고개를 돌리는 임금이 있었는가 하면 "치국(治國)하기에 부족하다고 느끼면 자신보다 어진 이에게 나라를 맡기면 되자 않느냐."고 대드는 신하도 있었다(율곡). 이 모두가 어쩌면 막가는 자세일는지도 모른다.

그러나 한말(韓末) 나라가 망하는 것을 차마 보지 못해 자결을 하면서 남긴 매천(梅泉) 황현(黃玹)선생의 피맺힌 말을 들어보자.

〈세상에서 글 아는 사람 노릇하기가 이렇게도 어려운 것이거늘〉

대전일보 (2007. 05. 15)

제4부

눈총도 총이다

외눈박이의 정치

백성들이 모두 소경들이어서 그런지 정치인들이 모두 외눈박이다. 소경들의 나라에서는 외눈박이가 왕 노릇을 한다더니 그와 비슷한 꼴로 외눈박이 정치인들이 국민들을 우롱하고 있으니 말이다. 아니면 국민들은 모두 두 눈이 똑바로 박혀 있는데 정치인들만 외눈박이 행세를 하고 있는 것인가? 국민은 한마음으로 8.15를 경축하는데 정치인들은 갈라져서 한쪽은 중앙청으로 또 다른 한쪽은 백범 기념관으로 가서 따로이 기념식을 가졌다. 어느 쪽 외눈박이가 어느 쪽으로 갔는지는 보도되지 않아 자세히 알 수가 없다. 다만 광복절을 지키자는 쪽은 백범 묘소로, 건국절도 함께 기념하자는 쪽은 구(舊)중앙청으로 갔다던가?

분명히 금년은 광복 63주년이요 건국 60주년이 되는 해다. 그리고 8.15는 광복과 건국을 함께 기념할 수밖에 없는 경축일이다. 광복 없이는 건국이 있을 수 없고 건국 없이는 광복이 아무런 의미를 가질 수 없는 것은 너무나 당연한 이치인데도 정치인들은 무슨 연유로 제각각의 기념식을 가졌는가? 한마당에서 만나 광복과 건국의 감회를 뜻있게 장식할 수도 있었을 텐데 알다가도 모를 일이다.

보도에 의하면 한나라당의 일부 정치인들이 8.15를 광복절이 아니라 〈건국절〉로 하자는 주장에 반발해서 민주당 사람들이 백범 묘소로 달려갔다는 것이다. 엄연한 광복절을 제치고 건국절로 하자는 주장이나 건국 기념일은 안중에 없이 광복절만 기념하자는 주장이나 하나같이 어울리지 않기는 마찬가지다. 광복절과 건국절을 한날한시에 기념한다고 하여 광복절의 의미나 건국절의 의미가 희석되는 것인가? 결코 그렇지는 않을 것이다.

대체적으로 건국절을 주장하는 세력들은 북한에 대항하여 세운 대한민국의 정통성을 굳건히 하기 위해 나온 주장이고 광복절만 주장하는 세력은 임시 정부의 법통을 이어가기로 한 헌법 정신에 따라야 한다는 인식의 토대 위에서 나온 것이 아닌가 하는 생각이다. 좀 더 축약하면 건국절 옹호론자들은 우남(雩南) 이승만 정신을 높이 받들자는 사람들이고 광복절 옹호론자들은 백범(白凡) 김구 정신의 계승자들이라 보면 쉽지 않을까도 싶다.

그러나 솔직하게 말하면 우남 정신이나 백범 정신에서 항일 독립 정신과 애국정신과 홍익인간의 건국 정신에서 어떤 차이를 우리는 발견할 수 있는 것인가! 백범을 보나 우남을 보나 어느 한 분 예외 없이 한 평생을 구국 일념으로 살아온 분들이다. 그리고 공산주의를 받아드릴 수 없다는 신념을 지니고 있다는 점에 있어서도 한 치의 차이를 우리는 찾아 볼 수 없다. 백범은 "나의 정치 이념"이라는 글에서 "시방 공산당이 주장하는 소련식 민주주의란 것은 독재정치 중에서도 가장 철저한 것이어서 (중략) 만약 이러한 정치가 세계에 퍼진다면 (중략)그런 인류의 큰 불행은 없을 것이다."라고 설파하고 있다.

우남과 백범은 해방 후에도 굳건한 동지로서 반탁(反託)운동에도 함께 앞장섰던 것이다. 그러나 불행하게도 유엔 총회의 결의를 바탕으로 한 남한만의 단독정부 수립에 우남은 따랐고 백범은 끝까지 통일정부를 고집하였을 뿐이다. 백범의 그 고집은 대한민국 정부 수립을 반대해서가 아니라 통일정부 수립에 대한 집념이었을 뿐이다. 1941년에 백범의 주도로 제정 반포한 〈대한민국 건국 강령〉에서도 이미 대한민국은 복국(復國)의 과정을 거쳐 건국되어야할 미래의 나라로 설정하고 있었던 것이다. 따라서 8.15를 건국 기념일로 보는 것은 백범에게도 하등 이상할 것이 없다고 여겨진다.

우리는 이 시점에서 우남의 단독정부 추진을 누가 감히 잘못되었다고 폄훼할 수 있을 것이며 어떤 난관을 무릅쓰고서라도 끝까지 통일정부를 세우려고 애썼던 백범의 민족정신을 누가 감히 저평가 할 수 있을 것인가? 우남의 탁월한 건국정신과 백범의 끈질긴 민족정신이 결국은 우리의 통일의 기반이 되고 있는 것이 아니겠는가?

대한민국 국회의원이면서 광복절이냐 건국절이냐로 싸워 무슨 이득을 보겠다고 광복 63주년과 건국 60주년의 8.15기념행사도 따로 했던 것인가? 오래 오래 후회될 일이었다.

경북신문 (2008. 09. 30)

대통령제를 다시 생각해 본다

인류사 최초의 신생국(new nation) 미국은 대통령제라는 전대미문(前代未聞)의 국가 통치제도를 만들어 내고 지금까지 수백 년 동안 큰 변화 없이 유지해 오고 있다.

우리나라도 여러 우여곡절을 거치긴 했지만 약간의 내각제를 가미한 대통령중심제를 꽤나 오랫동안 유지해오고 있어 이제는 우리 고유의 정부 형태로 자리매김 되고 있지 않나 싶다.

그러나 따지고 보면 우리나라는 대통령 제도를 운영하는 문화 풍토가 미국과는 너무나 달라서 언제나 대통령 제도에 대한 시비가 끊이지 않았던 것도 사실이다. 미국의 경우는 대통령이 누가 되느냐 와는 관계없이 미국이라는 나라의 정책과 국정 방향이 큰 변화를 겪지 않는데 비해서 우리나라는 대통령이 누가 되느냐에 따라 엄청난 변화를 겪어 왔기 때문에 대통령제에 대한 시비가 계속해서 일어나는 것이 아닌가 한다.

현재 시행하고 있는 미국 대통령의 임기 4년의 중임제는 건국 초부터 있었던 제도는 분명히 아니다. 헌법적으로는 중임에 대한 어떤 명시도 없었다. 그러나 단 한 번의 예외를 제외하고는 대통령 스스로가 중임 이상의 연임을 고집한 적이 없는 전통을 쌓아왔다. 그런 전통 때문에 대통령 제도가 생명력과 정통성을 지니게 된 것으로 보인다. 그러나 우리의 경우에는 대통령마다 장기 집권과 제왕적 권력행사의 유혹에서 벗어나지 못한 역사로 하여 대통령제에 대한 그 시비의 단초가 된 것이라 할 것이다.

이런 저런 사례들로 미루어 보면 대통령 제도가 갖는 가장 큰 장점이라 할 수 있는 정권의 안정성과 정책의 효율성이라는 것도 문화적이고도 제도적인 장치에 의해서 보장되는 미국과는 달리 우리나라는 한 사람의 인격과 능력에 의해 겨우 그 장점이 담보될 뿐임을 여실히 증명할 수 있다. 이런 측면에서 과연 한 사람의 유·무능이나 인격이나 식견이나 철학이나 기호(嗜好)에 나라의 운명을 맡기는 제도를 언제까지나 계속 고집하는 것이 옳은 것인가를 심각하게 생각해 보아야할 시점이 아닌가 한다.

특히 미국은 중임제이기 때문에 4년 임기가 다 끝나기도 전에 선거를 통해 평가를 받지만 우리나라는 단임제여서 대통령에 대한 평가를 할 기회가 전무(全無)하다. 이것은 곧 대통령의 무한 책임을 오직 역사에만 맡길 뿐 현실적으로는 아무런 책임을 물을 수 없다는 것을 뜻하기도 한다. 대통령제의 속성이 바로 그것이라고 한다면 별로 할 말이 없지만 대통령이 유능하면 나라가 부흥되고 대통령이 우둔하면 나라가 쇠락할 수밖에 없는 체제임을 알고서도 마냥 속성에 따라 역사를 흘러보낼 수는 없지 않나 싶다.

대통령은 선출되는 자리이기 때문에 항상 명철하고 항상 지혜롭고 항상 균형 잡힌 사고의 소유자만이 당선되리라는 법이 없다. 시도 때도 없이 대통령 못 해먹겠다고 하는 사람과, 이 땅에 공산당도 있어야 한다고 생각하는 사람과, 맥아더 동상의 철거운동도 일리가 있다고 생각하는 사람과, 소주 세에는 관심이 없으면서도 재벌 2세 한 사람의 상속 문제에 대해서는 지대한 관심을 보이는 사람과, 서울 대학 신입생의 60%는 강남 사람이라는 편견에 사로 잡혀 있는 사람과, 그렇지 않은 사람이나 그 반대되는 사람 등등.

시대마다 각기 다른 여러 형태의 성격과 경험을 가진 사람들이 대통령직을 수행해야 하는 경우가 있을 것이다. 어떤 이가 어떻게 나라를 망치게 할런지도 모를 경우를 생각해서라도 현재와 같이 현직 대통령에 대해서는 아무런 책임을 물을 수 없는 제왕적(帝王的) 대통령 중심제에서 현직 대통령이라도 무능하다고 판단되면 과감하게 임기 중이라도 선거를 통해 교체하는 대통령 책임 제도를 창안해 내자는 생각이다.

필자는 여기서 진부하게 내각제를 주장하고 싶은 생각은 없다.

다만 단임제를 고수하더라도 중간 평가를 할 수 있는 길을 열어 놓거나 임기 중이라도 탄핵 이외에 내각제처럼 국회의 대통령 불신임결의와 같이 대통령의 국회 해산권으로 맞서는 제도를 통해 대통령의 책임을 더욱 무겁게 요구하는 체제를 구축했으면 하는 생각이다.

세상에 이런 대통령제는 이 지구상에는 없다. 그럼에도 이런 궁여지책(窮餘之策)을 내 놓을 수밖에 없는 심정을 사람들은 알기나 할런지!

경북신문 (2005. 10. 10)

반정치反政治와 정당의 위기

필자는 1970년대 말에 〈반정치(anti-politics)와 정당의 위기〉라는 책을 저술한 적이 있다. 그 책 서문에서 필자는 이런 글을 썼다. "국민들은 극단적 개인주의와 극단적 평등주의, 극단적 이기주의와 극단적 책임 회피, 극단적 자기 소외와 극단적 자기 확대, 극단적 무관심과 극단적 참여 욕구등과 같이 극과 극을 잇는 정치적 요구와 이익추구로 〈전부(全部) 아니면 전무(全無, all or nothing)〉식의 반(反)정치적 정치 행태를 표출시키고 있다. 이와는 대조적으로 정당은 이러한 모순적인 정치적 현실을 조화 있게 해결해 나가는 데에 실패하고 있다. 아직도 전후세대들이 사용하는 낡은 계산기로 컴퓨터에 대응하려는 자세에서 벗어나지 못하고 있다."

1960년대와 70대의 정치를 신정치(new politics)라고 규정짓고 유권자들의 반정치(anti-politics)적 의식과 활동에 대응하여 정당이 제 기능을 하지 못하고 있는 것에 대한 서양 학자들의 신랄한 비판을 토대로 쓴 글이다. 30년이 지난 오늘, 70년대의 정치 현실이 고스란히 우리 앞에 전개되고 있는 것이 아닌가 하는 착각에 빠져드는 요즈음이다. "월"가의 소요에서부터 무소속의 서울시장 당선에 이르기까지의 정치적 양상이 70년대의 미국 정치나 유럽 정치를 보는 것 같아서다.

정당을 지지하는 사람들의 숫자는 점점 줄고 무당파(無黨派)는 늘어만 가는데 정당은 이러한 추세도 눈치 채지 못한 채 여전히 정당을 되살릴 생각은 하지 않으면서 다음 선거를 위해 당내 씨름에만 몰두 하고 있으니 말이다. 정당이 국민 각자가 가지고 있는 모래알 같은 1%의 이익을 통합하여 대변할 의지도 능력도 없이 엉거주춤하고 있는 사이 그 1%의 이익들은 저마다 자기 지분을 가지고 집단화하고 있는 현실도 예나 지금이나 변함이 없다.

서울시장 선거가 끝나자 이당 저당 할 것 없이 무슨 새로운 탈출구를 찾겠다고 몸부림치는 것처럼 보이지만 현실에 대한 정확한 인식이 전제되지 않고는 그 출구가 제대로 찾아지기는 그리 쉽지 않을 것으로 보인다. 문제는 정당에 대한 정확한 인식이다. 정당은 왜 존재하는 것이며 어떻게 해야 하는가에 대한 인식 말이다. 70년대에 이미 S.헷스(S.Hess)라는 사람은 이런 말을 남겼다. "사망 기사는 벌써 원고화 됐고 이제는 보도만 남았다. 묘비명은 이렇게 쓰여 졌다. '여기 정당이 잠들어 있다. 숙명적으로 태어났다가 비명에 가다. 고이 잠들라.'"

꼭 오늘의 우리 정당들에게 들려주는 말 같지 않은가?

왜 그렇게 되었는가? 정당이 정당이기를 포기했기 때문이라 생각한다. 먼 과거를 들추어 낼 것도 없이 18대 국회 사정 하나만 보더라도 시작하면서부터 지금까지 정당이 제 역할을 하고자 하는 모습을 우리는 아직까지 본 적이 없다. 정당이 제 역할을 하고자 하지 않으니 국회가 제대로 굴러갈 수가 없다. 여야 정당들이 독자적인 정책을 가지고 민주적 방식으로 문제를 해결하려는 모습을 아직 한 번도 제대로 보여 준 적이 없다 해도 과언이 아니다. 정당의 위기요 의회주의의 위기가 아닐 수 없다.

미국의 어느 하원의원이 이런 말을 한 적이 있다. "정책을 가지고 있는 것은 공화당이나 민주당이 아니라 환경단체나 노동자단체, 상사단체나 이익단체들이다. 우리는 그런 유(類)의 정당을 가지고 있는 것이다."라고 말이다. 심지어는 감자당이나 고구마당, 내지는 고추당이나 마늘당이 태어날 수밖에 없는 현실이라고 한숨 섞인 얘기를 하는 사람도 있었다. 얼마나 다급했으면 미국에서마저 이런 말이 나오게 되었겠는가? 우리에게도 예외가 아니다. 정당이란 무엇인가? 그런 유의 단체들이 주장하고 있는 정책들을 수렴하여 국정에 반영하는 존재가 바로 정당이 아닌가? 그런 수렴 능력을 상실하면 어느 나라에서건 결국 정당의 기능은 퇴화할 수밖에 없는 것이다.

여야 어느 정당을 막론하고 누구를 탓할 일도 아니다. 조금치도 양보하지 않는 정치 행태로는 정당 스스로가 정치적 묘혈을 파고 있는 것이나 다름이 없는 것이다. 과거 미국산 쇠고기 문제, 미디어법 문제, 작금의 FTA 문제 등이 결코 예외가 아니다. 공생공영(共生共營)의 관계를 지향하는 것이 아니라 공사공멸(共死共滅)의 길을 향해 가기로 작심한 듯한 형국이 계속 이어지고 있으니 말이다.

각종 선거에서 보여준 각 정당의 후보자 선출 문제도 국민으로부터 정당을 외면하게 만드는 한 요인이 되었음은 말할 것도 없다. 몇 차례에 걸쳐 치러진 지방 선거에서 야당인 민주당이 벌린 후보 공천의 양태를 보면 도무지 이해할 수 없는 행태였다. 정당의 존립 자체를 부인하지 않고서야 어찌 저런 공천이 있을 수 있을까 싶은 경우가 한두 번이 아니었다.

소위 야권 연대라는 정치 행위를 일컬어 하는 얘기다. 서구에서 이루어지는 어떤 연대에서도 정당과 무소속이 연대하는 경우는 별로 들어보지 못했다. 정치적 정향이 비슷한 정당들끼리 연대하여 선거를 치른 다음 정부 구성을 그 지분에 따라 함으로써 연립 정부를 구성하는 것이 다당제(多黨制) 정치 체제하에서의 일반적 관행이다.

그런데 우리의 경우에는 정당이 무소속 후보와 연대하기 위해 경선까지 치렀다. 그것도 지난 서울시장 후보경선을 보면 어처구니가 없는 일이 벌어졌다. 당내 경선으로 당선된 후보자가 다시 무소속 후보와 경선 하는 해괴한 일이 벌어진 것이다. 무소속 후보가 다른 무소속 후보와 경선 하는 것이야 그들의 자유다. 그러나 당내 경선에서 당선된 후보를 무슨 연유로 또다시 무소속과 경선을 하게 하는가? 무소속 후보는 누구를 대변하는 자이며 누구로부터 경선 되어 후보자가 되었기에 정당 후보와 함께 경선 하는 것인가? 정당 후보를 지지해준 당원들의 표는 어디서 찾아야 하는 것일까? 도무지 이해가 가지 않는 일이다. 정당이 정당이기를 포기하는 광대 짓이라 할 것이다.

야권 통합이라는 개념은 야당으로 활동하고 있는 정당과 정당의 통합 또는 정당이 재야 단체를 흡수하거나 정당이 재야 단체와 힘을 합해 새로운 정당을 결성하는 것을 의미한다 할 것이다. 정당이 재야 단체의 특정 인물과 어떻게 통합할 수 있는가? 특정 인물은 입당의 대상이거나 영입의 대상은 될지언정 통합의 대상은 절대로 될 수 없는 존재다. 본질이 다르기 때문이다. 한국은행이 발행한 화폐와 사설 놀이터에서 발행한 상품 교환권을 어떻게 같은 화폐로 평가하여 시장에 유통시킬 수 있단 말인가? 이런 발상이야 말로 반정당(anti-party)적인 발상이요 반(反)정치적인 정치 행태라고 할 것이다. 국민들이 정당을 외면할 수밖에 없도록 만든 것이다.

결국 민주당은 독자적인 후보도 내세우지 못한 채 선거를 치렀으니 서울시장 선거에서는 간판을 내린 셈이 되었다. 그래서 언론에서는 불임(不姙) 정당이라고 부르지 않았던가? 선거 때 후보 한 사람 내지 못하는 정당을 어떻게 수권 정당이라 할 수 있는가? 정당이 지니고 있는 가장 원초적인 기능인 공직 후보 선출 기능도 공직 담임 기능도 새로운 인물 충원(充員)기능도 모두 포기하고 말았으니 앞으로 어떻게 정당으로 존립할 근거를 찾을는지 참으로 답답하고 안타까운 일이다.

무소속 후보에 대한 국민적 지지도야 높건 낮건 관계없이 정당은 정당대로 당당하게 후보를 앞세워 다음 정권을 차지하겠다는 의지를 국민 앞에 보여주는 것이 참다운 정당다운 자세다. "혁신과 통합"이라는 화두로 뉘인지 쌀인지도 구분함이 없이 야합하려는 자세로는 결코 정당을 정상화 시킬 수 없다고 할 것이다.

한나라당 역시 정당 기능을 스스로 포기한 것으로 여긴지 오래 되지 않았나 싶다. 정당 후보 공천을 당 안에서 하지 못하고 당 밖의 사람을 동원하여 심사하고 결정하였으니 의족(義足) 정당 같은 것이 생긴 것이 아닌가? 친박 연대가 바로 그런 것이었다. 이 또한 반정당적인 정치 행위였다. 정당을 하면서 자신의 정당을 믿지 못하는데 어느 누가 그 정당을 믿고 지지를 보내겠는가? 오늘에서처럼 국민들이 정당에 대한 지지를 철회하고 무당파적인 입장으로 돌아선 것은 모두 정당 스스로가 자초한 일이다. 기진맥진한 나머지 이제는 중앙당을 없애자는 수준에까지 온 것을 본다.

이렇게 된 데에는 정치자금법도 한 몫을 한 것으로 보인다. 반정치적인 존재의 표상으로 자리 잡은 시민단체(NGO)는 얼마든지 한 손에는 채찍을 들고 다른 한 손으로는 자금을 긁어모을 수 있는데 반해서 정당은 단 한 푼의 정치자금도 모금할 수 없으니 활동 영역의 경쟁에서 정당이 시민단체에 밀리고 있는 것이 아닌가 하는 생각에서다. 이 또한 정당이 스스로 해결하면서 본연의 위치와 역할을 찾아 시민단체의 반정치 행위의 영역을 축소시켜 나갈 책임과 의무가 있는 것이다. 정당의 역할과 시민단체의 역할은 반비례하기 때문이다. 정당의 활력을 다시 한 번 기대해 본다.

월간 헌정 (2011. 12월호)

정치인에 대한 우스갯소리

최근 북한에서는 3대 세습 정권을 빗댄 노래가 유행하고 있다고 한다. "곰 3마리가 다 해먹고 있어."라는 동요라고 한다.

"한 집에 있는 곰 세 마리가/ 다 해먹고 있어/ 할배 곰(김일성)/ 아빠 곰(김정일)/ 새끼 곰(김정은)/ 할배 곰은 뚱뚱해/ 아빠 곰도 뚱뚱해/ 새끼 곰은 미련해"

북한의 어떤 중학교 교실에 낙서되었던 내용이라는 것이다. 아주 작은 일로 보이지만 무심히 듣고 넘길 일이 아니다. 주의 깊게 귀추를 살펴 볼 필요가 있다. 이런 류의 동요는 작사자나 작곡가도 없이 민중의 예지로 나오는 한숨소리이기 때문이다.

"새야 새야 파랑새야/ 녹두밭에 앉지 마라/ 녹두꽃이 떨어지면/ 청포장수 울고 간다"

이 유명한 녹두 장군 전봉준에 대한 애타는 마음의 노래가 누구의 작곡인지 누구의 작사인지 아는 사람은 아무도 없다. 입과 입을 통해 전해졌을 뿐이다. 마찬가지로 입으로 전해지고 있을 위와 같은 노래를 북한 정권이 어떻게 소화하느냐에 따라 역사는 흘러갈 것으로 보인다. 우리네 정치에 대한 우스갯소리도 정치인들이 그것을 어떻게 소화해

내느냐에 따라 정치의 흐름은 달라질 것으로 보여 몇 가지 소개해 볼까 한다. 너무 오래되어 이제는 이끼가 끼었을 우스개 중에 이런 얘기가 있다.

유태교의 랍비들이 둘러앉아 인류 최초의 전문직이 무엇이었을까에 대해 토론이 벌어졌단다. 한 랍비는 외과의사라고 말했다.

남자의 갈빗대를 뽑아 여자를 만들었으니 외과적 수술 없이 어떻게 그것이 가능했겠느냐의 논거에서였다. 다른 랍비는 토목기사라고 말했다.

정교하기 짝이 없는 천지 창조와 같은 토목공사를 토목기사가 아니고서야 어떻게 그럴 수 있었겠느냐에서였다. 또 다른 랍비는 고개를 설레설레 흔들면서 다 틀렸다고 말하면서 정치인이라고 말하는 것이었다.

"왜 그런고 하면" 그는 목청을 가다듬으면서 이제는 더 이상의 반론이 없을 것이라는 자신감에 넘친 목소리로 말했다.

"태초에 케이어스(카오스, 혼돈)가 있었으니―"

이 농담에서 보면 혼돈이 있어 정치가 있는 것이 아니라 정치가 있어 혼돈이 있는 것처럼 표현되고 있다. 사실 그런 현상이 전혀 없다고 할 수도 없는 것이 지금까지의 인류 역사였다. 전쟁사(戰爭史)가 단적으로 말해 주고 있다. 전쟁도 외교의 한 수단인 것으로 이해되고 있는 것을 보면 모든 혼돈은 어쩌면 정치의 산물인지도 모른다.

최근에는 너무 진부해서인지 잘 쓰지 않는 우스갯소리이지만 퀴즈형 우스개가 하나 있었다. "한강물에 국회의원과 신부가 빠지면 누구를 먼저 건져야 하느냐."하는 것이었다. 당연히 사람들은 신부를 먼저 구해야 하지 않겠느냐고 대답할 것이라고 예상하고 묻는 형태의 우스개다. 신부는 성직자니까 말이다. 그러나 그렇지 않다. 국회의원을 먼저 구하라는 것이 답이다. 한강물이 오염될까 봐서다. 그만큼 정치인은 부패의 상징으로 풍자되고 있었던 것이다.

최근에 누구인가가 필자에게 e-메일을 통해 보내온 농담 중에는 이런 것도 있다. 외과의사 4사람이 조용한 카페에서 술잔을 나누다가 직업상 어쩔 수 없었던지 수술에 관한 예기를 나누고 있었단다.

맨 처음 입을 연 의사는 수술하기 가장 쉬운 환자가 누구인가에 대해서 얘기를 시작했다. "수술을 하다 보면 수술하기 아주 쉬운 환자가 있는가 하면 그렇지 않은 환자도 있는데 내 경험으로 보면 도서관 직원이 제일 쉬운 것 같애. 그 사람들 뱃속의 장기(臟器)들은 가나다순으로 잘 정리 되어 있거든!"

그러자 "아니야." 하고 팔을 걷고 나서는 의사가 있었다. "그런 식으로 말하면 회계사 수술이 제일 쉽지! 그 사람들 내장은 전부 일련번호가 매겨 있단 말이야! 몰랐니?!" 듣고만 있던 세 번째의 의사가 그걸 말이라고 하느냐는 듯이 이상야릇한 웃음을 띠면서 입을 연다. "너희들도 참 한심하다. 수술하기 제일 쉬운 사람이야 당연히 전기 기술자지! 그 사람들은 혈관이 색깔별로 구분 되어 있잖아?"

마지막으로 입을 연 의사는 잠시 생각하는 척 하다가 이렇게 말하는 것이었다. "뭐니 뭐니 해도 수술하기 제일 좋은 상대는 정치인들이야! 그 사람들은 모두 하나 같이 골이 비어 있잖아? 뼈대가 없는 것은 물론이고 쓸개도 없고 소갈머리도 없어! 그 뿐인지 아니? 배알도 없고 안면도 없다구! 속을 확 뒤집어 놓으면 x밖에는 나오는 게 없어. 수술할 게 있어야지! 안 그래?"

정치에 대한 풍자가 이 수준에 이르렀다는 얘기는 그만큼 정치에 대한 불신이 깊어 졌다는 얘기다.

어떤 유머집에는 이런 얘기도 있다. 프랑스의 총리로 세계 제1차 대전을 훌륭하게 승리로 장식한 프랑스의 총리 클레망소에게 어떤 신문기자가 물었다. "지금까지 보아온 정치인 중에서 최악의 정치인은 누구라고 생각하십니까?"

"나는 아직까지 최악의 정치인을 본 적이 없습니다."

"아니 그게 정말입니까."

그러자 클레망소는 빙그레 웃으면서 이렇게 말했단다. "저 사람이 최악이다 하고 생각하는 순간 꼭 더 나쁜 사람이 나타나더라고요!"

정치인이 이런 정도로 농담을 할 수 있는 대상도 역시 다름 사람 아닌 정치인이다. 그러니 정치인 아닌 사람이 정치인에 대해 할 수 있는 농담이야 얼마나 많고 또 혹독할까 하는 것은 말할 것도 없을 것이다. 농담이라고 하기 보다는 차라리 욕에 가까운 농담도 있다.

"국회의원은 뭐 게?/ 손들고 돈 버는 사람"

"소매치기는?/ 손 넣고 돈 버는 사람"

"거지는?/ 손 내밀고 돈 버는 사람"

"정치인은 뭐 게?/ 나라 걱정한다면서 나라 망치게 하는 사람."

"게는?/ 바르게 간다면서 옆으로 가는 것"

"한국 정당의 여야는?/ 권력 보고 〈여!〉하면 여당, 표 보고 〈야〉하면 야당!"(김열규)

이런 농담도 있다. 구소련 체제 당시의 농담이었다. 농촌으로 시찰을 나갔던 옐친이 발을 헛디뎌 오물통에 빠졌다. 한 농부가 달려와 그를 구해주자 옐친이 심각한 표정으로 말했다.

"아무한테도 내가 저 오물통에 빠졌다고 소문내지 마시오!"

그러자 농부는 옐친보다 더 심각한 표정으로 말했다.

"각하! 제발 당신도 내가 구해줬다고 소문 내지 마십시오."(김진배)

이와 비슷한 우스갯소리로는 우리나라에서도 주인공만 다르게 인용되면서 유행한 적이 있다.

이런 농담은 또 어떤가? 스탈린 치하에서의 소련 사회에 대한 풍자다. 모스크바의 어떤 가정집에 새벽 벨이 울리면 그것은 비밀경찰이 누르는 소리요 미국 뉴욕의 가정집에서 새벽에 울리는 벨소리는 우유

배달부의 벨소리다.

   민초들이 심심파적(破寂)으로 하는 이런 우스갯소리를 정치인들이 어떻게 소화해내느냐에 따라서 정치의 물줄기는 달라질 것이다. 그러나 컴퓨터도 계산할 수 없는 정치인의 속셈을 과연 누가 감히 알아 낼 수 있을까?

문학과 현실 (2010. 겨울호)

대한 독립선언서

　독립협회의 청년 지도자로 입헌 군주제를 목표로 맹렬한 활동을 펼친 이승만이 반역 음모로 체포되어 한성 감옥에 있으면서 〈독립정신〉이라는 제목의 책을 저술하였다. 옥중기라고 해도 좋을 그 저술은 1904년 러·일 전쟁이 일어나자 간수들의 눈을 피해 집필된 것이다. 감옥생활 7년째에 접어 든 해였다.

　무력 독립 투쟁을 줄기차게 주장하면서 이를 실천에 옮겼던 애국지사 박용만이 1905년 이 글의 원본을 여행 가방 밑바닥에 감추어 미국으로 가져와 1909년 1월에서야 출판하였다. 그 〈독립정신〉 초판본 서문에서 이승만은 이렇게 쓰고 있다. "지금 일본인들이 한국에 멸종(滅種)주의를 쓰며 난리인즉~ 한국인에게 이것을 알려주려면 독립정신을 권하는 것보다 더 긴한 글이 없다~." 이에 이어 박용만은 이런 후서(後書)를 썼다. "~비록 나라는 망하였어도 그 나라 백성의 독립정신만 완전하면 결코 아주 망하지 않을 지라. ~이제 우리 4천 년 역사에 처음으로 부르는 소리요 또한 처음으로 듣는 소리인지라~"

　이로부터 10년 뒤 우리는 독립 선언서를 만난다. 그 사이 숱한 의병 활동이 일어났고 순국열사와 의사들이 줄을 이었다. 한일합방도 일본 측의 계략대로 진행되었다. 1919년 정월이 되자 한일합방에 울분을 감추지 못하고 있던 일본의 한국 유학생들이 2.8독립선언을 계획하면서 작성한 독립 선언서 초안이 국내로 유입되었다. 오랫동안 독립 운동의 기회를 탐색하던 애국지사들이 이 소식에 접하자 그들의 마음속에 불

같은 열기가 끓어올랐다. 그때 마침 일제에 의해 강제 퇴위된 고종이 유폐생활 중에 아무 이유 없이 별안간 승하하였다. 독립선언의 기회는 바로 이 때다 하고 손병희를 중심으로 한 민족 대표들이 모여 3.1운동을 계획하기에 이른다.

자신은 학자로 일생을 살고 싶을 뿐이기에 독립 운동의 전면에는 절대 나서지 않겠다는 육당 최남선이 동경의 2.8선언을 보자 선뜻 자신이 선언서를 쓰겠다고 자원하고 나섰다. 만해 한용운도 독립 선언문의 작성은 자신의 몫이라고 나섰으나 결국은 육당이 쓰는 것으로 결론이 났다.

2.8독립 선언과 3.1독립 선언문은 각기 이렇게 시작된다.

2.8독립 선언 : "조선 청년 독립단은 아(俄) 2천만 민족을 대표하여 정의와 자유의 승리를 득한 세계 만국의 전(前)에 독립을 기성(期成)하기를 선언하노라. ~~자(玆)에 오족(吾族)은 일본이나 혹은 세계 각국이 오족에게 자결의 기회를 여(與)하기를 요구하며~ 독립을 기성하기를 이에 선언하노라."

3.1독립 선언 : "오등(吾等)은 자(玆)에 아(俄)조선의 독립국임과 조선인의 자주민임을 선언하노라. 차(此)로써 세계만방에 고하여 인류 평등의 대의를 극명(克明)하며 차로써 자손만대에 고(誥)하여 민족자존의 정권을 영유(永有)케 하노라~."

대한민국 헌법은 그 전문(前文)에서 바로 이 3.1독립 운동으로 건립된 임시 정부의 법통을 이어받은 나라임을 선언하고 있다. 대한민국이 우연히 독립한 나라도 아니요 연합국의 승리로 주어진 나라도 아니요 독립 운동을 통해 건립된 나라라는 얘기다. 3.1운동의 과정과 독립의 역사를 보면서 느껴지는 감정은 시인 장석주의 시(詩) "대추 한 알"에 모여진다.

"저게 저절로 붉어질 리는 없다/ 저 안에 태풍 몇 개/ 저 안에 천둥

몇 개/ 저 안에 벼락 몇 개/ 저게 혼자서 둥글어 질리는 없다/ 저 안에 무서리 내리는 몇 밤/ 저 안에 땡볕 두어 달/ 저 안에 초승달 몇 날"

　참으로 그렇다. 3.1운동의 과정 하나만 보아도 얼마나 많은 태풍과 천둥과 벼락을 겪었겠는가? 무서리 내리는 밤과 땡볕이 내리 쬐는 한여름은 또 얼마나 겪었을까? 손병희는 을사오적으로 첫 번째 가는 매국노인 이완용까지를 이 운동에 가담시키기 위해 그를 만나 거사 계획을 설명하였다. 이완용은 이 계획에 참여하기를 거절하였으나 총독부에 밀고는 하지 않았다.

　당시 종로 경찰서에 근무하면서 악질 형사로 소문난 신승희라는 사람도 독립선언서를 인쇄하는 현장을 적발하였다. 그러나 그 또한 끝내 경찰에 보고하지 않았다. 대추 한 알이라도 저절로 붉어질 리 없고 혼자서 둥글어질 리 없는 이치가 생생히 살아 있는 현장이었다. 벼락 맞은 이완용의 집이었던 태화관에서 독립 선포식을 거행하였다는 사실도 또한 대추 한 알이 간직한 비밀이 아니었던가? 그러나 자라는 학생 누구에게도 독립선언서를 읽어 보도록 권하는 학교도 스승도 없으니 대추 한 알의 비밀을 누가 짐작이나 할 것인가? 안타까울 뿐이다.

경남일보 (2012. 03. 05)

꼼수로 정치할 생각 말라!

　사전상으로만 보면 "꼼수"란 말은 "쩨쩨한 수단이나 방법"이라고 되어있다. 필자는 이에 더하여 "잔꾀로 남을 속이거나 남의 환심을 사려는 수법" 쯤으로 해석하고 싶다.

　민주통합당이 새롭게 출범하는 과정에서 노상 함께 정치를 해 왔던 사람들끼리 별도의 당을 만들어 통합하는 모양을 갖추는 것도 흥행 효과를 노리는 꼼수요, 한나라당도 인기가 떨어지니 곧바로 새누리당이라는 이름으로 간판을 바꾸어 다는 것도 꼼수다.

　특히 흥행 효과를 극대화 시킬 꼼수 전략의 일환으로 선택한 모바일 선거 때문에 정당의 기능은 사라지고 그 형해(形骸)만이 남게 되었다.

　모바일 선거란 무엇인가? 주로 젊은이들이 이용하는 SNS선거가 아니겠는가? 누가 후보인지도 모르고 당과의 일체감도 없이 투표한다. 한때의 젊은 표를 얻기 위해 모바일 선거를 하는 것이 결국에 가서는 국민 전체의 의사를 왜곡시키고야 말게 될 것임이 분명하다. 국민 전체의 의사가 왜곡된다면 그 다음에 오는 결과는 무엇인가? 국민적 불신은 쌓여가고 당의 정체성은 사라지며 책임 정치는 실종될 수밖에 없을 것이다. 꼼수 정치로 다음 총선거에서 표를 얻을 수 있을는지는 모르겠지만 장기적으로는 정치를 실종시켜 스스로 정치 무대에서 사라질 운명의 함정을 파는 것이 된다. 꼼수 정치를 하면 안 되는 이유다.

　민주통합당이 모바일 선거를 한다니까 그 방식을 따라하겠다고 나서는 새누리당도 한심하기는 마찬가지다. "남이 장에 간다니까 거름지고

장에 가는 격"이다. 집권당쯤 되면 야당과 같은 흥행에 신경 쓸 일이 아니라 당과 나라를 살리는 길이 무엇인가에 고민하는 모습을 먼저 보여주어야 한다.

비상 대책위나 공천 심사위의 인적 구성이 국민적 공감대를 얻지 못하고 있는데다가 그들이 구상하고 있는 당 개혁의 목표도 분명하지가 않다. 이는 새누리당이 맞고 있는 위기가 어디서부터 연유하고 있는가에 대한 인식의 부족 때문이다. 누구를 당 밖으로 내보내야 한다로 부터 정강정책에서 "보수"라는 말을 빼자는 말에 이르기까지 문제의식의 공유(共有) 과정이 전혀 없었다고 밖에는 말할 수 없다. 정강정책에서 보수라는 말을 빼고 주장하는 것도 일종의 꼼수다. 보수라는 말을 넣느냐 빼느냐 하는 문제는 본질문제가 아니다. 복지문제를 들고 나오면 진보고 그렇지 않으면 보수라는 공식도 있을 수 없다. 복지는 보수 세력이냐 진보 세력이냐와 관계없이 돈이 있으면 하는 것이고 없으면 못하는 것이다. 돈도 없으면서 복지정책을 확대하자는 것은 좌파건 우파건 꼼수에 불과한 정책이다. 꼼수에 능한 세력이 좌파 세력이기 때문에 복지는 마치 좌파의 전유물인 것처럼 인식되어온 측면이 강할 뿐이다.

엄밀히 말해 현 집권당의 위기는 "보수"의 가치를 제대로 지키지 못한 데에 바로 근원적인 위기가 있다고 본다. 그런데도 보수의 기본 가치라 할 청렴과 변화에 대한 천착(穿鑿)이 부족한데다가 중도 실용이라는 이름으로 종북 좌파들에게 까지도 단호함을 보여주지 못한 데에서 시작된 위기다. 어떤 국민에게도 신뢰감을 주지 못한 것이다.

국민을 설득하고자 하는 용기도 신념도 없이 무기력하게 좌고우면(左顧右眄)하면서 웰빙족처럼 비춰진 데에서 위기는 깊어졌다고 본다. 수도 없는 우파 단체들이 생겨난 연유와 그 단체들이 하나같이 집권당에 대해 아무런 희망을 가지지 않고 있다는 점에서 우리는 위기의 본질을 발견할 수 있다. 집권당이 왜 국민으로부터 외면당하고 있는가에 대한 문제의식을 그들은 아직도 제대로 파악하지 못하고 있다고 보여진다.

이제 와 새삼스럽게 야당이 인기 위주로 내놓는 정책을 여당이 따라 하겠다고 나서는 모습도 참으로 여당답지 않은 무책임한 정당의 모습이다. 여당은 여당다울 때 국민적 신뢰를 얻는 것이다. 야당이 무상 복지를 주장하니까 이에 뒤질세라 똑같은 정책을 내세우고 있는 모습에서 어느 사려 깊은 유권자가 여당을 신뢰하겠는가? 무상 복지 정책의 기본은 국민의 세금에 달렸다. 얼마나 많은 세금을 얼마나 더 거두어 드릴 것인가에 대한 국민적 공감대가 선행되고 나서의 문제다. 이에 대한 국민적 합의 없이 일시적 인기 영합으로 무상 복지를 주장해도 되는 것인가를 묻지 않을 수 없다.

여당쯤 되면 아무리 급해도 역사적 무게감이 있는 비전을 가지고 국민 앞으로 다가가야 한다. 야당이 되는 한이 있더라도 꼼수로 집권하고 싶은 유혹에서 빨리 벗어나야 한다. 그것이 집권의 길이다. 바둑에서도 꼼수는 하수(下手)들이나 하는 짓이 아닌가 싶다.

경남일보 (2012. 02. 06)

대한민국 적화 보고서

호국 보훈의 달이다.

북한의 6.25남침이 있은 지 벌써 62년. 이제는 기억으로서가 아니라 기록으로서만 남아 우리를 슬프게 한다. 전쟁의 상흔은 전사자 유족의 가슴 속에 파편처럼 박혀 간간히 아픔을 호소할 뿐 아무 누구도 알려고도 하지 않는 야속한 세월 속에 버림받고 있다. 그러나 이맘 때 쯤에는 어김없이 동작동 국립묘지를 찾는 사람의 발길은 끊이지 않는다. 저마다의 한스러웠던 삶을 되돌아보면서 한조각 비석에 새겨진 이름을 어루만지며 오열한다.

나라는 왜 존재하는가? 저마다 나라의 통치권을 쥐어 보겠다고 아우성치는 사람들의 아귀다툼을 보고 즐기도록 깔아놓은 멍석인가? 그럴 수는 없다. 나라를 위해 몸 바친 사람 하나하나를 어떤 일이 있어도 끝까지 어루만져 줄 수 있는 사랑이 넘쳐나는 존재로 나라는 있어야 한다. 누가 뭐래도 태극기를 향해 애국가를 부르는 순간만큼은 나라에 대한 뜨거운 감정이 넘쳐나는 그런 나라로 우뚝 서 있어야 한다.

상처 입은 부하의 고름을 입으로 빨아 줄 수 있는 장군의 넘치는 전우애도, 적개심으로 불타는 병사의 꽉 다문 입술도, 눈동자 하나 움직이지 않는 부동자세가 믿음직스러운 군기(軍紀)도 전흔이 남긴 세월만큼이나 희미해지고 있는 것이 아닌가 하는 의구심에 6.25체험자들은 안타까워하고 있다.

남들보다 먼저 현충일 전날에 국립묘지를 간다. 금년은 유달리 감회가 깊은 현충일이다. 19대 국회가 열리면서 주사파(主思派) 종북주의자들의 국회 등원이 현실로 다가왔기 때문이다. 이런 현실을 예고라도 하듯 벌써 5~6년 전 노무현 정권 당시에 〈대한민국 적화(赤化)보고서〉라는 책이 발행된 적이 있다. 김성욱(金成昱)이라는 기자가 3년간에 걸친 피나는 추적 끝에 발간한 책이다.

기자는 〈좌파 정권 3년, 반역의 일상화〉라는 머리글에서 대한민국이 "적화는 되었는데 통일은 언제 되는가."하는 피를 토하는 듯한 한숨을 뿜어내면서 책의 표지를 이런 설명으로 장식하였다./ 국무총리 남편은 골수 공산주의자로 10여 년 간 복역. 지금도 반미 활동 중. 그는 9.11 테러에 대해서 "내가 만난 사람들은 대체로 미국이 당해 싸다, 통쾌하다는 반응을 보이는 편이었다."고 했다./ 간첩들이 형기의 5분의 1도 복역하지 않고 석방되었다./ 전교조는 아이들을 좌경화 시키고 그 아이들은 대학에서 한총련으로 다시 사회에서 민노총으로 키워진다(한 현직교사)./ 북한 공작원 윤이상 음악당 건립에 480억 원의 국가 예산 편성./ 이런 내용을 대충 살펴보면 종북파들의 대거 국회 등원의 씨앗은 이 시기에 뿌려진 것이 아닌가 하는 생각을 하게 만든다.

김성욱 기자의 책이 출판되고 난 얼마 후에는 〈한국 좌파의 실체와 우리의 대응〉이라는 자그마한 책자가 또다시 발간되었다. 어느 모임에서 프리존 뉴스 사장인 강길모(姜吉模)씨가 한 연설 내용이었다. 그는 자신을 "일찍이 좌파 시절에 주로 교육을 담당"하면서 "대한민국을 망치려는" "반역사적 범죄자"로 "뒤늦게 돌아온 탕아"라고 소개하고 있다. 그러면서 그는 주사파(主思派)란 무엇이고 어떤 역사 인식을 가지고 있는 사람들인가를 이렇게 설명하고 있다.

"대한민국은 태어나지 말았어야 할 나라, 친일파들과 친미파들의 매국 세력이 만든 나라, 통일을 막고 분단을 선도했던 매국·반민족 정부인데 반해 북한은 일제의 극한 탄압 속에서도 끝까지 항일 투쟁을 했던 영웅들이 만든 정권"이었다는 것이다. 그리고 그 투쟁의 한복판에는 김일성이 있어 우리는 주체사상을 따라야 한다는 식의 역사 인식을 갖고 있다고 한다.

과거 북한에서는 열심히 훈련시킨 간첩을 남파시켰지만 이제는 그럴 필요가 없게 되었다고 한다. 이제 대한민국은 "간첩의 대량 생산 체계가 만들어져 있기 때문"이란다. 인터넷을 통해서도 충분히 지령과 전달이 가능해졌기 때문에 간첩의 대량 생산 뿐만 아니라 조직적이고도 공개적인 활동이 보장된 나라가 현재의 대한민국이라고 하면서 자조하고 있다.

그는 우리나라에서 커다란 권력으로 성장한 시민단체들이 실제는 대부분 좌파들이 만든 것으로 그 대표적인 단체가 참여 연대라고 말하면서 시민단체들의 핵심적 활동가들의 99%가 주사파 출신의 활동가들이라고 보면 된다는 것이다. 소름끼치는 증언이다. 이는 취재 보도도 아니고 강압에 의해 쓰여진 자술서도 아니다. 어느 한 주사파 출신의 순수한 자기 고백이다.

모두가 함께 눈을 똑바로 뜨고 이들의 활동을 눈여겨보아야 할 시간이 다가오고 있는 것이다.

경남일보 (2012. 06. 11)

국치일國恥日과 마사다

지난 9월 2일의 햇살은 아직 정오도 지나지 않은 시각인데도 유난히 강렬한 빛으로 우리를 맞이하고 있었다. 햇살에 비치는 사람들의 살갗은 영롱한 햇빛 때문인지 투명하기조차 했다. 등허리와 얼굴로 쏟아지는 햇빛은 말 그대로 살(矢)이 되어 따갑기까지 하였다. 강우규 의사의 의거 현장인 서울역 광장에서 그의 의거 90주년을 기념하는 자리에서 맞이한 햇살이었다.

왈우(曰愚) 강우규(姜宇奎) 의사(義士)를 아는 사람이 많지 않다. 1919년 9월 2일 오후 5시! 일본 해군 대장 출신의 사이토(齋藤室)라는 사람이 조선의 신임 총독으로 부임하기 위해 남대문역(지금의 서울역)에 내려 쌍두마차를 타려는 순간 폭탄을 던져 꺼져가려는 한민족의 독립 정신을 다시 불태운 분이다. 그의 나이 64세. 당시의 나이로는 상당한 노인이다. 그는 비록 천신만고 끝에 구한 폭탄으로 새로 부임하는 일본 총독을 죽이지는 못했지만 당시 한민족이 지니고 있는 분노와 독립에 대한 열망을 한 방의 굉음(轟音)으로 세계만방에 알리는 크나큰 공헌을 한 분이다.

부친의 죽음을 서러워하며 눈물 흘리는 아들에게 "내가 죽는다고 언짢게 알지 마라! 그런 어리석은 사람이라면 너는 내 자식이 아니다"라고 오히려 호통 치면서 "내 평생에 세상을 위하여 한 일이 없음을 도리어 부끄러워할 뿐이다. 내가 죽어서 청년들의 가슴에 조그마한 충격이라도 줄 수 있다면 그것은 내가 소원하는 일이다."라는 유언을 남긴 기개 넘치는 의사(義士)였다.

그는 그 이듬해 효수(梟首)되기 직전 이런 시 한 수를 남겼다.

"단두대 위에 올라서니/ 오히려 봄바람이 감도는 구나/ 몸은 있으나 나라가 없으니/ 어찌 감회가 없으리요(斷頭臺上 猶在春風 有身無國 壹 無感想)."

그의 의거 90주년을 기념하는 그 날의 행사장은 비록 어느 정치인 어느 정부 요인 한 사람 참석하지 않은 초라한 행사장이었지만 식장 뒤에 걸어 놓은 그의 사진만은 그의 높은 기개와 의지와 이상을 형형 (炯炯)하게 우리들에게 비춰주고 있었다. 그 순간 필자는 문득 엊그제 (8월 29일)가 국치일(國恥日)이었는데 우리는 그 날에 무엇을 했나 하 는 생각에 젖어 들면서 우리가 국치일을 이렇게 무심하게 지내서야 되 겠는가 싶은 절박감에 사로잡혔다.

국치일이란 무엇인가? 우리가 일본에게 나라를 빼앗긴 날이다. 어떤 연유로 우리가 빼앗겼건 그 날만은 광복의 환희를 넘어 다시는 부끄러 운 조상이 되지 않겠다는 국민적 다짐이 세세년년이 새롭게 이어지는 기념일로 각인되지 않으면 안 되겠다는 생각으로 내 몸은 따가운 햇빛 에 물든 채 한층 더 달아올랐다.

언제인가 우리는 "마사다"라는 영화를 본 적이 있다. 마사다는 히브 리어로 요새라는 말이란다. 말 그대로 그 영화는 "최후의 요새" 이야기 를 우리에게 전해주고 있었다. 로마의 헤롯왕이 유대인의 반란이 두려 워 만든 요새가 어느덧 예루살렘에서 쫓겨난 유대인의 요새가 되었다. A.D 70년 그곳에서 로마군에 맞서 싸우던 유대인 960여명은 모두 하 나 같이 자결로 저항했다.

2천여 년이 지난 지금 남아 있는 것은 폐허가 된 바위투성이의 산등 성이와 유적밖에는 없다. 그러나 과연 그런 것일까? 아니다. "마사다"

는 바위를 불태워 흙을 빨갛게 물들이면서 새로운 이스라엘을 만드는 원동력이 되었다. 그곳에는 지금도 이스라엘의 고난의 역사가 바람결에 살아 움직이고 새로운 생명의 의지가 바위 틈새에서 움트고 있다. "이제 마사다는 더 이상 없다"는 정신을 하루도 쉬지 않고 샘처럼 뿜어내고 있는 것이다.

그러나 우리는 어떠한가? 국치 100주년을 목전에 두고도 국치를 잊은 채 부끄러운 줄도 모르고 지내고 있다. 우리에게는 기념해야할 "마사다"가 없어서 그런 것일까? 아니다. 국치일이 바로 우리가 기념해야할 우리의 "마사다"가 아니던가? "마사다"의 유대인들과는 비교도 안될 만큼 많은 의사와 열사와 애국지사들이 뿌린 혈흔(血痕)이 배어 있지 않은 곳이 세계 어디인들 없으며 그 시체가 묻혀 있지 않은 곳이 조국강토 말고도 만주, 러시아, 일본, 미국에는 없을까? 그럼에도 불구하고 국치를 잊고 있는 이유는 무엇 때문일까?

"국치는 이제 더 이상 없다"는 정신을 나라가 국민들에게 심어 놓지 않고 있기 때문이다. 지난 9월 4일이 〈간도협약〉 100년이 되는 날인데도 어느 정치인 한 사람 그 협약이 무효라고 주장하는 사람이 없다. 한일 강제 합방 100년을 앞두고도 어느 국회의원 한 사람 그 조약이 무효라고 주장하는 사람도 없다.

10여 년 전에 어떤 일본인은 "맞아 죽을 각오를 하고 쓴 한국, 한국인"이라는 글에서 국민소득은 1만 달러인지 몰라도 의식 수준은 1백 달러에 불과하다고 지적한 것을 읽은 적이 있다. 이 얘기에 덧붙여 그는 한국과 일본의 차이는 100년 정도쯤 되고 그 격차는 미안하지만 날이 갈수록 점점 좁아지기는커녕 더 벌어지고 있다고 주장을 한다. 왜 그는 그런 주장을 하였을까? 우리의 의식 수준이 100달러짜리 밖에는 안 되기 때문이라는 것이 그의 주장의 요지였다. 참으로 부끄러운 지적이다.

국치일을 "마사다"처럼 기념하면서 새로움을 다지는 하루가 매일처럼 이어지는 나라가 되어야겠다고 주장하는 이유가 바로 여기에 있다.

초가을 따가운 햇살은 곡식만이 아니라 우리의 의식도 익게 만드는 것이어야 하기 때문이다.

수필문학 (2009. 10월호)

눈총도 총이다

"권력은 총구에서 나온다." 모택동(毛澤東)이 한 말이다.

옳은 말이다. 적어도 인류 역사는 그런 경로를 밟아 왔다. 총이 없을 때에는 칼 가진 자가 권력을 쥐었다. 총이나 칼이 뒷받침되지 않고서는 권력을 유지할 수 없었다.

그러나 그래 가지고는 총칼의 대결이 끊일 사이가 없어 안 되겠다는 자각으로 총칼 대신 생겨난 것이 종이 총이다. 투표용지다. 지탄(紙彈)이라고도 한다. 총탄을 수도 없이 퍼부어 정적(政敵)을 무너뜨림으로써 권력을 잡던 방식에서 이제는 지지자를 향해 투표용지 즉 지탄을 마구 쏘아댐으로서 집권하도록 만드는 제도가 정착되었다. 이름하여 민주주의다. 이처럼 종이가 탄알처럼 역할을 하는 영역 그곳은 정치의 세계다. 투표용지(ballot)가 상대의 후보 보다 자신을 향해 더 많이 날아 들 때만이 정치인은 살아남는다.

초등학교 운동회 때 높은 장대 위에 바구니를 매달아 놓고 어느 편이 먼저 더 많은 오자미를 집어넣느냐로 승부를 가리는 게임과 같다. 총탄의 대체용으로 창안해 낸 것이 바로 이 투표용지이기 때문에 총탄(bullet)과는 거꾸로 기능하는 것일는지도 모를 일이다.

그러므로 민주주의는 총탄(bullet) 대신 투표(ballot)로 정권을 창출해 내는 제도다. 민주주의 국가의 권력은 그런 의미에서 모택동이 말하는 것처럼 총구에서 나오는 것이 아니라 국민의 투표용지(紙彈)로 부터 나온다.

그런데 권력을 만들어 내는 총구나 투표용지보다도 더 무서운 총을 모든 국민들이 갖고 있다는 사실을 권력자들은 가끔 잊고 있는 때가 있다. 이 글을 쓰는 이유다. 이 총에 의해 사람들은 사회적으로나 정치적으로 죽임을 당할 수도 있고 권력을 가진 자는 자신의 권력을 잃을 수도 있다. 화약을 장전해서 쏘는 총만 총이 아니다. 국민 누구나가 가지고 있는 총이나 무기에는 그 종류도 다양하다.

첫 번째 무기는 입이다.

입이 무슨 무기가 될 수 있겠느냐고 말할 사람이 있을는지 모르겠지만 분명히 입도 총구(銃口)역할을 한다. 입에 문 독화살을 쏘아 사냥하는 산속 사람들도 있지 않은가? 사람들이 남의 입살에 오르내리기를 두려워하는 이유는 무엇일까? 말(言)이 화살 되어 입에서 쏟아져 나올 때 이 화살을 맞고도 살아남을 수 있는 사람은 이 세상에 없기 때문이다. 그래서 필자는 〈입살도 화살(矢)이다〉라는 말을 자주한다.

누구라도 사람들의 입에 자주 오르내리면 언젠가는 그 장본인의 신상(身上)에 해가 돌아갈 것은 너무나 자명한 이치. 그만큼 사람들의 입은 무서운 것이다. 그래서 말막음을 위해 돈으로 상대를 매수할 때에도 우리는 〈입씻김〉이라고 말하지 않는가? 요즈음 들어서는 사람들이 입으로 음식만 씹어 삼키는 것이 아니라 사람도 〈씹는다〉. 누구든지 사람들에게 〈씹히기〉 시작하면 살아남을 재간이 없다. 그만큼 입으로 한 사람을 죽이는 일쯤은 식은 죽 먹기보다도 더 쉽게 해 치울 수 있다. 남들로부터 칭찬받기는 어려워도 비난받기는 쉬운 일이다.

입에서 나온 말(言)은 말(馬)과도 같아서 잘못 다스리면 성을 내어 〈말썽〉을 일으킨다. 말썽이 생기면 말한 사람이 도리어 자칫 잘못 낙마(落馬)하는 수도 생긴다. 그러니 어찌 입이 총보다 못하다 할 수 있겠는가? 하물며 말로 직업을 삼는 정치인의 경우에는 오죽하겠는가?

두 번째 무기는 눈총이다.

상대가 올바르지 않거나 잘못을 저지르거나 마땅치 않을 때에 사람들은 우선 눈살을 찌푸린다. 기차표를 살 때나 극장표를 살 때, 지하철을 기다리거나 버스를 기다릴 때 새치기하는 사람은 영락없이 사람들로부터 눈총을 맞는다.

찌푸리는 눈살보다도 눈총은 강도(强度)가 한 단계 높다. 총이 화살보다 한층 더 위력이 있는 것과 같다. 남의 눈총이 머리 뒤 꼭지에 와 있는 것을 모르고 있는 사람이라면 이는 분명히 무지(無知)한 사람이거나 강심장의 소유자이거나 철면피다. 그러나 아무리 철면피라도 잠시 동안은 버틸 수 있어도 눈총을 오랫동안 맞으면서 서 있을 수는 없다.

결국 우리는 눈총도 총임을 확인 할 수 있는 것이다.

세 번째 무기는 손가락 총 즉 지탄(指彈)이다.

즉 〈손가락질〉이다. 사람들은 무심히 "지탄을 받을 것"이라고 쓰고 있는 말이지만 이 말처럼 무서운 말도 없다. 눈총도 효력이 없다 싶으면 사람들은 더 이상 참지 못하고 손가락질로 총탄을 쏘아댈 수밖에 없게 된다. 이 지탄을 받고도 정치적으로나 사회적으로 오래 살아남을 장사는 없으리라 여겨진다. 군사용으로 사용하는 총탄에는 오발이나 불발이라도 있지만 손가락으로 쏘아대는 지탄에는 오발이나 불발도 없다. 오직 명중뿐이다.

총탄을 맞아 죽는 사람은 맞은 사람 한 사람에 국한되지만 많은 사람들의 지탄을 받아 한번 쓰러진 사람은 살아생전의 당대(當代)로 끝나지 않는다. 죽은 이후에 까지도 자신은 물론 자손에 이르기까지 죽일 놈이라는 그 손가락질에서 벗어나지 못한다. 천형(天刑)과도 같은 연좌제(連坐制)다. 이 〈손가락질〉은 아무리 없애려고 해도 없어지지 않는다.

을사 5적과 같은 사람들이 대표적이다. 묘는 파헤쳐 지고 자손들은 나라 밖으로 도망을 가고 그 흔적조차 사라지고 만다. 그 만큼 무서운 것이다. 하여 지각 있는 사람들은 바로 이 지탄을 받지 않기 위해 자신의 몸을 가다듬고 올바른 행로를 위해 각고의 노력을 하는 것이 아니겠는가?

　이처럼 사람들의 손가락질이나 입으로 내뱉는 욕이나 눈총은 하나같이 사람을 사회적으로 죽이거나 권력자를 권좌에서 끌어내리는 무서운 무기다. 소지(所持)허가도 받을 필요가 없다. 소지를 금할 수도 없다. 그로 하여 사람이 죽거나 권력자가 권좌에서 쫓겨나도 누구 하나 처벌할 수도 없다. 오히려 자연권적 기본권으로 보호될 뿐이다. 모아진 눈총에 지탄(指彈)이라는 탄알을 장전하여 불을 당기면 눈총도 폭발한다. 모든 혁명의 단초(端初)는 바로 이렇게 눈총으로부터 시작되었음을 우리는 유추해 낼 수 있다.

　세상 사람들의 눈살이나 이맛살을 찌푸리게 하는 언행이나, 입살에 오르거나 눈총을 받거나 지탄을 받는 행동들이 자신에게 어떤 보복으로 되돌아가는가를 번연히 알면서도 그러한 행위를 아주 태연하게 연출하는 사람들이 바로 정치인이다.

　이러한 사실을 세상 사람들은 다 알고 있는데 유독 정치인들만이 자주 잊고 있는 것을 보면 건망증이야 말로 정치인의 전유물(專有物)이 아닌가 여겨지기도 한다.

월간 헌정 (2012. 9월호)

버락 오바마와 넬슨 만델라

넬슨 만델라와 버락 오바마 간에는 몇 가지 공통점이 있다. 노벨 평화상을 수상한 점이 같고 피부색이 같으면서 똑같이 대통령의 자리에 올랐다는 점이다. 다른 점이 있다면 만델라는 27년이라는 긴 시간에 걸치는 피나는 옥중투쟁의 결과로 얻은 영광의 자리였으나 오바마는 감옥과는 거리가 먼 위치에서 순수한 자기 계발로 정상의 위치를 차지하였다는 점이다.

만델라는 어쩌면 너무도 당연하게 노벨 평화상을 받을 자격이 있는 사람으로 인정하기에 충분하다. 그러나 오바마가 대통령으로 당선되어 집무한 지 불과 10개월도 안 된 시점에서 그에게 노벨상이 수여된 점에 대해서는 세계가 다 놀랐다고 해도 과언이 아니다. 필자 또한 여간 의아하게 여겨지는 것이 아니었다. 평화상을 수여할 만큼의 어떤 역할을 했는지 우리는 잘 알지 못했기 때문이다.

특히 노르웨이의 노벨상 위원회가 오바마를 수상자로 선정 발표 한 내용을 보아도 석연치 않기는 마찬가지였다. "오바마 대통령이 국제 외교와 사람들 간의 협력을 강화하는 데에 놀랄만한 노력을 했고 특히 핵무기 없는 세계에 대한 비전과 노력을 높이 평가 한다.~~ 오바마의 노력으로 ~민주주의와 인권은 강화 될 것이다." 수상 이유라고 밝힌 것 중에 어느 내용 하나 확실하게 꼭 짚은 것이 없다.

만델라의 경우와는 사뭇 다르다. 그의 경우에는 분명히 남아프리카에 수백 년 동안 존속했던 아파르트헤이트(apartheid)라는 인종 차별에 대한 끝없는 저항과 투쟁과 투옥으로 점철된 인생이 있었다. 그 토록이나 오랫동안 감옥에 있으면서도 희망을 잃지 않고 끝까지 전 세계 인류에게 평화의 메시지를 보내는 장엄한 인간의 모습을 실현해 낸 공로가 있었다. 종국에는 백인 출신인 데클레르크 총리와의 아름다운 협조를 통해 인종 차별을 없애는 헌법을 제정하기에 이른다. 세계가 찬사해 마지않는 뚜렷한 업적으로 하여 데클레르크와 함께 평화상을 받은 것이다. 그러나 오바마는 이런 인생 역정의 길을 걸어 본 적이 없다. 오히려 백인과 다름없는 엘리트에로의 길을 서슴없이 성큼성큼 걸어 나갔을 뿐인 것으로만 우리는 인식하고 있었다.

미국은 자유를 찾아 이민 온 사람들의 나라다. 미국 국민은 그 자유의 이념을 구현하기 위해 세운 나라 국민이다. 그럼에도 자신들의 자유를 확장하기 위해 오히려 노예제를 선호 했고 그 폐지를 완강하게 거부하였다. 남북전쟁을 치르지 않으면 안 될 정도로 노예 문제는 심각하였다.

링컨도 대통령으로 당선되고 나서 처음에 한 취임 연설에서는 "나는 노예제가 실시되는 주들의 노예제도에 대해서 직접적으로든 간접적으로든 간섭할 의도가 없습니다."라고 천명하였다. 노예 문제는 미국 남부와 북부 간의 전쟁을 불가피하게 만들만큼이나 중요한 문제였고 전쟁을 피하는 수단으로서도 링컨은 부분적으로 나마 노예제도를 인정하지 않을 수 없었던 처지에 있었다. 다시 말하면 노예제도를 인정하는 한이 있더라도 남·북간의 전쟁만은 막고 싶었던 것이다.

링컨 대통령은 남북 전쟁이 한창 진행 중인 때에 1863년 1월 1일을 기해 노예를 해방시킨다는 선언을 하였다. 그러나 흑인들에 대한 백인들의 무시와 멸시는 그 뒤에도 수백 년 동안 사라지지 않았다. 식당에서 버스에서 학교에서 화장실에서 심지어는 공원에서도 흑인은 차별 대우를 받으면서 살았다. 그 차별 대우에서 얼마나 많은 모멸감과 좌절감을 맛보았을까? 얼마나 오랫동안 흑인 대통령이 나오기를 갈망했을까? 이러한 때에 오바마는 역사적으로 남아 있는 마지막 장벽을 지혜와 용기와 의지 하나로 서슴없이 허물면서 앞으로 나아갔다.

드디어 2008년 11월! 오바마는 대통령으로 당선되었다. 미국 역사 최초의 흑인 대통령이다. 그의 대통령 취임식장에서 보여준 많은 미국 흑인들의 열광과 눈물을 통해 필자는 그가 왜 평화상을 받게 되었는가를 그제서야 이해하기 시작했다. 그것은 미국의 새로운 역사의 시작이었다. 미국도 이제는 흑백 개념을 넘어 대통령을 선출할 수 있을 만큼 성숙한 것이다. 남아프리카에서 만델라와 데클레르크 총리가 함께 노벨상을 수상한 것처럼 오바마의 노벨상 수상도 그 개인에 국한된 것이 아니라 미국 국민들과 함께 수상한 것이나 다름이 없다는 사실을 깨닫게 된 것이다.

지금 서울에서는 핵안보 정상회의가 열리고 있다. 오바마 대통령도 참석하고 있다. "핵무기 없는 세계"에 대한 그의 "비전과 노력"이 돋보이기를 기대해 본다. 강대국과 노벨 평화상 수상자들이 이룩해 내야 할 인류의 과제이기 때문이다.

대전일보 (2012. 03. 27)

미국 남북 전쟁이 암시하는 것들

미국의 역사에서 미국은 처음부터 하나가 아니었다. 분열과 대립의 역사로 점철된 만신창이의 역사였다. 연방주의자(federalist)들과 반(反)연방주의자(anti-federalist)들의 대립, 신생국 미국이 안고 있는 부채 문제를 해결하는 문제에서부터 시작된 남·북간의 대립과 1812년의 미·영 전쟁에 대한 찬반 대립, 1819년부터 불거지기 시작한 노예문제를 둘러싼 남북 대립은 급기야 1850년대에 이르러서는 남부의 노예제를 지지기반으로 하는 민주당과 북부의 노예제 반대론자들을 지지기반으로 하고 있는 공화당으로 분리되는 극한 상황에 이르렀다.

1860년 대통령 선거에서 노예제에 대한 온건비판론자로 알려져 있는 공화당 후보인 링컨이 북부 주민들의 90%이상의 지지로 당선되자 당황한 남부지방 사람들은 1861년 2월, 전혀 새로운 국가인 아메리카 남부연합국(The Confederate State of America)을 수립하였다. 그리고 수도도 헌법도 독자적으로 정하고 미시시피 출신의 상원의원 J.데이비스(Jefferson Davis)를 대통령으로 선출하였다. 반란이 일어난 것이다. 링컨 대통령이 취임(3월 4일) 하기 불과 일주일 전쯤의 일이었다. 링컨은 이런 수모를 겪으면서도 자신의 취임사에서 남부군을 향해 "당신들 스스로가 침략자가 되지 않는 한 전투는 없을 것"이라고 천명하였다.

그러나 남부 연합군은 링컨 대통령의 취임 한 달이 겨우 지난 1861년 4월 12일 연방군이 주둔하고 있는 섬터 요새(Fort Sumter)를 포격함으로써 남북 전쟁(Civil War)은 시작되었다. 나라가 하루아침에 두 동강이 난 것이다. 남부 연합국은 11개 주로 형성된 국가가 되었고 북부는 19개 주의 나라로 축소되었다.

전쟁은 1861년부터 65년까지 계속되었다. 6.25전쟁보다도 더 오래 걸린 전쟁이었다. 이 남북 전쟁 당시의 사망자는 무려 61만 명. 제1차 세계 대전과 2차 세계 대전 한국전과 월남전 당시의 전사자 모두를 합친 숫자보다도 많은 인명 손실을 가져온 것이다. 대통령으로 취임한 링컨은 1862년 9월에 노예 해방을 선언하고 북군에 대해 사정없는 독려를 아끼지 않았다. 결코 질 수 없는 전쟁이었기 때문이다.

63년 7월 1일 북군과 남군은 드디어 운명의 게티즈버그에서 만났다. 3일 동안 치른 전투에서만 남·북군 합해 7천 명의 전사자와 4만 5천 명의 부상자와 행방불명자가 발생하였다. 얼마나 지독한 전투였나를 알 수 있다.

전투는 북군의 대승이었다. 이제부터는 남군의 항복만 남았다. 전투가 끝나고 난 4개월 뒤인 11월 19일 링컨은 격전지 게티즈버그를 국립공원으로 지정하고 북군과 남군의 구분 없이 전사자들을 위한 추모 행사를 하기에 이른다. 여기서 링컨은 "이 땅 위에 자유의 이상을 품고 새로운 나라(a new nation)로 태어난" "이 나라는 새로운 자유의 탄생(a new birth of freedom)을 보게 될 것이며 국민의, 국민에 의한, 국민을 위한 정부는 이 지구상에서 결코 사라지지 않을 것입니다."라는 유명한 연설을 한다.

링컨은 전쟁이 끝나기(1865년 4월 9일) 한 달 전인 3월 4일 두 번째 대통령 취임사에서 "어느 누구에게도 원한을 품음이 없이 나라의 상처에 붕대를 감고(to bind up the nations wounds) 전쟁으로 상처 입은 모든 이를 돌보는 일에 전력을 경주하자."고 역설하였다.

남군이 북군에 항복하는 날, 북군의 사령관인 그랜트 장군은 모든 장병들 앞에서 "전쟁은 끝났다. 이제 반란군은 우리 국민이다."라고 외쳤다.

미국 정부는 남군이나 북군을 구분함이 없이 한 곳에 묻었다. 그리고 남군의 사령관인 로버트 리 장군에게는 아무런 처벌도 주지 않았다. 그는 고향으로 돌아가 대학 총장이 되었다. 반역의 수괴일 수밖에 없는 데이비스 대통령은 항복을 거부하고 탈출하였다. 링컨은 남북 전쟁이 끝난 지 6일째 되는 날 암살당했고 데이비스는 5월 10일 체포되었으나 2년 뒤 보석금을 내고 석방되었다.

분명히 말해 남부 연합군은 반란군이다. 반란군을 정부군과 하등의 차별 없이 한 곳에 묻고 함께 추모의 대상으로 삼은 것이나 반란의 수괴와 그 사령관을 아무런 처벌 없이 사면(赦免)해 준 것은 현재 우리가 처하고 있는 현실에서 보면 여간 불가사의 한 일이 아니다.

통일이 되었을 때 우리는 과연 분단의 상처를 꿰매기 위해 어떤 조치를 취할 수 있을까?

대전일보 (2011. 08. 16)

18대 국회가 남긴 어두운 그림자

역대 국회 중에서 최악의 국회라 할 18대 국회가 이제 그 막을 내렸다. 몇 가지 법칙을 통해 18대 국회가 왜 최악의 국회인가를 밝히는 자료로 삼고자 한다.

첫째는 "의안에 대한 여·야의 대립각(對立角)과 국회의원의 심의 시간은 반비례한다."

도대체 이게 무슨 소리인가? 의안에 대한 여·야 간의 대립각(對立角)이 높으면 심의 시간이 오래 걸리고 그렇지 않으면 심의 시간이 짧아질 수밖에 없을 것이라는 것이 일반적인 상식이다. 대립각을 높이 세운 의안은 여·야 간의 협상이 어렵기 때문이다. 그런데 18대 국회에서는 그런 의안일수록 그 심의 시간은 여간 짧지 않았다는 사실을 우리는 경험하였다. 2009년 3월의 어느 날, 여야 총무 간의 협상 내용이 발표되었다. "여야가 협상하기 어려운 법안은 100일 간이란 기간을 두고 사회적 논의기구를 통해 심의해 본 다음 국회법에 따라 표결 처리한다." 얼마나 편한 결정인가? 여야가 합의점을 발견하기 어려운 사안일 경우, 언제나 사회적 논의기구에 그 논의를 맡기고 결과에 따라 표결에만 참여하면 그만이니까 말이다. 실제로 그들은 그렇게 해 놓고 자기들은 외유(外遊)길에 오르는 장면을 목격했던 것이다.

두 번째는 "국회의장과 국회의원의 신변 안전은 반비례 한다."

세상 천지에 이런 법칙이 어디에 있겠나 싶을 것이다. 그러나 18대 국회에서는 이 법칙이 통했다. 임기 첫 해에 맞이하는 첫 번째 정기 국회에서부터 시작하여 임기 말의 최루탄 테러에 이르기까지 수도 없는 테러로 국회는 난장판이 되었다. 그때마다 의원들은 그 테러의 위협에 무방비 상태로 노출되어 있었다. 해머와 전기톱과 물대포와 욕설과 몸싸움과 주먹질이 횡행하는 데도 국회의장은 어느 경우 한 번도 의원들의 신변 안전을 위해 조치를 취한 적이 없다. 전여옥 의원 같은 이는 국회 안에서 법안에 불만을 품은 시민단체의 대표들에 의해 손가락으로 눈을 후벼 파이는 정도의 테러를 당했다. 전라남도 순천 출신의 김선동이라는 초선 의원은 회의장 안에서 최루탄을 터뜨렸다.

그러나 이에 대해 책임지는 국회 간부는 한 사람도 없었다. 테러의 현행범을 고발하라는 국회의장의 노기 띤 음성도 들을 수 없었다. 결국 국회의장과 국회의원의 안전은 반비례 할 수밖에 없게 되지 않았나 싶다.

셋째는 "국회의원의 회의 참석율과 정치 역량은 반비례한다."

18대 국회에서 과반수 의석을 가진 정당은 한나라당(현 새누리당)이었다. 그러나 과반수 의석만 가지고 있으면 무슨 소용인가? 법안 하나 제대로 통과시키지 못한 경우가 부지기수(不知其數)다. 2008년도 추경 예산안도, 2009년도 초의 임시 국회에서 통과시켜야할 법안 10여 건도, 해외 파병 주둔 기한 연장 비준 동의안도 통과시키지 못했다. 여야 간의 합의가 안 되어서도 아니다. 표결이 있을 때마다 어이없게도 한나라당 측에서 의결 정족수를 채우지 못해서였다.

왜 의결 정족수가 부족했을까? 정치 경험이 많은 당내 거물들이나 중진들이란 사람들은 이런 저런 외부 행사에 나가 자리에 없고, 자리를 지키고 있는 의원들은 초선급 의원 정도이니 정족수가 부족 할 수밖에 없어서다.

넷째는 "시민단체와 정당의 역할은 반비례한다."

지난 서울시장 후보 경선을 보면 정당이 정당이기를 포기한 정치현상이 극명(克明)하게 들어났다. 당내 경선으로 당선된 민주당 후보자가 다시 무소속 후보와 경선 하는 해괴한 일이 벌어진 것이다. 무소속 후보는 누구로부터 경선 되어 후보자가 되었기에 정당 후보와 함께 경선 하는 것인가? 정당이 정당이기를 포기하는 광대 짓이라 할 것이다. 이러니 시민단체의 역할은 커지고 상대적으로 정당의 역할은 줄어 들 수밖에 없지 않은가?

다섯째로 "정치인과 국민의 우국충정은 반비례한다."

이 글의 결론으로 하고 싶은 말이다. 정치인들이 나라를 외면하고 있으니 국민이 오히려 나라를 걱정 할 수밖에 없지 않은가 하는 현실을 지적하고 싶어 하는 얘기다. 북한이 일으키고 있는 각종 도발에 대해서까지 북한의 책임을 묻기 보다는 먼저 대한민국을 비난하는 정치인들이 있다. 자국 내에 군사기지 하나 마음대로 건설하지 못하도록 방해하는 정치 세력도 있다. 그러면 그럴수록 국민들의 애국심은 더욱 불타오른다는 사실을 정치인들은 알아야 할 것이다. 정치인들이 국민들을 어찌 이다지도 무시(無視)하고, 어찌 이다지도 나라 망하는 꼴을 보려고 안달하는가?

19대 국회가 예외이기를 간절히 바라는 마음인데 왠지 허전하게 느껴지는 이유는 무엇일까?

대전일보 (2012. 05. 08)

호세 안토니오 아브레우 박사와
수잔 솔티

서울 평화상은 서울 올림픽을 성공적으로 마치고 난 이후 이를 기념하기 위해서 제정된 우리나라 유일의 국제 평화상이다. 상금도 자그마치 20만 불! 대상은 국내 인사 중심이 아니라 세계적으로 유명한 인사들이다. 문자 그대로 세계 평화상이다. 분단국 국민으로 평화를 갈구하는 우리의 간절한 소망이 이 상(賞)에 담겨 있음을 왜 세상 사람들이 모겠는가? 그래서 더욱 값진 상이라 할 것이다.

60년대 초 고(故) 장준하 선생이 필리핀의 막사이사이상을 받을 때만 해도 우리는 그것이 우리 모두의 영광이라 생각했다. 그런데 이제 전란(戰亂)을 거치면서 남의 나라 병사들이 바친 목숨과 남의 나라 국민들이 보내준 원조로 살아남은 우리가 이 평화상이라도 온 세계인을 상대로 줄 수 있게 된 것이 국민 된 입장에서는 얼마나 자랑스러운 일인지 모른다.

그런 평화상 시상식이 벌써 10회째 열렸다. 지난 10월 27일이다.

그 동안의 수상자 중에는 이 상을 수상한 뒤에 곧바로 노벨 평화상을 수상한 분들도 있다. 국경없는 의사회와 코피 아난 전 유엔 사무총장과 방글라데시의 무하마드 유누스 박사가 그들이다.

이번에 수상한 인물은 음악가이면서 경제학자요 교육자요 정치가인 호세 안토니오 아브레우(Jose Antonio Abreu)박사! 베네수엘라 사람이다. 음악 교육을 통해 온갖 범죄와 마약의 위험에 노출되어 있는 청소년들에게 꿈과 희망을 안겨 준 사람이다.

그는 1975년 베네수엘라의 수도 카라카스의 빈민가에서 사재를 털어 범죄에 찌들어 더 이상 구제 할 길이 막연한 불량 청소년 11명에게 악기를 사주고 자신이 직접 연주법을 가르쳐 주기 시작했다. 이로부터 "엘 시스테마(El Sistema)"라는 예술 교육 시스템을 개발하였다. 지난 35년 동안 이 교육의 혜택을 받은 청소년들이 30만 명에 이른다고 한다. 이들의 80%는 빈민층이었다. 2010년 현재에는 그들이 중심이 되어 약 500개라는 놀라운 수의 오케스트라와 음악그룹이 활동하고 있다고 한다. 28세라고 하는 젊은 나이에 LA필하모닉 오케스트라의 상임 지휘자로 임명된 마에스트로 구스타보 두다멜도 아브레우 박사의 엘 시스테마가 길러낸 인물 중의 하나라고 하니 얼마나 놀라운 일인가?

음악 하나로 베네수엘라라고 하는 빈한한 나라의 장래에 희망을 안겨주고, 음악 하나로 범죄와 마약 앞에 꼼짝 없이 굴복 할 수밖에 없는 청소년들에게 새로운 꿈과 행복을 가져다주었다. 이것은 바로 세계 평화로 이어지는 첫 걸음일 수도 있을 것이다. 이 시상식을 보면서 북한에도 음악을 통해 평화의 메시지를 보내는 전략을 모색해 보면 어떨까 싶은 엉뚱한 생각도 해 본다.

북한 인권문제에 대해 끊임없이 세계적 관심을 불러일으킨 위대한 여인 수잔 솔티(Suzanne Scholte)도 서울 평화상 제9회(2008년)수상자다. 그는 가히 '인권의 파수꾼'이라고 불리 울 만큼 북한의 인권문제와 서부 사하라 난민들의 인권을 위해 주저 없이 세계를 향해 표호(咆哮)하고 있다.

우리 정부가 북한의 실상을 짐짓 외면하면서 눈치 보기와 침묵으로 일관하고 있을 때 그는 과감하게 고(故)황장엽 북한 노동당 비서를 미국에 초청하여 의회에서 북한의 실상에 대해 증언 할 수 있도록 주선하였다. 2003년 10월의 일이었다. 그리고 수많은 탈북자들을 미국에 초청하여 북한 정권이 저지르고 있는 야만적인 인권유린 행위를 끊임없이 고발해 오고 있다.

2004년에는 미 의회를 움직여 "북한 인권법"을 제정하도록 하였고 이를 계기로 매년 "북한 자유의 날" 행사를 벌리고 있다. 그러나 정작 그가 경고하고 있는 대상은 북한이 아니라 우리를 향해서다.

그는 이렇게 말하고 있다. "김정일이 저지른 악행에 대해 우리가 진실을 말하지 않으면 우리는 우리의 가치를 배반하는 것입니다. 우리가 침묵하면 김정일 정권은 더욱 대담해 질 것입니다. 우리의 침묵은 북한 주민들에게는 죽음을 의미합니다."

그러면서 그는 대한민국과 모든 자유주의 국가 지도자들은 북한의 참극에 대한 그 동안의 침묵에 대해 앞으로 어떤 책임을 지겠느냐고 단호하게 묻고 있었다. 모든 자유주의 국가 지도자의 비겁함을 질타하고 있었던 것이다. 이런 그의 신념과 용기와 인간애(人間愛)에 대해 저절로 머리 숙여질 뿐이다.

참으로 아름다운 사람들이 이 세상을 밝히고 있다는 사실을 알게 된 것만으로도 우리는 행복하다. 그래서 서울 평화상은 더욱 값진 상이라 할 것이다. 국내 수상자도 나오기를 기대해본다.

대전일보 (2010. 11. 09)

정의구현 사제단은 광야로 나가라!

종교계가 시끄럽다. 개신교의 일부 신자들은 남의 절에 들어가 두 손을 높이 들고 이 절(寺)이 무너지게 해 달라고 기도하는 모습이 보인 다. 천주교에서는 추기경이 기자 간담회에서 한 말이 빌미가 되어 자 칭 정의구현을 사명으로 삼고 있다는 사제단으로부터 온갖 시달림을 받고 있다. 불교계에서는 템플스테이에 소요되는 비용이 예산에서 깎 였다고 분기탱천이다.

참으로 가관이다. 필자로서는 템플스테이를 위한 비용을 왜 국고가 부담해야 되는지조차 알 수 없으려니와 백 수십억 원이나 되는 예산중 에 일부가 깎였다고 불교계는 왜 또 그토록 울분을 토하고 있는지 그 내심을 헤아리기 어렵다.

그런 예산도 국고 지원이 되어야 한다면 다른 종교에서 유사한 지원 요청을 했을 때 정부는 과연 어떻게 할 것인지 궁금하지 않을 수 없다. 그 예산이 미래의 대통령 선거를 위해 정부 여당이 마련한 선심 정책 의 일환으로 나온 것이라면 정부 여당은 앞으로 두고두고 책임을 져야 할 일이다. 또한 강력한 세력을 지니고 있는 불교계와 약속한 예산도 제대로 지키지 못한 한나라당이라면 앞으로 힘없는 국민과의 약속은 또 어떻게 지킬 수 있을 것인지 우려되는 바 없지 않다.

불교계는 내년 한 해 동안에 그 사업을 완전히 끝마칠 일이 아니라 면 예산에 맞춰 순차적으로 하면 될 것이다. 또 서운한 감정이 있더라 도 이를 마음속에 갈무리 한 채 후일을 기약하면 될 것을 왜 그토록 야단법석을 떠는 지 그 이유를 문외한으로서는 이해 할 수가 없다. 부처님의 가르침이라는 것이 설법만으로 되는 것이 아니라 언행으로도 이루어지는 것이 아닌가 하는 차원에서 보면 전략상으로도 그리 상수(上手)라고는 믿어 지지 않는다. 속사정을 모르는 우리네 같은 사람들은 백 수십억 원에 드는 템플스테이 비용이라면 지금 당장 노후 된 군사 장비를 보완하는 데에 쓰는 것이 무엇보다 긴요한 일이 아닌가 하는 생각마저 드는 요즈음이다. "나라가 없으면 절도 없다."고 말하면서 절 고칠 돈까지 안보에 사용해 달라고 선뜻 내놓은 어떤 스님의 처신이 우리들의 마음을 더욱 감동시켰기 때문이다.

천주교계 소식이 가관이기는 불교계보다 한술 더 뜬다. 정진석 추기경이 기자 간담회에서 한 말을 가지고 정의구현 사제단이라는 사람들이 막말을 마구 쏟아 내면서 교계를 흔들고 있다. 추기경은 기자들에게 "주교단 회의에서 4대강 사업이 자연 파괴와 난개발의 위험성이 보인다고 했지 반대한다고"는 안 했다는 얘기와 "북한은 국민의 생존에 대해 양식(糧食)이 없다고 손을 벌리고 진리를 차단하고 자유가 없다."고 말한 것이 전부다. 4대강 문제는 엄밀히 말해 정책 선택의 문제이지 신앙의 문제는 결코 아니다. 그럼에도 불구하고 정의구현 사제단에서는 이를 두고 추기경에 대해 "정부를 두둔해야할 무슨 남모를 고충이 있는가."라는 식의 모욕을 주면서 추기경을 궤변자로 몰았다.

북한에는 자유도 식량도 종교도 없는 곳이라는 것은 세상이 다 알고 있는 일이다. 그런데도 이를 지적했다고 하여 추기경을 향해 "골수 반공주의자"로 매도하면서 "당신이 사목적 혜안을 과감하게 포기했거나 아예 갖추지 못했음을 인정하는 선언"이라는 막말을 쏟아 냈다. 추기경 자격은 물론 능력도 없다는 충격적인 반(反) 사목적 발언이다. 한걸음 더 나아가 일부에서는 사퇴하라고까지 윽박질렀다. 교계의 질서는 이미 엎질러진 물이요 깨진 그릇이 되었다. 역사적 사건이 된 것이다.

독실한 천주교 신자이기도 한 자유선진당의 이회창 대표는 이런 정의구현 사제단에 대하여 "사제면 사제답게 행동하라."라고 하면서 추기경에게 "골수 반공주의자"라고 한 것은 "자신들이 곧 골수 친북주의자"라고 고백한 것이나 다름없는 것이라고 했다. 그러면서 그는 "안방에서 활개 치듯 안전한 서울 광장 촛불 시위에서나 앞장서지 말고 탄압이 휘몰아치는 광야로 나가라! 진정으로 용기가 있다면 그곳 북한에 가서 정의를 구현하고 순교하라."라고 일갈을 하였다.

정의구현 사제단의 정체가 이 대표의 한 마디로 이제야 완벽하게 설명되었다고 믿어진다. 사제답지 못한 사제, 골수 친북주의자, 광야는 싫어하면서 안방만 찾아다니는 비겁한 자, 순교할 생각이라고는 눈곱만큼도 없으면서 입으로만 정의를 부르짖는 자. 여기에 필자의 생각을 한 마디 덧 부친다면 정치 신부들의 모임.

중생 없는 부처 없고 죄 지은 자 없는 예수 없을 진데 중생은 누구를 향해 불공을 드릴 것이며 죄 지은 자는 누구로부터 용서를 받을 것인가? 세상이 참 가관(可觀)이다.

대전일보 (2010. 12. 21)

김중위의 법칙들

필자는 지난 10여 년 간에 걸쳐 〈김중위의 법칙〉이라는 이름으로 몇 개의 법칙을 이런 저런 지면에 발표한 적이 있다. 필자의 이 법칙들은 수십 년 전에 읽은 〈파킨슨의 법칙〉을 모방해서 만든 것이다.

조금은 진부한 얘기가 되는지 모르겠지만 〈파킨슨의 법칙〉중에서 가장 유명한 법칙은 "예산 액수와 심의 시간은 반비례(反比例)한다."는 것이다. 예산 액수가 많으면 많을수록 의원들은 그 액수의 많음을 가늠하기가 쉽지 않다. 사업의 타당성에 대해서는 문제를 제기할 수 있을는지는 모르겠으나 예산의 적정성까지를 따지기에는 역부족일 수밖에 없다. 당연히 심의 시간이 짧을 수밖에 없다. 그러나 예산이 많지 않은 사소한 사업에 대해서는 예산 액수와 사업의 규모가 피부에 와 닿을 만한 것이기에 누구나 다 한마디쯤은 시비를 걸 수 있다. 시간이 오래 걸릴 수밖에 없는 이치다.

이러한 파킨슨의 법칙을 유추해서 필자도 "권한과 책임은 반비례한다."는 법칙을 발표한 적이 있다. 높은 자리에 있거나 권한이 많은 자리에 앉아 있는 사람일수록 책임이 무거워야하는데 실은 그렇지 않다는 역설적인 법칙이다. 이 말은 대통령과 같은 최고 지도자는 현실의 법정에 서는 일은 좀처럼 생기지 않는다는 얘기이기도 하다.

이런 법칙도 발표한 적이 있다. "당명(黨名)과 당의 진로는 언제나 역방향(逆方向)이다." 대체적으로 한 정당이 새롭게 설립될 때에는 그 지향하는 목표를 당명(黨名)으로 하여 출범하는 것이 상례다. 건국 이후 최초의 집권당이라고 해야 할 〈자유당〉의 경우도 해방된 국민의 최대 욕구가 자유였기에 이를 당명으로 하여 태어난 정당이다. 그러나 자유당 집권 내내 어느 시기 한번 속 시원하게 자유를 숨 쉬고 살아 본 적이 없었다. 4.19혁명으로 무너진 연유다.

어부지리로 얻은 〈민주당〉 정권! 무책임한 민주주의로 인해 어이없이 군사 쿠데타에 의해 해체되었다. 곧이어 〈민주 공화당〉이 들어섰다. 민주당이 이루지 못한 꿈과 자유당이 하지 못했던 공화 체제를 함께 구현해보고자 내 건 당명이다. 그러나 이 정당 또한 삼선개헌(三選改憲)과 유신(維新)을 거치면서 스스로 침몰하고 말았다. 곡절 많은 역사의 부끄러운 터널을 거쳐 집권한 신군부는 대오각성을 전제로 〈민주정의당〉을 창당하기에 이르렀다. 그러나 그 집권기간 동안 민주도 정의도 실감한 사람은 별로 없었다.

군부 세력이 물러난 후 최초로 문민정부를 탄생시킨 김영삼 대통령은 이제 당명을 〈신한국당〉이라 하였다. 새롭고도 위대한 대한민국을 만들어 보자는 사뭇 웅대한 목표를 당명에 내 비쳤다. 그러나 유사 이래 최초의 IMF 한파로 그의 그 장대한 목표는 물거품이 되고 말았다.

김대중 대통령은 새 천 년의 집권 기반을 닦아보자는 거대한 욕망을 앞세워 〈새천년 민주당〉을 창건하였지만 새 천 년의 꿈은 천일야화가 되었을 뿐이다. 〈우리〉가 열려 있으면 그 우리는 이미 우리가 아닌데도 노무현 대통령은 〈열린 우리당〉을 만들었다. 결국 집권 말기에는 당 간부 모두가 제 각각의 당을 만들어 뿔뿔이 흩어지고 말았다. 그 외에도 필자는 자질구레한 법칙을 발표한 적이 있지만 모두 생략하고 이제는 새로운 〈법칙〉을 말할 차례다.

정기 국회에서 가장 중요하게 다루어야 할 국회의 임무는 예산 심의다. 그리고 그 예산은 반드시 "회계 연도 개시 30일 전까지 의결" 하도록 헌법은 요구하고 있다. 그러나 어느 해(年) 한번 헌법에서 정한 이 원칙이 지켜진 적은 없다. 예산안이 의결될 때까지 정부가 일정 예산을 가(假)집행할 수 있는 예외 조항이 오히려 원칙처럼 운영되고 있을 뿐이다. 헌법상의 원칙과 예외가 이처럼 전도(顚倒)되어 있는 현상을 보면서 이러한 일반 원칙이 가능하지 않을까 싶다.

"예외 없는 원칙은 없다."나 "악화가 양화를 구축한다."라는 말과 같이 "원칙과 예외의 적용 횟수는 반비례한다." 즉 예외 조항을 적용하는 경우가 원칙을 적용하는 경우보다 많다는 뜻이다. 원칙은 무시되고 오히려 예외가 원칙처럼 활용된다는 뜻도 될 것이다.

대전일보 (2009. 12. 08)

정치는 고양이다

정치현장에서 정치를 해 본 사람이면 누구나 정치야 말로 살아 움직이는 생명체와 같다고 하는 생각에 공감한다. 이런 생각은 현대 정치에서 뿐만 아니라 군주 정치시대의 사람들도 비슷한 생각을 한 것 같다.

조선 영조 때의 실학자였던 성호(星湖) 이익(李瀷) 선생이 쓴 성호사설(星湖僿說)을 보면 그는 정치를 말(馬)에 비유한 것을 보게 된다. 말을 부리는 것처럼 나라를 다스려야 한다는 것이다. 말을 부리는 사람이 말을 잘 다루면 말은 종일 달려도 지치지 않지만 그렇지 않으면 말은 금방 지쳐 더 이상 달리지 못한다. 사람들은 자기가 말을 잘 다루지 못 한다는 사실은 깨닫지 못 하면서 지쳐 있는 말에 채찍질만 한다고 하면서 걱정이 태산 같다. 자칫 잘못하면 말이 끌고 가던 수레를 뒤엎을까 두려워서 하는 얘기였다.

필자는 가끔 정치를 고양이와 비유해 본다. 고양이는 대단히 교활한 짐승이다. 발톱을 감추고 주인의 품안에서 언제나 자는 척 눈을 감고 누워있지만 어느 때 한순간도 경계를 늦추는 법이 없다. 충성심도 없고 의리도 없다. 따뜻한 품과 넉넉한 끼니꺼리만 제공되면 주인이 누구냐 하는 것은 그리 대수롭지 않다. 개는 죽는 순간에도 꼬리를 흔들며 주인에 대한 애정을 숨기지 않지만 고양이는 평생을 사랑하면서 키워준 주인이 조금만 불편하게 해도 그만 눈빛을 바꾸면서 손톱으로 할퀴기를 서슴지 않는다. 정치가 꼭 이와 같다.

평생을 정치인으로 명성을 날리다가도 한순간에 고양이의 발톱에 긁혀 상처를 입는 경우를 우리는 너무나 많이 본다. 심하면 그 상처로 하여 죽임을 당하는 수도 있다. (실제로도 그리스의 왕 알렉산드로스는 1920년 자신의 애완용 원숭이에 물려 죽었다). 자신의 실수로 고양이를 잘못 다루어 생기는 경우도 있지만 발정기의 고양이처럼 본성이 발동하여 생기는 경우도 있다. 정치가 곧 고양이라고 필자가 주장하는 연유다. 정치적으로 지금 이 시기가 바로 고양이에 비유해서 보면 발정기(發情期)다. 총선거를 눈앞에 두고 고양이처럼 정치는 발정을 한다. 정치가 가장 예민해질 때다.

한나라당은 자신들이 만든 당규에 자신들의 발목이 잡혀 허우적거리고 있다. 대통합 민주 신당은 자신의 정체성도 확립하지 못한 상태에서 민주당과의 합당과 호남 물갈이론으로 벼랑 끝에 놓여 있다. 민주노동당은 평등파(PD)와 종북파(NL)와의 결별을 통한 대폭발을 예고하고 있다. 청와대는 자신만만하고도 야심차게 추진하던 봉하마을 건설이 머지않아 엄청난 여론의 된서리를 마지 할 형국에 놓여 있다. 어느 한 구석에서도 봄바람 부는 모습은 보이지 않고 발정기의 고양이 울음소리만 요란하다.

이 모든 사태가 정치를 고양이 다루듯 조심하지 않으면 안 된다는 적신호를 알리는 울음소리다. 성호사설대로 말한다면 말(馬)을 제대로 다루지 못해 생긴 일이다. 한나라당의 경우만 해도 그렇다. 당규의 제정이나 적용이 정치적 현실성을 무시한 것이라면 그것은 死文化될 수밖에 없다.

고삐 잡기를 부드러운 실끈 잡듯 하라는 말이 있다. 그리고 부패를 척결할 때에도 네모난 됫박 속에 들은 된장을 둥근 바가지로 퍼내듯이 하라는 얘기도 있다. 강한 의지로 부정이나 부패를 척결하되 됫박 속의 된장을 순가락으로까지 긁어내는 식으로는 하지 말라는 얘기다. 참으로 지혜로운 말이 아닐 수 없다. 그것은 현실적으로 가능하지도 않으려니와 자칫 교각살우(矯角殺牛)가 될 수도 있기 때문이다.

그래서 일벌백계(一罰百戒)라 하지 않는가? 삼성 특검의 경우를 보면서 하고 싶은 얘기이기도 하다. 통합 신당의 경우나 청와대도 마찬가지다. 두부 모 자르듯이 일거에 기존의 당내 세력을 단칼에 해치우려하는 자세로는 정치가 되지 않는다. 자칫 조화로움을 잃을 수 있기 때문이다. 마찬가지로 자신의 생가(生家)를 하루아침에 명승지로 만들려는 욕심이야 퇴임하는 대통령이면 누구인들 없겠는가 만은 세상 일이 그렇게만 되는 것이 아니라는 것쯤은 알아차려야 할 것이다.

가장 현실적인 것이 가장 이상적이라는 사실은 그래서 지금도 진리다.

대전일보 (2008. 02. 05)

정치적 스테그플레이션

헌정사 60년을 되돌아보면서 우리 정치의 특징을 한 마디로 한다면 어떤 표현이 가능할까를 곰곰 생각한 끝에 폴리틱 - 스테그프레이션 (politic-stagflation)이라는 말이 가장 적합한 것처럼 느껴졌다.

침체(沈滯)라는 뜻의 스테그네이션(stagnation)과 물가상승이라는 뜻의 인프레이션(inflation)을 합성시킨 조어(造語)인 스테그프레이션이란 말을 정치에도 접목시킬 수 있지 않나 해서다. 간단히 말하면 〈침체된 정치하에서의 정치 인프레이션 현상〉. 달리 말하면 〈정치 부재(不在)하에서의 정치 과잉〉 쯤으로도 해석해 볼 수 있을 것이다. 지금 이 순간도 예외가 아니라는 생각이다.

대통령 선거가 끝난 지 벌써 상당 시간이 흘렀는데도 정치권은 아직도 선거의 후유증에서 벗어나지 못한 채 당내 갈등을 겪는데 시간을 허비할 뿐 민생과 관련된 정치 활동은 거의 보이지 않고 있다. 이런 상황을 정치적 침체(political stagnation) 상태라 할 수 있지 않을까? 정치가 생산해 내는 것은 아무 것도 없으니 말이다. 이런 상태라면 당연히 정치의 주체인 정당의 숫자도 줄고 정치 지망생들도 줄고 국민들의 정치적 관심도 줄어야 옳다. 그런데 오히려 정당의 숫자와 정치 지망생과 국민의 정치적 욕구는 늘어나고 있다. 이런 현상을 일컬어 정치적 인프레이션(political inflation) 현상이라 할 수 있을 것이다. 그렇다면 정치적 침체 상태하에서의 정치적 인프레이션을 일컬어 정치적 스테그프레이션이라 말해도 될 듯싶다.

우선 먼저 한나라당부터 보자.

한나라당은 대선에서 승리한 정당답게 집권 프로그램을 짜는 모습으로 국민들에게 다가가야 옳을 일이다. 이명박 정부가 들어선다고 하여 그 정부가 이명박 개인의 정부가 되는 것이 아님이 분명하다. 한나라당과 이명박 대통령은 둘이 아니기에(不二) 대립적이 아니다. 운명 공동체라는 공통된 인식 위에서 사전에 모든 것이 조율되고 합의 되는 순서에 따라 결행되는 집권당다운 집권당이어야 할 것이다. 그런 자세로 라면 "공천 잘못하면 좌시하지 않겠다."는 말도 당내에서 나올 여지가 없는 것이 아니겠는가? 한 마디로 정치가 없다는 얘기다.

대통합 민주 신당은 또 어떤가?

여러 우여곡절 끝에 소위 교황 선출방식으로 손학규 전 경기지사를 당의 대표로 뽑았다. 이에 반발해 이해찬 전총리가 탈당했다. 그러면서 그는 "손 대표가 이끄는 신당은 나의 가치와 다르다. 어떠한 정체성도 없이 좌표를 잃은 정당으로 변질될 것이다"라고 자신의 탈당 이유를 밝혔다. 어쩌면 이해찬 전 총리의 예견이 맞을는지도 모른다. 지난 번 선거에서 이해찬 전총리가 지녔던 "가치"는 여지없이 돌팔매질로 만신창이가 되고 말았으니 말이다. 정체성 없는 정당으로 나갈 수밖에 없는 운명은 이미 손학규라는 인물의 무정체성(無正體性)이 증명하고 있지 않나 싶다. 무정체성의 정체성으로서는 미래가 없다. 한마디로 침체를 벗어날 길이 보이지 않는다.

민주 노동당은 또 어떤가? 소위 평등주의파와 그들이 말하고 있는 종북(從北) 주의파(주사파) 간의 노선 대립이 이미 신문 지면을 통해 배어 나왔다. 어떠한 새로운 포장으로 국민 앞에 나오더라도 "북한 노동당의 충실한 대변인"이라는 마음속의 숨은 뜻을 버리지 않는 한 절대로 뇌사 상태의 정당에서 벗어날 수가 없다. 노선과 이념에 대한 사생결단의 투쟁을 접어두고 외양만 포장을 해서는 어떤 정당도 살아 숨쉴 수가 없기 때문이다. 한 마디로 정체 상태다. 지역적 기반에 생명줄을 걸고 있는 민주당의 경우에도 정체되어 있기는 마찬가지다.

이러한 침체와 정체의 늪에서 기존의 정당이 숨을 제대로 쉬지 못하는 것을 눈치 채고 새로운 정당이 탄생한다는 예고가 끊임없이 나오고 있다. 이회창 후보와 심대평 전 충남지사가 추진하고 있는 가칭 〈자유당〉과 문국현 후보가 추진하는 가칭 〈창조한국당〉이 그 한 실례다. 이는 정당의 인프레이션 현상이다.

이러한 현상을 보면서 필자는 아! 정치적 스테그프레이션이 이제부터 시작되는 것인가 하는 생각이 들었다.

대전일보 (2008. 01. 15)

대통령의 리더십도 국력이다

작년 9월, 70%의 국민적 지지율을 딛고 총리에 취임한 일본의 아베(安倍晋三) 총리가 재임 1년도 넘기지 못하고 사임하자 일본 언론들은 아베 총리의 자질에 대해 격한 반응을 보이는 것 같았다. 당초부터 총리가 될 만한 자질을 갖지 못한 사람이었다는 것이다.

우리나라로 치면 대통령에 해당하는 일본 총리의 자질이 문제시되고 있는 것을 보면서 한 나라를 이끌어 가는 지도자의 자질은 곧 그 나라의 국력의 표시가 아닌가 하는 엉뚱한 생각을 하게 되었다. 지도자의 자질 여하에 따라 지도자의 리더십이 달라지고 그 리더십 여하에 따라 국력의 신장과 쇠퇴가 결정된다고 믿고 있기 때문이다.

그렇다면 어떤 것이 지도자에게 필요한 자질로 거론되어야 하는가를 강의실에서 학생들에게 물어보았다. 그들이 제기한 자질의 요소는 이런 것이었다. 비전 신념 용기 청렴 정직 겸손 덕성 통찰력 판단력 결단력 설득력 사명감 포용력 추진력 신의 인내 체력 지혜 사랑 섬김.

어느 하나도 버릴 것이 없는 자질의 요건임이 분명하다. 그러나 덜컥 겁이 나기 시작했다. 위에서 지적된 자질을 소유한 대권주자(大權走者)가 우리나라에서는 과연 몇 명이나 될까 싶어서였다. 지금 한창 여권이 대통령 후보를 뽑고 있는 중이어서 더더욱 그들을 예시된 자질과 대입해보면서 과연 누가 가장 자질 적합성을 띠고 있는가가 분명하지 않기 때문이다.

그러나 어쩌면 필자의 성급한 성격이 그러한 실망감을 먼저 내비친 것이 아닌가하는 생각도 없는 것은 아니다. 독일의 괴테조차 세계적 영웅이라고 칭송해 마지않았던 나폴레옹도 처음부터 영웅이 아니었듯이 히틀러의 속셈을 꿰뚫어 보고 세계 2차 대전을 승리로 이끈 처칠의 강력한 리더십도 하루아침에 형성된 것이 아니지 않은가 하는 생각이 들어서였다. 덧붙인다면 지도자를 양성할 줄 모르는 우리나라 정치 풍토를 먼저 개선시켜 나가야하지 않겠나 싶은 생각도 없지 않은 터여서 더욱 그러하다.

그러나 아무리 그러하다 하더라도 누구인가를 선택할 수밖에 없는 막다른 길에서 선택한다면 어떤 방법이 있을까? 미국의 어떤 기자는 〈미국 최악의 대통령 10명에 관한 이야기(김형곤 역)〉란 책을 썼다. 이런 지도자를 선택하자는 것이 아니라 이런 지도자를 선택해서는 안 된다는 책이다.

방향 감각도 목적의식도 없으면서 독선적이고 미래에 대한 비전하나 제시하지 못하는 사람(카터), 용기도 결단력도 없이 우유부단하면서도 자신을 도와준 친구의 뒤통수나 치면서 배신을 일삼는 사람(태프트), 냉혈한처럼 인간적인 따뜻함이란 눈곱만큼도 없이 단 한 번의 악수만으로도 모두를 적으로 만드는 사람(헤리슨). 인색하기 짝이 없으면서 철저하게 침묵과 무활동으로 일관한 사람(쿨리지). 대통령직을 사적인 영달로 간주하면서 구제불능의 인물들을 측근에 포진시킨 게으르기 한량없는 사람(그랜트). 걸핏하면 흥분하고 타협을 수치로 알면서 안하무인격인 사람(앤드류 존슨). 능력이란 보잘 것이 없어 사람들이 "원 세상에 어떻게 저런 사람이 미국의 대통령이라니!" 하는 탄식의 소리를 남긴 사람(피어스). 우둔 허약 무능이라는 대명사가 줄곧 따라 다닌 사람(부캐넌). 자신의 의지와 상관없이 우연히 대통령이 된 사람으로 백악관에서 수도 없는 섹스 스캔들이나 일으킨 함량 미달의 사람(하딩). 능력이나 지적인 면에서는 뛰어 났으나 국민을 무시하면서 노골적으로 사법권을 방해하고 헌법을 유린한 사람(닉슨).

이런 모든 실례들을 집약해보면 결국 국민을 우습게 보는 사람과 함량 미달의 사람을 지도자로 선택해서는 안 된다는 얘기다. 대통령 후보 지명과 더불어 자기 부인이 기절할 정도의 함량 미달인 사람(피어스)이 대통령이 되면 어쩌나 하는 생각은 필자에게만 있는 것은 아닐 것이다.

한국 문단 초창기에 김동인(金東仁)은 이런 글을 쓴 적이 있다.〈별거시 다— 소설을 쓰란다〉. 대통령하겠다고 나선 사람이 손가락으로 다 헤일 수 없이 많은 것을 보면서 필자가 하고 싶은 소리다.〈별거시 다 — 대통령을 하란다〉.

대전일보 (2007. 09. 18)

헌법은 지금도 고달프다

제헌절이다.

이번 제헌절을 지나고 나면 헌법도 제 나이 60이 된다. 어지간한 얘기는 자세한 설명 없어도 알아들을만한 나이 또는 새롭게 고치거나 익힐 일이 별로 없는 나이를 두고 이순(耳順)이라 한다고 했던가? 그런데 참으로 괴이스럽게도 이순이 다 된 헌법이 지금에 와서도 고달픈 삶을 살고 있는 듯하다. 이것저것 고치자고 하는 소리가 끊이지 않고 있으니 말이다.

필자가 만난 헌법 얘기부터 해보자.

1952년 부산 피란시절, 아직도 중학생이던 필자가 하얀 두루마기를 입고 남의 등에 업혀 집을 찾아오신 할아버지 한 분에게 인사를 드리면서부터 헌법을 만났다. 집안의 족숙(族叔)이신 심산(心山)김창숙(金昌淑)옹(翁)이었다. 일제에 맞서 싸우다가 고문으로 앉은뱅이가 되어 스스로의 아호(雅號)를 벽옹(躄翁)이라 한 분이다.

이승만 대통령이 국회에서의 간접 선거로서는 대통령으로 재선되기가 어렵게 되자 직선제 개헌을 추진하기 위해 비상계엄을 선포하고 국회의원은 물론 자신의 재집권을 반대해 온 주요 인사들을 연행 구속시키려 했기 때문에 잠시 피신해 온 것이다. 바로 발췌개헌 파동 때의 일이다. 부푼 가슴으로 대학에 갓 입학한 신입생인 우리들은 교내 잔디밭에서 먼발치로 5척 단구(短軀)의 노신사 한 사람을 만났다. 반짝거리는 구두와 잘 빗어 넘긴 머리, 단정한 옷맵시로 보아서는 은행원 같은 인상을 주었던 헌법학의 태두인 유진오(兪鎭午)총장이었다. 멀리서 우리는 그를 두고 헌법이 걸어간다고 말했다. 그만큼 그는 우리 헌법의 대명사였다.

그러고 얼마 후 그 유명한 4사 5입 개헌을 통해 이 박사의 영구 집권의 길이 열리고 이제는 제법 전흔(戰痕)도 상당히 가신 평화로운 기운이 온 사회에 감돌고 있을 즈음 대학생인 우리 친구들은 농담할 적마다 느닷없이 헌법 조문을 빗대어 자조(自嘲)하기 시작했다.

"헌법 제1조 대한민국은 민주 공화국이다."

"헌법 제2조 대한민국의 주권은 이승만에게 있고 모든 권력은 이기붕으로부터 나온다." 그리고 얼마 안 있어 4.19혁명이 일어났다.

민주당 정권이 5.16으로 단명(短命)에 물러나고 공화당 정권이 들어서자 이 또한 어김없이 박정희 대통령의 3선을 준비하고 있었다. 그 무렵 헌법의 초안자인 은사 현민(玄民) 유진오 박사는 야당 당수로 정치 일선에서 개헌 저지 투쟁에 앞장서고 있었다. 필자는 그의 부름을 받고 은사를 돕는 일에 밤낮이 없었다.

정부 여당의 회유나 협박에 개헌 찬성 쪽으로 넘어간 야당 국회의원 3인의 의원직을 박탈하기 위해 그들만을 제외하고 모든 국회의원을 제명한 상태에서 당을 해산하는 헌정사 초유의 기현상(奇現象)도 경험하기에 이르렀다. 그것도 현민 선생 저택의 정원에서 잔디와 화분들과 유리창이 깨지는 법석 속에서 말이다. 제명되는 경우를 제외하고 탈당이나 정당 해산일 때에는 자동으로 의원직을 잃는 당시의 〈정당법〉을 이용한 것이다.

그러던 어느 날 필자는 밤늦게 국회에서 개헌 저지 밤샘 농성을 하다가 집으로 가는 현민 선생의 차 안에서 이렇게 물었다. "선생님 '국회에서 의결한다.'라고 할 적에 국회라고 하는 개념 속에는 어떤 공간적 개념도 있는 것입니까?" 필자는 국회 구내에 있는 식당에서 공화당이 단독처리를 하면 어쩌나 하는 생각에서였다. 며칠 후 식당이 아니라 제3별관에서 단독 처리되었다.

이 모두가 대한민국 헌법이 겪어온 아픔의 상처들이었다.

통일부 장관을 지낸 정동영 의원은 개헌을 할 경우에는 헌법에 있는 영토 조항까지도 고려해볼만한 일이라고 말한 것을 기억하고 있다. 민주 노동당의 또 다른 대통령 후보 지망생은 다음 정권에서는 〈제7공화국〉을 만들어야한다고 주장하고 있다. 노무현 대통령은 〈그 놈의 헌법 때문에〉 안 되는 것이 많은 것처럼 말하고 있다.

이런 모습을 보면서 우리나라 헌법이 지금도 참으로 고달픈 신세에 놓여 있다는 생각을 할 수밖에 없다. 이순이 넘은 헌법을 보고 아직도 고칠 것이 많은 것처럼 벼르고 있으니 말이다. 문자화되어 있는 헌법 보다 문자로는 보이지 않는 헌법 정신이 얼마나 더 무서운지를 그들은 잘 모르고 있는 것이 아닐까?

대전일보 (2007. 07. 17)

지도자에도 등급이 있다

지난 6월 2일에 있었던 〈참여정부 평가포럼〉과 8일의 원광대학에서 행한 노무현 대통령이 한 연설을 놓고 벌써 며칠째 나라가 시끄럽다.

잇따른 연설기회에 본인이 평소에 마음속으로 품고 있었던 말들을 폭포수처럼 토해냈으니 그는 얼마나 속이 다 시원했을까? 그까짓 밖에서야 선거법 위반이라 하거나 말거나 그 날의 그 열정적인 연설을 한 대가(代價)로서는 별거 아니라고 생각할 것이다.

〈평가포럼〉에서 그는 1천명이 넘는 〈노사모〉를 오래간만에 한 자리에서 만났으니 얼마나 반가웠을까? 밖의 사람들은 알아듣거나 말거나 코드 맞는 사람들이니까 아주 오랜만에 우리끼리 통하는 말을 한번 신바람 나게 해보자는 자세로 웃통을 벗어 제치고 홀가분한 마음으로 연단에 섰을 것이다. 2시간으로 예정된 연설이 4시간으로 연장될 수밖에 없었던 것은 너무도 자연스러운 일이다.

"그 놈의 헌법 때문에" 또 "그 놈의 언론 때문에" 하고 싶은 말도, 하고 싶은 일도 마음대로 못했던 울분을 이 기회에 동지들 앞에서 실컷 토해보고 싶다는 욕망이 솟구쳤을 것이다. 본인 스스로 본인을 〈과장급 대통령〉이네 〈세계적인 대통령〉이네 하면서 대통령 후보 당시의 기분으로 돌아가 마음껏 호기도 부려보고 응석도 부리고 싶었을 것이다.

이런 생각이 들자 그만 필자는 대통령이 측은해지기 시작했다.

자신이 거느렸던 장수들은 다 어디론가 떠나버리고 남은 병사들 앞에서 외로이 부하들을 격려하는 패장(敗將)의 모습이 떠올랐기 때문이다.

그리고 아무리 "해먹기 어려운" 대통령이라 하더라도 이제 임기 막바지에 와서까지도 후보 시절의 대결 의식에서 벗어나지 못해 "그 놈의 한나라당의 집권이 끔직"하게까지 느껴질 정도의 수준에 머물러 있어서 하는 얘기다.

한걸음 더 나아가 자신의 그러한 행동에 대해 선거관리 위원회가 내린 〈선거 중립 의무위반〉이라는 결정에 대해서마저 그 제도가 "세계에 유례없는 위선적 제도"라고 평가하는 역사의식을 보면서는 자칫 잘못하면 역사로부터 크게 외면당할까 두렵기조차 하다. 우리나라 선거법이야 말로 그렇게 될 수밖에 없었던 역사적 산물이기 때문이고 그러한 선관위의 결정에 대한 거부 반응은 가장 나쁜 선례(先例)를 낳는 것이기 때문이다.

수상을 역임한 일본의 어떤 정치인은 〈정치인이란 역사의 법정에 선 피고〉라고 말한 적이 있다. 현직 대통령이나 전직 대통령이나를 막론하고 모든 지도자들은 스스로 역사의 법정에 서서 어떤 식으로건 판결을 받아야 할 운명적 존재인 것이다. 그런 존재의 지도자들이 한결같이 어느 특정 정당이나 어느 특정 후보의 편에 서 거나 결여된 역사의식으로 나라를 이끌어가려 한다면 역사의 법정에서는 그 피고를 어떻게 단죄(斷罪)할 것인가에 대해 한번이라도 상상이나 해보았는지 모를 일이다.

국내 어느 세력이 집권할 수 있느냐에 노심초사하는 노벨 평화상 수상자의 모습에서 우리는 어떻게 청사(靑史)에 빛날 노벨 평화상에 대한 국민적 자부심을 느낄 수 있을 것인가? 아울러 현직 대통령이 정치의 한 축을 이루고 있는 야당과 그 대통령 예비 후보들을 향해 거침없이 퍼부은 그 폄훼(貶毁)의 입담을 나중에 야당이 집권했을 경우에는 과연 어떻게 주워 담을 수 있을 것인가? 참으로 "끔찍스러운" 일이 아닐 수 없다. 일찍이 노자(老子)는 지도자를 네 등급으로 나누어 평가하였다. 백성들 모두가 한 사람의 지도자에 대해 그런 지도자가 있다는 것만으로도 행복해질 수 있는 지도자(下知有之: 이하 모두 필자 나름대로의 해석임). 그런 지도자가 가장 훌륭한 지도자라고 말한다. 그 다음으로 훌륭한 지도자는 누구나 아무런 거리낌 없이 가까이 다가가 세상 얘기를 마음대로 할 수 있는 지도자(親之譽之). 그 다음 가는 지도자는 뭇 백성들이 두려워하는 지도자(畏之). 마지막으로는 업신여김을 당하는 지도자(侮之)다.

위 4가지 등급의 지도자 중에서 전·현직의 대통령은 과연 어떤 등급에 속해 있는가를 생각이나 해 보았는지 물어보고 싶다.

대전일보 (2007. 06. 12)

제5부 　 아! 슬픈 고려인

역사도 모르면서 공부도 안 하는 총리

일본의 요미우리(讀賣)신문이라면 누구나 아는 바처럼 우리에게는 약간은 떨떠름한 신문이다. 일본 보수주의를 대변하는 듯한 논조로 우리의 심기를 가끔은 불편하게 한 전력이 있기 때문이다. 예를 들면 독도는 일본 땅이라거나 일본 평화헌법의 골간이라 할 수 있는 전쟁 금지조항인 9조를 개정해야한다고 줄기차게 주장한 것들이 그것이다.

그런 신문의 회장이자 주필인 와타나베(渡邊恒雄)가 일본의 고이즈미(小泉) 총리를 향해 우리가 평소에 들어 보지 못한 쓴 소리를 했다고 하는 외신 기사를 보고 나서 고이즈미 총리의 반응이 자못 궁금하였다.

그러나 오랫동안 지켜봤지만 별다른 반응이 없는 것을 보고 일본 정치의 성숙도를 어느 정도 가늠케 해준다는 생각이 든다. 와타나베는 뉴욕 타임스와의 한 인터뷰에서 고이즈미 총리를 향해 이렇게 말했다고 한다.

"고이즈미가 야스쿠니 참배가 무엇이 잘못된 것이냐고 어리석은 말을 하는 것은 역사나 철학을 모르면서 공부도 하지 않고 교양도 없기 때문이다. 카미카제 특공대가 천황 폐하 만세를 외치면서 용기 있게 기쁘게 떠나갔다는 것은 모두가 거짓말이며 그들은 도살장의 양들과 같이 모두 고개를 숙인 채 비틀거리며 끌려갔고 어떤 사람들은 제대로 서 있지도 못해서 헌병들에 의해 강제로 비행기 안으로 밀어 넣어졌다."

이와 비슷한 말을 우리나라 유수(有數)의 언론인이 똑같은 뉴욕 타임스와의 인터뷰에서 노무현 대통령을 향해 말했다면 과연 그 반응은 어떻게 되었을까?

예를 들어 보면 이렇다.

〈"상당히 유식한 한국 국민 중 미국인보다 더 친미적인 사고방식을 갖고 얘기하는 사람이 있는 게 제일 걱정스럽고 힘들다."고 주장하는 것이 뭐가 잘못된 것이냐고 어리석은 말을 하는 것은 역사나 철학을 모르면서 공부도 하지 않고 교양도 없기 때문이다.〉라고 말이다.

지금까지의 관행으로 보아서는 틀림없이 노 대통령은 명예훼손으로 그 언론인을 고발하거나 홍보 담당자를 통해 공개 사과를 요구하거나 또 다른 어떤 조치를 취하지 않을까 하는 생각이다. 대통령의 지침대로 하니까 외교가 잘 된다고 하는 외무부 장관에 "박정희는 고교 교장, 노무현은 대학 총장"이라고 평가해 내는 능력을 갖춘 홍보수석에 "제 청춘을 바친 통일부에서 차관으로 봉사할 기회를 주신 대통령님께 한없는 감사를 드리는" 통일부 차관과 같은 영명하고도 충성스러운 부하들이 오죽이나 잘 대응해 나갈 것인가 해서 하는 말이다.

이쯤해서 필자는 서슬이 퍼런 전제 군주정치 시절에 율곡(栗谷 李珥)이 선조(宣祖)에게 어떻게 했는가를 한번 기억해 내고 싶다.(전세영: 율곡의 군주론 참조)

율곡이 홍문관 부제학으로 있을 때 선조의 잘잘못을 따지며 군주가 갖추어야할 덕목들을 세세히 적어 올리자 선조는 속된 표현으로 핏대를 올린다. 너무 고상하게만 말하지 말라, 내가 무식해서 네 말을 다 알아들을 수 없다고 말이다. 왕이 비빈(妃嬪)들에 둘려 싸여 여자와 내시의 말만 듣고 일 처리하는 것을 보고 율곡이 여자와 내시의 말만 믿고 정사(政事)를 보면 어떻게 하느냐고 비판하자 왕은 "네가 어찌 경솔하고 방자하게 말이 많기가 이렇게까지 하느냐"고 윽박지른다.

북방 오랑캐를 막으려면 많은 장수를 길러야한다고 주장하는 어떤 신하의 진언에 대해 선조는 율곡을 빗대어 빈정거린다. "조정에 대언자(大言者)가 많은데 무슨 걱정이냐? 그를 시켜 오랑캐를 막으면 되지 않느냐?"고 말이다.

율곡은 이 말을 듣고 곧바로 선조에게 항변한다.

"성인을 사모하면서 왕도(王道)를 논하는 사람을 놓고 큰소리나 치는 사람으로 치부한다면 그것은 크게 잘못된 것"이라고.

이어 율곡은 왕에게 간(諫)한다. 학문을 하다가 모르는 것이 있으면 좀 묻기라도 하라고. 이에 선조는 또다시 빈정거린다.

"뭐 아는 것이 있어야 물을 것이 있지. 나는 아는 것이 없으니 물을 것도 없다. 아래에서 강론하면 내가 듣기나 하겠다."하고 돌아앉는다.

이 뒤에 율곡은 관직에서 물러나 한참동안 조정에 나타나지 않자 선조는 간곡하게 율곡에게 청(請)을 한다.

"그대는 어찌 물러가서 오지 않는가? 너무 겸손해 하지 말고 이제부터 다시는 물러가지 말라!"

정치가 이 정도라도 돼야하지 않을까 싶어 하는 얘기다.

경북신문 (2006. 03. 28)

예지叡智

해방 어간에 우리나라 민중들 사이에는 이상한 말이 유행하였다.

'소련에 속지 말고 미국을 믿지 말라. 일본은 일어난다. 조선은 조심해라.'

무슨 의미인지도 모른 채 필자도 어렸을 적에 이 말을 입속에서 중얼거리며 빗자루 말을 타고 깡충거린 적이 있다. 말장난이라고 치부하기에는 어쩐지 찜찜한 구석이 있는 말이다. 해방이 되었다고 하여 좋아만 할 것이 아니라 눈을 크게 뜨고 주변 국가를 유심히 살피라는 뜻을 지니고 있는 민중의 경고 메시지가 아니었나 싶다. 어쩌면 분단 조국의 미래를 내다보면서 그 아픔을 예견한 것이 아닌가 여겨지기도 한다.

어쨌거나 한 시대 민중들이 공감대를 형성하면서 어느 한 줄기의 여론이 생겨났다면 그것은 어느 한 두 사람의 상징 조작이 아니라 그 민중들의 예지(叡智)라고 보아야 할 것 같다. 오랜 굴절의 역사를 거쳐 오면서 우리나라 민중들은 원망과 바램을 한 덩어리로 하여 수많은 예지어린 말들을 토해 냈다. 설화로 야담으로 해학으로 꽃피운 민중의 예지는 한 시대상을 그림보다도 더 선명하게 나타내 주고 있다. 해방 이후 역대 정권에 대한 평가에 있어서도 우스갯소리로만 여기고 넘어가기에는 너무나 많은 역사적 발자취가 선명하게 묻어나고 있다 할 것이다.

오늘의 민중들은 자유당 정권을 『빽』이라는 한 마디 말로 상징화한다. 자유당 시절에 유행했던 은어들을 상기해 보면 금방 그것이 무엇을 뜻하는가를 알 수 있다. 「국물」「와이로」 그리고 「빽」이었다.

해방과 더불어 중국에서 일본에서 시골에서 한꺼번에 도회지로 모여든 사람들로 북새통을 이루며 살 때 어디 연줄 하나 없이 살아갈 수 있었을까. 너무도 당연한 시대상의 상징어가 될 수밖에 없었을 것이다.

공화당 정권의 상징어는 『총』이다.

두말할 것도 없이 총으로 정권을 잡은 원죄에서 벗어날 수가 없음을 한 마디로 표현해 주고 있는 것이라 하지 않을 수 없다. 정권의 탄생도 죽음도 총으로 말미암은 역사를 우리는 지금도 가슴 아프게 생각하고 있다.

제5공화국은 또 무엇일까? 『돌』이다.

공화당 정권에 연이어 탄생한 군사 정권에 대한 반감을 녹여 지도자의 상으로 조각해 낸 상징어가 아닌가 싶다. 지도자의 이름과 외모를 합성해 내는 민중들의 예지가 놀랍다.

제6공화국은 『물』이다.

대통령의 우유부단함을 빗댄 것일까? 당시의 사람들이 스스럼없이 불렀던 말이니 새삼 설명이 필요치 않다.

그러면 YS정권은? 『깡』이다.

왜 『깡』일까? 이것도 지도자의 성품을 바탕으로 만들어 낸 상징어다. 그의 집권 과정을 깡이라는 말로 설명하는 혜안. 깡다구 하나로 버텨온 지도자에게 붙여진 너무나 당연한 별명이 아닐까? DJ정권 시대를 상징해 주는 말은 아직 들어 보지 못했다. 그러나 굳이 선택해 본다면 『한(恨)』이라는 표현이 가장 적절치 않을까 여겨진다.

지금의 정권에 대해서는 사람들이 무엇이라 말하고 있나? 『신』이다.

사회에는 등신/ 문화에는 병신/ 외교에는 망신/ 민주당에는 배신/ 386세대에는 맹신/ 돈에는 걸신/ 거짓말에는 귀신/ 김정일에는 굽신

곱씹어 볼수록 우리나라 민중이 얼마나 번쩍거리는 예지에 찬 사람들인가! 혀를 내두를 일이다.

아무리 숨기려 해도 세상 사람들은 '임금님의 귀가 당나귀 귀'인 것을 다 알게 된다는 사실을 정치인들은 다시 한 번 인식할 필요가 있지 않을까? 이런 저런 사건들을 감추려하는 모습이 눈에 보여서 하는 말이다.

경북신문 (2005. 06. 14)

반미反美 주의자들의 역사의식

평택 미군기지 이전을 놓고 벌린 친북 반미 운동자들의 시위를 보면서 몇 가지 의문이 생긴다. 문정현인가 하는 신부는 그렇다 치고 미군 철수 운동을 직업삼아 활동하고 있는 그들의 원래 직업은 도대체 무엇이며 그들의 역사의식은 어떤 것이기에 그토록 기를 쓰고 있는가이다.

아무래도 이 부분을 알아보려면 1980년대에 「한길사」가 기획한 〈해방 전후사에 대한 인식〉에 대해 집필한 사람들의 주장을 한번쯤은 들여다 봐야할 것 같다. 서울대학의 이영훈(李榮薰) 교수가 반미 친북 사상을 체계화시킨 여러 학자들의 주장들을 요약해 놓은 것을 보면 대충 다음과 같다.

반미주의 학자들은 식민지 조선에 대한 일제의 지배 체제는 반제 반봉건(反帝反封建) 민주주의 혁명 여건을 조성해 주었고 해방은 그 민주주의 혁명을 수행할 가장 좋은 시기였던 것으로 보고 있다.(혁명의 적기)

그러나 남한에는 미국의 점령군이 반민족적(反民族的)인 지주와 자본가 친일 관료와 친미 세력들과 힘을 합쳐 반혁명 세력을 형성해 나가자 이들의 탄압에 대항하여 혁명 세력이 무장 투쟁으로 저항했으나 결국 실패하는 바람에 민족이 분단되고 대한민국이 성립되었다는 것이다.(대한민국은 잘못 태어났다)

한편 북한에서는 소련 진주군(進駐軍)이 혁명 세력과 협조하여 반제 반봉건 민주주의 혁명을 순조롭게 진행시켜 조선민주주의 인민공화국을 수립했는데 그 공화국은 남한을 반(反) 혁명세력으로부터 해방시키

고 민족을 통일할 이른바 〈민주기지(民主基地)〉라는 것이다.(혁명기지)

결국 이들의 설명에 의하면 해방 후의 북한의 혁명세력과 남한의 반혁명 세력의 대립은 필연일 수밖에 없게 되었다.(남한은 타도의 대상이다)

따라서 한국 전쟁은 그것을 누가 더 먼저 도발했는가라는 문제와는 무관하게 남한의 〈반혁명 반민족 정권〉과 북한의 〈혁명적 민족적 민주기지〉 정권이 군사적으로 충돌한 것으로서 이 충돌의 본질은 계급적 민족적 견지에서 새로운 사회를 추구하려고 했던 한국 민중과 한반도에서 자신의 제국주의적 이해를 관철시키려 했던 미국이라고 하는 양대 축의 대립이라는 것이다.(미국은 악의 축)

이러한 입장에 가담한 논객들은 80년대의 한국 사회에 관해 다음과 같은 기본 시각을 공유하고 있다.

첫째 한국 사회는 미국 제국주의 지배하의 식민지이다.(식민지)

둘째 남한에서 자본주의가 발달했다고 하나 민족 분열이 고정화되고 자립적 민족 경제의 기본이 파괴되었다면 반(牛)봉건 상태를 벗어났다고 할 수 없다.(반봉건 경제)

셋째 이러한 남한 사회의 변혁을 위해서는 민족 전체적 시각이 요구된다. 즉 제국주의 지배에서 벗어난 〈민주기지〉인 북한으로부터의 변혁 역량을 적절히 고려할 필요가 있다.(북한에 의한 통일)

넷째 이 점은 남한 사회의 변혁 운동이 한국 전쟁을 전후한 혁명 운동의 전통 위에 있음을 의미한다.(빨치산이나 게릴라전과 같은 전통 계승)

다섯째 이에 북한 사회주의 건설 과정의 철학적 기초가 된 〈주체사상〉을 남한 변혁을 위한 사상적 기초로 삼아야 한다.(주체사상의 도입)

여섯째 이러한 역사적 전제에서 남한에서의 변혁 운동은 프로레타리아트 독재의 제1단계로써 노동 계급의 헤게모니가 관철되는 인민 민주주의 혁명이다.(김정일 체제의 이식(移植))

「1978년부터 89년까지 전6권으로 출간된 해방 전후사의 인식은 1945년 해방을 전후한 한국 현대사에 관한 연속 기획물로는 최초라는 점 뿐 아니라 그 책을 학습한 세대가 현 집권 세력의 중심부를 이루고 있다는 점에서 특별히 주목할 만한 가치를 지니고 있다.」

언론에서는 노무현 대통령이 재야 시절에 공부했던 책들 중에 〈해방전후사의 인식〉이 포함되어 있음을 흥미롭게 보도했다.

「이 책을 읽으면 왜 노대통령이 취임을 전후한 몇 차례의 공적 연설에서 대한민국의 현대사를 두고 기회주의가 득세하고 정의가 패배했다고 비판했는지 대강 짐작할 수 있다. 마찬가지로 현재의 집권 여당인 〈열린 우리당〉이 총선에서의 승리를 자축하는 연회에서 〈세상을 바꾸어 보자〉고 소리 높여 제창 했을 때 그들의 지향이 무엇인지도 대강 짐작할 수 있다.」

논자들의 주장이 하도 암호 같아서 괄호를 치고 필자가 해석을 해 놓았지만 노대통령이 몽골 방문 중「조건 없는 제도적 물질적 대북지원」을 말하자 그 말의 배경에 대해 문정인 청와대 안보대사라는 사람이 「노대통령이 부시 행정부에 인내심을 잃어가고 있다」라거나 「부정적이고 강압적인 대북 정책이 성공한 적이 없다」라고 말한 것에 대해서는 도무지 해석이 안 되는 암호 같아서 괄호를 치고 무슨 말로 요약을 해야 할지 모를 지경이다. 누가 해석 좀 해 주었으면 좋겠다.

경북신문 (2006. 05. 27)

분단 통사痛史와 통일 혈사血史를 쓰자

2010년은 국치(國恥) 100년, 광복 65년, 6.25 60년, 4.19 50년이 되는 해다. 무심하게 넘길 해가 아니다. 하늘은 우리에게 왜 이렇게 많은 역사적 아픔과 영광을 함께 상기하도록 이 해(年)를 주었는가? 좀 더 생각하고 좀 더 성찰하면서 새로운 역사를 써 보라는 뜻으로 받아드려진다. 국치 100년을 보내면서 너희들은 과연 무엇을 생각하고 있는가를 하늘과 역사는 우리에게 묻고 있는 듯하다. 우리의 조상들이 나라를 잃은 연유는 무엇이며 나라 잃고 방황하던 그 슬픔을 후손들이 얼마나 알고나 있는지가 궁금한 듯 태양은 오늘도 말없이 우리의 그림자를 밟고 있다.

광복 65년! 광복은 우리에게 자동으로 주어진 것이 아니라 숱한 애국지사들의 피로 되찾은 광복이라는 사실을 다시 한 번 상기해 보라고 찾아 온 것이다. 강대국의 신탁통치안(信託統治案)을 받아 드리려는 북한 세력에 맞서 한사코 이를 저지하면서 독립과 함께 건국을 쟁취한 자랑스러운 역사도 결국 독립정신에 연유함을 일깨워 주는 의미도 우리는 받아드려야 할 것이다. 2년 전 우리는 대한민국 건국 60주년을 기념하면서 여야 정치인이 패가 갈려 제각각으로 기념식을 거행하였던 기억도 광복 65년은 되살려 주고 있다.

4.19 50년! 한국 민주주의의 초석을 다진 시민혁명이었다. 민주주의에 대한 경험도 없고 또 민주주의에 대한 충분한 이념적 배경도 갖추어 본 적이 없었지만 우리 국민이 가지고 있는 생래적(生來的) 자유 민

권의식의 발로(發露)로 이루어진 혁명이었다. 당시의 시대적 배경으로 보면 신생 독립국가 군(群) 모두를 비춰주는 횃불이었다. 3.1독립정신과 자유민주주의를 이념으로 한 건국 정신의 구현이기도 하였다. 그렇다면 지금의 대한민국은 4.19이념에 비추어 어떤 모습으로 있는가를 50년 세월은 묻고 있는 것이다. 이에 대해 오늘의 정치인들이 부끄러우면 부끄럽다고 솔직하게 고백해야 할 것이고 자랑스러우면 자랑스럽다고 힘차게 말 할 수 있어야 할 것이다.

6.25 60년은 또 무엇인가? 엄밀히 말하면 아픔의 60년이다. 전쟁의 상처가 시도 때도 없이 곪아 터지는 분단의 비극 60년이기도 하다. 북한은 어느 때 한 번도 남침으로 얼룩진 역사의 아픔에 대해 치유해 보고자 하는 인성(人性)을 보여준 적이 없다. 핵무장을 하면서 간헐적(間歇的)인 도발은 물론 유도탄 발사와 납치와 무고한 사람에 대한 살상을 지금도 끊이지 않고 있다. 이런 도발에 대해 자유민주주의를 지킨 60년이요 대한민국을 군건하게 지켜온 60년이다. 그리고 폐허가 된 나라를 재건하고 남의 나라 원조가 아니면 한 끼의 끼니도 때울 수 없었던 나라에서 60년 만에 이제는 외국 국민에게 원조를 하는 나라로 성장하였다. 세계적으로 유일한 사례다.

이러한 때에 우리가 해야 할 일이 무엇인가를 역사는 요구하고 있다. 일찍이 백암(白巖) 박은식(朴殷植)선생은 자기 한 몸 의지할 곳 없는 망명지에서 〈한국통사(韓國痛史)〉와 〈독립운동지 혈사(獨立運動之血史)〉를 써서 우리에게 남겨주었다. 우리에게 분단의 아픈 역사(痛史)와 통일의 혈사를 쓰라는 유언이나 다를 바 없는 저술이라 할 것이다.

너무나 무서운 역사의 명령이다. 이 명령을 어떻게 거부할 것인가?

중앙일보 (2010. 01. 01)

남북한이 함께 할 일이 너무 많다

"고구려를 중국 역사라고 주장하는 것은~ 영국 아서왕의 카멜롯성 (城)을 독일의 성이라고 주장하는 것과 같다."

중국이 고구려사를 자국의 변방사(邊方史) 쯤으로 만들려고 시도하는 것을 보고 몇 년 전에 이에 대한 비판 기사로 영국의 더 타임스(The Times)가 보도한 내용이다. 그 신문은 그와 더불어 고구려는 분명히 한국의 역사임을 밝히면서 현재의 코리아(Korea)라는 이름도 고구려에서 유래되었다는 점을 강조하였다고 국내 언론이 전해주고 있었다.

영국 신문이 전해주는 비유가 탄복할 만큼 사뭇 기발하지 않을 수 없다. 영국 사람의 눈으로 보면 중국 사람들은 자기네들이 중화(中華)라고 생각하고 있으니 영국도 중국의 변방에 있는 지방 국가냐고 묻고 싶었는지도 모른다.

모두가 알고 있는 것처럼 동북공정은 중국 정부가 원대한 정치적 목적을 가지고 시작한 국책 사업이다. 그 연구 과제와 요구되는 정치의식까지를 통 털어 유추해보면 이 연구는 고구려사뿐만 아니라 한국사 전체를 중국사람 입맛에 맞게 변조해 보자는 속셈이 엿보인다고 하지 않을 수 없다.

또 얼마 전에는 만리장성도 그 동쪽 끝이 지금까지 알려졌든 것처럼 산해관(山海關)이 아니라 압록강 하류에 있는 호산산성(虎山山城)까지라고 공식 선언하기에 이르렀다. 이는 말할 것도 없이 고구려의 중심무대였던 요동 땅의 역사를 중국 역사로 편입시키겠다는 것을 공식으로 선언한 것이나 다름없는 것이라 할 것이다. 간도 문제 같은 것은 애초부터 거론도 하지 말라는 으름장처럼 느껴지기도 한다. 과거의 중국 역사와 관계있는 땅은 모조리 자기네 땅이라고 주장하고 싶은 불순한 의도라고 여겨지는 우리들의 입장에서는 여간 꺼림칙하지가 않다.

2004년 8월 당시 중국의 외교부 부부장인 우다웨이(武大偉)와 우리나라 최영진 외교통상부 차관사이에 벌어진 해프닝을 보아도 중국의 동북공정에 대한 집착이 어느 정도 집요한지를 알만하다. 우다웨이는 술자리에서 조차 적반하장(賊反荷)격으로 한국은 간도 영유권 문제에 대해서는 입도 벙긋 하지 말라고 하면서 역사 왜곡을 중단하라고 고함을 질렀다고 한다. 이에 최 차관도 질세라 세상 천지에 정부가 공식적으로 나서서 역사를 왜곡하는 나라가 어디 있느냐고 거세게 항의하였다는 일화가 있다.

역사 왜곡에 대한 저항 의식은 우리에게 뿐만 아니라 북한 학자들에게도 있다는 사실이 얼마나 우리를 위로해주고 있는지 모른다.

북한의 〈사회과학원 력사연구소〉의 조희승 교수는 중국 역사책 어느 것을 보더라도 고구려는 조선사에 속하는 나라라고 되어 있는데 고구려사가 중국사라면 지금까지 남아 있는 고전(古典)들을 모조리 부정하자는 것이냐고 반문한다. 그러면서 그는 중국의 논리대로라면 왜(倭: 일본)나 북적(北狄: 대략 지금의 몽골) 서융(西戎: 대략 지금의 티베트) 남만(南蠻: 대략 지금의 베트남)도 중국사에 속하는 것이냐고 격한 반응을 보이고 있다.

북한의 이러한 반응은 고구려 역사에 관한 인식에 있어서는 우리와 전혀 다름이 없다는 것을 보여준 것이다. 그렇다면 남북은 중국의 동북공정 문제에 대응하기 위한 공동 노력도 할 수 있지 않을까를 생각해 본다. 마침 북한은 일본의 지진 피해가 아주 심각하게 보도되고 있을 때에 백두산의 화산 폭발 가능성을 우려한다면서 이 문제에 대해 남북한이 공동 논의를 하자고 하여 전문가 회담이 열린 적도 있다. 백두산 화산 문제에 대해서는 공동 연구를 하면서 중국의 역사 왜곡에 대해서는 왜 공동 대응을 못 하겠는가?

한 걸음 더 나아가 남한이건 북한이건 역사적으로 우리의 영토로 있었던 영토는 그것이 실효적으로 지배하고 있건 아니건 그것은 모두 우리 민족 고유의 영토인 만큼 어느 외국으로부터 어느 한 쪽이 영토 문제로 외교적 시비가 걸린다면 남북한이 함께 대응하는 협력 방안도 모색해 볼 수 있지 않을까 싶다. 예를 들면 독도의 문제가 그러하고 백두산이나 북간도의 문제 또한 그러하다.

일본이 지진으로 인한 원전(原電)문제로 정신이 없을 때인데도 또 한편으로는 우리 국민이 정성스럽게 일본의 지진 피해에 대해 물심양면으로 지원을 아끼지 않고 있는 상황에서도 교과서를 통해서나 관계 장관의 공개적인 발언 내용에 있어서나 줄기차게 독도는 자기네들의 영토라고 주장하고 있는 것을 보면서 생각난 것이 바로 남북한 공동 대응론이다. 이러한 때에 북한이 앞서 영국의 더 타임스가 말한 것처럼 "독도를 일본 영토라고 주장하는 것은 백두산을 후지산(富士山)이라고 우기는 것과 같다"라고 반박한다면 얼마나 좋을까 싶어서다.

역사 문제나 영토 문제나 자연환경 문제나 재난 문제에 있어서는 지금부터라도 남북이 함께 공동 대응 할 수 있는 방안을 마련하는 것이 급선무라 여겨진다. 우리 역사 문제와 영토 문제에 어찌 남북이 따로 있겠는가? 과거의 역사를 공유하지 않고는 미래의 역사도 함께 할 수 없는 것이기 때문이다.

서울신문 (2011. 04. 19)

미치광이들이 들끓는 도깨비 나라

"미치광이들이 들끓는 도깨비 나라!"

한말(韓末) 비운의 선비 매천(梅泉: 黃玹)이 자신이 처한 시대를 한탄하면서 한 말이다. 지금 우리 시대가 바로 그런 형국이라 느껴진다. 도깨비들과 미치광이가 판을 치는 시대가 아닌가 해서다.

시정잡배만도 못한 악다구니로 대통령을 쥐에 빗대어 저주하기에 급급한 한 스님이 있다. 헌다하는 사찰의 주지까지 지낸 스님이다. "중생이 아프면 부처도 아프다"라는 자신의 저서에서다. 당연히 중생이 아프면 부처도 아플 수밖에 없을 것이다. 그래서 부처가 아니겠는가? 그런데 스님이 병들면 부처는 어떻게 될까에 대해서는 한번쯤 생각해 보았는지 모를 일이다. 스님이 병들면 부처도 병들지 않겠는가? 세상 천지에 부처를 병들게 하는 스님이 이 세상에 또 어디 있는가? 분명히 도깨비 나라에 미치광이가 들끓는 시대가 아니고서야 그럴 수가 있을까 싶다.

승(僧)도 아니고 속(俗)도 아닌 비승비속(非僧非俗)의 한 사람이 승복을 휘날리면서, 정치를 하는 것도 아니고 안 하는 것(非政不非政)도 아닌 정치 바람을 일으키고 있는 사실을 우리는 보고 있다. 도무지 그 정체를 알 수 없다. 비서비조(非鼠非鳥)라는 말이 있다. 쥐도 아니고 새도 아닌 존재! 박쥐를 일컫는다. 박쥐는 아무리 사람들이 보려고 해도 낮에는 보이지 않는다. 보고 싶으면 어두운 동굴 속으로 들어가야만 비로소 볼 수 있는 존재다. 야행성 동물이기 때문이다. 야행성이 아닌 필자의 어두운 눈으로는 그가 어디에 존재하고 있는가를 볼 수가 없다.

그 비승비속의 사람과 똑같이 학자도 아니고 정치인도 아닌(非學非政) 또 한 사람의 교수라는 사람도 우리를 혼란스럽게 하기는 마찬가지다. 나라가 어지러워 정치를 해야겠다고 마음먹었다면 애국하는 심정으로 본격적으로 정치를 하든지 그렇지 않으면 자기 본업에 충실하는 것이 참으로 나라와 인류의 장래를 위해 공헌하는 길이 아닐까 싶다. 지금처럼 승(僧)도 아니면서 승인 척하고 오랜 학자도 아니면서 학자인척 하면서 정치에 기웃거리는 행보는 나라를 도깨비 나라로 만드는 것 밖에는 안 된다 할 것이다.

변호사와 여검사얘기는 또 어떤가? "검사와 여선생"이라는 눈물겨운 영화는 본 적이 있어도 "변호사와 여검사"라는 순정어린 영화는 본 적이 없다. 불륜과 뇌물과 사기라는 복잡한 미치광이 짓 같은 얘기가 황당하게 전개되고 있으니 말이다. 오죽하면 스폰서 검사네 벤츠 여검사네 하는 말까지 생겨났을까? 직업윤리로서도 있을 수 없는 일이요 법을 다루는 사람으로서는 더더욱 있을 수 없는 일이 너무나 오랫동안 태연히 자행된 것이다. 변호사가 제공한 벤츠를 버젓이 타고 법정에 들어섰을 검사가 과연 검사로서 활동을 했다면 어떤 활동을 했을까? 검사가 변호사로 돌변해 범인의 죄과를 용서해 주자고 주장하지나 않았을까?

현직 판사가 인터넷 공간에서 대통령을 "가카"라고 부르면서 엿 먹인다는 뜻을 강조한 "빅엿"이라는 비속어로 조롱하는 글을 올리고 또 다른 판사는 대통령을 향해 "뼛속까지 친미인 대통령"이라는 말로 모욕하고 있는 것을 본다. 이야 말로 미치광이가 판치는 도깨비 나라가 되기는 하루아침이다.

이제 도깨비판의 정수라고 할 정치판을 들여다보면 참으로 희한한 광경을 목격할 수 있다. 한미 FTA를 둘러싸고 일어난 사태 하나만 보아도 그 정치판이라는 데가 얼마나 도깨비판 같은가를 알만하다 할 것이다. 일찍이 야당 지도자였던 시절 김대중은 "나는 약속을 어긴 적은 있어도 거짓말을 한 적은 없다."고 한 유명한 명언을 남겼다. 불출마 선언을 몇 번이나 어긴 것에 대한 자기변명이었다. 거짓말을 하려면 이 정도는 되어야 한다.

그런데 야당인 민주통합당의 지도자들이라는 사람들이 주장하는 것을 보면 참으로 가관이다. 거짓말을 아주 식은 죽 먹듯이 하고 있으니 말이다. 하나같이 자신들이 지지하고 자신들이 추진했던 한미 FTA문제에 대해서까지 대통령 후보에 나왔던 정동영 의원마저 반대한다는 논리가 겨우 그 전에는 "잘 몰라서 추진했다."는 것이었다. 그는 한미 FTA를 통해 "미래를 향한 도전의 기회로 삼자."고 까지 주장하였던 장본인이다. 그런 그가 갑자기 그 때는 잘 몰랐기 때문이었다고 둘러대면서 FTA지지자들을 이완용이라고 까지 공격하기에 이르렀다. 손학규 대표는 FTA를 통해 "국민통합의 계기로 삼자."고 주장하던 사람이었다. 그런 그가 절대 안 된다고 정 반대의 말이 튀어 나오게 된 연유가 어디에 있는지 알 수가 없다. 정치판이야 말로 도깨비판이 아닌가 하는 사실이 실감 있게 다가오는 현장이다.

대법원의 판결로 유죄가 확정되어 구속되는 전직 의원출신의 죄인이 마치 전쟁에 나가는 장군의 출정식을 방불케 하는 의식을 거행하고 이에 덩달아 야당 지도자들마저 법원을 비난하며 환송하기에 바쁘다. 국회 회의장이 최루탄으로 아수라장이 되었는데도 국회 지도부에서는 이에 대해 책임지는 사람도, 고발하는 사람도 없다. 비겁하기가 이를 데 없다. 이런 것이 곧 도깨비판이 아니고 무엇이겠는가?

그뿐 만인가? 고승덕이라는 국회의원은 전당대회 때 받은 돈 봉투 얘기를 수년이 지난 지금에 와서야 공개하고 나섰다. 돈 봉투를 받았을 때에는 무슨 깊은 사연이 있어 공개하지 않고 있다가 이제서야 하는 이유는 무엇일까! 지금이 폭로의 적기라고 판단한 연유는 무엇일까? 자못 궁금하지 않을 수 없다. 분명히 스스로의 계략이 있을 것이다. 정의로운 정치인이 되고자 하는데도 무슨 계략이 필요한 것일까? 정의의 실현을 가장 부도덕한 방식으로 하는 것도 도깨비판에서나 볼 수 있는 일임에 분명하다.

이런 상황 속에서도 대통령은 사생결단으로 한미 FTA의 무효를 주장하고 나서는 야권 세력을 향해서나, 소용돌이치는 정치에 대해서나 어떤 비전하나 보여주지 않고 있다. 한미 FTA문제를 앞으로 어떻게 끌고 갈 것인지에 대한 정책하나도 제시하지 않고 있다. 그저 "올 것이 왔다."는 식으로 오불관언(吾不關焉)이다. 대통령은 도무지 국민과 소통할 생각이 없는 것이다. 이제는 대통령의 숨소리조차 들리지 않는다.

무엇을 더 기대하랴! 하야 하라는 소리가 나오지 않는 것만도 다행이라고 생각하는 것일까? 미치광이들이 들끓는 도깨비 같은 정치판이 대통령 자신과는 아무런 인연이 없다고 생각하는 것일까? 그렇다면 대통령의 퇴임 후에 거처할 사저 문제가 불거져 나온 이유는 무엇이며 만사형통(萬事兄通)이라는 신조어가 생긴 이유는 무엇이겠는가? 측근들의 비리가 하나씩 서서히 들어나고 있는 이유의 근원은 어디에 연유한다고 보고 있는 것일까?

자신이 정치의 한 복판에 있으면서 짐짓 정치를 외면한 결과가 오늘의 정치판이 도깨비판처럼 되었다는 사실을 군이 외면만 하고 있으면 자신에게는 아무런 책임이 없다고 생각하는 것일까? 도깨비 나라에 방망이가 없을 수 없다. "금 나와라 뚝딱" 하면 금이 나오게 하는 방망이 말이다. 그 도깨비 방망이는 누가 가지고 있을까? 아무래도 힘 있는 좌파 시민단체가 가지고 있지 않을까 싶다. 시대가 도깨비의 시대이니 말이다. 미치광이가 날뛰는 도깨비 나라에서 매천(梅泉)과 같은 올바른 정신을 가진 어느 지식인 누군가 나랏일을 보겠다고 앞장설 것인가가 걱정될 뿐이다. 대한민국이 이래서는 안 된다. 대통령의 남은 임기 1년이 "미치광이가 날뛰는 도깨비 같은 나라"를 바로 잡는 데는 결코 짧은 기간이 아니다.

문학저널 (2012. 2월호)

대마도와 파랑도

대한민국 헌법을 기초했던 현민(玄民) 유진오 박사(후일 고려대학교 총장)는 초대 법제처장의 임무를 끝으로 정부 일에서 손을 떼고 있던 1951년 전란 중의 어느 날, 일본 신문에 난 미국의 대일(對日) 강화조약초안을 보게 된다.

그 초안을 보는 순간 그는 가슴이 뛰었다. 우리나라 영토에 관한 조항 중에서 우리나라의 부속도서로 제주도 거문도 울릉도는 예시(例示)되어 있지만 독도가 빠져 있었기 때문이었다. 현민은 미국 정부에 어떻게 해서든지 우리나라의 공식 의견서를 제출해야 한다는 사명감을 안고 우리나라 역사에 밝은 육당(六堂) 최남선을 찾아갔다. 우리의 영토로 주장할 수 있는 도서로서는 어떤 것이 있으며 독도의 영유권에 대한 확실한 역사적 내력은 어떠한가를 알기 위해서였다. 우리나라에서 기억력 좋기로 유명한 육당은 독도의 내력과 함께 현민이 새까맣게 모르고 있는 새로운 지식 하나를 알려 주었다. 우리나라 목포와 일본의 나가사끼(長崎) 중국의 상해를 연결하는 삼각형의 중심쯤 되는 바다에 〈파랑도(波浪島)〉라는 섬이 있는데 이 기회에 우리의 영토로 확실하게 해 놓는 것이 좋겠다는 의견을 주었다는 것이다. 이를 토대로 독도와 파랑도도 우리의 영토임을 입증할 자료를 작성한 의견서가 정부의 문서로 미국 정부에 건네어 졌지만 우리의 의견은 받아들여지지 않았다.

그해 여름 현민과 절친했던 한국 산악회의 홍종인(洪鍾仁: 언론인)

씨가 이 소식을 듣고 자신이 주동이 되어 우리 해군의 협조를 얻어 일본이 발행한 해도를 가지고 파랑도를 찾아 나섰으나 끝내 찾아내지 못하고 말았다. 파랑도는 파도가 심하게 칠 때에만 그 얼굴을 내밀 수밖에 없는 바다 속에 숨어 있는 바위이기 때문이었다. 이를 두고 훗날 현민은 어떤 글에서 "국가의 권위를 상징하는 정식 외교 문서에 실존하지도 않은 섬 이름을 적어 우리 영토라고 주장한 것은 돌이킬 수 없는 실수였다."고 적고 있다. 그러나 현민의 이 고백은 틀린 것이었다.

　평생을 공직자로 근무하면서 학자보다도 더 열심한 학자로 우리의 영토 문제를 연구한 양태진(梁泰鎭)씨의 기록에 의하면 현민이 말한 것처럼 1951년과 1973년 두 차례나 파랑도의 실체를 확인하기 위해 탐사한 적이 있으나 모두 실패한 것은 사실이었다. 그러나 영국의 해도에는 1984년에 이미 우리나라의 최남단 마라도 서남쪽 149k지점에 직경 500m의 암초가 "소코트라 바위"(Socotra Rock)라는 이름으로 표시되어 있었고 1984년에는 제주대학교 탐색팀이 발견해 냈던 것이다. 이런 사실을 현민은 돌아가실 때까지 모르고 있었을 뿐이었다. 제주 대학이 파랑도를 찾아 나선 것은 제주 어부들이 이상향이라고 생각하고 있는 이어도가 바로 그 섬이 아닌가 해서 탐색에 나선 것이 아니었을까 싶기도 하다. 그 이후로 우리 정부는 이어도를 공식 명칭으로 쓰고 있다. 그리고 현재 우리는 이곳에 해양 과학 기지를 건설 운영하고 있다고 하니 여간 다행스러운 일이 아닐 수 없다. 만약에 우리가 발견하지 못하였거나 발견하고도 방치해 두었다면 중국이 차지하고 말았을는지도 모를 일이기 때문이다. 중국은 지금도 파랑도를 자기네 식으로 쑤엔자오(蘇岩礁)라고 부르면서 자기네 영토라고 주장하고 있으니 말이다.

　이를 교훈 삼아 대마도의 경우를 살펴보면 어떨까? 국회에서 어떤 의원이 "대마도도 우리 땅이라고 하자."라고 말하는 것을 듣고 우리나라 건국 대통령인 이승만 박사가 1948년 8월 18일 대통령 취임 후 제일성으로 일본에 대해 대마도를 한국에 반환하라고 요구하고 나선 이후 새롭게 듣는 소리여서 여간 통쾌하지가 않다. 그런 주장은 너무나 당연한 것이 아닌가 하는 생각도 들어 다시 한 번 이 문제를 거론해 보고자 한다.

학자들의 설명에 의하면 "일본이 독도를 자기네 땅이라고 주장할 논거보다는 우리가 대마도를 우리 땅이라고 주장할 논거가 비교도 되지 않을 만큼 훨씬 더 많다."고 말한다. 또 어떤 조사 보고서는 "대마도는 우리의 역사박물관이면서 동시에 자연사박물관"이라고까지 말하고 있다. 역사적으로나 지리적으로나 문화적으로 대마도는 분명히 우리 땅인데도 그 동안 우리가 너무나 영토 문제에 등한히 했기 때문에 일본에 빼앗긴 것이라는 설명이다. 최소한 민간 차원에서라도 우리 땅임을 증명할 수 있는 연구나 자료수집 내지는 홍보활동을 얼마든지 할 수 있는 일이 아니겠느냐는 주장들이다. 이승만 대통령은 각국의 주요 인사들에게 기회 있을 때마다 대마도는 우리 땅이라고 주장하면서 일본 사람들이 모두 잡아가는 바람에 우리나라에는 호랑이가 없다고 줄곧 푸념하는 것을 우리는 기억하고 있다. 이런 그의 기개와 기지를 우리는 본받을 필요가 있지 않을까 싶다.

역사적으로 대마도가 우리 땅이라는 사실은 학자들이 그 동안 수도 없이 밝힌 것이 있어 여기서 새삼스럽게 인용하고 싶은 생각은 없다. 다만 지리적으로만 보아도 대마도가 우리와는 50km밖에는 안 되지만 일본의 구슈(九州) 본도와의 거리는 147km나 된다는 점에서 대마도가 우리의 땅이지 어떻게 일본의 땅일 수 있을까 하는 생각에는 누구나 공감하지 않을 수 없을 것이다.

뿐만 아니라 민속신앙이나 언어내지는 세시풍속(歲時風俗)으로만 보아도 대마도에는 우리와 너무나 흡사한 것이 많아 도저히 일본 땅이라고 보기 어려운 부분이 한두 가지가 아니라는 조사 보고서를 보면 놀랠 만한 일이다. 죄인이 도망해서 찾아 들어가면 절대로 추적하지 않는 솟대(蘇塗)와 같은 것이 있고 무당들의 의식(儀式) 상당 부분이 우리의 것과 같다고 한다. 언어 역시 '총각'이나 '지게' '소쿠리' 소를 모는 소리 등 대마도에서만 사용하는 말 중에서 우리말과 유사한 단어만 해도 300여 단어가 넘는다는 예기다. 봄철 파종을 위해 종자(種子)를 천정에 매달아 놓는 습속이나 짚신을 삼는 방법이 우리와 똑같고 고사(古社)들이 한결같이 육지로부터 상륙해 오는 바다 방향인 점을 보면 그것은 분명히 "본향(本鄕) 지향적"이 아닌가 하는 생각에서 대마도의 원주민은 분명히 한민족일 것이라고 추측하는 학자도 있다.

일본 열도에서는 볼 수 없는 우리나라 고유의 동식물도 적지 않다고 한다. 고려꿩이나 노루 멧돼지 살쾡이에도 조선이라는 이름이 붙고 또 이팝나무 같은 것이 대마도에 있는 것을 보면 분명히 대마도는 우리나라에 육속(陸續)되어 있다가 섬으로 떨어져 나간 것이 분명한 것으로 확인되고 있다. 대마도에서 발견되는 유물들도 우리나라에서 발굴되는 고대 유물과 같은 것이고 그들이 쓰는 농기구도 우리의 것을 그대로 옮겨다 놓은 것 같다고 한다. 이쯤 되면 대마도가 우리 땅이 아니라고 믿을 아무런 근거가 없는 것이 아니겠는가?

월간 헌정(2008. 9월호)

중국 국민에게 고함

금년은 한·중 수교 20년이 되는 해다. 그 20년 동안 양국 간의 우호증진 노력이 과연 얼마나 큰 성과가 있었는가를 살펴볼 시점이 되었다. 양국 정상들의 교차 방문과 활발한 민간 교류를 통해 괄목할 만한 성과를 본 것도 사실이다. 그러나 날이 갈수록 오만해 지는 중국에 대해 마냥 한·중 우호만 강조하면서 헛웃음만 짓고 있을 수가 없게 된 형편도 살펴볼 필요가 있다.

탈북자에 대한 끝없는 비인도적 처사, 갈수록 흉포화 하는 중국 어민들에 대한 중국 측의 이해할 수 없는 대처 방식, 중국의 6.25참전을 "침략에 맞선 정의로운 전쟁"이라고 거침없이 내뱉는 중국 지도부의 발언, 천안함 사건이나 연평도 사건, 김정일 조문(弔問) 정국과 북한 핵 문제에서 보여준 중국의 일방적 북한 두둔하기, 동북공정으로도 모자라 이제는 청나라공정과 우리의 영토인 이어도에 대한 야심도 숨기지 않고 들어내고 있는 현실. 어떤 경우에도 끝까지 북한을 감싸 안으면서 한국에 대해서는 무례할 만큼 핍박을 가하거나 위협적으로 대하는 나라 중국!

참으로 어처구니가 없다. 필자는 과거 청·일(淸日)전쟁에서 패한 중국이 광활한 만주 땅을 모조리 일본에게 내어준 뒤인 1935년 당대 중국의 최고 지성 후시(胡適)가 쓴 "일본 국민에게 경고함"이라는 글 (민두기역)을 다시 중국 국민에게 들려주고 싶다. 후시의 글에서 일본 이라 쓴 것을 그대로 중국으로 바꾸어 보면 오늘의 중국이 과거의 일본과 얼마나 비슷한가를 알만할 것이다.

첫 번째로 이제 우리는 당분간 〈중·한 친선〉이네 〈한·중 친선〉이네 하는 거짓된 구호는 쓰지 말자! 최근 몇 년 동안에 조성된 국면이 과연 친선의 국면이었는가 아니면 적대적 국면이었는가? '무장한 주먹' 아래에서는 갈수록 원한만 쌓일 뿐 친선이란 있을 수 없다.

두 번째는 한국 국민의 마음속에 중국에 대한 서운함과 모욕감이 쌓여가고 있다는 사실을 경시하지 말라! '꿀벌도 독이 있다.'는 사실을 잊지 말라는 얘기다. 한국 국민이 중국에 대해 서운함을 넘어 원한을 갖는다면 그것이 중국에게는 무슨 도움이 될 것이며 중국인인들 마음이 편하겠는가?

세 번째는 중국에 대한 한 국민의 애정과 감사의 마음에 실망감을 안겨주지 말라! 역사적으로 한국은 중국으로부터 고도로 발달된 문화를 수입하였고 중국은 한국이 나라를 잃고 방황하고 있을 때 음으로 양으로 우리의 독립을 위해 지원해 준 나라였다. 이에 대해 한 국민 누구도 고마워하지 않는 국민이 없다. 이런 한국인의 마음에 상처를 입혀 중국에 득이 될 일이 무엇이 있겠는가?

근자에 와서 중국이 스스로의 역사를 무시하고 스스로의 사상을 저버리고 스스로의 문화를 파괴하면서 점점 더 이상한 방향으로 흘러가고 있는 것을 본다. 영원한 우방으로 한·중이 함께 세계 평화와 인류 공영에 이바지 하고 싶은 마음에서 몇 가지 제언을 하고 싶다.

그 첫 번째의 것은 옛 부터 중국은 약소국가에 대해서도 관용과 절제로 선린관계를 유지하였다. 초기의 중국 공산당은 중국 내 소수 민족들의 독립은 물론 대만의 독립까지도 환영해 마지않았다. 그러나 어느 틈에 중국은 티베트와 신장의 자치도 허용하지 못할 만큼 광폭해 지기 시작했고 이웃나라에 대해서는 사뭇 무력적인 국가로 돌변하였다. 공산당이 가장 증오해야 할 독재와 제국주의 체제로 나라를 이끌어 간다면 그 체제가 얼마나 지속될 수 있다고 보는가? 안타까울 뿐이다.

두 번째로는 전에 없던 탐욕의 역사를 만들어가고 있는 모습에 우려하지 않을 수 없다. 10여 개가 넘는 나라와 영토 분쟁을 겪으면서 신장을 향해서는 서북공정(西北工程)을, 티베트에 대해서는 서남(西南)공정을, 그리고 한국을 향해서는 동북(東北)공정을 만들어가고 있으니 말이다. 우방인 주변의 국가 모두를 적으로 돌리면서 고립을 자초하는 것이 과연 현명한 처사일까? 지금 이 순간에 중국의 우방은 누구인가 하고 묻는다면 자신 있게 대답할 대상국이 몇이나 된다고 보는가?

세 번째로는 중국이 지금껏 보여주고 있는 것은 내국인에게는 억제된 자유요 주변국과 그 민족에게는 외압과 엄포와 굴종의 강요밖에는 없었다고 보여 진다. 중국이 거대 제국의 꿈에서 깨어나 인류 평화를 위해 기여할 날은 언제쯤일까?

마지막으로 중국이 과거의 역사와 문화와 전통을 되살려 동서양 모두의 국가로부터 존경과 사랑을 받는 국가로 거듭나기를 진심으로 소망한다. "중국의 쇠락이 한국의 복이라고 믿지 않는 까닭에 중국 국민을 향해 우정 어린 충고를 차마 하지 않을 수 없다."

경남일보 (2012. 05. 09)

게티즈버그Gettysburg

게티즈버그 하면 링컨의 연설문부터 생각나는 것이 보통이다. 그의 연설은 "87년 전 우리 선조들은 이 땅 위에 자유의 이상을 품고 새로운 나라(a new nation)를 세웠습니다. 이 새로운 나라는 모든 사람들은 평등하게 창조되었다는 믿음을 위해 헌신하였습니다."로 시작되어 "이 나라는 새로운 자유의 탄생(a new birth of freedom)을 보게 될 것이며 국민의, 국민에 의한, 국민을 위한 정부는 이 지구상에서 결코 사라지지 않을 것입니다."로 끝난다.

이 짧고도 오래된 문장 속에서도 새롭게 우리가 발견할 수 있는 것은 미국이라는 나라는 이 지구상의 최초의 신생국이었다는 사실과 낡은 자유와 새로운 자유라는 것도 있다는 사실이다. 아울러 인간 평등의 철학과 국민이라는 위치가 차지하는 비중은 영원불변이라는 점을 깨우쳐 주고 있다.

길지도 짧지도 않은 그 동안의 세월 속에서 겪었던 모든 신고(辛苦)와 간간(艱難)과 시행착오의 역사를 신생국이었다는 그 한마디 말로 링컨은 농축시키고 있다. 이미 그가 발표한 노예 해방선언이 자유의 양적 확대와 질적 상승을 가져오게 되리라는 점도 강조하고 있었다. 그리고 민주주의는 자유와 평등을 기반으로 한 국민의 것으로 국민 스스로 헌신하지 않고는 이루어지기 어렵다는 천명도 함축성 있게 말하였다고 느껴진다.

링컨은 왜 이 같은 연설을 하필이면 게티즈버그에서 했는가를 한번쯤 살펴보는 것도 분단으로 아픔을 겪고 있는 오늘의 우리에게 커다란 시사점이 되지 않을까 싶다.

1860년 대통령 선거에서 북부 주민들 90% 이상의 지지로 링컨이 당선되자 당황한 11개 주의 남부지방 사람들은 1861년 2월 전혀 새로운 국가인 아메리카 남부 연합국(The Confederate State of America)을 수립, 수도를 리치먼드로 정하고 독자적인 헌법을 통해 미시시피 출신의 상원의원 J.데이비스(J. Davis)를 대통령으로 선출하였다. 링컨대통령이 취임(3월 4일) 하기 불과 일주일 전쯤의 일이었다.

남부 연합군은 링컨 대통령의 취임 한 달이 겨우 지난 1861년 4월 12일 연방군이 주둔하고 있는 사우스캐롤라이나 주에 있는 섬터 요새(Fort Sumter)를 포격함으로써 남북전쟁(Civil War)은 시작되었다. 링컨은 대통령으로 취임한 이듬해인 1862년 9월에 노예해방을 선언하고 치열한 전투에 사정없는 독려를 아끼지 않았다.

63년 북군과 남군은 드디어 운명의 게티즈버그에서 만났다. 7월1일부터 3일까지 3일 간에 치러진 전투에서 남·북군을 합하여 전사 상자 수가 무려 5만 2천명! 얼마나 지독한 전투였나를 말해주고 있다. 인력이 부족하여 시체를 매장 하는 데만도 한 달 이상이 걸렸다고 한다. 전투는 북군의 대승이었다. 이제부터는 남군의 항복만 남았다. 어느 정도 전쟁이 소강상태로 접어들자 링컨은 방치해둔 격전지를 국립공원으로 지정하고 북군과 남군의 구분 없이 전사자들을 위한 추모행사를 하기에 이른다. 전투가 끝나고 난 4개월 뒤인 11월 19일의 일이다. 여기서 행한 링컨의 연설이 바로 게티즈버그의 연설이다.

우리가 눈여겨보아야 할 것은 바로 그의 연설 못지않게 남군이나 북군이나 구분 없이 한 곳에 묻혔다는 사실이다. 특히 전쟁이 끝나고 남군의 사령관인 로버트 리 장군은 아무런 처벌도 받지 않은 채 고향으로 돌아가 대학 총장이 되었다. 반역의 수괴일 수밖에 없는 데이비스 대통령은 항복을 거부하고 탈출했다가 체포되었으나 2년 뒤 보석금을 내고 석방되었다. 아무 누구도 처형됨이 없이 링컨만이 종전 5일 만에 암살되었을 뿐이다. 분명히 말해 남부 연합군은 반란군이다. 반란군을 정부군과 함께 추모의 대상으로 삼는다는 것은 현재 우리가 처하고 있는 현실에서 보면 여간 불가사의 한 일이 아니다.

여기에 더하여 우리의 입장에서 더더욱 이해하기 어려운 것은 사우스캐롤라이나의 주 정부 청사 앞에는 아직도 13개의 별이 그려진 남부 연합 국가의 국기가 펄럭이고 있다는 점이다. 리치먼드 중심가에 왜소한 크기로 서 있는 링컨 동상과는 대조적으로 남부 대통령이었던 데이비스의 동상만이 그 위용을 자랑하고 있다는 사실도 우리를 놀라게 하고 있다.

먼 훗날 통일이 된 뒤인 어느 날 우리의 대통령도 과연 이렇게 말할 수 있을까? "우리의 선조들은 자유의 이상을 가지고 새로운 나라를 세웠습니다. 이제 우리도 평등의 이상을 가지고 새로운 자유를 탄생시켜야 합니다."

경남일보 (2011. 07. 27)

화양묵패華陽墨牌

　박원순 서울시장이 얼마 전 내년부터 3년 동안 매년 1000억 원의 사회 투자기금을 조성하여 소외 계층의 일자리를 창출하겠다고 발표하였다. 그리고 그 기금(基金)의 절반은 민간 기업으로부터 기부를 받아 조성하겠다는 것이다. 이 발표를 보면서 참으로 희한한 발상도 다 있다싶은 생각이 들었다. 정부가 기금을 조성하거나 예산을 편성하는데 민간 기업으로부터의 기부를 전제로 하는 경우도 있나 싶어서다.

　중앙 정부이건 지방 정부이건 예산은 법으로 정한 대로의 국민 세금과 기타 수입금으로 충당하게 되어 있다. 세금이외의 기부금으로 예산을 충당하겠다는 발상은 지금까지 어떤 정부, 어떤 정권에서도 있어 본적이 없다. 그것은 법을 뛰어 넘는 발상이기 때문이다. 아마도 법을 무서워하지 않던 평소의 재야 활동 무대에서 익힌 수법이 아닌가 하는 생각도 없지 않다.

　권력의 칼자루를 쥐고 기부금을 거두어 드리기로 한다면 누구인들 못 거두어 드릴 것인가? 그러나 그것은 기부의 미명(美名)하에 저질러지는 민폐(民弊)요 착취일 수밖에 없을 것이다. 조선조 말에 경복궁을 중건하면서 거두어들인 원납전(願納錢)과 같은 것이 가장 대표적인 사례가 아니겠는가?

　조선조에 있었던 화양묵패(華陽墨牌) 또한 마찬가지다. 노론의 영수 우암(尤庵 宋時烈)을 제향하기 위해 세운 당시의 화양동 서원은 오늘날의 참여연대만큼이나 세력이 막강했던 모양이다. 어떤 거절할 수 없는 대의명분을 앞세워 일정한 금액을 정하여 지정한 날짜에 기부하도록 검은 도장을 찍은 고지서를 발행하였는데 그것이 바로 화양묵패(墨牌)였다. 이 묵패를 받은 사람은 전답을 팔아서라도 지정한 날짜에 지정한 대로의 기부금을 마련해야지 그렇지 않으면 서원 마당에 붙들려 나와 어떤 곤욕을 치를는지 모를 정도였다고 하니 말이다. 그만큼 서원의 세력은 관아(官衙)도 어쩌지 못할 정도로 컸다.

이에 대해 매천야록(梅泉野錄)은 이렇게 말하고 있다(허경진 역). "서원을 책임지는 자들은 묵패를 이용, 평민을 잡아다가 껍질을 벗기고 골수를 빼내니, 남방의 좀이라 불렀다." 껍질을 벗긴다든지 골수를 뺀다는 말은 문자 그대로의 뜻은 아니겠지만 그만큼 가렴주구(苛斂誅求)가 심했다는 뜻이 아니겠나 싶다. 매천은 시대정신이 투철한 선비였으니 표현 또한 남달랐다고 이해하면 될 듯하다. 여하튼 대원군에 의해 서원이 철폐되는 계기를 제공한 것도 결국은 이 묵패의 폐단 때문이었음은 말할 것도 없지 않은가?

이 묵패는 조선조에서만 있었던 것은 아닌 것 같다. 해방 이후 반탁이냐 찬탁이냐로 나라 안 정국이 극도로 어지러운 때에 의혈남아(義血男兒)로 유명한 김두한(金斗漢)이 우남 이승만의 부름을 받고 이화장엘 갔다. 이승만은 친절하게도 반탁 투쟁에 앞장 서 있는 그의 용기와 애국심을 치하하고 나서 얇은 사각봉투 하나를 건네면서 잘 싸워 달라고 하는 것이었다. 김두한은 이화장을 나선 후에 이 봉투를 열어 보았다. 그 속에는 먹 글씨로 쓴 '만(晩)'이라는 싸인 만이 선명하게 그려져 있을 뿐 아무 내용도 없었다.

이승만으로 부터 거금의 활동 자금이라도 받아들 줄 알았던 김두한은 실망한 채로 '만'자 사인을 뚫어지게 들여다보고 있었다. 그러다가 무릎을 탁 쳤다. "옳거니!" 이승만이 허락하였다는 뜻으로 해석하고 장안의 거부들로부터 자금을 얻어 쓰면 되겠다 싶었다. 태창방직 사장 백낙승, 현금 갑부인 민대식, 화신 백화점의 박흥식 등을 찾아가 '만'자

싸인을 들이밀고 돈을 요구하였다. '묵패'로 활용한 것이다.

강제로 돈을 빼앗긴 이들은 며칠 후 억울하고 분한 마음에 함께 모여 수도(首都) 치안 책임자인 창랑(滄浪) 장택상을 찾아가서 항의겸 하소연을 하였다. 이들의 얘기를 다 듣고 난 창랑은 김두한을 수도 청장실로 불렀다. 그리고 갑부들과 김두한은 창랑 앞에 마주하고 앉았다. 김두한은 말없이 품속에 있는 권총을 만지작거렸다. 이때 백낙승이 벌떡 일어나 창랑에게 말하는 것이었다. "이봐요! 창랑! 그 돈은 우리가 기부한 것으로 해주시오." 그러자 다른 부호들도 일어서면서 똑같이 소리쳤다. "맞습니다. 그건 우리가 반탁 활동에 쓰라고 기부한 겁니다." 실록 소설(이룡)에 나오는 얘기다. 이 얘기가 사실이냐 아니냐는 그리 중요하지 않다. 묵패의 무서움을 이해하는 데에는 전혀 지장이 없을 듯하니 말이다.

박원순 서울시장이 발행하는 기부금 모집 안내 공문은 왜 묵패가 아니겠는가? 다른 모든 지자체(地自體)가 이를 모방할까 두렵다.

대전일보 (2011. 11. 22)

중국에 기댈래, 일본과 손잡을래?

작금의 정치를 보면 불안보다는 분노가 앞선다. 돈 되는 것이라면 커피점이건 빵집이건 무엇이던지 하려고 덤벼드는 재벌기업들처럼, 표가 있다 싶은 곳이면 국가 이익은 물론 염치 체면도 돌보지 않고 마구잡이로 덤벼드는 정치권의 모습을 보면서 분노하지 않을 국민들이 얼마나 있을까 싶다. 한·미 FTA문제가 그러하고, 정봉주를 석방하라고 법원 앞에 가서 데모하면서 "정봉주법"을 만들겠다고 서두르는 모양세가 그러하고, 국회의원들이 자기 선거구 사람들의 피해를 보전해 주기 위해 "부실 저축은행 피해자 지원을 위한 특별조치법"을 제정한 사례가 그러하다.

집권하겠다고 새로운 채비를 하고 나선 민주 통합당이 벌리고 있는 한·미 FTA문제부터 보자. 한·미 FTA 문제를 다루는 방법부터가 여간 서툴지 않다. 지난 8일, 현역 의원과 예비 후보들 100여 명이 한명숙 대표를 앞세우고 무슨 데모나 하듯이 떼 지어 미국 대사관엘 몰려갔다. 그리고 미국의 오바마 대통령과 상·하원 의장에게 보내는 공개서한을 전달하였다. "다음 4월 선거에서 다수당이 되면 한·미 FTA 폐기를 위한 모든 조치를 취할 것이고 12월 대선에서 이겨 집권을 하게 되면 FTA는 자동 종료될 것이다."

마치 무슨 선전포고와 같은 내용과 모습이 아닌가? 무엇이 얼마나 급하고 무엇이 얼마나 많은 억하심정이 있어 100여명이나 되는 사람들이 미국 대사관 앞으로 몰려가 데모하듯이 삿대질이었나? 아직 시행해

보지도 않은 협정을, 아직 협정서에 잉크도 마르지 않은 상태에 있는 협정을, 자신들이 집권하고 있을 때에 이미 협상을 끝내 놓은 협정을, 다른 나라와 맺은 FTA에 대해서는 일언반구도 없으면서 유독 미국과의 협정에만 반대하고 나서는 이유는 무엇일까?

한 마디로 이는 FTA의 문제가 아니라 반미(反美)다. 반미는 누구들의 전유물인가? 대체적으로 종북 좌파들의 단골 구호다. "미군 물러가라!" "보안법 폐지하라!" 들어본 적이 있는 구호 아닌가? 민주 통합당이 종북 좌파들의 정당인가? 그렇다고는 보지 않는다. 건전한 우리의 야당 세력이라고 본다. 좌파 세력들의 표를 의식할 따름이라고 믿고 싶을 뿐이다.

좌파 세력의 핵심 역을 자청한 노무현 전 대통령도 지독한 반미주의자였다. "반미 좀 하면 어떠냐."고 까지 말하였다. 일본에 가서는 "공산당도 있는 나라가 좋은 나라"라고 말했고 "모택동을 가장 존경한다."는 말도 서슴없이 하였다. 그런 그도 "역사의 대세를 수용해야 역사의 주류 세력이 될 수 있다."라는 말로 한·미 FTA를 적극 추진하였다.

그런데 그를 정신적 대부(代父)로 여기는 세력이라고 자처하는 사람들이 무슨 연유로 협정 파기부터 들먹이면서 반미부터 부르짖는가? 협정 파기가 그렇게 간단한 문제이며 반미로 이 세상을 살아나갈 수 있다고 생각하는 것인가? 집권을 하고 나서 그런 모든 것들이 자신들의 뜻대로 될 수 있다고 생각하는 것부터가 구상유치(口尙乳臭)다.

노무현 전 대통령도 어쩌면 심정적으로는 반미를 끝까지 밀고 나가고 싶었을는지도 모른다. 그 동안의 어록으로 보면 "남북 관계 하나만 잘되면 모든 걸 깽판 쳐도 괜찮다."고 까지 말한 사람이다. 그런 사람의 입에서 "진보 개혁세력이 정치적 사회적으로 주도적인 세력이 되려면 개방에 대한 인식을 바꿔야 한다."라고 주장하였다.

이것이 현실이다. "높은 데에 있으면 더 멀리 보이는 법" 집권하고 나서 FTA문제가 자기네 뜻대로 되지 않으면 그때 가서는 또다시 "그때는 잘 몰라서였다."는 말을 되풀이 하면서 변명할 것인가? "반미로 재미를 본 적이 있다."는 기억이 여전히 반미로 집권해 보자는 전략 속에 숨어 있다면 그것은 엄청난 민족사의 재앙으로 남을는지도 모른다는 사실을 지적하지 않을 수 없다. 미국은 언제든지 우리를 포기할 각오가 되어 있는 나라가 아닌가 하는 생각 때문이다. 과거의 역사 또한 그러했다. 6.25전야가 바로 그 증거다.

최근 국내 각 언론이 소개한 브레진스키의 저술에서도 그런 기미가 엿보이지 않는가? 그는 미국이 쇠퇴한다면 "지정학적 위험"에 빠질 대표적인 나라로 한국을 지목하였다. 이때에 한국이 선택할 수 있는 길은 "중국의 지역적 패권을 받아들여 중국에 더 기대는 방안"과 "역사적 반감에도 불구하고 일본과 관계를 강화하는 방안" 그리고 스스로 "핵무장을 하는 방안"을 제시하였다. 이에 대해 일부 언론은 이렇게 주석을 달았다. "중국에 기댈래 일본과 손잡을래."라고 말이다. 반미주의자들은 대답해 보라!

대전일보 (2012. 02. 14)

귀 무덤과 코 무덤

안중근 의사 순국 100주기(週忌)를 보내면서 다시 한 번 일본을 생각해 본다. 100주기가 지나도록 일본은 안 의사의 유해가 어디에 묻혀 있는지조차 우리에게 알려주려고 하지 않는다. 분명히 안 의사의 매장지를 자기네들은 어느 문서인가에는 분명히 숨겨 놓고 있을 터인 데도 말이다.

한ㆍ일 역사 왜곡은 물론 독도를 일본 땅이라고 버젓이 가르치고 약탈해간 문화재도 돌려줄 생각은 애당초 해보지도 않은 채 위안부나 생체 실험과 같은 만행은 모른다는 말로 일관되게 주장하는 일본의 철면피에 대해 우리는 어떻게 대처하면 좋을까?

벌써 10여 년 전 일이다. 술 취한 일본인 한 명을 구하기 위해 지하철로 뛰어들어 그와 함께 죽은 우리의 일본 유학생 이수현 군을 우리는 기억한다. 양식 있는 일본인들도 지금까지 그를 추모하는 행사를 매년 벌리고 있다고 한다. 안중근 의사를 추모하는 일본인들 모임이 아직도 활발하게 활동하고 있다. 이것은 일본 국민 속에도 정의감과 양심이 살아 있는 국민이 많다는 증좌이기도 하다. 이런 그들의 정의감과 양심에 호소해 나간다면 그들의 철면피는 어느 정도 벗겨지지 않을까 하는 실낱같은 희망을 가져본다.

일본 교토(京都)에 가면 유명한 귀 무덤이 있다. 임진왜란 때 조선으로 침략해 온 일본 군사들이 자신이 죽인 조선인 군사의 귀를 잘라 본국으로 가져가 묻어놓은 무덤이다. 그러나 실제는 귀 무덤이 아니라

코 무덤이다. 그래서 그 무덤의 표지판에는 귀 무덤(耳塚)이라 써 놓고 괄호 안에 "코 무덤(鼻塚)"이라고 썼다. 왜 그랬을까?

처음에는 조선 병사의 시체를 일본까지 가져가려고 하였으나 그것이 힘들자 방침을 바꿔 죽은 병사의 코만을 베어 가는 것으로 하였다. 그러나 베어서 소금에 절인 코의 숫자를 헤아리고 땅에 묻었으나 양심상 스스로 잔인하다고 생각했던지 귀를 베어간 것처럼 위장하기 위해 귀 무덤이라고 명칭을 붙였던 것이다. 일말의 양심은 있어 귀 무덤이라 하고도 괄호 치고 코 무덤이라 쓴 것이다.

그런 참혹한 일을 겪은 우리는 얼굴을 들기 어려울 만큼 부끄러우면서도 일본의 잔학함에는 치를 떨고 있을 일이지만 일본인들은 그 무덤을 볼 적마다 어떤 감정이 들까가 몹시 궁금하다. 게다가 그 무덤은 지금도 하필이면 임진왜란을 일으킨 히데요시(豊臣秀吉)의 사당 앞에 있다. 일본을 방문한 많은 외국 사람들이 이 무덤을 보고 느낄 수 있는 감정은 어떤 것일까도 궁금하기는 마찬가지다. 조선인의 후예인 우리가 느끼는 부끄러움 못지않게 일본인들도 자신들의 조상이 저지른 잔악함에 부끄러워하지 않을까 하는 생각을 해본다.

텔레비전의 "진품명품" 프로에서 전문적으로 도자기를 감정해주는 이상문(李相門) 씨와 언제인가 한번 우리의 문화재에 대한 얘기를 나눈 적이 있다. 그는 우리의 문화재를 우리 국내에만 가두어 놓고 전시하는 것 보다는 외국의 여러 박물관에도 두루두루 전시되도록 하는 것이 오히려 우리나라 문화 선양에는 도움이 되지 않겠느냐는 얘기를 한 적이 있다.

일본이 약탈해 간 우리의 문화재를 일본 스스로가 전시하도록 함으로써 일본의 약탈의 역사를 세계에 알리고 우리 문화의 우수성을 일본인들과 외국인들에게 홍보하는 효과도 있지 않을까 하는 생각에서 나온 얘기다.

영국의 대영 박물관이나 프랑스의 루브르 박물관에 가면 이집트에서 볼 수 있는 이집트 유물보다 더 많은 이집트 유물이 있는 것을 볼 수 있듯이 한국에 오지 않아도 일본을 통해서 한국을 볼 수 있는 기회도 있을 것으로 기대되기도 한다는 뜻이다. 문화재는 우리의 것이지만 어떻게 보면 그것은 우리 인류 모두의 것이다. 이렇게 생각하면 우리 문화재라고 하여 꼭 우리 국내에서만 소유하고 전시할 필요가 있을까 싶은 생각도 없지 않다. 역사도 왜곡하는 나라 사람들이니 우리의 문화재를 자신들의 것으로 위장할는지도 모를 일이지만 명백한 물증을 놓고 설마 그럴 리야 없다고 보고 하는 얘기다.

앞서 말한 귀 무덤은 일본에 있기에 오히려 일본인 스스로가 자신들의 잔혹함에 전율하도록 만들고 있지 않나 싶다. 역설적으로 귀 무덤이 귀 무덤에 대한 훌륭한 복수도 하면서 일본을 부끄럽게 만들어 가고 있다고 여겨진다.

이 같은 생각으로 이순신 장군이 대첩(大捷)을 이룬 해전(海戰)지역마다에 이국땅 해변 가에서 죽은 일본 병사들의 진혼비(鎭魂碑)라도 세워 그들을 위로하는 위령제라도 지내준다면 일본 사람들은 과연 어떤 심정으로 그 모습을 바라 볼 것인가? 너무나 순진한 생각일까?

대전일보 (2010. 04. 06)

군번줄은 목에 걸었는가?

"현재 한국은 이마에 총알구멍이 난 시신을 보면서 사인(死因)이 심장마비일 가능성을 배제하지 않는다는 과학 수사대의 수사관과 같다. 그 방안에서 총을 가진 용의자가 사악한 암흑가의 보스이기 때문이다." 미 타임지(誌)가 보도했다는 내용이다. 덧붙여 그 보도는 "오는 6월 6.25전쟁 발발 60주년이 되지만 아직도 전쟁은 결코 끝난 적이 없는데도" "외부 세계는 북한과 맞설 배짱이" 없어진지 이미 오래다라고도 했다. 얼마나 부끄러운 기사인지 모른다. 한국과 미국을 싸잡아 북한에 관한 비겁함을 비아냥거린 것이다. 전쟁은 아직도 계속되고 있는데 전쟁과 맞설 배짱이 없다는 지적에 어느 누구 한 사람 "아니다."라고 나설 사람이 없을 것 같다.

"평화를 원한다면 전쟁을 준비하라(Si vis pacem, para bellum)!"라는 말이 있다. 평화는 저절로 얻어지는 것이 아니라 그만한 전쟁 억지력이 뒷받침되어야 한다는 것을 의미한다. 힘이 뒷받침되지 않은 평화는 존재할 수 없다는 점을 강조한 뜻도 될 것이다. 그것은 평화를 담보해 주는 지렛대이기 때문이다.

그러나 힘만 있으면 뭘 하나? 적과 싸울 의지가 없고 용기가 없다면 그 힘도 무용지물이다. 타임지는 이 점을 지적하고 있었던 것이다.

이런 속담도 있다. "명예롭게 유지될 수 없는 평화는 이미 평화가 아니다." 우리는 어쩌면 지금까지 햇빛 정책이라는 허울 좋은 이름을 내세워 북한에 퍼주면서 또 굽실거리면서 평화를 구걸하는 정책으로 지내왔는지도 모른다. 말하자면 명예롭지 못한 평화를 평화로 착각하면서 말이다. 천안함 사태를 겪으면서 우리가 흘렸던 눈물을 주먹으로 씻어 내고 새로운 다짐을 해야 할 것이 무엇인가를 다시 한 번 생각해 본다. 속담으로는 "평화를 원한다면 전쟁을 준비하라."였지만 필자는 이를 바꿔 "평화를 원한다면 전쟁을 각오하라."라고 말하고 싶다. 다시 말하면 전쟁을 각오할 마음가짐이 아니고서는 전쟁을 억지할 수 없겠다 싶어서 하는 얘기다.

그렇다면 전쟁할 각오란 무엇인가? 죽을 각오다. 죽을 각오 없이는 평화를 누릴 수 없는 것이 오늘의 우리 형편이다. 전 국민적 애도 속에 46인의 젊은 주검을 가슴에 묻은 그 이튿날 열린 국회 국방위원회에서 육군 참모총장 출신의 이진삼 의원은 합참의장과 해군 참모총장을 향해 물었다. "사령관들은 지금 군번줄을 목에 걸었는가."라고, 물론 돌아온 대답은 "아무 누구도 목에 걸지 않았다."였다. 이에 대해 이 의원은 군복을 입고 군번줄을 매지 않은 것에 대해 후배 사령관들에게 그것이 있을 수 있는 일인가라고 호통을 쳤다. 왜 그랬을까?

이 의원은 군인이 군번줄을 목에 걸었느냐 아니냐는 지금 당장 죽을 각오를 하고 있느냐 아니냐를 상징해 주는 것이라 생각했다. 그러기에 그것이 얼마나 중요한 것인가를 일깨워 주기 위해 물었던 것이다. 목에 군번줄을 매고 시작한 하루의 출발이야 말로 얼마나 고귀한 출발인가를 말해 주고 있는 이 의원의 지적은 단순한 해프닝이 아니었다. 그것은 곧 십자가를 매는 행위와 같다는 자못 의미심장한 가슴 아픈 지적이라고 말하지 않을 수 없다.

지금 당장이라도 6.25는 일어날 수 있다. 60년 전 그 날처럼, 지난 3월 26일의 천안함 사태처럼 기습적인 도발은 귀신도 모르게 일어나는 것이다. 어느 누구도 그 기습 공격에서 벗어날 수 없다. 하기 때문에 기습적인 도발에 즉응적(卽應的)으로 대처하려는 마음의 각오 없이는 평화를 유지할 수가 없다. 국제적으로 가장 야만적이고 가장 잔인한 군사적 도발을 시도 때도 없이 저지르는 적을 상대하고 있는 우리 군의 경우에는 더더욱 그러하다고 할 것이다.

해프닝 같지만 또 하나 국민의 진정성이 돋보인 기사 한토막이 눈에 띈다. 지난 29일 천안함 용사들의 영결식장에서 어떤 유족 한 분이 민주 노동당의 강기갑 대표에게 다가가 항의했다는 얘기다. "의원님 쟤들이 왜 죽었습니까? ~~이북 놈들이 죽였어. 이북 퍼주란 말 그만 하세요. 피가 끓어요!" 유족 한 분이 쏟아 내는 이 피 맺힌 절규가 어찌 강기갑 한 사람을 향해서만 한 것일까? 천안함 사태에 대해 지금까지도 "북한 공격설을 예단하면 안 된다."고 주장하는 정치인들이 있다. 북한의 소행으로 들어날까 봐 조바심치는 모습을 보여준 정치인들도 있다. 이마에 총알구멍이 있는 시신을 보고도 사인이 심장마비일 가능성을 배제하지 말라고 소리치는 이들 정치인들의 정체는 도대체 무엇인가?

너무나 부끄러운 일이다.

대전일보 (2010. 05. 04)

간도와 녹둔도

　금년이 "처얼썩 처얼썩 척 쏴아아/ 따린다 부순다 무녀진다"로 시작
되는 육당 최남선의 "해에게서 소년에게"라는 우리나라 최초의 현대시
가 발표된 지 100년이 되는 해라 하여 문화계에서는 현대시 100년을
소개하기에 여념이 없다. 학계와 정가에서는 이 또한 대한민국 건국
60년이 되는 해여서 각종 학술 토론회나 기념행사를 준비하기에 분주
하다는 소식이다.

　여기에 더하여 지난 10여 년의 친북 좌파 정권의 실정을 딛고 새롭
게 출범하는 이명박 당선자 역시 새 정부의 출범을 앞두고 의욕에 넘
치는 행보를 거듭하고 있다. 여러 모로 뜻이 깊은 한 해의 시작이 아닐
수 없다. 바로 이 뜻 깊은 한 해의 시작 출발선상에서 문득 필자의 가
슴을 치며 들려오는 소리가 있다.

　해방 공간에서 시간은 모자라고 할 일은 많고 일할 수 있는 능력 있
는 사람은 찾아볼 수 없는 상황에서 건국 사업을 위해 일해야 하는 담
당자에게는 피를 말리는 촉박함으로 하루해를 넘기기가 힘겨웠을 것이
다. 누구 하나 아이디어를 제공하는 사람도 문제 제기를 하는 사람도
일을 거들어 주는 사람도 없다. 자신이 일을 찾아서 전후 처리와 새나
라 건설을 위한 기초를 다져야 했다. 헌법도 만들어야 하고 쫓겨 가는
일본인 재산의 처리 문제와 조선인의 살길 마련은 물론 일본인이 한국
인에게 저지른 수도 없는 범죄 행위에 대한 처리도 국제법에만 맡겨
놓기에는 어쩐지 석연치 않았다.

이런 와중에 해외에서 돌아온 사람들과 국내에 있었던 사람들, 남노당 사람들과 민족진영 사람들이 뒤엉켜 싸우는 틈바구니에서 제대로 되는 일이라고는 하나도 없었다. 서로가 살아남기 위한 투쟁과 출세를 위한 몸부림으로 정국은 한치 앞도 내다볼 수 없는 혼돈 상태에서 건국전야를 맞았음이 분명할 것이다. 이러한 때이니 어느 누구 한 사람 어디서부터 어디까지가 우리나라의 영토이여야 하는가를 알고 일에 뛰어 든 사람은 없었을 것이다. 막연하게 우리가 알고 있는 지식의 범위 내에서 "한반도와 부속 도서"를 우리의 영토로 하면 무난하지 않을까 하여 헌법에 정한 것이 아닌가 짐작될 따름이다. 펜글씨인 채로 남아 있는 유진오(兪鎭午) 헌법 기초 안을 보더라도 "조선의 영토는 조선 반도와 울릉도 제주도 및 기타의 부속 도서로 한다."라고 되어 있다. 심의록에서 조차 이 초안에서 크게 벗어나지 않은 것을 보면 한말(韓末) 국권이 쇠퇴해 있을 당시에 벌어진 영토상의 변화에 대해서는 아무 누구도 크게 관심을 가지지 않은 것으로 여겨진다. 어떤 경우에도 잃어버린 우리의 영토 문제는 중국과 일본과 러시아와 연관 지어 말할 수밖에 없는 것이 현실이다.

그 대표적인 사례가 간도와 녹둔도(鹿屯島)의 영유권에 대한 문제이다. 간도(間島)는 1905년 일본이 우리로부터 외교권을 빼앗은 후인 1909년 남만주 철도 부설권과 채광권과 같은 여러 가지 이권을 따내기 위해 청나라에 내어준 땅이다. 이제 100년에 가까운 시간이 지났으나 아직도 이대로 잠자코 있기에는 너무나 억울하고 절박한 시점에 와 있다 할 것이다. 더더구나 중국에서는 10년이 넘도록 "우리나라 역사 왜곡 또는 침탈"(고구려 재단)이라는 결과를 가져올 수밖에 없는 동북공정 작업을 벌리고 있어서이다.

녹둔도는 두만강 하류에 둘레 8km밖에 안 되는 작은 섬이다. 일찍이 그 섬을 여진족으로부터 제대로 지키지 못했다 하여 당시 조산만호(造山萬戶) 벼슬에 있던 이순신 장군이 자칫 죽임을 당할 뻔했을 정도로 소중하게 여겼던 엄연한 우리의 땅이었다. 그런데도 태평양쪽의 항구가 절실하게 필요했던 러시아의 힘에 밀린 청나라가 이 땅을 1860년에 북경 조약을 통해 러시아 영토로 만들어 주고 만 것이다.

이명박 대통령 당선자가 미국과 일본과 중국과 러시아에 특사를 파견하는 것을 보고 생각난 문제들이다. 정권이 출범도 하지 않은 상태에서부터 껄끄러운 얘기를 들려주는 것이 예의가 아닌 줄은 알지만 마침 건국 60주년이 되는 금년을 어떻게 준비해야 하는가도 정권 인수위원회가 미리 그 틀을 잡아 놓아야 할 것이기에 하는 얘기다.

대전일보 (2008. 01. 22)

삵과 북한

유명한 동인문학상을 있게 한 소설가 김동인이 30년대 초에 쓴 소설 중에는 〈붉은 산〉이라는 것이 있다. 주인공은 〈삵〉이라는 별명을 가진 사람이고 무대는 조선인끼리만 한 20여 호가 모여 사는 만주의 어느 이름 없는 조용한 시골 마을이다.

주인공이 얼마나 동내 사람들한테 못 되게 굴었으면 얻은 별명이 〈삵〉이다. 살쾡이 같은 놈이라는 얘기다. 동네에서 제가 하고 싶은 대로 하다가도 제 맘에 안 들면 무슨 트집이라도 잡아서 행패를 부린다. 〈삵〉이 나타났다고 하면 집집마다 문을 닫아걸고 부녀자들을 숨기느라고 부산하다. 주민들은 저 놈이 역병(疫病)이라도 들어 죽어 주었으면 하고 비는 마음뿐이었다.

그러나 자신에 대한 동네 사람들의 비난소리를 들어도 그의 대답은 "흥…"이라는 코웃음으로 끝내는 암종(癌種)이다. 너그러워서가 아니다. 그런 정도의 비난쯤은 개의치 않겠다는 뜻의 감탄사 "흥"이다. 이런 〈삵〉의 시달림에 도저히 살 수가 없어 마을 사람들은 그를 몰매로 죽이려고 하나 뜻을 모아 실행할 엄두가 나지 않는 선량한 사람들이 바로 그 마을 조선 사람들이다.

오늘의 북한을 보면서 우연하게도 이 소설이 생각났다. 북한 사람들의 고단한 오늘의 삶이 꼭 〈삵〉에게 시달리면서 살고 있는 그 소설 속의 마을 사람들과 흡사하게 느껴졌기 때문이다. 해방 후부터 지금까지 북한이 국제사회에서 해 온 내력을 보면 한 마디로 얼토당토않은 동네

깡패와 같은 짓거리 밖에 무엇이 있었나 싶다.

평온한 마을 사람들로서는 절대로 상상할 수도 없는 6.25와 도끼 만행과 어부 납치와 관광객 사살과 공비 침투와 인권유린과 KAL기 폭파와 아웅산 테러와 미사일 발사와 핵무장으로 온 세계 지구촌 사람들을 공포에 몰아넣고 행패를 부린다. 국제 사회가 일제히 비난을 퍼부어도 "흥…"하는 코웃음뿐이다. 영락없는 〈삵〉이다.

저 불쌍한 북한 주민들은 그 마을 사람들처럼 〈삵〉에게 시달려도 도저히 어떻게 하지 못하는 선량한 마을 사람들로 전전긍긍 하면서 나날이 고통만 삼켜가고 있는 형국이다. 그런 국민들을 향해 김정일은 얼마 전 "우리 인민이 강냉이밥을 먹고 있는 것이 제일 가슴 아프다. 이제 내가 할 일은 흰 쌀밥을 마음껏 먹게 하는 것"이라는 말을 했다고 한다. 그의 아버지 김일성이가 "이 밥에 고깃국을 먹게 하겠다."고 한 게 언제인데 아직도 흰 쌀밥에 고깃국 타령이다.

북한 주민이 아사지경(餓死之境)에서 허덕이고 있다는 뉴스를 듣고 필자는 언제인가 마피아 집단만도 못한 나라가 무슨 나라냐는 뜻으로 글을 쓴 적이 있다. 갖은 범법 행위를 밥 먹듯이 하는 마피아 집단도 제 식구 거두어 먹이는 데에는 조금도 게을리 하지 않는다는 사실에 빗대어 한 말이다. 지금도 이 생각에는 변함이 없다. 전쟁할 생각만 접어도 북한 사람들이 강냉이밥이라도 제법 배불리 먹는 데에는 부족함이 없지 않을까 싶어서다.

그러나 참으로 다행스러운 것은 이제라도 김정일 국방위원장이 강냉이밥 먹는 것을 가슴 아프게 생각하였다는 사실이다. 그런 말만 들어도 사뭇 고무적이다. 지금까지 들어본 적이 없는 얘기이기 때문이다.

최근에는 얼마 전 시행한 화폐개혁이 실패하자 이에 대한 책임을 물어 그 주역인 노동당의 계획재정부장을 해임한데 이어 김정일의 통치자금을 관리하던 책임자도 교체하고 홍보업무를 책임졌던 당 영화부장도 경질하였다고 한다.

무언가 새로운 변화를 위한 몸부림이 시작되는 것이 아닌가 하는 생각이다. 지금 당장은 그것이 비록 체제를 강화하고 3대 세습정권을 만들기 위한 몸부림이라 하더라도 변화에는 반드시 "나비의 날갯짓"과 같은 효과가 뒤 딸아 올 것이라 기대되기 때문이다.

어쩌면 강냉이밥 얘기도 진심어린 얘기일는지도 모른다. 인민들에게 흰 쌀밥을 먹게 하는 것이 소원이라면 무슨 정책인들 사양하겠는가?

흑묘(黑猫) 백묘(白猫)로 유명한 등소평은 "시장을 말하면 자본주의이고 계획을 말하면 사회주의인가? 사회주의를 위해 이용하면 사회주의이고 자본주의를 위해 이용하면 자본주의가 되는 것이 아니겠는가."라는 말을 하였다. 마찬가지로 강냉이밥을 먹으면 주체사상이 되고 이밥에 고깃국을 먹으면 자본주의가 되는 것이 아닌 바에야 주체사상을 위해서라도 흰 쌀밥을 먹도록 해야 하지 않겠나 싶다. 인민들이 강냉이죽도 못 먹다 보면 주체사상도 굶어죽는다는 사실을 왜 모르는가? 참고로 소설속의 〈삶〉도 "동해물과 백두산이…" 노래를 불러 달라고 하면서 죽었다는 얘기를 부언해 둔다.

대전일보 (2010. 02. 09)

아! 슬픈 고려인

이육사(陸史)는 일찍이 이렇게 읊었다. "까마득한 날에 하늘이 처음 열리고 어디서 닭 우는 소리" 들렸느냐고. 필자 또한 그의 시원적(始原的) 인식의 늪으로 들어가 외쳐 본다. "까마득한 날에 하늘이 처음 열리고 어느 곳에 국경선 그어진 적 있었더냐."고 새처럼 날아다니며 살 수 있는 공간에 칸막이를 한 것은 누구였던가? 그 때부터 국적제도가 생겼다. 그리고 5만 명에 이르는 중앙아시아의 고려인들이 무국적 상태에서 고통을 받고 있다는 소식이다.

1860년대 중반, 어디서 나타난 오랑캐인지는 몰라도 서양 오랑캐나 일본 오랑캐나 할 것 없이 모두 들고 일어나 조선을 능멸하는 꼴을 차마 볼 수 없어 아무 미련 없이 괴나리봇짐 하나만을 달랑 울러 메고 "부지런한 계절이" 마련해 준 길을 따라 걷다가 어느 이름 모를 "광야"에 피곤한 몸을 풀었다. 아! 그곳이 천 년 동안 얼굴을 흙으로 덮고 있었던 발해의 옛 땅 연해주일 줄이야!

국모가 시해를 당하고 나라가 송두리째 뿌리 뽑히는 현장을 보다 못해 조국 광복에 한 몸 바칠 각오로 떠나 이곳에 정착한 애국지사들도 있었다. 임시 정부로는 상해에서 보다도 더 먼저 블라디보스토크에 수립된 연유다. 그렇게 해서 시작된 우리네 삶이 이제는 제법 인구도 거의 30만에 육박하던 1937년 9월의 어느 날 갑자기 러시아 정부는 계엄령을 선포하고 3일분의 양식과 최소한의 일용품만을 챙겨 지정된 역이나 광장으로 집합하라는 포고가 내려졌다. 연해주 고려인에 대한 강제

이주는 이렇게 시작되었다.

러시아는 왜 18만 명에 이르는 한인들을 한 달 또는 40일에 걸쳐 짐 짝처럼 열차에 실어 삶과 죽음이 뒤엉킨 지옥과 같은 중앙아시아의 토 굴에 부리고 말았을까? 이유는 아무도 모른다. 천 명당 42명이 죽고 유 아 사망률이 20%나 되는 죽음의 문턱을 넘어 살아남은 사람들이 오늘 의 중앙아시아의 54만이 넘는 고려인이 되었을 뿐이다(김창수).

그들은 구소련의 해체 후 여러 회교 국가에 거주하게 되면서 회교 민족주의와 새로운 현지 언어로부터의 소외 의식으로 여간한 고통을 겪고 있지 않아 왔다. 그러나 그보다도 더한 고통은 그들 중 10%이상 이 무국적 상태에 있다는 사실이다. 그들에게는 삼중고(三重苦)다.

무국적자에게는 국적이 없으니 나라도 없고 보살필 정부도 없다. 그 러나 따지고 보면 그들에게 왜 나라가 없고 정부가 없다는 말인가? 정 부도 나라도 모른척하고 있을 뿐이 아니었던가? 엄밀히 말하면 러시아 나 해당 국가나 대한민국이나 하다못해 북한이라도 있지 않은가 하는 심정이다. 어느 한 정부도 자국민이라고 생각해 본 적이 없다는 데에 서 이런 사태가 벌어진 것임이 분명하다.

똑같은 상황에서 독일 정부에서는 전쟁 피해 보상법을 제정하여 20만 명의 한도 내에서는 모국 귀환을 허용하였고 독일계 주민들의 〈볼가자 치정부〉도 치밀한 연구 지원 끝에 1992년 부활시켰다고 한다(이종훈 · 이윤기).

그런데 우리는 지금까지 조선조의 유민(遺民)과 유민(流民)을 기민 (棄民)화 시키는 데에만 골몰해 오지 않았나 싶다. 의도적으로 버리고 잊혀지도록 방치하는 데에만 신경을 썼다는 얘기다. 그 속사정이야 이 해 못할 것도 없지만 지금은 사정이 조금 달라 지지 않았나 해서 하는 얘기다. 다행히 최근 우크라이나 정부에서는 대한민국 정부가 그들이 "국적 없는 고려인임을 증명만 해 준다면 국적 회복절차를 해 줄 수 있 다."는 공식 입장을 밝혔다니 여간 반가운 소식이 아닐 수 없다. 이를 절호의 기회로 삼아 우리 정부는 어떤 노력을 해서라도 우크라이나뿐만 아니라 타 지역의 무국적 고려인들에게 까지도 국적 취득의 기회가 주어질 수 있도록 협력의 끈을 놓지 말아야 할 것이다.

기회에 또 듣기 싫어하는 사람들에게 듣기 싫은 얘기 한마디는 해야겠다. 〈우리 끼리〉를 줄기차게 외치는 사람들 말이다. 남북만이 우리가 아니라 전 세계 한민족(韓民族)은 하나라는 생각으로 억울하게 무국적 신세로 살아가는 중앙아시아의 고려인들까지를 아우르는 〈우리 끼리〉운동을 벌릴 수는 없는가?

대전일보 (2009. 06. 30)

건국 60주년을 보내며

한 해를 보내는 〈해〉의 의미도 이렇게 다를 수 있을까 싶게 금년을 보내는 감회가 다른 때와는 여간 다르지 않다. 금년이 광복 63주년이 되는 해인 데다가 건국 60주년이 되는 해이기 때문이다. 뒤돌아보지 않을 수 없는 연륜의 의미가 있어서다. 광복 63년은 일제의 만행 36년이 마노라마처럼 영상화되어 우리의 뇌리를 스쳐 지나가기 때문이요 건국 60년은 피나는 삶의 궤적이 손끝에 저며 오는 세월이기 때문이다. 회한과 나름대로의 상념이 없을 수 없다.

아직도 분단 조국의 아픔은 치유될 기미가 보이지 않고 나라 안 정국은 해방 직후처럼 혼미와 혼돈이 가시넝쿨처럼 뒤엉켜 한마음으로 융화되지 못하고 있다. 북한 동포들은 무엇에 홀렸는지 자신의 현재를 한스러워 할 줄도 모르는 식물 백성으로 숨만 쉬고 있고 남한의 일부 철부지들은 무슨 연유로 북한에 발목이 잡혀서인지 건국 60년의 의미를 퇴색시키고 있다.

문화부가 대한민국 정부 수립에 관여한 사람들에게 "건국 공로의 몫"을 주자고 하자 광복회에서는 "일제 강점기에 일제에 부역한 사람들이 건국에 참여했는데 이는 결국 친일파의 공로를 인정하자는 것이나 다름없다."고 하면서 "대한민국 임시 정부의 법통을 계승한다는 헌법 전문을 정면으로 위배하는 것"이라고 반발하고 나섰다.

누구나 아는 얘기지만 우리에게 해방과 더불어 찾아 온 것은 임시 정부가 아니라 미군정이었다. 미군정의 과정을 거치지 않고 임시 정부가 그대로 대한민국 정부로 들어섰더라면 얼마나 좋았을까? 그러나 사정은 그러하지 못했다. 임시 정부의 요인들도 임정 요인자격이 아닌 개인자격으로 그리던 조국 땅을 밟았다. 신탁통치가 예정되어 있는 해방된 식민지의 운명은 우리 손에 달린 것이 아니라 거대 전승국인 미국과 소련의 손에 달렸다. 소련의 사주를 받고 신탁통치를 찬성하는 김일성 세력을 물리쳐 가면서 신탁통치 계획을 무산시키고 자주독립 국가를 건설하는 그 어려움이란 독립 투쟁보다 결코 못지않았으며 그 한복판에는 독립 유공자들이 있듯 건국의 공로자들이 분명히 있어 가능한 일이었다.

해방되던 해 12월의 어느 날 저녁! 민족진영의 우파 영수인 인촌(仁村 김성수)과 고하(古下 송진우)와 설산(雪山 장덕수)등은 관수동 국일관에서 금의환향(錦衣還鄕)한 임정 요인들을 환영하는 모임 자리를 주선했다. 김구 김규식 이시영 조소앙 신익희 등 전원이 참석한 자리였다. 술이 한 순배 돌아가자 느닷없이 해공(海公 신익희)이 한마디를 내뱉는다. "국내에 있던 사람들은 크거나 작거나 간에 모두가 친일파 아닌가?…" 모두가 긴장된 분위기였다. 어떤 이는 "아니 국내에 있던 이는 모두 친일파라니! 해외에서 헛고생을 했군." 또 어떤 이는 "장차 큰일을 하겠다는 사람들이 손톱 밑의 때만도 못한 것을 가지고 왈가왈부 하지 마시오." 중구난방으로 시끄러워지자 고하가 일갈을 한다. "국외에서는 배고픈 고생은 했어도 마음고생은 국내 사람들이 더 많이 한 것도 이해해야 할 것이오. 이제 환국했으니 모두 힘을 합해 건국할 준비나 합시다."

우리는 지금 광복의 의미와 건국의 의미 모두를 하나로 아우르면서 새로운 도약을 모색해야 한다. 어느 하나도 우리가 소홀히 할 수 없는 우리의 귀중한 자산이다. 말하자면 광복절과 건국절이 하나의 일직선 상에서 평가되어 높이 받들어지는 귀중한 기념일로 기리어져야 한다는 얘기다. 광복에 몸을 바쳤던 분들은 건국에 앞장 선 분들의 공로를 인정하고 또 건국에 공로가 있는 분들은 광복을 위해 목숨을 바친 선열들과 피눈물을 흘린 애국지사들의 우국충정을 높이 받드는 마음부터 가질 필요가 있다고 할 것이다. 하여 8월 15일을 〈광복건국절〉 또는 〈건국광복절〉로 부르면 어떨까 싶다. 이도 저도 아니면 〈중경절(重慶節)〉로 하면 어떨까? 광복과 건국이 겹치는 경사스러운 날도 되고 마지막 임시 정부 시절도 연상되어서다. 괜한 문제로 하여 건국 60년에 새로운 갈등이 생긴다면 그처럼 불행한 일도 없을 것 같아 가슴 아프다. 새해가 밝기만 기다려 본다.

대전일보 (2008. 12. 30)

코리아니즘을 제창함

  새로운 정권이 들어서는 새해요 건국 60주년이 되는 새해가 시작되었다. 새로운 감회 새로운 도약 새로운 희망을 갖고자 하는 몸부림으로 맞이하는 새해임이 분명하다. 그래서 그런지 상쾌한 느낌이다. 경제대통령을 지향하는 이명박 당선자의 최근의 행보도 우리가 오랫동안 맛보지 못했던 청량제였다.

  역사상 처음으로 대통령 당선자의 신분으로 전경련(全經聯)을 찾아간 것부터가 여간 획기적인 일이 아닐 수 없는 터에 당선자가 일자리를 만드는 기업인이 존경받는 사회를 만들어가자고 화답한 것 또한 경제대통령을 지향하는 지도자다운 생각이라 할 것이다. 지난 수 년 간에 걸친 정부의 반(反) 기업 정서로 하여 여러 가지 힘들었던 사정들을 경제인들이 허심탄회하게 털어놓을 수 있는 기회를 가진 것만으로도 기업으로서는 숨쉬기가 한결 쉬워졌을 것으로 느껴진다. 기업들이 새로운 희망을 찾은 것이다. 아무 때나 애로 사항이 있으면 전화해도 좋다고 하는 얘기도 지금까지 우리가 어떤 지도자들로 부터도 들어본 적이 없는 말이어서 여간 신선하게 느껴지지가 않았다.

  그러나 경제제일주의가 몰고 올 폐단도 우리는 마음속 깊이 품고 있어야 한다. 경제 우선에 밀려 우리 사회는 그 동안 너무나 많은 소중한 가치들을 잃기도 했다. 돈만으로는 절대로 살 수도 없고 되살릴 수도 없는 가치들 말이다. 그것은 우리를 우리 되게 한 역사적 가치들이다. 하루아침에 만들어진 것이 아니라 역사와 함께 퇴적된 우리 민족의 거름이요 자존심이기도 한 것들이다.

우리는 어느 나라보다도 문명된 나라로 유구한 역사와 우수한 문화를 지닌 민족이다. 예의와 염치가 있는 나라. 학문을 숭상하고 문화를 존중하는 나라. 생명을 존귀하게 여기고 인간애를 인성의 바탕으로 삼고 있는 나라. 하늘과 백성을 두려워 할 줄 아는 나라. 벼슬에 연연하기 보다는 의리에 목숨을 바치는 나라. 가난을 한스러워하기보다 못배움을 한스러워 하는 나라. 때로는 출세를 오히려 불명예로 여기는 나라. 나라가 위태로울 때에는 역적의 누명을 뒤집어쓰는 한이 있더라도 의병을 일으키는 나라. 모름지기 목숨을 걸고 충성하는 나라. 한 조각의 창작품을 위해 스스로의 인생을 후회 없이 버리는 나라! 세상에 이런 나라가 언제 어디에 존재해 본 적이 있는가? 공자도 부러워한 나라가 아니었던가? 한마디로 우리나라는 선비의 나라요 군자(君子)의 나라다. 교양과 품격이 높은 신사의 나라라는 얘기다. 그런데 어느 날 갑자기 우리에게 이러한 품격 높은 선비 정신과 군자의 도(道)라는 것이 없어지기 시작했다. 먹고 사는 일이 지고지선(至高至善)인 시대에는 경제 제일주의로 모든 가치를 뒤로 미루어 놓는 것이 오히려 정의(正義)일수가 있었다. 그러나 지금은 그런 단계는 아니다.

인간 사회에 필요한 질서와 예의와 도덕과 교양과 양식이 넘쳐나는 국민으로 거듭나게 하는 정책적 배려를 통해 세계 제일가는 문화 국가로서 첫 번째 가는 나라 대한민국을 만드는 일에도 소홀함이 없어야겠다는 생각이다. 필자는 우리의 역사를 꿰뚫는 우리의 혼(魂)을 통해 세계에 기여할 수 있는 우리의 이상으로 헬레니즘과 같은 의미의 코리아니즘(KOREANISM)을 창조해 내자고 주장하고 싶다.

우리의 개국정신이라 할 홍익인간과 고구려의 다물정신, 신라의 통일정신과 조선의 선비정신과 일제의 압제 속에서도 굳건하게 지녀왔던 독립정신과 대한민국의 건국정신과 오늘의 우리 경제를 일으킨 새마을정신을 하나의 정신적 가치체계로 엮어 세계 어느 누구도 감히 거역할 수 없는 코리아니즘으로 승화시켜 보자는 생각이다. 어쩌면 우리가 알게 모르게 병들어 있는 우리의 정신적 가치들을 바로 세우는 데에서부터 일류 선진국 가는 찾아지는 것이 아니겠는가?

그리고 그 코리아니즘을 바탕으로 〈우리나라 좋은 나라〉를 만들어 세계 인류 평화에 기여했으면 좋겠다. 건국 60주년이 되는 새해의 소망이다.

대전일보 (2008. 01. 08)

※〈다물〉은 원래는 고구려인의 실지회복(失地回復) 정신을 의미하지만 여기서는 빼앗기고 있는 우리 역사 회복을 말하고자 했다.

어부지리 漁父之利

　도요새(鷸鳥)가 하늘 높이 날며 먹이를 찾고 있던 중에 마침 강가에서 입을 벌리고 햇볕을 쪼이고 있는 민물조개(蚌蛤)를 보았다. 도요새는 쏜살같이 내려가 조갯살을 쪼았다. 깜짝 놀란 조개는 자신도 모르게 입을 다물어 버리자 그만 도요새의 부리가 조개에 물려 버리고 말았다. 아무리 부리를 빼려고 해도 빠지지 않았다. 화가 난 도요새가 조개에게 공갈을 친다. "네가 내 부리를 놓아주지 않고 있다가 오늘도 내일도 비가 오지 않으면 너는 말라 죽고 말 것이다" 조개가 이 소리를 듣고 똑같이 대꾸해 준다. "그래 좋다. 오늘도 내일도 내가 너를 놓아주지 않으면 너야 말로 굶어 죽고 말 것이다."

　지나가던 어부가 이 장면을 목격하고 도요새와 조개를 한꺼번에 잡아 버렸다. 이것이 어부지리다. 중국 전국시대에 이웃하고 있는 연(嚥)나라를 치고 싶어 안달을 하고 있는 조(趙)나라를 찾아간 연나라의 세객(說客) 소대(蘇代)라는 사람이 왕에게 들려준 얘기다. 연나라와 조나라가 싸우다가 지치게 되면 결국 가장 강성해 있는 진(秦)나라 좋은 일만 시켜주고 말 것이기 때문에 싸우지 않는 것이 상책임을 깨우치려 지어낸 얘기다.

　요즈음 한나라당 내에서 벌어지고 있는 대통령 후보경선의 모습을 보면 저러다가 필연코 어부지리 당하고 말 것 같은 생각이 들어 케케묵은 옛날 얘기를 한번 해봤다. 얼마 전 어떤 장소에서 이만섭(李萬燮) 전 국회의장이 "지금 국민들은 매우 우울해하고 있다."고 하는 말을 들었다. "지리멸렬된 여권(與圈))에 대해서는 이제 아무런 기대도 할 수 없게 되었으니 더 이상 말할 가치도 없고 해서 한나라당이나 잘 됐으면 하는데 그 쪽도 지금 국민들이 식상할 정도로 싸우고 있으니 국민들은 마음을 붙일 데가 없어 그렇다."는 것이다. 덧붙여 그는 국민들이 정치에 식상을 하면 나라를 저버리는 사태가 올 수밖에 없는데 그렇게 되면 참 큰일이라고 노정객다운 걱정을 털어 놓는다.

한나라당 후보 간의 싸움이 후보 간의 싸움으로만 끝나는 것이 아니라 정치에 대한 광범위한 국민적 불신(不信)을 낳아 자칫 나라 장래를 위태롭게 하지 않겠는가 하는 원려(遠慮)에서 나온 말이 아닐 수 없다. 나라의 근본이 바로 신(信)에 있으니 말이다. 지금 한나라당의 사정을 들여다보면 볼수록 스스로가 스스로를 돕는 것이 아니라 스스로가 스스로를 자해(自害)하고 궤멸시키고 있는 것이 아닌가 하는 생각을 하지 않을 수가 없다.

경선을 공정하게 관리해야할 최고위원이라는 사람들이 각 후보 진영에 깊숙이 관여하면서 당무(黨務)를 보고 있다는 사실에서부터 이미 당의 입지(立地)는 표류할 수밖에 없다고 보아야 할 것이다. 최고위원들은 함께 모여 후보 간의 과열경쟁을 진정시키고 당면한 대선 전략을 숙의하면서 당의 진로와 나라의 정책을 최종적으로 조율해야할 당의 최고 책임자들이다. 어느 한 후보의 득표 전략이나 짜고 상대 후보의 약점이나 캐고 있을 위치에 있지 않다. 남의 당내 일에 대해 왈가왈부하는 것이 도리가 아닌 줄은 알지만 이 전국회의장이 말한 것처럼 국민들을 더 이상 우울하게 만들지 않았으면 해서 하는 얘기다.

개인 집이나 나라나 스스로 허무는 작업이 있지 않고는 아무 누구도 남의 집이나 남의 나라를 허물려고 넘보지 않는다. 맹자의 얘기다. 당(黨)도 이와 같다 할 것이다. 서로 싸우고 있으니 사실이거나 말거나 마구잡이로 싸울 자료가 자꾸만 외부로부터 제공되는 것이 아니겠는가?

한나라당을 위해 이솝 우화(寓話) 하나를 수수께끼 삼아 소개해야겠다.

하루 종일 먹이를 찾아 산속을 헤매다가 갈증을 느낀 멧돼지 두 마리가 옹달샘 하나를 발견하자 그만 멧돼지들은 서로가 먼저 마시겠다고 싸움이 벌어졌다. 피투성이로 싸우던 이들이 잠시 숨을 고르면서 옆을 돌아보니 수십 마리의 독수리가 지키고 서 있는 것이었다. 싸우다가 지친 멧돼지 한 마리가 죽기를 기다리고 있음이 분명했다.

그때 멧돼지들은 어떻게 했을까? 한나라당이 알아맞힐 일이다.

대전일보 (2007. 07. 03)

또다시 매화타령이나 부르고 있어야 하나?

　모든 사람들이 예측한 대로 남북 정상회담이 열리게 됐다. 엄밀히 말하면 남북 정상회담은 언제 열려도 환영할 일이다. 대통령의 임기 초이건 말이건 아무 상관이 없다고 할 것이다. 문제는 회담의 성격이다. 한반도의 평화정착과 북한체제의 개방화에 도움이 되는 것이라면 언제 어떻게 만나도 우리는 쌍수를 들어 환영할 일이라 생각된다. 그러면서도 한편으로는 무슨 생각지도 않은 깜짝 쇼가 있을까 두려워하고 있던 차에 대통령이 8.15경축사에서 회담에 대해 큰 욕심 안 내겠다고 한 공언은 오히려 적절한 판단이 아니었나 싶다. 수해를 입은 북한 주민에 대한 따뜻한 위로와 인도적 지원이외의 어떤 것도 임기를 얼마 남기지 않은 대통령의 입장에서는 적절치 않다고 여겨지기 때문이다.

　언제인가 노무현 대통령은 해외 순방 시에 북한 대사를 만난 자리에서 김정일 국방위원장에게 "진심으로 하고 있다는 말을 전해 달라."고 한 적이 있다. "진심으로 하고 있다."는 말의 진의가 무엇인지는 아직까지 설명을 들어본 바가 없다. 그러나 필자 나름대로 해석해서 "진심으로 남북화해를 통해 평화정착의 기틀을 다지고 싶은 생각"이라고 한다면 그것은 북한이 주장하고 있는 선군(先軍)정치의 철조망부터 걷어내고 나서야 가능한 것인데 그런 얘기를 대통령이 할까 싶지 않아서 하는 얘기다.

　아직도 "불바다" 어쩌고 하는 유치한 북한의 발상에 겁먹고 무엇을 더 양보할 것인가에만 골몰하고 있는 듯한 정부 내 각료들의 태도에 대통령마저 순치(馴致)되어 있지나 않은지 두려움만이 앞설 뿐이다.

통일부 장관을 역임한 현역 정치인 한 사람은 대통령을 꿈꾼다면서 한다는 소리가 "헌법의 영토조항도 고려해 볼만한 얘기"라고 서슴없이 외치고 있다. 무슨 뜻인지 모르겠다. "한반도와 부속도서"이전의 고구려 땅도 우리의 영토라고 주장하고 싶은 야망에 찬 얘기로 들리지는 않는다.

현역 통일부 장관이라는 사람의 발언을 보면 그 전임보다도 더 가관이다. 취임 초 국회 청문회에서 6.25에 대해 자신의 입장을 밝힐 수 없다고 한 그는 성직자이어서 그런 것일까? 국경이나 휴전선을 넘나드는 박애정신 때문인지는 몰라도 납북자 문제에 있어서도 애매하기 짝이 없는 얘기를 하고 있다. 그는 "우리가 납치자라고 설명하는데 여기에는 여러 다른 형태가 있다."고 말하면서 "본인 의지로 간 경우도 있고 의지와 관계없이 이뤄진 경우도 있고 여러 정치적 목적이 있을 수 있으며 내용에는 여러 가지 복합적 요인이 있다."고 주장한 적이 있다.

이 기사를 보면서 필자는 우리나라 통일부 장관이 북한의 주장을 그대로 대변하고 있으면 어쩌자는 것인가 하는 생각이 들었다. 국군 포로나 납북자들이 살아남기 위해 북한의 강제적인 귀순 정책에 순응할 수밖에 없었던 그들의 사정을 통일부 장관이 모를 리 없을 것임에도 납북자가 없는 것처럼 말하고 있으니 참으로 답답할 뿐이라는 얘기다.

이제 그는 남북정상회담의 준비기획단장으로 있으면서 더욱 해괴한 말을 하고 있어 불안하기만 하다. 얼마 전에는 서해 북방한계선(NLL)을 영토개념으로 보지 않는다고 하더니 곧바로 이어서 서해교전 방법도 반성해야한다는 얼토당토않은 말을 불쑥하는 것을 보면 무언가 의심하지 않을 수 없는 음모가 내부적으로 진행되고 있는 것이 아닌가 하는 심증을 떨쳐버릴 수가 없다.

서해 북방한계선이 남북 간에 분쟁의 원인이 되고 있기 때문에 북한

의 요구대로 조정할 수밖에 없다는 복심(腹心)이 있지 않고서야 정상회
담을 앞에 두고 그 기획단장이라는 사람이 그런 말을 할 리가 없기 때
문이다. 일찍이 한말의 조선 민중들은 병인양요(丙寅洋擾)가 있기 전
서구 열강들의 물결에 우리나라가 떠내려가는 것이 아닌가 하는 불안
한 마음으로 〈매화타령〉을 불렀다.

〈바람이 분다/ 바람이 분다/ 연평도 바다에 갈바람이 분다/ 엘화에
야 네야 에헤야/ 나이리 이허리 매화로구나〉.

또다시 우리는 연평도 앞바다에 부는 바람을 한탄하면서 〈매화타령〉
이나 부르며 울분을 달래고 있어야 하는 것인가?

대전일보 (2007. 08. 21)

김중위 칼럼집

눈총도 총이다

초판 발행 2014년 3월 5일
재판 발행 2015년 2월 10일

지 은 이 | 김중위
펴 낸 이 | 권녕하
펴 낸 곳 | 한강문학
제작총괄 | 대양미디어

등록 | 2004년 11월 8일 제2-4058호
주소 | 서울시 중구 충무로5가 8-5 삼인빌딩 303호
전화 | 02-2276-0078
팩스 | 02-2267-7888
전자우편 | sdanbi@kornet.net

정가 | 15,000원
ISBN 978-89-92290-79-1 03810
ⓒ 김중위 2015

이 도서의 국립중앙도서관 출판시도서목록(CIP)은 서지정보유통지원시스템 홈페이지
(http://seoji.nl.go.kr)와 국가자료공동목록시스템(http://www.nl.go.kr/kolisnet)에서
이용하실 수 있습니다.(CIP제어번호 : CIP2015003375)